KB263692

새로 발굴한

<주생전>·<위생전>의 자료와 해석

새로 발굴한

〈주생전〉·〈위생전〉의 자료와 해석

간호윤

도서
출판 박이정

● **간호윤** 簡鎬允 (문학박사)

1961년 경기 화성 출생

순천향대학교 국어국문학과 졸업

한국외국어대학교 국어교육학과 석사과정 수료

인하대학교 국어국문학과 박사과정 수료

서울교대·인하대·중앙대 강의

저서:『한국 고소설비평 용어 사전』(경인문화사, 2007)

　　『읽고 쓰는 즐거움-작문대세』(경인문화사, 2006)

　　『연암 박지원 소설집-종로를 메운 게 모조리 황충일세』(일송, 2006)

　　『개를 키우지 마라-연암소설산책-고소설비평시론』(경인문화사, 2005)

　　『억눌려온 자들의 존재증명』(이회, 2004)

　　『조선후기 필사본 한문소설집 선현유음』(이회, 2003)

　　『마두영전 연구』(경인문화사, 2003)

　　『한국 고소설비평 연구』(경인문화사, 2002) 외

새로 발굴한

<주생전>·<위생전>의 자료와 해석

초판 인쇄 2008년 04월 3일
초판 발행 2008년 04월 11일

지은이 간호윤
펴낸이 박찬익
편　집 김은영·김민영

펴낸곳 도서출판 **박이정**
130-070 서울시 동대문구 용두동 129-162
Tel (02) 922-1192~3, Fax (02) 928-4683
Http://www.pjbook.com, E-mail pijbook@naver.com
온라인 (국민) 729-21-0137-159
등록 1991년 3월 12일 제1-1182호

ISBN 978-89-7878-981-3 93810

값 25,000 원

※ 저자와 협의 하에 인지를 생략합니다.

·· 머 리 말 ··

이 책에 수록한 <주생전>과 <위생전>은 한문본으로『閒泪董』소재 <周生傳>·<韋生傳>, 국역본으로『국역본 <쥬싱뎐>·<위싱뎐>』이다. 한문본인『한골동』은 저자가,『국역본 <쥬싱뎐>·<위싱뎐>』은 김일근이 소장하고 있다.

이 두 본을 한 책으로 묶는 이유는, 두 본 모두 '서사구조가 동일한 <주생전>과 <위생전>이라는 작품이 나란히 필사'되어 있기 때문이다. <주생전>과 <위생전>이 '연이어 필사'되어 있다는 것에는 적지 않은 의미가 담겨 있다.

현재 학계에서는 <주생전>과 <위생전>의 작자를 석주 권필(權韠, 1569~1612)로 보는 견해가 있다. 근거는『화몽집』의 <주생전> 말미에 씌어져 있는 "계사년(1593)년 음력 5월에 무언자 권여장이 썼다(癸巳仲夏, 無言子 權汝章記)."라는 기록, 그리고 <위생전>의 한문계열 이본인 <위경천전>의 '권석주 제(權石洲 製)'라는 문헌적 증거 때문이다. 여기에 이 책에 수록한 두 본의 연철 필사까지 더해지면, 동일 작가의 작품이라는 데 강한 의심을 둘 수밖에 없다.

그러나 저자가 이 책에 수록한 논문에서『한골동』소재 <周生傳>·<韋生傳>과『국역본 <쥬싱뎐>·<위싱뎐>』을 차례로 살핀 바에 따르면, "<주

생전>과 <위생전>의 작가를 동일인으로 볼 수 없다."라는 결론이다. 하지만 '學問'에 종사하는 사람으로서, 연구자의 안목에 따라 논문의 귀결이 다름을 인정하지 않을 수 없는 터다. 어디까지나 저자의 깜냥만큼의 결론이란 점을 인정할 수밖에 없다.

따라서 이 두 본을 한 책으로 묶으며, 저자의 논문과 함께 원본을 입력하고 이본교감과 번역작업까지 수록하여 논의의 밀도를 높이고자 한다.

17세기 한문소설 <주생전>·<위생전>의 한문본과 국역본(국문본), 이본연구, 작가연구 등에 대한 진전된 논의를 기대해본다.

끝으로 귀중한 소장도서를 후학에게 선뜻 제공해주신 김일근 선생님, 에부수수한 원고를 맨드리 곱게 꾸며 주신 박이정 분들께 깊은 감사를 드린다.

2008년 3월
휴휴헌에서 간호윤 삼가 씀

차 례

Ⅰ. 〈주생전〉·〈위생전〉 연구

1) 『국역본 〈쥬싱뎐〉·〈위싱뎐〉』 고찰
– 표기적 특징과 이본적 성격을 중심으로[*]

간 호 윤[**]

서 론

이 글은『국역본 〈쥬싱뎐〉·〈위싱뎐〉』의 표기적 특징과 이본적 성격을 중심으로 고찰한 글이다.『국역본 〈쥬싱뎐〉·〈위싱뎐〉』의 〈쥬싱뎐〉은 〈주생전〉, 〈위싱뎐〉은 〈위생전〉의 번역으로, 〈쥬싱뎐〉은『화몽집본』과『한골동』소재 〈주생전〉과 동일계열이고, 〈위싱뎐〉은 〈韋生傳〉[1] 계열의 한문 전기소설들과 내용에 별 차이가 없다. 17세기 한문 소설사에서 〈주생전〉은

---

[*] 이 논문은『고전문학과 교육』15집(2008, 한국고전문학교육학회, 월인)에 수록된 논문이다.

[**] 인하대학교 국어교육학과 강사

[1] 〈韋生傳〉은 〈韋敬天傳〉과 계열을 달리하는 작품이다. 〈위경천전〉(임형택,「전기소설의 연애주제와 위경천전」,『동양학』22, 단국대학교동양학연구소, 1992, pp. 25-47.)이 임형택 교수에 의해 발굴된 후 시일을 두고 김일근 교수에 의해 국역본 1종이 학계에 소개되었고, 정명기 교수에 의해『저초본』과『유재영본』(정명기,「〈위생전〉(〈위경천전〉) 교감의 문제점」,『고소설연구』22. 2006 참조)(『유재영본』은 정명기 교수가 복사하여 소장하고 있는 본이다. 이 본은 중간에 필사가 끊어져 있다.)이 학계에 발표된 이후, 필자에 의해『閒汨董』소재 〈위생전〉 이본 한 권이 학계에 소개(간호윤,『한골동』소재 〈위생전〉 연구,『고전문학과교육』14집, 2007 참조)되었다. 이 과정에서 〈위경천전〉은 〈위생전〉의 한 이본임이 밝혀졌다.

전기소설의 완숙함을 보여주고, <위생전>은 <주생전>의 서사구조를 도습(蹈襲)한 작품으로 그 위상이 자못 높다.

『국역본 <쥬싱뎐>·<위싱뎐>』은 김일근 교수에 의해 발굴된 국역 애정전기소설집이다. '궁중 소장 국역 연철본'이라는데, 또 '서사구조가 동일한 두 작품이 한 소설집으로 묶였다'는데, 그 의미가 적지 않다.『국역본』2)에 대한 저간의 연구를 대략 짚어 논의의 향방을 가늠해 보자.

『국역본』은 소장자 김일근 교수님에 의해 학회에서 구두로 소개된 이후, 이 구두 요지를 4쪽 분량으로 자료화 한 것이 전부인데,3) 이 논문에 이미 앞으로 논의의 방향이 제시되어 있다. 김일근 교수님의 논문에서 논의를 반드시 보충해야 할 곳은 두 곳이다. 김 교수님의 논문 'Ⅱ,<쥬싱뎐>·<위싱뎐>의 연철본 서지 문제'에서 ⑥과 ⑧을 그대로 옮겨보자.

⑥ 連綴本의 意義

　종래 <주생전>의 작자는 권필로 인정을 했으나 <위경천전>(위싱뎐)의 언해가 동본으로 연철됨은 동일 작자임을 설명하는 것임.

⑧ 諺解와 筆寫年代

　용어와 필체가 태평광기 언해와 십분상사한 점에서 언해 연대는 경종대를 하한선으로 보고 필사연대는 순조 이전까지 추정할 수 있으나 이 점은 국어학상의 검토와 아울러 타일의 과제로 미룬다.

'⑥ 연철본의 의의'를,『국역본』이 <주싱뎐>·<위싱뎐> 연철이라는 점에 집약하여 권필의 작품임을 설명하는 것이라고 하였다. 이 문제는 필자 소장의 한문 필사집『한골동』4)과도 밀접한 연결을 갖는다.『한골동』에도

---

2) 이하『국역본』이라고 약함. 아울러 이 자리를 빌려 자료를 제공해 주신 김일근 교수님께 감사를 드린다.

3) 구두 발표는 제43회 전국국어국문학학술대회(2000,5,27, 강남대학교)이고 이를 자료화 한 것은 김일근,「<주생전>과·<위경천전> 언해의 연철본 <쥬싱뎐·위싱뎐> 출현에 따른 서지적 문제」,『겨레어문학』25집, 겨레어문학회. 2000, pp. 217-224이다.(221-224는 <위경천전>과 <쥬싱뎐·위싱뎐> 원본 앞뒤 영인)

<주생전>과 <위생전>이 나란히 필사되어 있기 때문이다. 단순히 우연의
일치라고 넘기기에는 석연치 않다. 이 문제는 <주싱뎐>·<위싱뎐>의 이본
적 성격을 따지면 밝혀질 듯하지만, 작가문제와 맞물려 있기에 쉽게 풀어질
수 있는 것만도 아니다. 연구 결과를 토대로 3.장에서 작가문제의 일단을
논의의 수면으로 끌어올리겠지만, 지면의 형편상 문제를 제기하는 선에서
그치고 치밀한 고찰은 추후로 미룰 수밖에 없다.

'⑧ 언해와 필사연대' 확정은 이『국역본』이 우리 소설사에 온전히 자리
매김하기 위해서도 시급히 다뤄야할 문제이다.

따라서 이 글은『국역본』에 대한 선편 논문으로서, 표기적 특징과 이본
적 성격을 밝히는데 논의의 주안점을 두되, '⑧ 언해와 필사연대'를 확정하
고, 작가문제를 제외한 '⑥ 연철본의 의의'도 겸하여 살피겠다. 구체적으로
표기적 특징을 국어사적으로 두루 더듬어 언해와 필사연대를 고증한 다음,
『국역본』의 이본적 성격을 살피고, 이를 바탕으로『국역본』의 문헌학적
의의까지 짚어 보겠다.

본 론

1.『국역본』의 문헌학적 의의

1)『국역본』〈쥬싱뎐〉·〈위싱뎐〉의 표기적 특징

1) <쥬싱뎐>의 표기적 특징
어두자음군: 'ㅅ'계열(ㅺ, ㅼ, ㅽ, ㅆ)과 'ㅂ'계열(ㅳ, ㅄ, ㅶ)이 동시에

---

4)『한골동』에 대해서는 간호윤, 앞의 논문 참조.

사용되었으며 종성에는 '르'계열(래,리) 등으로 표기하였다.

밧긔(밖에), 빠여나고(빼어나다), 뼈(뼈), 뜰(딸), / 쓰니(쓰다:書) / 똘와(따라), 눈찌(눈동자:明眸), 뿌러(뚫어), 빵(쌍), 손찌(솜씨), 삥긔는(찡그리는: 嚬), 짜는(짜는) / 닗뼈(일어나), 읇퍼(읊어), 시읽(줄)

구개음화현상: 17.18세기에 보편화되기 시작한 구개음화 이전의 형태이다. 디며(떨어지다:落), 디애(기와), 숣디(말하지)

원순모음화와 전설모음화: 18세기 영정조 때에 대폭적으로 일어난 원순모음화와 전설모음화 이전의 형태이다.

프른(푸른), 믈(물), 블근(붉은), 플(풀)/ 거즛(거짓), 어즈러오니(어지러우니), 아춤(아침)

ㅎ·ㄱ종성체언: ㅎ·ㄱ종성이 곡용한 형태로 보인다. 그러나 '하늘과' 와 같은 경우는 일관되게 ㄱ곡용을 하지 않았다.

뫼히(산), 하늘희(하늘의), 짜히(땅이), 짜희(땅의), 두어홀(두어를) / 굼글(구멍), 나모(나무), 돗글(돛을:帆)

명사

굿븜(수고로움) 거우로(거울), 곳/곳(둘 다 쓰임:꽃), 구레(굴레), 그므치(흔적:痕), 글이플(弱草), 글지이(글짓기), 기동(기둥), 긴(띠:帶), ㄴ못(주머니), 나모(나무), 나죄(저녁), 나히(나이), 난편(남편), 녀롬(여름), 녜(옛), 놋나라(魯나라), 니블(이불), 두녁(두쪽), 뎨결(鷈鴂:접동새), ㅁ옴(마음), 물(馬), 말(言), 반되(반딧불이), 버들개야지(버들강아지), 겨믄(少), ㅅ나히(사나이), 새배(새벽), 쇼록(올빼미:鴟梟 혹은 鴉鶹), 안ㅁ옴(속내:暗內), 어을미(어스름), 우레(雨雷), 우롬(울음), 쵸췌(초췌), 피파(琵琶), 홀론(하루는)

동사

갓디(보내지), 강잉ᄒ야(억지로:强), ᄀᆞ음알며(관리하다:薦), 깃거ᄒ더라
(기뻐하다), 니ᄅ혀(일으켜), 들게야(늦어서야), 들이(지나도록), ᄆᆞ리게(낭
랑하게), 밋바다(뒤이어), ᄇᆞ랄만(쫓다), ᄇᆡ이더라(뺏더라), 세이더니(자욱하
더니), 스ᄉ며(씻으며), 어그롯디(어기지), 일리로다(이루어지리라), 일ᄒ다
(잃다), 조히ᄒ다(潔), 좟녁크로(왼쪽으로), 탈ᄒ고(핑계를 댐), ᄒ욜 배라(할
것이다), 혀고(켜고), 희지을번(그릇되게하다:誤)

부사

ᄀᆞ장(固 혹은 乃와 最가 동시에 쓰임), 눌려(급히), 에엿비(어여삐), 오라
게야(한참지나)

어미: 동사, 형용사 어간 뒤에 붙는 '-리잇가', '-니이다' 등을 찾을 수
있다.

의탁ᄒ링잇가, 아니ᄒ닝이다, 아니링잇가, 못ᄒ리러다, 못하리로거다, 보
과라, 슷치놋다, 니ᄅᄂ뇨?, 니거지라(가고자 하나이다)

2) <위싱뎐>의 표기적 특징

<쥬싱뎐>에 보이는 형태는 제외하였다.
어두자음군:

굇쏘리(꾀꼬리와 혼용), ᄭ우민(꾸민), ᄲᅡ여나니(빼어나니), 샌(뿐) / ᄢᅢ(때),
ᄠᅥ시며(떴으며), ᄠᅥ난(떠난), ᄠᅮᆯ희(뜰에), ᄠᅳ디(뜻이), ᄡᅥ(써), / ᄧᅡᆨ(짝)

구개음화현상:

댱싱(장생), 디날 시(지날 때), 디승인화(地勝人和), 뎔(절:寺), 댱탄(장탄식)

원순모음화와 전설모음화:

더브러(더불어), 믄득(문득), 므지게(무지개) / 브즈런이(부지런히)

ㅎ·ㄱ종성체언:

하늘히(하늘이), 짜히(땅이), 길히(길이:道), 우히(위:上), 둘흘(二) /남기
(나무가)/ 밧기(밖)

명사:

가음연(巨富), 고비비(曲), 기르마(鞍), 깁슈건(비단 수건), 놀래(노래와
혼용), 어룸(어름), 니세(煙), 뎌즈음끠(往者), 싀(使者), 알픠(前), 어을므로
(어읆:어스름), 이사라심(此生),

동사: フ만흔(은밀한), 긔이디(속이다), 깃거(기뻐), 노혀오매(訪), 동녁크
로(동녘으로), 두루혀니(돌이키니), 두리건대(두려워하는 것은), 못 밋처라
(못 끝내다), 밋디(미치지), 벙으리왓기롤(거역하기를), 뽈와가(따라가), 亽
뭇고(통하고), 슷고(씻고), 슷치놋다(생각하다), 우어(웃어), 아ᅌ라히(遙),

부사

날회여(천천히), 벅벅이(반드시:應), 보야호로(바야흐로), 술와브리(스러
지게), 아둑이(아득히), 일즙(일찍이), 흔가지로(함께), 흐여곰(하여금),

어미:

업ᄂ닝이다(없습니다), 흐링잇고(하리있고), 알과라(알겠구나), 아디 못
게라(알지 못한다),

이제 위의 결과와 기존의 연구를 적극 이용하여 『국역본』의 필사시기
를 짚어보겠다. 현재 멱남본(권지이는 연세대본) 『태평광기 언해』의 필사
시기는 17세기 후반으로, 낙선재본은 18-19세기로 보고 있다.5) 위의 결과

를 적극 활용하면, 『국역본』에서는 멱남본과 낙선재본의 중간 표기가 나타난다.

첫 번째는 멱남본(권지이는 연세대본)『태평광기 언해』→두 번째는 『국역본』→세 번째는 낙선재본 『태평광기 언해』순이다.

① 원순모음화: 고은→고은→고온, 져므러→져므러→져무러
② ㅲ→ㅼ :ᄢᅢ/ᄣᅳ들→ᄢᅢ/ᄣᅳ들→ ᄣᅢ/ᄯᅳ들
③ 어간말음의 ㄱ: 잠싼→잠싼→ 잠간
④ 어간말음의 ㅅ:ᄆᆞᆺ촘내→ᄆᆞᆺ촘내→ ᄆᆞ촘내
⑤ 연철→분철: 주그니→주그니→ 죽으니
⑥ 링잇가→리잇가: 링잇가→링잇가→리잇가
⑦ ㅎ종성: 두어ᇰ→두어→두어
⑧ -놋다→ᄂᆞ도다: -놋다→-놋다(ᄂᆞ도다)→ᄂᆞ도다
⑨ 왈→닐오ᄃᆡ: →왈→닐오ᄃᆡ(왈)→닐오ᄃᆡ

'①원순모음화'에서 '⑥링잇가→리잇가'까지는 멱남본(권지이는 연세대본)『태평광기 언해』와 일치한다. 그러나 '⑦ㅎ종성'은 낙선재본 『태평광기 언해』의 표기와 일치하고 '⑦ㅎ종성'에서 '⑨왈→닐오ᄃᆡ'의 경우는 멱남본과 낙선재본의 표기를 혼용하고 있다. 이와 같은 문체적 특징으로 미루어 『국역본』은 17세기 후반의 멱남본과 18-19세기에 필사된 낙선재본을 잇는 필사집임을 알 수 있다.

그렇다면 필사시기는 대략 숙종연간에서 정조연간, 즉 17세기 후반에서 18세기로 좁혀지고, 여기에 정조 때 소설에 대한 탄압이 심하였다는 점을 미루어 어림셈하면 『국역본』의 필사연대는 숙종 연간(17세기 후반)에서 영조 연간(18세기 중반)으로 추정할 수 있다.

---

5) 김장환·박재연 교역, 『연세대 소장 태평광기 언해본』, 학고방, 2003, p.34 참조.

2.『국역본』<쥬싱뎐>·<위싱뎐>의 이본적 성격

이제 <쥬싱뎐>과 <위싱뎐>의 이본 계열을 추적하여 이본적 성격을 살펴
보겠다.

1) <쥬싱뎐>의 이본적 성격

현재 <주생전>은 한문필사본으로는『김구경본(문선규본)』,『화몽집본』,
『선현유음본』,『김집수택본』,『이헌홍본』,『정경주본』,『한골동본』의 7종
이 알려져 있고, 국역본으로는『묵재일기본』과『국역본』이 학계에 소개되
었다.

이 글에서는 저간의 연구결과를 원용하여,『화몽집본』,『한골동본』,『국
역본』만을 대상으로 한정하였다.6)

차례로『화몽집본』,『한골동본』,『국역본』순이다.

⑦ 生名檜, 字直卿, 號梅川. 世居錢塘, 父爲蜀州別駕, 仍家于蜀.
  <u>周生名檜</u>, 字直卿, 號梅川. 世居錢塘, 父爲蜀州別駕, 因家于蜀.
  <u>주싱의 명은 회오</u> 즈는 딕경이니 별호룰 미쳔거스라ᄒ니라 셰셰로 젼당
  의셔 사더니 싱의 아비 촉쥐 별가룰 ᄒ야 인ᄒ야 촉의셔 사더라

---

6) 대략 학계에 보고된 <주생전>에 대한 이본 양태는 이렇다.『김집수택본』은 필사가 중단
되었고『이헌홍본』은 '국영을 가르치게 되는 경위', '하신랑사'의 앞부분, '선화가 주생
에게 매실을 던지는 부분' 등이 없어 선본으로 문제가 있다.『김구경본』,『화몽집본』은
별 다른 경정을 보이지 않고, 국역본인『묵재일기본』은『김구경본』,『화몽집본』,『김집
수택본』과 필사 경로를 달리하는 저본을 축자적으로 직역한 것이다.『정경주본』은 글자
의 오기가 많이 보이는데, 아마도 이것은『화몽집본』계열의 저본을 전사하는 과정에서
생겨난 오류인 듯하다. 따라서『김구경본』과『화몽집본』양자 계열로 대별된다.
  이에 대해서는 간호윤(2003),『선현유음』, 이회, pp.21~26 참조. 소인호(2001),「주생전
이본의 존재 양태와 소설사적 의미」,『고소설연구』제11집, 한국고소설학회, pp.177~200
참조.

㉯ 裵桃/又鬟/蘇若蘭/賈雲華/李汝松/遊擊將軍
　　緋桃/又鬟/蘇惹蘭/賈雲華/李汝松/游擊將軍/
　　빅도/차환/소야란/가운화/니여숑/유격쟝군

㉰ ㉠ 自此, 生爲桃所惑, 謝絶人事, 日與桃調琴瀝酒, 相與戲謔而已.…生
　　　付囑曰:"辛莫經夜."(108字)
　　　　自此, 生爲桃所惑, 遂謝絶人事, 日與桃調琴瀝酒, 相與戲謔而
　　　已.…生囑曰, "辛勿經夜."(109字)
　　　　일로붓터 싱이 도의게 혹희인 배 되야 인사룰 졔ᄒ고 날마다 도로
　　　더부러 죵뉴ᄒ고 즐겨ᄒ더라…싱이 닐오디 힝혀 밤들이 갓디 말라
　　㉡ 雕欄曲檻, 半隱於綠楊紅杏之間, 鳳笙龍管之聲, 渺然, 如在半空中,
　　　雕欄曲檻, 半隱於綠楊紅杏之間, 鳳笙龍管之聲, 隱隱然, 如在半空中,
　　　블근 난간이며 프른 창이 녹양홍힝 ᄉ이예 ᄇ이얏고 풍뉴소리 은"히
　　　반공의셔 나오며

　　㉢ 由階而西折數十步, 遙見葡萄架下有屋, 小而極麗. 紗窓半啓, 華燭
　　　高燒, 燭影下紅裙翠衫, 隱隱然往來,
　　　　由階而西折數十步, 遙見葡萄架下有, 紅裙翠衫, 隱隱然往來,
　　　　셧녁 화계로셔 스므나믄 거름은 가 멀리셔 ᄇ라보니 포도 갸ᄌ 아래
　　　자근별실이 이시되 극히 곱고 사창을 반만 열고 화쵹을 놉피 혀시니
　　　쵹영 하의 블근 치마와 프른 오시 오락가락 ᄒ는 양이 마치 그림 속의
　　　잇ᄂ 듯ᄒ더라

　　㉣ 徘徊未忍踏歸路, 落照纖波添客愁
　　　없음
　　　없음

　　㉤ 簾外誰來推繡戶, 枉敎人夢斷瑤臺, 又却是風敲竹.
　　　生卽於簾下微吟曰: 莫言風動竹/ 眞箇玉人來.
　　　簾外誰來推繡戶, 枉敎人夢斷瑤臺, 琴曲却是風動竹,
　　　生卽於簾外微吟曰: 莫言風動竹/ 眞箇玉人來.

넘외슈퇴리슈호 왕교인몽단요더라 <u>각시풍동둑ᄒ거놀</u>
싱이 발 밧끠셔 니어 <u>읇프되. 막언풍동둑 진개옥인래</u>

ⓑ 羅綺管絃, 從此畢矣. 昔之宿願, 已缺然矣.
綺羅管絃, 從此畢矣. 夙昔之願, 已缺然矣.
<u>비단옷과 노던 풍뉴</u> 일로붓터 ᄆ츠리로다 네 ᄇ라던 바는 임의 결연이
되야시니

ⓢ 生之母族 有張老者 湖州巨富也,
生母族 張老者 <u>湖州</u>巨富也,
싱의 어믜편 권당 댱뇌라ᄒ리오 <u>쥬짜</u> 가음연 사롬이라

ⓞ 蒼頭之還, 未及一旬, 蒼頭已還,
蒼頭之還, 不及一旬, 蒼頭已還,
그 사롬 도라오기롤 기ᄃ리더니 열흘이 못ᄒ야셔 도라와

ⓡ <u>異其詞意,</u> 懇問不已, 生乃自敍首尾如此.又自囊中出示一卷, 名曰, 花
間集.…時生年二十七, 眉字洞然望之, 如畵云.
癸巳仲夏序, <u>無言子權汝章記.</u>(177字)
<u>余異其詞意,</u> 懇問不已, 生乃自敍其首尾如此.又自囊中出見一卷, 書
名曰, 花間集…時年二十七, 眉宇炯然望之, 如畵云.
癸巳仲夏 <u>無言子傳.</u>(182字)
내 이 글 ᄠ들 슈샹이 너겨 뭇기롤 긋치디 아니ᄒᆫ대 싱이 웃고 ᄠ들
다니ᄅ고 ᄒᆫ 칙을 내니 화간집이라ᄒ엿더라…싱의 나히 이십칠이로라ᄒ
고 눈이 ᄆ가 ᄇ라매 그림ᄌᆺ더라 <u>계스 듕하의 무언즈는 뎐하노라</u>

㉮ 서두:『한골동본』과『국역본』<쥬싱뎐>이 일치한다.

㉯ 고유명사:『한골동본』만 '비도'로 되었다. 논외의 대상인『선현유음
본』도 여주인공 이름이 裴桃이다.

㉰ 내용: ㉠은 비도가 승상 댁을 가게 되는 경유, ㉡과 ㉢은 승상 댁의

묘사부분, ㉣은 '賀新郞詞', ㉤은 주생의 고풍시, ㉥은 비도의 유언, ㉦은 주생의 족친에 대한 소개, ㉧은 창두가 비도의 집에 가서 소식을 가져오는 부분이다.

㉠, ㉦, ㉧은 세 본 간 차이가 없다. ㉡과 ㉣에서 『국역본』<쥬싱뎐>과 『한골동본』이 거의 유사함을 알 수 있으나 ㉤은 『화몽집본』과 『국역본』<쥬싱뎐>이 오히려 유사하다. ㉢은 『한골동본』이 필사 중 빠뜨린 것임을 알 수 있다. 특히 ㉢에서 『국역본』<쥬싱뎐>이 '수십 보'를 '스므나믄'이라고 번역하였는데 이것은 번역자의 의도인 듯하다. 번역자는 숫자에 꽤 민감한 반응을 보였는데 아마도 작품의 사실성을 살리려해서인 듯하다. 예를 들어 다른 한문본들이 동일하게 선화의 나이를 "열네다섯(有少女, 年可十四五)"이라 하는데 『국역본』<쥬싱뎐>만이 "져믄 똘이 나히 이팔은 ᄒ니"라 하였고, <위싱뎐>에서도 한문본들이 공히 소숙방의 나이를 "열 일곱 여덟(年可十七八)"이라하는 것을 "나히 계유 이팔은 ᄒ고"라 하였다.

㉣ 결미: 『한골동본』과 『국역본』<쥬싱뎐>이 유사한 결말을 보인다.

이외에도 다른 한문본과 다른 곳을 몇 찾을 수 있다.

모든 한문본에서 "朱絃綠服"이라 한 것을 『국역본』<쥬싱뎐>만 "쥬현녹금"이라 하고 "블근 시욹 풍뉴와 프른 거믄고는"으로 번역하였다.

이상을 보면 세 본에서 각각 일부 차이를 확인하였지만, 전체적으로 내용에 영향을 주지는 않음을 알 수 있다. 이로 미루어 저본은 동일계열이로되, 각 저본은 일부 독립적인 변화를 꾀하였다고 추정할 수 있다. 『국역본』<쥬싱뎐>이 『한골동본』과 더 친연성이 있다지만, 『국역본』<쥬싱뎐>과 『한골동본』<주생전>이 한 본을 저본으로 한 것은 아니다. 결국 『국역본』< 쥬싱뎐>은 현재 발견된 어느 본과도 정확히 일치한다고 볼 수 없다.

다만 『국역본』이 충실히 저본에 입각하여 국역되었다는 점으로 미루어 본다면, 『국역본』의 <쥬싱뎐> 저본은 분명 현재 발견된 <주생전> 이본들과는 또 다르다. 이것은 그만큼 여러 본의 <주생전> 이본이 있음을 알 수 있게 하는 방증이다.

2) <위싱뎐>의 이본적 성격

현재 <위싱뎐>의 이본은 한문계열로 <韋生傳>·<韋敬天傳> 두 계열로 나뉜다.

임형택 교수에 의해 발굴된 『고담요람』속에 갈무리된 <위경천전> 계열과, 한문본으로 정명기 교수 소장의 『저초본』과 『유재영본』, 그리고 『한골동본』, 국문본으로 이 글에서 다루는 『국역본』<위싱뎐>이 <위생전> 계열이다.

『국역본』<위싱뎐>은 한문본 <위생전> 계열과 일치하지만, 국역본 <쥬싱뎐>에 비하여 좀 더 많은 부분에서 한문본들과 차이를 보인다. 온전한 필사본이 아닌 『유재영본』만 논의에서 제외하였다.7)

차례로 <위경천전>, 『한골동본』, 『저초본』, 『국역본』<위싱뎐> 순이다.

㉮ 明萬曆間, 有韋生者, 金陵人, 名岳, 字敬天.
　大明萬曆間, 有韋生者, 名岳, 字敬天, 金陵人也.
　明萬曆間, 有韋生者, 名岳, 字敬天, 金陵人也.
　대명만력 간의 위싱이라 호리 이시니 명은 악이오 즈는 경텬이니 금능
　인이라

㉯ 韋生/蘇女/建江府/興府
　韋生/蘇娘/建康府/江興府
　韋生/蘇娘/建江府/江興府
　위싱/소랑/건강/강흥부

---

7) 『저초본』에 대해서는 정명기, 「<위생전>(<위경천전>) 이본 연구」, 『어문학』 95, 한국어문학회, 2007을, 『한골동본』에 대해서는 각주1)의 졸고 참조. 정명기 교수 소장의 『유재영본』은 중간에 필사가 끊어져 있다.

㉔ ㉠ 伏以某家, 世簪纓, 士宦淸朝.

伏以某家, 世簪纓, 士宦淸朝.

伏以某家, 世纓簪, 士宦淸朝.

복이모가는 <u>위국경샹이오 신영부귀ᄒᆞ야 가세줌영으로 스환쳥ᄃᆞ라</u>

업데여 싱각ᄒᆞ니 아ᄆᆞ의 집은 벼슬이 경샹의 극ᄒᆞ엿고 몸의 부귀영

화ᄒᆞ야 집이 디ᄃᆡ 줌영으로 ᄆᆞᆰᄀᆞᆫ 됴뎡의 벼슬을 ᄒᆞ더니

㉡ 韋生之父, 披而見之, 其詩曰 :

楊柳依依水滿池, 百花深處囀黃鸝.　悲來却奏相○曲, 曲苦琴瑟今斷絲.//

梨花風動玉樓寒, 金鴨香消晚漏響.　燈前淚痕人不識, 暗均紅脂獨憑欄.//

燕語採簾花亂飛, 東風吹夢入羅幃.　一年芳草江南恨, 千里王孫去不歸.//

寶鴨香消煙盡水, 鸚鵡金籠夢幾圓.　吹斷玉簫人不見, 碧桃花彩回欄前.//

……(5연 생략)

生之父撫掌, 嘆曰 :

韋生之父, 披見之, 其詩曰 :

楊柳依依水滿池, 百花深處囀黃鸝.　悲來却奏琵琶曲, 曲苦琵琶又斷絲.//

梨花風動玉樓寒, 金鴨香消曉漏殘.　燈下淚痕人不識, 暗均紅臉獨憑欄.//

燕掠珠簾花亂飛, 東風吹夢入羅幃.　一年芳草江南恨, 千里王孫去不歸.//

寶鴨香盡水沉煙, 鸚鵡金籠夢幾圓.　吹斷玉簫人不見, 碧桃花影曲欄前.//

……(5연 생략)

生之父撫掌, 嘆息曰 :

韋生之父, 披見, 其詩曰 :

楊柳依依水滿池, 百花深處囀黃鸝.　愁來却奏琴瑟曲, 曲苦琵琶又斷絲.//

梨花風動玉樓寒, <u>金(없음)</u>

<u>　　　(없음)</u>　　　風吹夢入羅幃.　一年芳草江南恨, 千里王孫去不歸.//

寶鴨香烟盡水沈, 鸚鵡金籠夢幾圓.　吹斷玉簫人不見, 碧桃花影曲欄前.//

……(5연 생략)

生之父撫掌, 嘆曰 :

<u>"이는 낭즈의 읇던 거시라" ᄒᆞ대 성의 아비 보고 탄왈 "긔특ᄒᆞᆫ 직죄 약난의</u>
<u>우히라"ᄒᆞ더라</u>

      ㉡ 自製臨江仙一関, 以侑之:
      吳鉤錦葉青絲馬, 龍沙千里迷歸途, 薊門燃樹遠依稀, 滿庭黃葉掩紫扉.
      歌竟, 坐中皆垂淚.

      自製臨江仙一関, 侑之曰:
      吳鉤錦帶青絲馬, 龍沙千里迷歸.　薊門煙樹遠依稀, 心隨邊月歸.
      夢逐塞鴻飛,　螿思碧草秋風晚.　君去隻影誰依,
      滿堂黃葉掩紫扉.　鶴關音信斷, 何處寄寒衣.
        歌竟, 坐中皆垂淚.
      自製臨江仙一関, 侑之曰:
      吳鉤錦帶青絲馬, 龍沙千里迷歸(程), 薊門烟樹遠依稀. 心隨邊月歸,
      魂逐塞鴻飛. 螿思碧草秋風晚, 君去隻影誰爲依,
      滿庭黃葉掩紫扉. 鶴關音信斷, 何處寄寒衣.
      歌竟, 坐中皆垂淚.

<u>님강선 ᄒᆞᆫ 곡됴를 브르니 좌듕이 다 눈믈을 ᄲᅳ리더라</u>

㉣ 誰家<u>旋櫬</u>, 遠向何處? 行到津頭, 問蘇相國家, 則有一箇兒女, 愕然來問…
   <u>蘇女</u>聞其奇…東西兩丘, 宛然路左. <u>聞之者</u>, <u>爭爲掌記</u>.
   <u>某家</u>旅櫬, 遠向何山? 行到津頭, 問蘇相國家, 則有一箇<u>茜兒女</u>, 愕然來
   問…蘇娘聞其奇…東西兩墳, 完然路左. 楚人聞之, 多爲掌記云.
   誰家旅櫬, 遠向何山? 行到津頭, 問蘇相國家, 則有一箇<u>茜兒女</u>, 愕然來
   問…蘇娘聞其奇…東西兩墳, 完然路左. 楚人聞之, 爲掌記云.
   <u>"집 업</u>손 나그내 관이 멀리 어닉 뫼흐로 니ᄅᆞᄂᆞ뇨?"ᄒᆞ더라. 샹국집의
   <u>니ᄅᆞ니 ᄒᆞᆫ 아희 놀라와 뭇거ᄂᆞᆯ</u>…소랑이 듯고 깁슈건으로 목미야 주그니…
   동셔의 두 분 뫼 완연히 길ㄱ의 이시니 초인이 듯고 슬허 ᄃᆞ토와 긔록
   ᄒᆞ노라.

㉮ 서두: <위경천전>만 다르고 <위생전> 계열 세 본은 일치한다.

㉯ 고유명사: <위경천전>만 다르고 <위생전> 계열 세 본은 일치한다.

㉰ 내용: ㉠은 소 낭자 집에서 보내온 편지의 서두 부분, ㉡은 소 낭자가 편지에 쓴 시, ㉢은 소 낭자가 위생에게 준 '임강선'이란 사이다.

㉠은 『국역본』<위싱뎐>과 한문본과는 완연 다르다. 국역본의 '위국경샹 신영부귀 가'의 9자가 <위경천전>과 <위생전> 계열 한문본 어느 곳에든 아예 보이지 않는다. 『국역본』<위싱뎐>은 적어도 현재까지 발견된 어느 본과도 일치하지 않는다는 의미이다.

㉡은 소숙방이 읊은 시 중, 위생을 그리워하며 지은 구절이다. 그러나 『국역본』<위싱뎐>에서는 아예 이 부분이 보이지 않는다. 원문은 7언 절구 로 된 5연의 시이다. 이 부분은 한문본 간에도 차이를 보이는 것8)으로 미루 어, 『국역본』<위싱뎐>의 저본에 없을 수도 있지만 번역자가 임의로 뺀 것 으로 보는 것이 바람직하다.

㉢ 역시 '님강선'이란 사로 소 낭자가 위생에게 준 것이다. 이 사 역시 국역본 <위싱뎐>에서는 완전 생략되어 있다. 이 '님강선'은 소 낭자와 위생 이 이별하는 곳으로 이 사를 통하여 이별이 더욱 비감하게 고조된다. ㉡도 소 낭자가 위생을 그리는 애틋한 마음을 담고 있는 시이다. 이 소낭자의

---

8) <위경천전>의 3구에 '思'의 결락이 보이고 '琴瑟' 역시 '琵琶'의 오기인 듯하고, 1구 '水'가 압운에 맞지 않고 4구의 복사꽃이 "난간 앞을 휘도네"도 적철치 못하다. 반하여 <위생전>은 압운도 맞고 4구도 푸른 복사꽃 그림자가 "굽은 난간 앞에 있네"로 되어 있어 무리가 없다. 『저초본』은 "寶鴨香烟盡水沈"으로 되어 있는데 이 역시 『한골동본』 에 비하여 바람직한 운은 못 된다. 더욱이 『저초본』은 5연시 중 2연의 2,3,4구와 3연의 1구가 없다. 즉 7언 절구 5연 시가 7언 절구 4연시로 줄여졌다. 필사자가 의도적으로 그러한 것 같지만 이것은 『한골동본』을 보면 석연하다. 『저초본』의 2연 2구의 '金風'은 『한골동본』의 2연 2구의 첫 자인 '金-'과 3연 2구의 첫 자인 '-風'이 합쳐진 것이기 때문 이다. 즉 『저초본』이 필사 중 한 행을 건너 뛰어 오기를 한 것이다. 후일 정밀한 이본 비교를 통해 善本을 가려야하겠지만, 선본으로 『저초본』이 심각한 점을 노정하였다고 볼 수 있다. 이 점을 적극 고려한다면 조심스럽지만 『한골동본』을 <위생전>의 善本으 로 비정할 수도 있다.

시는 위생의 부친이 소약란보다도 위라는 평을 할 정도이다. 두 시가 모두 소 낭자의 시임을 생각한다면 아마도 번역자는 이 소설의 흐름이 지나치게 애상적으로 흐르는 것을 경계하여 의도적으로 뺀 것이 아닌가 한다.

㉥ 결미: 위생의 관을 실은 배가 동정호로 들어오자 지나가는 사람들과 상인들이 하는 말과 끝 부분이다. <위경천전>만 객사한 사람의 관인 "旅櫬"을 "旋櫬"으로 오기한 듯싶으며, 여태껏 '蘇娘'이라 지칭하던 것을 "蘇女"로 적고 있다. 또 '초인'이 없이 그냥 "聞之者"라고만 하여 누가 들었는지 알 수 없는 문맥이 된 것도, 필사 중 "楚人"을 탈자한 듯싶다. 『한골동본』에는 '無家'라 써 놓고 옆에 "某家"라 적어 고쳐놓았으며, 『저초본』과 함께 "茜兒女"라고 되어 문장이 자세하다.

<위싱뎐>은 "집 없손"으로 번역해 놓은 것으로 미루어 필사 저본이 '無家'라 필사되었음을 알 수 있다. 또 "行到津頭"는 아예 없이 "샹국집의 니르니 혼 아히 놀라와 뭇거놀"로 내용이 축약되어 있다. 특이점은 <위싱뎐>의 말미가 "슬허 드토와 긔록 ᄒ노라."라고 하여 <위경천전>과 근사한 결말을 보였다는 점이다.

이상을 정리하면 『국역본』 <위싱뎐>의 번역 저본은 『한골동본』·『저초본』과 동일 계열의 이본이로되, 『한골동본』과 더욱 근사한 계열이나 완연 일치되지는 않음을 알 수 있다. 아울러 『국역본』의 <쥬싱뎐>·<위싱뎐> 연철과 『한골동본』의 <주생전>·<위생전>의 관계로 미루어 생각할 수 있었던, 동일한 저본의 『<주생전>·<위생전>』이라는 연철본은 실상이 없었다는 것도 확인한 셈이다.

3) 〈위싱뎐〉의 특이성

<위싱뎐>에는 <쥬싱뎐>에서 볼 수 없는 세 가지 특징이 있다.

첫째는 <쥬싱뎐>보다 <위싱뎐>에서 번역자와 전사자를 쉽게 찾을 수 있

다는 것이고, 둘째는 번역자가 두 소설을 번역하면서 <쥬싱뎐>보다 <위싱
뎐>에서 의도적 변개를 하였다는 점이요, 셋째는 전사자가 두 작품을 모두
필사하는데서 오는 피로감 때문인지 <쥬싱뎐>보다 두 번째로 필사한 <위
싱뎐>에서 오사를 쉽게 발견하였다는 점이다. 이것은 국역본이 단순 필사
본과는 달리 한 작품이 번역되고 이본이 파생되는 경위가 복잡함을 볼 수
있는 좋은 자료이다.

① <위싱뎐>에서는 번역자 외에 전사자라는 단순 필사자를 쉬이 볼 수
있다. 특히 <위싱뎐>은 <쥬싱뎐>에 비하여 상대적으로 빠진 문장이 더러
보이고, 또 앞뒤 문맥을 임의로 바꾼 곳도 보인다.9) 분명히 이것은 시의
일부를 뺀 것과는 다르다. 모든 문장의 축약과 오기가 번역자의 의도적 산
삭이 아닌, 전사자에 의한 단순 오기인지는 좀 더 깊은 연구가 필요할 것이
다. 이는 번역자와 필사자의 '학문적 역량의 차이'와 '소설 번역·필사의
분업'이라는 측면을 규명할 수 있는 좋은 자료이기 때문이다. 몇 문장을
구체적으로 짚어 보겠다.

㉮ 듁지가단모연뎨ᄒ니　듁지개 긋처디고 져믄니 가득ᄒ여시니
　　츈진황셩고묘셔라　　봄이 것츤 셩 녯 ᄉ당 셧녁 겻티 진하엿도다
　　향만빅빈샹슈록ᄒ니　향내 흰 마람의 ᄀ득ᄒ고 샹강믈이 프르럿ᄂ더
　　초산유유자고뎨라　　────────────────

---

9) <위싱뎐>에 비하여 현저히 적지만 <쥬싱뎐>에서도 의도적으로 번역한 부분이 보인다.
예를 들자면 선화와 주생이 운우지락을 나누는 부분이 『한골동본』에는 "仙花稚年弱質,
未堪情事, 微雲澁雨, 柳態花嬌, 芳啼嫩語, 淺笑輕嚬."(모든 한문본도 약간의 글자 차
이만 있음)으로 되어 있는데, 『국역본』은 "션홰 나히 졈고 질약ᄒ다라 운우의 졍을 이긔
디 못ᄒ야 여튼 우음과 가비야이 쎙긔는 톄긔 더욱 형언티 못ᄒ리리라"로 완곡하게
축약되어 있다. 즉 한문본의 "微雲澁雨, 柳態花嬌(옅은 구름 속에서 내리는 촉촉한 빗
물과 같았으며, 버들처럼 하늘거리고 꽃처럼 교태부리며)"라는 세밀한 운우의 장면을
빠뜨린 것이다. 아마 『국역본』이 궁중에서 언해되었다는 점이 이에 대한 이해를 도울
것 같다.

초긱계10)쥬텽모원ᄒ니   11) 진납의 소리롤 드르매
십년방초억웅손이라   십 년 아롭다온 플의 왕손을 싱각도다.
다정일편상강월이   정 만흔 ᄒᆞᆫ 조각 쇼상 둘이
증죠강어복니혼이라   일즙 고기 빗 속의 넉시 비최엿도다

ᄂᆞ 是日也, 風暄景明, 波紋不動, 水碧青天, 上下一色, 江邊畵屋, 遠近參差, 縹渺笙歌, 皆如鶴上仙也.(『한골동본』: 이하 모두 동일)

______ 풍훤이 경명ᄒ며 파문이 브동ᄒ고 슈벽텬쳥ᄒ야 상해일식이오 강변은 화각은 원근의 춤치하엿고 표묘ᄒᆞᆫ 싱가는 학 우희 신션ᄀᆞ더라

ᄃᆞ 伏以 僕本武人, 自少失學, 功勤弧矢, 口杜經書. 家世零丁, 契闊清寒, 鄉隣睥睨, 奴僕逃逋. 欲令小子, 早就名程, 讀古人書, 慕前賢志, 粗通文字, 暫曉人理. 於家孝悌, 於友信義, 小無橫越之志, 寧有狂暴之行? 但男女相感, 古今常情. 閨幃已離, 悔責何益? 堪承恩命, 仰求賢婦. 只以尊卑有序, 門戶不同, 伏地懷慚, 臨紙無言.

[업데여 싱각ᄒ니 나는 본디 무인으로 져머셔붓터 글을 노하   집이
뼈러디고 고단ᄒ야 살 일이 닝낙ᄒᆞᆫ디라 죵이 도망ᄒᆞ매   녯 사롬의
글만 닑고 (어린 아희로 ᄒᆞ여곰)(화살 다스리기롤 브즈런이) ᄒ라댜 ᄒ더
니 ᄆᆞ옴이 방탕ᄒ니 봄 흥을 이긔디 못ᄒ야 ᄒᆞᆫ 병이 지리ᄒ니 부모의 회우
ᄒ미 보야흐로 깁더니 이제 뜻ᄒ디 아녀셔 아롭다온 명을 니은디라 한미ᄒᆞᆫ
자최 놉픈 가문의 의탁ᄒ미 긔약이 이시니 감격ᄒᆞ믈 이긔디 못ᄒ여라]ᄒ엿
더라)

㉮는 원문에 독음을 달아 놓았으면서도 번역을 하지 않았다. 번역자가 이러한 실수를 한다는 것은 이해할 수 없다.

㉯ 역시 원문의 '是日也'를 빼면 앞뒤 문맥의 연결이 제대로 되지 않는

---

10) 『한골동본』·『저초본』에는 '초각유(楚客維)'로, <위경천전>에는 '초각계(楚客繼)'로 되어 있다.

11) 해석을 빠뜨렸다. 작품 말미, 위생의 부친이 소 낭자 집에 보내는 서신의 경우는 한자 독음이 모두 보이지 않는다.

다. 이 역시 번역자의 실수로 보기는 어렵다. 아마도 이는 <쥬싱뎐>과 <위싱뎐>을 이어 필사하는데서 오는 전사자의 누적된 피로로 인한 오기가 아닌가 한다. 이는 전사자가 <쥬싱뎐>을 먼저 필사하고 <위싱뎐>을 후에 필사한데서 비롯된 것으로 이해할 수 있다.

㉐의 번역은 원문과 판연히 다르다. 글의 앞뒤조차 연결이 되지 않는 것은 한문본의 밑줄 친 곳의 번역이 빠져있거나 아예 원문과는 다름을 알 수 있다. 이 부분은 『한골동본』·『저초본』, <위경천전> 등 한문본 공히 큰 경정이 없는 것으로 미루어 전사자의 오기와 번역자의 의도적 변개로 보아야 한다. '져머셔븟터 글을 노하' 뒤에 '(화살 다스리기롤 브즈런이)'가 들어가야 하며, (어린 아히로 ᄒ여곰)은 '녯 사롬의 글만 닑고' 앞에 와야 할 내용이다. 이 부분은 완연한 전사자의 실수라고 이해해야한다.

하지만 "(ᄒ라댜 ᄒ더니 ᄆᄋᆷ이 방탕ᄒ니 … 감격호믈 이긔디 못ᄒ여라] ᄒ엿더라)"는 번역자가 원문을 축약한 것이 아닌가한다.

② <위싱뎐>에는 번역자가 의도적으로 변개한 곳을 여러 군데서 발견할 수 있다. <주싱뎐>에 글자 한 자 빠뜨리지 않는 축자적 번역태도가 <위싱뎐>에서 다소 바뀐 것이다. 이것은 번역자가 두 작품을 연이어 번역하는데서 오는 자연스러운 결과인 듯하다. 구체적인 예를 들면 다음과 같다.

㉮ 문장이나 어휘를 생략한 곳.
香醪浹骨, <u>醉魔方酣,</u> 搖之不動
향긔로운 술이 ᄲᅧ의 비니 ________흔드러도 씨디 아니ᄒ고

生還攬繡綵裘, 解綿纜, 下船,
싱이 _______빗줄을 미고 비예 ᄂᆞ려

<u>生聞言即</u>驚, 涕泪<u>交頤, 暫俟心定,</u> 細語出喉中曰
싱이 _______ 놀라 눈물을 흘리며 _____ ___계유 목 안히셔 닐오디

如是者數度, 狂心火起, 六馬同奔, 終莫能制.
이러키롤 여러 번의 광심이 크게 니러나 ________ 못참내 능히 졔어티
못하야

　위에 든 예들은 모두 밑줄 친 원문의 번다함을 줄여 번역한 예들이다.
<주싱뎐>에서 원문을 축자적으로 번역한 것과는 사뭇 다르다.
　또 아래와 같이 모든 한문본에 있는 5언 절구를 생략하기도 하였다. 아래
장면은 위생이 소 낭자를 엿보는 장면인데 사실 이 시가 없어도 서사에는
아무 문제없다. 오히려 이 시를 생략하므로 엿보는 자의 긴장감과 서사적
전개가 더욱 빠르게 진행됨을 알 수 있다.

手折一枝花蕚, 依樓支頤而吟曰, "影子長怜月, 身輕不如花. 隨風香萬點,
飛去落誰家." 吟未訖, 見丫鬟掀簾而下, 報其茶鑵已溫矣.
손의 년고줄 것거 쥐고 누롤 비겨 안자셔 글을 읖더니, 차환이 발을 들고
닐오디, ___ ___ ___ ___ "달히는 채 더웟다."혼대 미인이 믄득 등을
잡고 드러가니 등외 격연호야
㉴ 앞뒤 어휘를 바꾼 곳.
虎尾春氷
봄 어름이며 범의 꼬리롤 드됨ㅈ튼디라

　'호미춘빙'은 '범의 꼬리와 봄에 어는 얼음'이라는 뜻으로 매우 위험한
지경을 비유해 이르는 말인데 번역자는 굳이 앞뒤를 바꾸었다.

3. 『국역본』의 문헌학적 의의

　『국역본』의 소설사적 의의는 무엇보다도 '궁중에서 언해 필사된 애정전
기소설집'이라는 점이다. 현재 <주생전>과 <위생전>의 번역 실태를 살피자
면, 『국역본』 외에 <주생전> 1편만이 『묵재일기』 권3편에 필사되어 있을

뿐 <위생전>은 없다. 궁중에서 소설을 금기시하는 것은 선초부터 내려오던 불문율이요, 더욱이 正祖 연간(1776~1800) 궁중은 문체반정과 반소설적인 근원지였다는 점을 상기하면, 이『국역본』자체로만으로도 소설사적 의의는 충분하다. 여항 출신의 소설이 궁중 독서물로 편입되어 소설의 사적 연진과정이 풍요로워졌다는 점도 그렇거니와, 더하여 이『국역본』에서는 애정전기소설의 언해라는 독서 문화적 정황과 소설의 유통까지 엿볼 수 있기 때문이다. 애정소설이라는 점은 궁중과 날카로운 대립각을 빚기에 충분한데, 애정전기인 <쥬싱뎐>·<위싱뎐>이 궁중에서 언해되어 독립된 연철본으로 필사되었다는 것은 매우 흥미로운 사실이다. 이러한 면에서『국역본』은 우리 고소설 번역사에 새로운 자료 확보라는 측면을 넘어, 지금까지 '소설'이 고급 독서층의 변방을 맴돌며 달고 다닌 '통속' 혹은 '저속'이란 표를 공적으로 떼는 작업이었다고 의의를 부여할 수도 있다.

앞의 연구 결과에『국역본』의 문헌적인 정황을 더하여 '『국역본』의 문헌학적 의의'를 좀더 구체화 시켜보겠다.

1) 언해 및 필사시기는 17세기 후반에서 18세기 중엽이다.

언해 연대부터 획정하면 김일근 교수님의 견해와 크게 다르지 않다. 김일근 교수는 언해의 상한 연대는 경종, 필사연대는 순조이전까지로 추정하였다.

이 논문에서는 문법·어휘적인 면에서 훑어본 바, 숙종에서 영조 연간에 번역·필사되었을 것으로 추정한다. 그것은 번역과 필사시기를 딱히 나눌 만한 점을 발견하지 못했고, 표기법으로 미루어 17세기 중반에서 18세기 중반 정도로 볼 수 있으며, 1. 각주 6)에서 밝힌바 상황적으로 소설을 公的으로 지적한 정조 시대는 피해야 해서이다.

여기에 다시『태평광기 언해』가 17세기 후반임을 고려한다면,『국역본』

은 17세기 후반에서 18세기 중반 그 어느 지점에서 필사되었을 가능성이 크다. 앞의 2.3)에서 살핀 바처럼『국역본』은 멱남본『태평광기 언해』필사본과 관계가 깊기 때문이다.『국역본』이『태평광기 언해』에 뒤이어 필사되었음을 방증하는 서지적 정황 자료 몇을 첨부하면 아래와 같다.

① 멱남본『태평광기 언해』는 매면 사방 쌍곽선이 뚜렷하며 매면 10행에 매 22-24자이고,『국역본』<쥬싱뎐>·<위싱뎐>도 이와 동일하다.

② 멱남본『태평광기 언해』는 앞 작품이 끝나면 뒤에 잇대어 필사를 하였고,『국역본』<쥬싱뎐>·<위싱뎐>도 이와 동일하다.

③ 멱남본『태평광기 언해』는 시의 독음을 달고 구결토를 붙인 뒤에 잇대어 번역문을 달았고,『국역본』<쥬싱뎐>·<위싱뎐>도 이와 동일하다.

④ 멱남본『태평광기 언해』의 글씨체는 남성필적으로 궁체이며 세련된 반초서체로 시종여일하게 필사하였고,『국역본』<쥬싱뎐>·<위싱뎐>도 이와 동일하다. 다만 글씨체만이 다르다.

2) 소설의 지형도를 궁중까지 넓혀 소설사적 연진과정이 풍요로워졌다.

우선 들 수 있는 것이 이 번역집이 궁중 소장이라는 점이다.『국역본』의 <쥬싱뎐> 첫 장에는 '椒掖寶藏'이라는 장서인이 찍혀있다. '椒掖'은 왕후의 궁을 이름이니, 이 번역집이 '왕후의 궁전에 잘 간수해 두었다'는 정황을 알려준다.12) 결국『국역본』은 우리 소설사에서 17세기-18세기의 소설적 영토가 '여항과 남성'을 넘어 '궁중과 여인'까지 꽤 넓었음을 확인케 해주는 자료인 셈이다. 이것은 단순하게 궁중의 소설취향으로 그치는 것이 아니다.『국역본』이전의『태평광기 언해』, 완산이씨의『중국소설회모본』13)과 낙

---

12) 장서인인 '椒掖寶章'은 궁중소장용 인장이다. 김일근 교수는 '椒掖寶章'이 후궁 전용의 것이라(김일근, 위의 논문, p.116.)하였다. 그러나 용례를 보면 '초액'은 후궁만이 아닌 왕비가 거처하는 궁전으로도 쓰였다.
13) 완산이씨의『중국소설회모본』은 서문이 1762년(영조38년)에 씌어졌으며, 畵員 김덕성

선재본 소설의 연장이요, 이후 "고종 21년을 전후하여 李鍾泰라는 자가 고종황제의 명을 받아 문사 여러 명을 동원하여 중국 소설을 번역하였다."14) 라는 기록까지 이어지며 의미 있는 소설사적 동선을 그리기 때문이다. 궁중에서 소설필사 작업이 꽤 오랜 시간을 두고 면면이 이어져 온 궁중의 한 문화였음을 알 수 있다.

3) 『국역본』의 번역상 특징은 초기 국역본의 번역양식을 그대로 따랐다.

『국역본』은 일반적인 초기 국역본의 번역양식을 그대로 따라 원문을 충실하게 직역하였다. 살핀 바, 아래와 같은 세 가지의 번역상의 특징과 표기적 특징을 찾았다.

① 편지나 시는 독음을 먼저 써 놓고 뒤에 번역을 하였다.

② 글자하나 빼 놓지 않고 축자적으로 번역을 하되, 서사에 영향을 주지 않는 일부의 문장은 일부러 빼놓았다.

③ 번역자 1인과 轉寫者 1인이 있다.

이 점은 아주 흥미롭다. 조선후기 궁중에는 '소설 번역자'와 '전사자'가 따로 존재했음을 추정케 하는 자료이기 때문이다. 이유는 <쥬싱뎐>에 비하여 <위싱뎐>이 상대적으로 빠진 문장이 더러 보이고, 시의 원문을 적어 놓고도 번역은 일부 누락하거나 편지의 독음을 아예 빠뜨린 곳 등에서 찾을 수 있다. 이는 번역자 의도에 의한 것도 있지만, 그 중 일부는 전사자의 실수임이 명백하기 때문이다. 번역자라면, 원문의 독음을 달아놓고 번역을 하지 않는다거나 독음을 빠뜨린다는 것은 이해할 수 없어서이다. 따라서 이는 전사자가 <쥬싱뎐>을 먼저 필사하고 <위싱뎐>을 후에 필사한데서 비롯된 것으로 이해할 수밖에 없다. 또한 번역과 표기적 특징이 여일한 것으

(金德成,1729-1797)이 그림을 그렸다. 박재연 편, 『중국소설회모본』, 강원대학교출판부, 1993 참조.

14) 이병기·백철 공저, 『국문학전사』, 신구문화사, 1993(중판), p.182.

로 미루어 번역자가 1인이요, 필사 또한 한 사람임을 알 수 있다.

위의 2)와 연결지어 보면, 궁중에 소설 번역자와 전사자가 당대에 있었음을 더욱 강하게 부연해 준다.

4) 국어의 다양한 어휘자료를 찾을 수 있다.

『국역본』임을 생각할 때 우리 국어의 다양한 어휘자료 또한 기대할만하다. 새로운 어휘는 그리 많지 않으나 '그므치(흔적:痕)' '몰근 눈떠(맑은 눈동자:明眸)', 돇(돛:帆), 닓뼈(일어나:起), '글이플(약한 풀:弱草)', '쇼록(올빼미:鴟梟 혹은 鴉鴇)', '이 사라심(此生)', 노혀오매(訪), ᄀ장(固 혹은 乃와 最가 동시에 쓰임), 노롬노리(遍遊) 등과 같은 일부 어휘는 국어학적으로 좋은 자료이다.

5) 『국역본』〈쥬싱뎐〉·〈위싱뎐〉과 『한골동본』 소재 〈주생전〉과 〈위생전〉은 상관성이 없으며, 아울러 〈주생전〉과 〈위생전〉의 작가도 동일인이 아니다.

김 교수님은 '⑥ 연철본의 의의'에서 『국역본』이 연철본이라는 점에 집약하여 〈주생전〉과 〈위생전〉이 권필의 작품임을 설명하는 것이라고 하였다.

더욱이 필자 소장의 『한골동본』에 〈주생전〉과 〈위생전〉이 나란히 필사되었음이 밝혀지면서, 이 문제는 단순히 우연의 일치라고 넘기기에는 석연치 않게 되었다. 『국역본』과 『한골동본』에 나란히 〈주생전〉과 〈위생전〉이 연철되어 있다는 것은, 혹 '동일 작가의 작품이라는 방증자료'로서 읽을 수 있지 않을까 해서다. 여기에 『화몽집』에서 〈주생전〉의 작가를 권필로, 〈위생전〉의 한문계열 이본인 〈위경천전〉에서도 '權石洲 製'라고 한 문헌적 증거를 더하면 동일 작가의 작품이라는 강한 의심을 둘 수밖에 없다.

밝혀야 할 것은 두 가지로 압축된다. 하나는 『국역본』과 『한골동본』 연철

관계이고, 또 하나는 작가문제이다. 지면상 문제가 있어 미리 말한다. 이 글에서 다루지 못한 작가문제는 각주1)의 졸고15) 로 미룬다.

우선 필자 소장의『한골동』역시 <주생전>과 <위생전>이 연철되었으며 필사가 여일하므로 한사람에 의해 필사되었다는 점에 주목해보자. 그렇다면『한골동』이 17세기 중엽이후,『국역본』<쥬싱뎐>·<위싱뎐>은 18세기 중엽이니, 두 필사집의 연대는 1세기 정도 상거한 데도 거의 일치한 형태를 보인다. 그러나 2.에서 살핀 바,『국역본』<쥬싱뎐>·<위싱뎐>과 필자 소장의『한골동』소재 <주생전>과 <위생전>은 동일계열의 이본일 뿐이다. 두 본이 동일계열이기는 하나 정확히 일치하지 않기 때문이다.

따라서『국역본』<쥬싱뎐>과 <위싱뎐>, 그리고『한골동』소재 <주생전>과 <위생전>의 저본이 '동일한 연철본', 혹은 '동일본'이었을 것이라는 추측은 일단 없어진 셈이다. 혹 연결고리가 내재해 있지는 않을까 하여, 소설 필사집을 찾아 필사된 작품을 순서대로 옮기면 아래와 같다.

<한문본>
『김집수택본』: <만복사저포기>·<유소낭전>·<주생전>(한 장만 필사)·<상
　　　　　　사동전객기>·<왕경룡전>·<왕십붕기우기」>…<이생규장전>·
　　　　　　<최문헌전>·<옥당춘전>(한 장만 필사)…
『화몽집』: <u><주생전>·<운영전></u>·<영영전>·<동선전>·<몽유달천록>·<원
　　　　　생몽유록>·<피생명몽록>·<강노전>·<금화영회:　금화사몽유
　　　　　록>·<강로전>
『선현유음』: <u><주생전>·<운영전></u>·<최현전>·<강산변>·<상사동기>·<왕
　　　　　경룡전>·<최척전>·<최선전>
『삼방요로기』: <왕경룡전:옥단전>·<u><상사동기:영영전)></u>·<u><유영전:운영전)></u>
『정경주본』:　<상사동기:영영전>·<왕경룡전>·<주생전>·<원생몽유록>·
　　　　　<육신전>

---

15) 지면상의 문제가 있어 다루지 못한 작가문제는 각주1)의 졸고,「『한골동』소재 <위생전> 연구」,『고전문학과교육』14집, 324쪽 각주) 35 참조. 이 글에서는 4가지의 근거를 들어 <위생전>의 작가를 石洲 權韠로 볼 수 없음을 밝혔다.

『이헌홍본』: <왕경룡전>·<상사동기>·<주생전>
『고담요람』: <상사동기>·<유영전:운영전)>·<위경천전)>
『한골동집』: <왕경룡전>… <주생전>·<위생전>·<상사동전객기>…

<국문본>
『묵재일기』: <설공찬전><왕시전>·<왕시봉전>·<비군전><주생전>
『국역본』: <주생전>·<위생전>

    <주생전>·<운영전>이 2곳, <상사동기>·<운영전>이 2곳, <주생전>·<위생전>이 2곳이다. 그러나 연철된 <주생전>·<운영전>, <상사동기>·<운영전>은 동일 작가의 작품이 아니다. 굳이 찾는다면 내용의 유사 정도이다.

    이러한 정황으로 미루어 『국역본』<쥬싱뎐>·<위싱뎐>과 『한골동본』 소재 <주생전>과 <위생전>은 상관성이 없다. 여기에 '『국역본』<쥬싱뎐>·<위싱뎐>의 번역 저본도 <쥬싱뎐>·<위싱뎐>이 연철되어 있었을 것'이라는 가정도 성립하기 어렵게 되었기에, <주생전>과 <위생전>의 작가를 동일인으로 볼 수 없다. 따라서 『국역본』과 『한골동본』의 <주생전>·<위생전> 연철 이유를 추측하자면 '내용의 유사', 혹은 '<위생전>이 <주생전>의 서사 구조를 踏襲해서' 정도일 것이다.

결 론

    이 글은 지금까지 『국역본 <쥬싱뎐>·<위싱뎐>』의 표기적 특징과 이본적 성격을 두루 살펴 언해와 필사연대를 획정하고, 문헌학적 의의까지 잠시 짚어 보았다.

    이 『국역본』은 김일근 교수에 의해 발굴된 국역 애정전기소설집으로 '궁중 소장 국역본'이라는 점만으로도 소설사적 맥락이 적지 않은데, 결론을 대략 정리하면 이렇다.

① 국어학적 음운현상과 문법, 어휘적인 면에서 훑어본 바, 숙종에서 영조 연간에 번역 필사되었을 것으로 추정한다. 그것은 필사된 '멱남본『태평광기 언해』'와 '낙선재본'의 중간 표기로 미루어 17세기 중반에서 18세기 중반 정도로 볼 수 있기 때문이요, 상황적으로 소설을 공적으로 지적한 정조시대는 피해야 해서이다. 결국『국역본』은 우리 소설사에서 17세기-18세기의 소설적 영토가 '궁중'과 '여인'에게까지 꽤 넓었음을 확인케 해주는 자료이다.

② 어휘면에서『국역본』이 궁중에서 번역된 소설이라는 의미 또한 적지 않다. 새로운 어휘는 그리 많지 않으나 '그므치(흔적:痕)' '몰근 눈찌(맑은 눈동자:明眸)', '돗(돗:帆)', '닙떠(일어나:起)', '글이플(약한 풀:弱草)', '쇼록(올빼미:鴟梟 혹은 鴉鳴)', '이 사라심(此生)', '노혀오매(訪)' 등과 같은 일부 어휘는 국어학적으로 좋은 자료이다.

③『국역본』은 궁중소설의 번역·필사에 대한 값진 자료로 <쥬싱뎐>보다 <위싱뎐>에서 의도적으로 변개한 부분과 일부 문장이 빠진 곳을 쉽게 찾을 수 있다. 飜譯者와 轉寫者가 다르고 두 번째 작품에서 번역의 의도성과 필사의 동요가 눈에 띈다. 따라서『국역본』은 단순 필사본과는 달리 한 작품이 번역되고 이본이 파생되는 경위가 중층적임을 알 수 있다.

④『국역본』<쥬싱뎐>이『한골동본』과 친연성이 있다지만 동일한 본을 저본으로 한 것은 아니다.『국역본』<위싱뎐>의 번역 저본은『한골동본』·『저초본』과 동일 계열의 이본으로『한골동본』과 더욱 근사한 계열이지만 역시 동일한 저본은 아니다.

⑤『국역본』과『한골동본』연철관계가 선명히 드러나지 않는 것으로 미루어,『국역본』<쥬싱뎐>·<위싱뎐>과『한골동본』소재 <주생전>과 <위생전>은 상관성이 없다. 아울러『국역본』의 <쥬싱뎐>·<위싱뎐>의 연철에서 작가의 동일성도 발견할 수 없었다.

  마지막으로 이『국역본』<쥬싱뎐>·<위싱뎐>과 한문본 <위생전>이 학계에 소개됨을 기화로 작가문제와 <위생전>의 작품성에 대한 연구자들의 진지한 논의를 기대해 본다.

참고문헌

신기형(1960), 『한국소설발달사』, 창문사.

문선규 역(1961), 『화사 외 2편』, 통문관.

리철화 역(1963), 『림제·권필작품선집』(조선고전문학전집 13), 조선문학예술총
　　　　동맹출판사.

유탁일(1989), 『한국문헌학연구』, 아세아문화사.

임형택(1992), 「전기소설의 연애주제와 위경천전」, 『동양학』 22, 단국대 동양학
　　　　연구소.

박일용(1993), 「17세기 애정소설의 사실적 경향과 낭만적 경향」, 『조선시대의
　　　　애정소설』, 집문당.

박재연 편(1993), 『중국소설회모본』, 강원대학교출판부,

김춘택(1993), 『우리나라 고전소설사』, 한길사.

정　민(1993), 「위경천전의 낭만적 비극성」, 『한국학논집』 24, 한양대 한국학연
　　　　구소.

문범두(1996), 『石洲權鞸文學의 硏究』, 국학자료원.

이가원(1997), 『조선문학사』상·중·하, 태학사.

이복규(1998), 『초기 국문·국문본소설』, 박이정.

정병호(1998), 「주생전과 위경천전의 비교 고찰」, 『고소설연구』 6, 한국고소설학회.

정　민(1999), 『목릉문단과 석주 권필』, 태학사.

정출헌(1999), 『고전소설사의 구도와 시각』, 소명출판.

조희웅(1999), 『고전소설이본목록』1, 집문당.

정학성(2000), 『역주 17세기 한문소설집』, 삼경문화사.

김일근(2000), 「주생전·위경천전 언해의 연철본(쥬싱뎐·위싱뎐) 출현에 따른 서
　　　　지적 문제」, 『겨레어문학』 25집, 겨레어문학회.

졸고, (2003), 『조선후기필사본한문소설집, 선현유음』, 이회.

소재영(2002), 「필사본 한문소설 화몽집에 대하여」, 『한국학연구』 2, 태학사.

권혁래(2004), 「조선조 한문소설 국역본의 존재 양상과 번역문학적 성격에 대한 시론」, 『동양학』 제36집, 단국대학교 동양학연구소.

정명기(2006), 「<위생전>(<위경천전>) 교감의 문제점」, 『고소설연구』 22.

정명기(2007), 「<위생전>(<위경천전>) 이본 연구」, 『어문학』 95, 한국어문학회.

간호윤(2007), 「『한골동』 소재 <위생전> 연구」, 『고전문학과교육』 14집.

<자료>

<韋敬天傳>(임형택본), <韋生傳>(저초본), <韋生傳>(유재영본), 국문본<위싱 뎐>(김일근본), <韋生傳>(한골동본), 조선왕조실록홈페이지, 민족 문화추진회홈페이지, 국사편찬위원회홈페이지.

정경주(1999), 「필사본 한문소설집 『초호별전』 해제」, 『한문고전의 문화해석』, 경성한문학연구회.

남광우(1991), 『보정 고어사전』, 일조각.

홍윤표 외(1995), 『17세기 국어사전』, 태학사.

2) 『한골동』 소재 〈위생전〉 연구*

간 호 윤**

서 론

『閒汨董』 소재 <韋生傳>은 <韋敬天傳>의 이본이다.

<위경천전>은 주지하는 바, 임형택 교수에 의해 발굴된 『古談要覽』 속에 갈무리된 17세기 한문 애정전기소설이다.[1] 이 자료 발굴 후 시일을 두고 김일근 교수에 의해 국역본 1종이[2], 정명기 교수에 의해 '저초본'과 '유재

---

* 이 논문은 『고전문학과 교육』 14집(2007, 한국고전문학교육학회, 월인)에 수록된 논문이다.
** 인하대학교 국어교육학과 강사

[1] <위경천전>은 일찍이 李明善의 『조선문학사』(1948년) 연표에 <章敬天傳>으로, 또 북한의 『조선문학통사』(1959년)에서는 권필의 작품으로 소개되기도 하였다. 임형택 교수에 의해 <韋敬天傳>이 발굴되며 이명선의 『조선문학사』에 기록된 <장경천전>은 <위경천전>의 誤植임이 밝혀졌다.

임형택, 「傳奇小說의 戀愛主題와 韋敬天傳」, 『東洋學』 22, 단국대학교동양학연구소, 1992, 25-47면.

(이명선의 『조선문학사』 연표는 현재 노트 형태로 온전히 남아 있는데 여기에는 <위경천전>으로 되어 있다 한다. 따라서 <장경천전>이라 한 것은 출판사의 오식이었다.)

[2] 김일근, 「주생전·위경천전 언해의 연철본 <쥬싱뎐·위싱뎐> 출현에 따른 서지적 문제」, 『겨레어문학』 25집, 겨레어문학회. 2000, 253-260면. 이 글에서 신기형, 『한국소설발달사』, 창문사, 1960, 482면의 <張敬夫傳>과 W.E. Skillend, 『고대소설』, 1968에서 <張敬夫傳>이라한 것은 <위경천전>의 오기임을 바로잡았다. 언해의 상한 연대는 경종, 필사 연대는 순조 이전까지로 추정하였다. (이 자리를 빌려 국역본을 흔쾌히 제공해 주신

영본'이 소개3)된 이후 본고에서 또 <위생전> 이본 한 권을 학계에 내 놓게
된 것이다.

따라서 임 교수님이 <위경천전>을 발굴하며 밝힌 바, '<위경천전>을 연
구하는데 가장 큰 문제점은 대조할 이본조차 없다.'는 토로는 이제 새로운
전환을 맞이하였다.

『閒汨董』 소재 <위생전>의 발굴은 저러 이러한 점에서 우리 학계에 소중
한 자료이다. 따라서 이 연구는 <위생전>의 본격적인 논의에 앞서『閒汨董』
의 서지적인 검토와 <위생전>의 의의를 짚는데 일차적인 목적을 두고, 나아
가 거칠게나마 이본을 더듬어 <위경천전>에 대한 작품성의 오해를 바로
잡아 보겠다.4)

논의에 앞서 우리 소설사에서 <위경천전>의 '작품성의 치졸함'과 '과장
된 대접'에 대한 오해와 <위경천전>은 <위생전>의 이본이라는 점부터 적
시코자 한다.

<위생전>으로 미루어 보아 <위경천전>의 原本5)은 수준급의 전기소설로
까지야 어렵지만, 순후한 한 편의 애정전기소설로서 손색이 없는 문학 작품
인 것만큼은 틀림없다.

소설의 제명도 <위경천전>이 아닌 <위생전>이다.

김일근 교수님께 감사드린다.)
3) 정명기, 「<위생전>(<위경천전>) 교감의 문제점」, 『고소설연구』 22. 2006에서 본인 소장
   (저초본)의 <위생전>과 <위경청전>과의 교감을 치밀하게 하였다. 이본 두 권 중, 한 권
   인 '유재영본'은 중간에 필사가 끊어져 있기에 온전한 필사본이 아니다.(이 자리를 빌려
   두 이본을 흔쾌히 제공해 주신 정명기 교수님께 감사드린다.)
4) 현재 발굴된 이본 모두를 대상으로 해야 하나 지면 관계로 여의치 않아 다른 이본들은
   중요부분만 인용하였다. 특히 훑어본 바, 『한골동』 소재 <위생전>과 '저초본', '유재영
   본'은 동일계열로 보아 무방하다. 이에 대한 정밀한 고찰은 따로 장을 마련할 것이다.
5) 이 글에서는 작가의 손에 이루어진 原作을 뜻한다.

본 론

1. 『한골동』 소재 <위생전>의 의의

1) 『한골동』의 서지적 고찰

<위생전>을 갋아 놓은 『한골동』부터 개략적으로 소개한다.6)

『한골동』은 저자가 고서방을 통하여 근래 거둔 책으로 肉眼으로 보아도 100여 년은 족히 넘어 보인다. 『한골동』이란 책명은 記寫된 글들의 면면으로 짐작할 수 있다. 그러나 책의 체제로 미루어 編纂者는 나름대로의 뚜렷한 의식에 의해 이 책을 엮은 듯하다. 정성 또한 예사롭지 않다. 필사의 如一함과 淸書는 물론이고 종이를 잇댄 면이 여럿인 것하며 글씨를 선명하게 하기 위하여 종이의 표면을 매끄럽게 다듬이질을 한 것 등에서 미루어 짐작이 가능하다.

총 157쪽으로 적지 않은 품도 들였다. 보관 상태는 대체로 양호한 편이나 적잖은 風霜을 거친 磨滅이 보인다. 고급의 楮紙를 사용하였고 책장의 글자가 밖으로 나오도록 가운데를 접어 가지런히 중첩하는 線裝 방법을 사용하였다. 표지는 두 장으로 기름을 칠하여 水分에 견디도록 하였으며 黃紙 紅絲와 五針眼訂法으로 조선시대의 전통적인 裝幀法의 모습을 갖췄다.

---

6) '한골동'이란, 『朱子全書』·<學>에 보이는 "지금 사람들은 본령은 없이 다만 사리를 깨달아 아는 것은 버리고 '閒汨董'만 많다(今人旣無本領, 只去理會 許多閒汨董)."라는 말에서 나왔다. 여기에서 '한골동'이란 도학과는 관계가 없는 그저 흥미위주의 자잘한 이야기를 가리키는 것이요, '汨董'은 '骨董'이나 '古董'과 같은 의미로 쓸데없는 물건이란 뜻이다.

　서울대 규장각에도 '한골동'이라는 제명의 책이 두 본 있다. 한 본은 『閒汨董』으로 乾坤 2책의 필사본이다. 편저자·편년은 미상으로 중국 고사 중 교훈이 될만한 이야기를 뽑아 편집하였다. 또 한 본은 중국의 역대 왕조의 시조를 기록한 <歷代帝王年代篇> 과 개인적인 잡기를 모은 책으로 『閑汨童』이라 적혀 있다. 역시 편저자는 알 수 없으며 영조 때 만들어진 잡기장 정도로 추정된다.

크기는 세로 25㎝×가로 18.5㎝이다. 또 表紙를 두텁게 보강하기 위하여
속에 붙인 종이인 褙接紙를 서로 밀착시켰다. 각 면은 12행, 각 행은 22-25
자 정도이다. 글씨는 달필이며 획이 힘찬 것으로 미루어 편찬자는 20-30대
의 청장년층이 아닌가 한다. 筆寫를 용이하게 하기 위하여 劃을 생략하거
나 단순화한 俗字가 많고 正字를 생략하여 變改해서 간편화한 半字, 古字
도 보인다. 일람하면 글씨체가 부분적으로 다른 듯하지만, 아마 이러한 운
필은 시간을 두고 필사를 하는 데서 오는 자연스런 현상이 아닌가 한다.
따라서 대체로 한 사람의 필적이라고 보아 무방하다.

특히 덧써 고친 흔적을 여러 곳에서 찾을 수 있다. 塗竄의 먹흔이 뚜렷이
구별되고 글씨체도 다른 것으로 미루어 후일 누군가에 의해 推敲, 添削된
것이 아닌가 한다. 책의 하단부 글씨가 手澤으로 인한 마멸 흔적이 뚜렷하
니, 이 또한 ‘누군가’에 대한 정황적 준거이다. 따라서 이 필사본의 先本이
있음을 알 수 있으며, 아울러 이 필사본과 그 선본은 거의 일치할 것이라는
추론도 가능하다.

또 없애는 부호, 자리바꿈 부호, 끼워 넣기 부호 등 校正符號와 詩임을
표시하는 환주도 보인다.

2) 수록작품과 편찬연대

이제 필사된 글을 토대로 『한골동』집의 편찬연대와 편찬자를 짚어 보자.
『한골동』집에 필사된 수록 작품과 쪽수는 다음과 같다.

<出師表>, <後出師表>	(1쪽)[7]
<陳情表>	(5쪽)[8]
<答蘇武書>	(6쪽)[9]

---

7) 제갈량(諸葛亮, 181~234)의 글.
8) 이밀(李密, 224~287)의 글.

---

9) 이릉(李陵, ?~B.C.74)의 글.

10) 손호(孫皓, 242~284)의 글로 『文選』「書下 第四十三卷」에 보인다.

11) 하지장(賀知章, 659~744)이 벼슬을 물러남을 청함에 鑑湖를 하사 받고 올린 표.

12) 순찰사에게 병란이후 피폐한 백성의 상황을 알리는 글.

13) 이정구(李廷龜, 1564~1635)가 1599년 가을 북정을 간한 차자로 『月沙先生集』卷之三十
에는 '諫北征箚'로 되어 있다. 『月沙先生集』은 1636년 74권 22책의 목판본으로 간행.

14) 향병을 모집하는 격문이나 누구의 것인지 알 수 없음.

15) 이덕형(李德馨, 1561~1613) 등이 올린 변무서. 『漢陰先生文稿』卷之九에는 '呈禦倭監
軍文'으로 되어 있다.

16) 정인홍(鄭仁弘, 1535~1623)이 1608년 유영경을 참하라고 올린 상소.

17) 유영경(柳永慶, 1550~1608)이 1608년 정인홍이 올린 상소에 대한 차자.

18) 고종후(高從厚, 1554~1593)의 상소. 아버지 고경명(高敬命, 1533~1592)과 아우 高因厚
가 함께 왜군과 싸우다 죽자 상복을 입고 참전하여 復讎義將으로 불린 전라도 의병장.
진주성 싸움에서 왜군에게 지자 김천일과 함께 남강에 투신하여 죽었다.

19) 고종후가 의병을 모은 격문. 북에서 간행한 오희복 역, 『임진의병장작품집』, 문학예술종
합출판사, 1994에는 고종후가 아닌 '유팽로 등'의 '通諸道文'으로 되어 있다. 이 책은
남쪽 한국문화사에서 1995년 영인하였다.

20) 김득신(金得臣, 1604~1684)의 『栢谷文集』 소재 <환백장군전>과는 다름. 年差로 볼 때
김득신의 <환백장군전>보다 이 글이 선행한 것일 수도 있다.

<改葬先父君祭文>   (149쪽)[22]
<祭先妣孫婦人文>   (150쪽)[23]
<祭亡友尹士栗文>   (152쪽)[24]
'金應河에게 遼東伯을 내린 글' (156-157쪽)[25]

『한골동』집의 발굴로 우리 17세기 한문 소설사가 제법 풍성하다. 비록 23편이나 되는 글 중, 소설은 <왕경룡전>, <주생전>, <위생전>, <상사동전객기> 등 4편에 지나지 않아 순수한 한문소설집으로 볼 수 없으나, 필사된 작품이 157쪽 중 93쪽에 달하기에 내용면으로는 소설집으로서 유감없다.

이제 서지적 사항을 정황적 준거로 활용하여 편찬연대를 짚어나가 보겠다.

① 筆寫時期는 대략 17세기 정도로 가늠할 수 있다.

첫째: 필사된 작품의 면면으로 미루어 17세기 정도로 가늠할 수 있다.

필사년기가 없으나 소설들을 통하여 필사의 상한선은 1599년을 넘을 수 없다.[26] 여기에 한문소설 필사는 시기적으로 17세기에 집중적으로 보인다

---

21) 이정구(李廷龜, 1564~1635)의 이른바 '朝鮮國辨誣奏文' 혹은 '戊戌辨誣奏'로 선조 31년(1598년)임. 1598년 당시 명나라의 丁應泰가 조선이 왜병을 끌어들여 중국을 침략하려 한다고 무고한 사건에 대하여 올린 글이다.

22) 이언적(李彦迪, 1491~1553)이 아버지 묘소를 개장하며 쓴 제문으로 정덕 16년(1521년) 2월 19일임.

23) 이언적(李彦迪, 1491~1553)이 조카 이순인(李純仁)을 시켜 쓴 어머니 孫氏(雞川君 孫昭의 女)의 제문으로 가정 28년(1549년)임, 孤潭 이순인(李純仁, 1533~1592)인지는 알 수 없다.(이언적은 본관이 驪州이고 이순인의 본관은 全義이다. 이 제문은 이언적의 『晦齋先生集』卷之六에만 보인다.)

24) 하서 김인후(金麟厚, 1510~1560)가 친구인 윤사율을 위해 쓴 제문이다. 1802에 간행된 『河西先生全集』卷之十二의 「제문」'祭尹士栗文'과 동일한 내용이다.

25) 김응하(金應河, 1580~1619)에 대한 제문으로 광해군 13년(1621년) 윤 2월.『光海朝日記[四』(辛酉)와 동일한 내용이다. 이 글은 당대 널리 퍼진 듯하니 필자 소장 經折裝 <金生傳:상사동기>에도 '贈金將軍應封河遼東伯文'이란 제명으로 필사되어 있다. 이 본의 말미에 "黃龍 七月初七日 獲麟 金生傳終"이라 하였다. 황룡은 戊辰年이니 필사년도는 1628년이다.

26) <상사동전객기>는 서두에 "弘治中"이라고 하였다. "홍치"는 명나라 孝宗(재위:1488~1505년)의 연호이니, 15세기 말에서 16세기 초이다. <위생전>은 1592년 3월 1일부터 그 해 겨울사이에 일어 난 일이다. <주생전>은 말미에 "癸巳仲夏無言子傳"이라 적혀있

는 점도 간과할 수 없을 듯하다.

기타 필사된 글을 살펴보자.

글의 인물들을 고려한다 하여도 1684년을 내려오지는 않는다. 필사된 글 중 실존 인물과 관계된 가장 마지막 글은 <환백장군전>이다. <환백장군전>은 栢谷 김득신(金得臣, 1604~1684)의 『栢谷文集』 소재 <歡伯將軍傳>과 동일한 제명이기 때문이다. 그러나 『한골동』 소재 <환백장군전>이 약 224자인 반면, 『백곡문집』 소재 <환백장군전>은 584자로 2배에 달하며 내용 또한 사뭇 다르다. 따라서 두 작품이 동일한 것인지는 보다 면밀한 추고가 있어야 할 것 같다.27)

<환백장군전>을 제하면 『한골동』의 편찬연대는 꽤 앞으로 당겨진다.

살핀 바 명나라에서 김응하(金應河, 1580~1619)에게 요동백을 내린 글이니, 광해군 13년(1621년) 윤 2월이다.

결국 『한골동』의 필사 상한선은 1621년 혹은 1684년 이후가 되니, 17세기 중엽 이후 그 어느 지점에서 필사되었을 가능성이 크다.

둘째: 한문소설(집) 필사는 시기적으로 17세기에 집중적으로 보인다.

다. 임란에 대한 언급으로 미루어 계사년은 1593년이고 "仲夏序"라 하였으니 음력 5월로 1593년 음력 5월이 된다. <왕경룡전>은 서두와 말미에 "嘉靖末"과 "萬曆己亥年間"이라는 간지가 보인다. "가정"은 명나라 世宗(재위:1522~1566년)의 연호이니, "가정말"은 16세기 중엽이요, "만력"은 명나라 神宗(재위:1573~1619년)의 연호이니 "만력기해년간"은 1599년이다.

27) <환백장군전>은 술을 의인화한 가전문학이다. 그런데 『한골동』 소재 <환백장군전>과 『백곡문집』 소재 <환백장군전>은 제명과 형식, 소재가 같음에도 내용이 너무나 다르기에 김득신의 작품이라는 게 의심스럽다. 『한골동』 소재 <환백장군전>과 『백곡문집』 소재 <환백장군전>의 서두와 말미는 아래와 같다.

『한골동』 소재 <환백장군전>; 將軍姓田名米字釀之, 其先穀陽人也, 儀狄始立之元年, 受封於壺中天地, 而爲伯焉. 故号曰伯, 伯者爵也⋯於是, 阮籍長哺, 杜甫長歌, 領將軍之功, 書于靑帘旗.

『백곡문집』 소재 <환백장군전>: 將軍姓曺名糠, 夏禹氏時, 宋人儀狄之裔也. 糠旣長, 事商紂, 當武王伐紂, 奔酒泉, 變姓名, 自稱曺糠⋯封將軍於歡伯之, 分愁城之地, 使郎官淸·力士鎗·靑州從事, 名守之.(안병렬, 『한국가전연구』, 이우출판사, 1986, 319면(부록 영인)

한문소설(집) 필사는 시기적으로 17세기에 집중적으로 보인다는 점도, 『한골동』집이 17세기에 필사되었음을 돕는다.

17세기 필사집의 공통점은 모두 두세 편 정도의 같은 작품이 수록되어 있는데, 공히 애정전기소설이 중복 필사되어 있다.28)

『한골동』에 필사된 <왕경룡전>·<주생전>·<위생전>·<상사동전객기> 역시 이러한 소설필사작품집과 유사하다는 반증이다. 겸하여『한골동』의 발굴로 17세기에 다량의 한문소설의 선집필사 同期化 현상이 더욱 분명하는 점도 한 의의일 것이다.29)

②편찬자는 戰亂으로부터 그리 멀지 않은 시기를 살았던 듯하고 강개한 지식인이다.

『한골동』집의 필사 작품으로 미루어 볼 때 편찬자의 選集에는 크게 몇 가지의 얼개를 찾을 수 있다. 외형적으로는 공명의 <출사표>로부터 <왕경룡전>까지 6편의 중국 작품,30) <상방백서>에서 '金應河에게 遼東伯을 내린 글'까지 17편이 우리의 작품31)이요, 내용적으로는 '전란을 중심으로 한 충절'과 '애정을 다룬 소설', 그리고 '주변 사람들과 관련된 글들'이다.

『한골동』집의 필사 첫 작품은 제갈량의 <출사표>이고 두 번째는 이밀의 <진정표>이다. "諸葛孔明의 <출사표>를 읽고 눈물을 흘리지 않으면 忠臣이 아니요, 李密의 <진정표>를 읽고 눈물을 흘리지 않으면 孝子가 아니다"

---

28) 『김집수택본』: <萬福寺樗蒲記>·<劉少娘傳>·<周生傳>(한 장만 필사)·<相思洞餞客記>·<王慶龍傳>·<王十朋奇遇記>> 자전적 고백이 담긴 原情 형식의 <寡妓嘆>·<古班僧>·<李生窺墻傳>·<崔文獻傳>·<玉瓖春傳>(한 장만 필사), 악부체 고시인 <去時鞍馬別人歸> 등 12편.
   『화몽집』: <周生傳>·<雲英傳>·<英英傳>·<洞仙傳>·<夢遊達川錄>·<元生夢遊錄>·<皮生冥夢錄>·<姜虜傳>·<金華靈會:金華寺夢遊錄>·<姜虜傳> 등 10편.
   『선현유음』: <주생전>·<운영전>·<최현전>·<강산변>·<상사동기>·<왕경룡전>·<최척전>·<최선전> 등 8편.
29) '한문소설의 선집필사 동기화 현상'에 대해서는 졸고, 『조선후기필사본한문소설집, 선현유음』, 이회. 2003, 8~20면 참조.
30) 차례로 미루어 <왕경룡전>을 중국 작품으로 인식한 것 같다.
31) 차례로 미루어 '金應河에게 遼東伯을 내린 글'을 우리 작품으로 인식한 것 같다.

라고도 하였다. 뒤를 이어 필사한 <격권본현급속현부노자제모소향병문>, <고의병장하격> 등은 전란을 중심으로 한 충에 관한 글들이다. <개장선부군제문>, <제선비손부인문>, <제망우윤사율문> 등은 주변 사람들과 관련된 제문, 그리고 한문소설들로 선집의식이 명료하다.

특히 <진정표>와 <출사표>, <격권본현급속현부노자제모소향병문>, <고의병장하격> 등으로 미루어 편집·필사자의 강개한 의식을 엿볼 수 있다.

필사된 4편의 소설은 모두 애정을 다룬 전기소설들이며 <왕경룡전>, <주생전>, <위생전>의 時空素는 '전란'이다.32)

임란 후의 피폐한 현실, 그리고 전란의 시름을 달래려는 편찬자의 의식이 이러한 소설들을 선집한 것으로 이해할 수 있다. 따라서 편찬자는 戰亂으로부터 그리 멀지 않은 시기를 살았던 듯하다.

③ 조선 지식층의 독서 범위와 소설에 대한 동향을 파악할 수 있는 자료이다.

『한골동』집에서 17세기 조선 식자층의 독서 문화의식과 아울러 애정전기소설에 대한 당대인의 인식과 관심의 도가 여하한지를 알 수 있다.

『한골동』집의 편찬자는 선집한 글들의 면면에서 강개한 성품을 지닌 지식인으로 독서의 보폭이 꽤 넓었음을 알 수 있다. 중국의 글에서 의병의 격문, 여기에 차자나 상소, 제문, 그리고 소설까지 두루 망라하였기 때문이다.

여기서 사대부층의 소설에 대한 인식이 여하함을 충분히 귀띔 받을 수 있으니, 잇달아 '사대부층의 애정전기 인식의 확장'과 '진정한 의미의 소설독자'와 '소설의 대중화'라는 일련의 과정까지도 생각할 수 있다. 즉 '식자층이 소설을 독서문화로 인식→소설독서체험→애정전기 선집 필사→소설 수용층의 확장'이라는 일련의 흐름이 17세기에 이미 흥미롭게 진전됐다는

---

32) <왕경룡전>에서는 1599년 옥단의 아들이 왜란 정벌을 하기위해 조선에 오고 <주생전>은 아예 1593년 주생이 임란으로 와 개성에서 들려준 이야기요, <위생전>의 위생도 1592년 임란에 참전하기 위해 오다 죽는다.

사실은 주목을 요한다.

식자층에서 남다른 소설의식을 가진 편찬자의 등장은 단순한 好事的 취미로 보기에는 그 함의가 적지 않다. 양보하여 일부 식자층에 국한된 것으로 한하여도 소설 필사에 대한 정서의 확장은 우리의 소설사에서 한 結節로 넉넉히 읽을 수 있기 때문이다. 18~19세기로 이어지는 수많은 필사본과 방각본 형태로 간행된 소설들의 진정한 출발점은 여기가 아닌가 한다.

2. '간호윤본' <위생전>[33] 발굴의 의의

1) <위생전>의 이본 <위경천전>이다.

자료의 발굴은 史的인 添記에 끝나는 것일 수도 있지만, 때론 이전 자료의 해석에 중대한 영향을 미친다. 이 말은 '<위경천전>의 이본 <위생전>이나? <위생전>의 이본 <위경천전>이냐?'를 따져봐야 한다는 뜻이다.

결말부터 미리 적는다. <위생전>의 이본 <위경천전>으로 불러야 한다. 그 몇 가지 이유는 이렇다.

① <위경천전>을 제외한 모든 이본이 <위생전>이며 전기소설 작품 중 '字'를 제목으로 삼은 작품은 찾기 어렵다.

고소설의 제명이야 중심인물의 이름을 따온 것이 많다는 것에 이의를 제기할 이는 없으나 字를 제명으로 삼았다면 문제가 다르다. 그런데 <위경천전>은 자를 제목으로 삼았다는 것에서 흥미롭다.[34] 이것은 우리의 전기소설 뿐 아니라, 당대의 傳奇 또한 그렇고 假傳 또한 여일하다. 앞에서 언

---

33) 논의의 편의를 위해 선행연구의 소장자 명명법에 따라 『한골동』 소재 <위생전>을 '간호윤본'이라 칭한다.

34) 몇 작품의 들머리를 보아도 <주생전>은 "周生字直卿, 名檜, 號梅川."이라 하였고, <왕경룡전> 역시 "慶龍姓王, 字時見, 浙江紹興府人也."이며 <최척전>도 "崔陟者, 字伯升, 南原人也."로 되어 있다.

급한 김일근 교수가 발굴한 국역본도 <쥬싱뎐>·<위싱뎐>으로 되어 있고 정명기 교수에 의해 발굴된 '저초본'과 '유재영본'도 역시 제명이 <위싱뎐>으로 되어있다.35)

<위생전>의 이본 네 작품의 서두를 보면, <위경천전>만 아래와 같이 자로 제명을 삼았다.

> <韋敬天傳>: 大明萬曆間, 有韋生者, 金陵人, 名岳, 字敬天.
> <韋生傳>: 大明萬曆間, 有韋生者, 名岳, 字擎天, 金陵人也.(간호윤본)
> <韋生傳>: 大明萬曆間, 有韋生者, 名岳, 字擎天, 金陵人也.(저초본)
> <위싱뎐>: 대명 만력 간의 위싱이라 호리 이시니 명은 악이오 즈는 경텬이
> 니 금능인이라 (띄어쓰기 필자)(국역본)

더욱이 <위생전> 계열과 <위경천전>의 한자가 다르다.

이름 풀이로 미루어 보아도 '하늘을 공경한다'는 敬天보다는 '하늘을 떠받친다'는 擎天이 더 마땅하다. 따라서 '위생전'이 애초에 제명이 아닐까 한다. 아래에서 살피겠지만, 여기에 <위경천전> 필사자의 한문역량에 적이 의심을 둘만하다는 것도 한 이유이다.

② <위생전> 계열이 <위경천전>보다 원본에 가깝다.

여기서는 '간호윤본' <위생전>과 <위경천전>에서 가장 다른 부분만 살펴보겠다. 국역본 <위싱뎐>에는 이 부분이 없다.

---

35) 정명기, 앞의 논문, 67면. 각주 1)에서도 세 가지의 논거를 들어 "개별 이본으로서의 작품을 논할 경우에 한하여 <韋敬天傳> 또는 <韋生傳>을 구별해서 사용하되, 앞으로 이 작품을 대표하는 명칭은 <韋生傳>으로 통일해서 사용할 것을 제창하고자 한다."고 하였다. 세 이유는 임형택본 <韋敬天傳>을 제외한 나머지 다른 이본들 이 <韋生傳>이라는 동일한 제목을 지니고 있고 주인공의 字를 작품명으로 삼고 있는 작품이 없다는 점, 그리고 <韋敬天傳>은 고전소설 제목의 일반적인 명명법으로부터 많이 벗어나 보인다는 점 등이다.

<위경천전>: 오구검 비단띠에 비껴 차고 청사마를 타셨으니,
            吳鉤錦葉靑絲馬,
            머나먼 변방(용사)36)에 돌아 올 길 잃었군요.
            龍沙千里迷歸途.
            계문의 안개 낀 나무37) 멀어 어렴풋하기만,
            薊門煙樹遠依稀,
            뜰 가득 떨어진 누런 잎사귀 사립을 가렸어요.
            滿庭黃葉掩紫扉.
<위생전>:   오구검 비단띠에 비껴 차고 청사마를 타셨으니,
            吳鉤錦帶靑絲馬,
(간호윤본) 머나먼 변방(용사)38)에서 돌아 올 길 잃어,
            龍沙千里迷歸,
            계문의 안개 낀 나무 멀어 어렴풋하기만 하군요.
            薊門煙樹遠依稀.
            마음은 변방 달님 따라서 돌아오고,
            心隨邊月歸,
            꿈은 변방 기러기 좇아 날아가건만.
            夢逐塞鴻飛.
            임 생각 파란 풀엔 가을바람만 가득한데,
            蠻思碧草秋風晚,
            그대 떠난 외로운 그림자는 누구를 기대나요,
            君去隻影誰依,
            뜰 가득 떨어진 누런 잎사귀 사립을 가렸어요.
            滿堂黃葉掩紫扉.
            학관 소식은 아주 끊어져 버렸으니,
            鶴關音信斷,
            어느 곳에다 겨울 옷 부쳐야 하나요.
            何處寄寒衣

---

36) 중국 북쪽 塞外의 황량한 사막을 가리키는 말이다.
37) 중국 北平에 있는 지명. 北平八景 중의 하나로 薊門煙樹가 있음.
38) 중국 북쪽 塞外의 황량한 사막을 가리키는 말이다.

   <위생전>: 吳鉤錦帶靑絲馬, 龍沙千里迷歸(程), 薊門烟樹遠依稀.
   (저초본)   心隨邊月歸, (魂)逐塞鴻飛.
            螢思碧草秋風晚, 君去隻影誰依, 滿堂黃葉掩紫扉.
            鶴關音信斷, 何處寄寒衣
  * <위싱던>(국역본): 시 없음

숙방이 전쟁터로 떠나는 위생을 위하여 지어 부른 ‘臨江仙’이란 ‘詞’이다.

임강선이라는 제명의 사는 중국에서 여러 작가들에 의해 불리어졌다. 우리나라에서도 일찍이 궁중 詞樂39)으로, 고려 예종, 권필40), 심언광, 여류로는 부용 등의 동일한 제명의 ‘사’가 있다. 모두 사의 특성을 살려 長短句를 썼다.

<위경천전>은 7언 절구로 그친 반면, <위생전> 계열에서는 장단구를 쓴 ‘詞’로 되어 있다. 살피면 <위경천전>의 절구는 <위생전> 계열 1,2,3구에 8째 구로 엮여진 것을 알 수 있다. 더욱이 <위경천전>의 1구의 ‘錦葉’은 오기로 <위생전> 계열의 ‘錦帶’임에 분명하다. 여기에 ‘‘간호윤본’ <위생전>에 보이는 각종 교정부호에서 이 필사본이 底本41)을 충실히 따랐다는 것을 증명한다.’는 의견까지 첨부한다면, <위경천전>의 7언 절구는 10구의 ‘임강선’이란 사가 바뀐 것임이 분명하다. ‘저초본’ 역시 10구의 ‘사’로 되어 있다.

따라서 두 이본 중, <위생전> 이본 계열이 원본에 더 가깝다고 비정할 수 있다.

아울러 <주생전>과 <위생전>의 연결고리를 찾을 수 있다. 지금까지 <주

---

39) 사악은 노래와 관현악으로 연주하는 형식이다. 성악과 관현악의 가락이 거의 같으므로 성악이라 말할 수도 없고 또 기악이라고도 할 수 없는 성악과 기악 일체의 음악 형식이다. 고려사 악지 ‘당악’조에는 43편의 곡이름과 가사가 기록되어 있는데 여기에 <臨江仙 慢>이란 곡명이 보인다.
40) 권필의 <임강선>은 기생 尹晴과 이호민의 만남을 기려 써 준 두 수의 사이다.
41) 이 글에서는 필사자가 필사한 藍本이라는 뜻이다.

생전>에 삽입 '사'가 6수나 되는데 이 작품의 영향에 강한 의심을 둔 <위생전>은 사가 한 편도 없다는 사실도 해명된 셈이다.

그리고 <위생전> 계열과 <위경천전>이란 제하의, 두 이본이 존재하였음도 부기할 수 있다.

더하여 필사 작품으로 보아 『고담요람』이 『한골동』보다 1세기나 후대의 것이라는 점도 '간호윤본' <위생전>이 선행본이라는 추정을 돕는다.

이를 알 수 있는 자료는 『고담요람』에 갊아 있다는 『御製百行源』때문이다. 『어제백행원』은 영조(英祖, 1694∼1776)가 백성들에게 효를 권장하기 위하여 지은 御製本 교훈서로 1765년 활자본으로 인간된 것이다.

결론적으로 현재까지 밝혀진 <위생전>은 필사경로를 달리하는 <위생전> 계열과 『고담요람』 소재 <위경천전>이 존재하고 題名은 <위생전>이다.

2) <위생전> 계열이 원본에 가깝고 <위경천전>은 <위생전>과 동일한 저본을 독립적으로 변화시킨 이본을 필사하였다.

<위경천전>과 '간호윤본' <위생전>을 살핀 바,[42] <위경천전>이 '간호윤본' <위생전>에 비하여 소략한 것을 볼 수 있다. 이것은 글자 수에서 그대로 드러난다. <위경천전>이 약 4830여 자인데 비하여 '간호윤본' <위생전>은 5320여 자로 약 500여 자 정도의 차이를 보인다. 즉 <위경천전>의 필사 상태로 볼 때에는 한 쪽 당 200여 자이니 2쪽이 넘는 분량의 글자가 결락되었다는 의미이다.

<위경천전>을 '간호윤본' <위생전>과 이본 비교한다면 큰 줄거리에 차이를 보이지는 않으나, <위경천전>에서 誤記, 衍文, 漏落, 縮約 따위 등의 舛訛를 쉽게 찾을 수 있다. 이것은 적어도 '간호윤본' <위생전>과 <위경천전>의 필사저본이 다르거나, 혹은 <위경천전> 필사자의 임의적 축약 가능

---

42) 본 논문이 각 이본 간 직접 비교가 아니라 첨부로 돌린다.

성, 혹은 현저히 떨어지는 필사력 부재 따위를 생각할 수 있게 한다. 정민 교수가 임 교수님의 원문에 수정을 가한 논고[43]가 있으니, 이를 바로 잡을 겸하여 한 두 곳만 짚어 '간호윤본' <위생전>이 원본에 가깝다는 증거를 살피겠다.[44]

소숙방이 읊은 시 중, 위생을 그리워하며 지은 구절을 보자. 원문은 7언 절구로 된 5연의 시이다.

    <위경천전>: 슬퍼지면 문득 상사곡을 연주하니

        悲來却奏相○曲　1연 3구

        곡조는 금슬인데 이제 줄이 끊어졌네

        曲兮琴瑟今斷絲　1연 4구[45]

    <위생전>:　슬퍼지면 문득 비파곡을 연주하니　　愁來却奏琵琶曲

    (간호윤본)　**비파곡 괴로워 비파줄도 끊어졌네**　　**曲苦琵琶又斷絲**

    <위생전>:　愁來却奏琴瑟曲　曲苦琵琶又斷絲

    (저초본)

    * <위싱뎐>(국역본):　시 없음

<위경천전>의 3구에 '思'의 결락이 보이고 4구 역시 **"곡조는 금슬"**이 앞 구와 썩 어울리지 않는다. 이에 비하여 <위생전> 계열은 **"비파곡"**으로 3구와 4구가 연결되어 자연스럽게 비파곡에 의지하여 임을 그리는 심정을 읊고 있음을 알 수 있다. <위경천전>의 '琴瑟' 역시 '琵琶'의 오기이다.
같은 시 4연의 1·4구도 동일하다.

---

43) 정　민, 「위경천전의 낭만적 비극성」, 『한국학논문집』 24, 한양대 한국학연구소, 1993.
44) 이 글은 이본연구가 아니기에 세밀한 對較를 논할 여유가 없다. 따라서 정민 교수가 임 교수님의 원문에 수정을 가한 논고가 있으니, 이를 바로 잡을 겸하여 한 두 곳만 짚어 <위생전>이 원본에 가깝다는 증거를 살피겠다.
45) 임 교수님은 이 부분을 "悲來却奏相思曲, 琴瑟曲兮今斷絲."로 수정하였는데 <위경천전> 원문 그대로 두어야 한다.

<위경천전>: 보압향로 불 꺼지고 안개는 물 속으로 가라앉고
寶鴨香消煙盡水 4연의 1구
푸른 복사꽃 아롱지며 **난간 앞을 휘도네**
碧桃花彩回欄前 4연의 4구46)
<위생전>: 보압향로 불 꺼지고 물 속으로 안개 가라앉고   寶鴨香盡水沈煙
(간호윤본) 푸른 복사꽃 그림자는 **굽은 난간 앞에 있네**   碧桃花影曲欄前
<위생전>: 寶鴨香烟盡水沈 碧桃花影曲欄前
(저초본)
* <위싱뎐>(국역본): 시 없음

<위경천전>의 1구 '水'가 압운에 맞지 않고 4구의 복사꽃이 "**난간 앞을 휘도네**"도 적철치 못하다. 반하여 <위생전>은 압운도 맞고 4구도 푸른 복사꽃 그림자가 "**굽은 난간 앞에 있네**"로 되어 있어 무리가 없다. '저초본'은 "寶鴨香烟盡水沈"으로 되어 있는데 이 역시 '간호윤본'에 비하여 바람직한 운은 못된다. 더욱이 '저초본'은 5연시 중 2연의 2, 3, 4구와 3연의 1구가 없다. 즉 7언 절구 5연 시를 7언 절구 4연시로 줄여 놓았다.47)

이 외에도 <위경천전>은 원문의 오기가 상당수 보인다.

<위경천전>에서 위생이 아버지에게 유언을 하는 부분을 보자.

<위경천전>의 고딕체 부분이 매끄럽지 못함을 알 수 있다.

<위경천전>: "나이 어려서는 재주가 박하여 부모님을 영예롭게 봉양하지도
못하고, **자라서는 즐거움을 우선 드려야하는데 끝까지 모시지
못 하였으니,** 이승에서나 저승에서나 저의 죄는 용납받기가 어
렵습니다. 저승에 가서도 원한이 있을 것이니, **어찌 감히 눈을**

---

46) 임 교수님은 의미가 통하지 않는다며 "보압향로 불 꺼지니 안개는 흩어져 희미하고(香消寶鴨散微煙)" "푸른 복사꽃 난간 앞에 채색으로 스러지네(碧桃花落彩欄前)"라고 수정하였으나 역시 원래대로 그대로 두어야 한다.

47) 후일 정밀한 이본 비교를 통해 선본을 가려야하겠지만, 선본으로 '저초본'이 심각한 점을 노정하였다고 볼 수 있다.

감는 것이 황량한 산에 버려진 외로운 혼백과 다르겠습니까?
남은 뼈를 거두어 고향의 옛 동산에 묻지 마옵소서(丁年才薄,
未致榮養, 壯而先[48])歡, 不終侍奉, 人間地下, 兒罪難容. 重泉
有寃, 豈敢瞑目, 異於荒山孤魂? 無取殘骨, 歸葬故山)."[49]

<위생전>: "나이 어려서는 재주가 박하여 부모님을 영예롭게 봉양하지도
못하고, 자라서는 먼저 죽어 부모님을 끝까지 모시지 못 하였
으니, 이승에서나 저승에서나 저의 죄는 용납받기가 어렵습니
다. 저승에 가서도 원통함이 있을 것이니 어찌 감히 눈을 감겠
습니까? 타향 땅 황량한 산에 버려진 외로운 혼백으로 의탁할
곳이 없사오니, 남은 뼈를 급히 거두시어 고향의 옛 동산에 묻어
주옵소서(丁年才薄, 未致榮養, 壯而先摧, 不終侍奉, 人間地
下, 兒罪莫容. 重泉有寃, 豈敢瞑目? 異土荒山, 孤魂無托, 急取
殘骸, 歸葬故山)."

<위생전>: 丁年才薄, 未致榮養, 壯而先摧, 不終侍奉, 人間地下, 兒罪難
容. 重泉有寃, 豈敢瞑

(저초본)　目? 異土荒山, 孤魂無托, 急取殘骸, 歸葬故山

<위싱뎐>: 뎡년의 고득ᄒᆞ야 영양을 닐외디 못ᄒᆞ고 장호매 몬져 주거되와
효양을 못ᄒᆞ니 인간디하의 ᄌᆞ식의 죄롤

(국역본) 용납기 어려우니 황천의 넉시 이실딘대 엇디 감히 눈을 ᄀᆞ므리오
타향 거츤 뫼히 외로온 넉시 의탁홀디 업스니 급최쇠잔ᄒᆞ 뼈롤
거두어 녯 뫼히 무드쇼셔 (부호와 띄어쓰기 필자)

　　얼핏 보아도 <위경천전>의 고딕 부분이 難澁하여 연결이 매끄럽지 못함
을 알 수 있다. <위생전> 계열과 교감을 해보면 <위경천전>의 "壯而先歡"
은 "壯而先摧"의 誤寫로 보아야 한다. <위경천전>에서는 '歡'을 속자인

---

48) 임 교수님의 원문 입력에는 '失'이라고 되었다. 잘못 입력된 것이다.
49) 임 교수님은 "丁年才薄, 未致榮養, 壯而成歡, 不終侍奉. 人間地下, 兒罪難容. 重泉有寃,
　　豈敢瞑目? 無異於荒山孤魂, 願取殘骨, 歸葬故山."으로 고딕 부분을 "자라 합환을 이루
　　어서는", "황량한 산에 버려진 외로운 혼백과 다름이 없사오니 남은 뼈를 거두어 고향의
　　옛 동산에 묻어주시옵소서."라고 정 반대로 고쳐 놓았고 정민 교수는 임 교수가 잘못
　　되었다고 하였는데 <위생전>으로 미루어 보아 임 교수님의 교정이 저본에 근사하다.

'懽'으로 필사해 놓고 있다. 아마도 '摧'자와 '懽'자가 비슷하여 오사한 듯싶다.

또 <위경천전>의 "어찌 감히 눈을 감는 것이 황량한 산에 버려진 외로운 혼백과 다르겠습니까?"는 수미가 어깃장을 놓는 문장이며, "남은 뼈를 거두어 고향의 옛 동산에 묻지 마옵소서."라고 자기의 유골을 고향동산에 묻지 말아 달라는 것도 적이 어색하다.

그러나 <위생전> 계열은 이와는 반대로 "저승에 가서도 원통함이 있을 것이니 어찌 감히 눈을 감겠습니까? 타향 땅 황량한 산에 버려진 외로운 혼백으로 의탁할 곳이 없사오니 남은 뼈를 급히 거두시어 고향의 옛 동산에 묻어주옵소서."로 되어 있다. 아버지에게 유언을 고하는 아들의 애절함이 그대로 묻어나 있다. 이것은 <위경천전>이 "無托, 急取"를 "無取"로 두 자를 脫字한 데서 비롯된 것으로 추측할 수 있다.[50]

아래는 위생의 관을 실은 배가 붉은 명정을 나부끼며 동정호로 들어오자 지나가는 사람들과 상인들이 하는 말이다.

> <위경천전>: "뉘 집 명정과 관인데 멀리 어느 곳으로 가는 거지요?" 행렬이 나룻가에 도착하자 소상국의 집을 물으니 곧 어떤 한 여자 아이가 놀라 와서는 물었다. …소 여인이 그 기구한 이야기를 듣고 …동서 두 무덤이 길의 왼편짝에 완연하였다. 이를 듣고는 다투어 기록하였다.
> (誰家旌柩, 遠向何處? 行到津頭, 問蘇相國家, 則有一箇兒女, 愕然來問…蘇女聞其奇.…東西兩丘, 宛然路左. 聞之者, 爭爲掌記.)
> <위생전>: "어느 집 나그네 관인데 멀리 어느 산으로 가는 거지요?" 행렬이 나룻가에 도착하자 소상국의 집을
> (간호윤본) 물으니 곧 어떤 한 치마 입은 여자 아이가 놀라 와서는 물었

---

50) 이러한 부분은 여러 곳에 있으니, 임 교수님께서 <위경천전>의 원문을 고쳐 놓은 곳은 반드시 <위생전>과의 교감을 통하여 바로 잡아야 할 것이다.

다.…소 낭자가 그 기구한 이야기를 듣고 … 동서 두 무덤이 길
의 왼편짝에 완연하였다. 초인이 이를 듣고는 많이들 기록하였
다고 한다.

(某家 **旅櫬**, 遠向何山? 行到津頭, 問蘇相國家, 則有一箇裙兒
女, 愕然來問…蘇娘聞其奇…東西兩墳, 完然路左. 楚人聞之,
多爲掌記云.)

<위생전>: 誰家旅櫬, 遠向何山? 行到津頭, 問蘇相國家, 則有一箇裙兒女,
愕然來問…蘇娘聞其奇…東西兩墳,

(저초본)　　完然路左. 楚人聞之, 多爲掌記云.

<위싱뎐>: "집 업순 나그내 관이 멀리 어늬 뫼흐로 니르느뇨?"ᄒᆞ더라. 샹
국집의 니르니 ᄒᆞᆫ 아ᄒᆡ 놀라와 뭇거ᄂᆞᆯ… 소랑이 듯고 깁슈건
으로 목미야 주그니…동서의 두 분 뫼 완연히 길ᄀᆞ의 이시니 초
인이 듣고 슬허 ᄃᆞ토와 긔록 ᄒᆞ노라.(부호와 띄어쓰기 필자)

　<위경천전> 필사자는 아마도 객사한 사람의 관인 "**旅櫬**"을 "**旋櫬**"으로
오기한 듯싶으며, 여태껏 '**소 낭자**'라 지칭하던 것을 "**소 여인**"으로 적고
있다. 또 '초인'이 없이 그냥 "이를 듣고"라고만 하여 누가 들었는지 알 수
없는 문맥이 된 것도, 필사 중 "楚人"을 脫字한 듯싶다. '간호윤본'에는 '無
家'라 써 놓고 옆에 "某家"라 적어 놓아 고쳐놓았으며, '저초본'과 함께 "**치
마 입은 여자 아이**"라고 되어 문장이 자세하다.

　또 <위싱뎐>은 "**집 없순**"으로 번역해 놓은 것으로 미루어 필사 저본이
'無家'라 필사되었으며 "행렬이 나룻가에 도착하자"는 아예 없이 "**샹국집
의 니르니 ᄒᆞᆫ 아ᄒᆡ 놀라와 뭇거ᄂᆞᆯ**"로 내용이 축약되어 있다. 특이점은 <위
싱뎐>의 말미가 "**슬허 ᄃᆞ토와 긔록 ᄒᆞ노라.**"라고 하여 <위경천전>과 근사
한 결말을 보였다는 점이다. '간호윤본' 계열의 필사본이 또 있었고, 이 필
사본이 국역본 <위싱뎐>의 저본일 개연성도 있다.

　그렇다면 <위싱뎐>의 번역 저본은 '간호윤본'이나 '저초본'과 동일 계열
의 이본이면서도, '간호윤본'을 축약한 계열로 보아야 할 것이다.

여기까지의 결과 대략을 정리하면 아래와 같다.

① <위경천전> 필사자의 능력을 감안한다면 저본은 이미 축약되어 있었다고 보아야 한다. <위경천전>의 무수한 오탈자로 보거나 전술한 '임강선'이란 '사'를 임의로 축약하는 것 등은 필사자의 깜냥으로 보아 자의적 변이라고 추론키는 어렵기에 <위경천전>의 필사저본은 원본을 독립적으로 변화시킨 이본계열의 필사본이다.

② 두 이본의 서사적 변개가 보이지 않는 점으로 보아 <위생전>과 <위경천전>의 底本은 하나이다.

③『한골동』소재 글의 면면이나 각종 교정부호로 미루어 '간호윤본'은 원본을 충실하게 베낀 模寫本이고 여기에 편찬연대를 고려하면 원본, 혹은 원본을 필사한 寫本에 가깝다고 비정할 수 있다.

④ <위생전>과 <위싱뎐>은 동일계열이로되, <위싱뎐>은 축약된 국문본이다.

<위싱뎐>은 중반 이후 시부분 등이 아예 보이지 않고 의도적 축약 부분이 여러 곳에 보인다.

결국 <위생전>은 현재 <위생전>(간호윤본)·<위생전>(저초본)·<위생전>(유재영본)·<위싱뎐>(국역본), <위경천전> 등 5종의 이본이, 모두 동일한 원본을 필사한 母本을 전사, 혹은 필사한 것이지만, <위생전>과 <위싱뎐>이 동일한 계열의 저본을 필사한 것이고, <위경천전>은 필사 저본이 다른 <위경천전> 계열의 寫本을 저본으로 해서 베낀 轉寫本이다.51)

아울러 '저초본'<위생전>, 국역본 <위싱뎐>은 '간호윤본' <위생전>과 동일 계열의 이본이라는 점도 밝혀둔다.

---

51) <위생전>의 善本은, '저초본'·'유재영본'·'간호윤본'에 대한 정밀한 이본 고찰이 이루어진 후에 밝혀질 것이다.

3. <위경천전>에 대한 작품성의 오해

이제 저 앞 서론에서 언급만 하였던 '<위경천전>에 대한 작품성의 오해'에 대한 부분을 살펴보자. 이 부분은 '<위경천전>에 대한 과한 대접' 운운과도 연결된다.

이 역시 결론부터 말하자면 <위경천전>은 <주생전> 등 수준급의 전기소설에 비하여 문장의 수준이나 작품의 긴장도가 미치지 못하고 있는 것이 사실이지만, <위생전>의 문학적 평가는 후해도 좋다.

<위경천전>을 처음 학계에 소개한 임형택 교수는 "필사상태가 俗體에 차착이 심하여 誤書는 물론 탈자·연문 및 앞뒤가 바뀐 곳도 더러 있다."고 하였다. 이러한 부정적인 견해에도 불구하고 새로운 자료에 대한 학자들의 관심이 증폭되며 "대체로 <위경천전>에 대한 최근의 평가는 너무 후한 게 아닌가 하는 생각이 든다."[52]라는 지적까지 나오게 되었다.

'간호윤본' <위생전>의 발굴은 <위경천전>에 대한 부정적인 견해가 오해였음을 밝혀준다. 모두에 언급하였지만 <위생전>에 대한 문학적 표현만큼은 반드시 논의의 수정이 있어야만 하겠다.

그 몇 예를 살펴보자.

1) 표현과 기교

<위경천전>: 피리소리와 노랫소리가 **휘날리는 비단(?)** 들려왔다 縹紗笙歌
<위생전>: 피리소리와 노랫소리가 **높고도 멀리서** 들려왔다 縹渺笙歌
(간호윤본)

문맥으로 보아 '간호윤본'처럼 '높고 멀다'라는 뜻의 "縹渺"가 맞다. '저

---

52) 박희병, 『한국전기소설의 미학』, 돌베개, 1997, 29면. 이 책에서는 '결연과정의 무리함' 과 '결구의 수법' 등에서 전기소설로서의 "미숙성"을 짚어 한 말이다.

초본'에서도 "縹渺"와 같이 사용하는 "縹緲"로 되어 있으며, <위싱던>에서
도 "표묘한 싱가"라고 하였다. <위경천전>의 '휘날리는 비단(?)'인 "縹紗"
는 생황과 노래를 아울러 이르는 말인 "笙歌"와는 어울리지 않는다. "縹渺"
의 오기임이 분명하다. 따라서 '피리소리와 노랫소리가 높고도 멀리서 들려
왔다.'가 더 무난한 표현이다.

한 문장을 더 보자.

> <위경천전>: 그녀는 꽃봉오리 하나를 꺾어들고 누각에 의지하여 머리를
> 괴고 시를 읊조리니 이러하였다. 명료한 그림자 길이 달을 사랑
> 하고 몸은 꽃처럼 가볍지 않아라(手折一枝花蕚, 依樓支頭而吟
> 曰, 影了長憐月, 身輕不似花).
>
> <위생전>: 그녀는 붉은 꽃봉오리 하나를 꺾어들고 누각에 의지하여 턱을
> 괴고 시를 읊조리니 이러하였다. 외론 (간호윤본) 그림자 길이
> 달을 사랑하나 몸이 가벼워도 꽃만 못해라(手折一枝紅蕚, 依樓
> 支頤而吟曰, 影子長怜月, 身輕不如花).

<위경천전>의 "머리를 괴다"나 "몸은 꽃처럼 가볍지 않아라"보다는, '간
호윤본' <위생전>의 "턱을 괴고"와 "몸이 가벼워도 꽃만 못해라"가 문학적
인 표현과 기교에서 앞선다. '저초본'도 '간호윤본'과 동일하다.

또 한 문장을 더 보자.

> <위경천전>: **생을 볼 것 같으니 온화하고 기품이 있는 말 기운이 협소한**
> 창루를 다니는 무리가 아니었다
> (如見生之 溫雅辭氣 非俠少倡類之流).
>
> <위생전>: **여인이 생을 보니** 말 기운이 온화하고 기품이 있는 것이 정녕
> 창루를 다니는 협소한 무리는 아니었다
> (간호윤본) (女見生之, 辭氣溫雅, 定非倡樓俠少之流).

역시 <위경천전>의 "생을 볼 것 같으니"보다는 '간호윤본' <위생전>의 "여인이 생을 보니"가 더욱 정확한 표현이다. '저초본' 역시 "女見生之"로 되어 있으며 <위싱뎐>도 "녜 싱의 말슴과 거동이 온화호믈 보고"로 되었다. 미루어 보면 <위경천전>이 "女"를 "如"로 오기한 듯싶다.

2) 서사적 전개

서사적 전개에 있어서도 '간호윤본' <위생전>이 보다 합리적이다.

아래는 위생이 장생과 술을 먹으며 전날 밤 숙방과 있었던 일을 모두 실토한 바로 뒤를 잇는 문장이다.

> <위경천전>: 잠시 뒤에 달이 기울어 다시 돌아가려고 돛대를 정리하였다
> (俄頃月斜, 更理歸檣).
> <위생전>: 술통이 기울고 달도 비끼니 다시 돌아가려고 돛대를 정리하였다
> (樽傾月斜, 更理歸檣).
> (간호윤본)

상황은 술을 주고받으며 위생이 어젯밤의 일을 장생에게 말하나 장생이 의심하는 부분이다. <위경천전>은 곧바로 "잠시 뒤에 달이 기울어"로 이어지는데, '간호윤본' <위생전>은 "술통이 기울고 달도 비끼니"로 앞 문장을 이끌고 이야기를 전개한다. '저초본'도 '간호윤본'과 같고 <위싱뎐>은 이 분이 없다.

아래 문장 역시 그렇다.

아래는 위생이 그리워 숙방이 쓴 5연 4구의 시이다. 앞의 연을 고려하거나 이 편지를 주고받은 이후 8월이나 돼서 위생이 임란에 참전하는 것으로 미루어 볼 때, 시절은 봄이어야 하는데 맨 마지막 구절에 뜬금없는 귀뚜라미가 나온다.

> <위경천전>: 어느 곳에서 울어대는 귀뚜라미 소리에 또 남의 애만 끓나니
> (何處啼蛩又斷腸)
> <위생전>: 어느 곳에서 울어대는 꾀꼬리 소리에 또 남의 애만 끓나니(何處
> 啼鸎又斷腸)
> (간호윤본)

<위경천전> 1연에는 "수양버들", "온갖 꽃들", "꾀꼬리"가 2연에서는 "배꽃"이 3연에는 "제비", "꽃", "봄바람"이 4연에는 "앵무새", "도화"로 모두 봄과 관련된 내용이다. 5연의 1구에도 "연꽃 향기", 2구엔 "봄 물결"과 "원앙"이던 것이 4구에서 갑자기 "귀뚜라미"가 나와 계절이 가을로 건너뛴다.

'간호윤본' <위생전>에서는 "꾀꼬리"로 되어 있다. 더욱이 '간호윤본' <위생전>에서는 '嬰'자를 먼저 써 놓고 '女'部를 '鳥'部로 고친 먹흔이 희미하나마 보인다. 퇴고의 흔적이니, '간호윤본' <위생전> 필사 저본에는 '鸎'자로 씌어 있다고 보아야 한다. '저초본'도 '간호윤본'과 동일하게 되어 있고 <위싱뎐>은 이 분이 없다.

3) 고사 차용

아래는 우리 고소설에서 흔히 보이는 蕭史와 秦 穆公의 딸 弄玉에 관한 고사를 차용한 부분이다.

> <위경천전>: 누봉생을 연주하자 소리가 돌아 하늘까지 치올랐다
> (吹奏樓鳳笙, 回響徹雲宵).
> <위생전>: 진루봉생곡을 연주하자 소리가 돌아 하늘까지 치올랐다
> (吹秦樓鳳笙曲, 響徹雲宵).
> (간호윤본)

소옥이 위생과 함께 밤을 보낸 다음 날, 헤어지기 섭섭한 마음을 달래려

옥피리를 꺼내 부는 장면이다. 秦나라 목공이 딸 농옥과 그의 남편 소사를 위해 지어준 누각에서 소사가 피리를 분 '봉생곡'일 것이다. '저초본'도 '간호윤본'과 같고 <위싱뎐>은 "봉싱곡을 부니 소리 구룸 우희 스뭇더라"라고 되어 있다. 미루어 보건대 <위경천전>에서 '秦'을 '奏'로 '曲'을 '回'로 誤記한 것이다.

4) 고유명사 표기

고유명사의 표기 또한 예외가 아니다.

<위경천전>에서 '建江府'라 한 것은 '간호윤본' <위생전>의 '建康府'가 옳은 지명이다. 또 곡조명인 '금루'를 <위경천전>은 '金樓'라 오기하고 있고 남녀의 야합인 찬혈을 '鎖穴'로 배항과 운영이 만난 남교를 '濫橋'로 오기하고 있는 반면, '간호윤본' <위생전>은 '金縷', '鑽穴', '藍橋'로 바르게 적고 있다.

또 위생이 임란에 참전하러 오다가 병이 깊어진 곳이 <위경천전>에서는 '興府'라 하였으나 '저초본' '간호윤본' 국문본 <위싱뎐> 모두 '江興府'라고 되어 있다.

물론 '간호윤본' <위생전>에도 오류가 없지 않으나 <위경천전>과는 비교할 바 아니다.[53]

저러 이러한 예를 보건대 '간호윤본' <위생전>에 대한 문학적 평가는 여타 전기소설에 비하여 떨어진다고 할 수 없다.

논의의 밖이나 '간호윤본'의 의의는 <위생전>의 작가문제 시비로까지 연결될 수 있다는 점을 짚고 넘어간다.

<위생전> 계열의 문헌적인 실증 자료만으로 접근하면 작자를 石洲 권필

---

53) 예를 들어 위생의 고향인 금릉을 <위경천전>과 '저초본'에서는 '秣陵'이라 하였는데 <위생전>에서는 이를 '抹陵'이라고 오기하였다.

(權韠, 1569~1612)로 보기는 어렵기 때문이다.54)

---

54) 이 문제 역시 깊은 연구를 통해 결과를 도출해야 할 것이다. 여기서는 그 몇 가지 이유를 간략히 서술하는 것으로 그치고 후고를 기대한다.

㉠ 저간 <위경천전>의 제명 아래에 또렷이 필사되어 있는 '權石洲 製'가 가장 유력한 증거였으나 새로 발굴된, '저초본', '유재영본', '간호윤본', 국역본 <위싱뎐> 그 어느 곳에도 권필이 지었다는 기록은 없다.

㉡ <위생전>과 함께 권필의 작이라는 <주생전>을 함께 살핀다면 결과는 더욱 나쁘다. <주생전>의 작자를 권필로 보는 가장 확실한 근거는 『화몽집』에 씌어져 있는 "계사년(1593)년 음력 5월에 無言子 權汝章이 썼다(癸巳仲夏, 無言子權汝章記)."라는 기록일 것이다. 그러나 <주생전> 관련 문헌인 『삼한습유』, 『이헌홍본』, 『정경주본』, 『三芳要路記』, 또 한글소설집인 이문건(李文楗:1497~1567)의 『默齋日記』 소재 국문본 <주생전>, 그리고 이 『한골동』집 <주생전> 어디에도 권필의 작이라는 기록이 없기 때문이다.

㉢ 나아가 권필의 자가 汝章임엔 틀림없으나 '무언자'라는 호를 그가 쓴 적이 없다는 점이다. 단 한군데 『화몽집』의 "無言子權汝章."뿐이다. 그런데 이 '무언자'가 정녕 권필의 호냐는 것이다. '무언자'는 당시에 사람들이 습용하였던 호라는 점이다. 비슷한 시기를 살았던 이상여(李相如, 1602~1665)의 호도 無言子였으며, 더욱이 <강로전>을 지은 조카 권칙(權伮,1599~1667)의 호도 '無言子'로 기록 되었다는 점이다. 숙부와 조카가 한 호를 썼다는 것은 통념상 이해하기 어려우며, 문헌정황으로 본다면 권칙이 '무언자'에 오히려 더 가깝다. 권칙이 <강로전>이나 <안여식전>을 지은 것은 여러 문헌에서 언급하고 있기 때문이다.

㉣ 여기에 17세기 전기소설집을 중심으로 정황을 살펴도 권필의 작으로 보기는 어렵다. 즉 『선현유음』의 <왕경룡전>과 <상사동기> 아래에 각각 朱之蕃, 成三問이란 명기를 유념할 필요가 있다. 『선현유음』에는 두 작품 외에 6편이 더 필사되어 있다. 그런데 단 두 작품만 필자인 듯이 이름을 명기해 놓은 것이다. 혹 당대 이 작품과 가깝다고 여겨진 유명인을 가탁해 놓은 것은 아닐까 한다. 그런데 이 가설이 꼭 억측은 아니라는 증거를 『김집수택본』에서도 찾을 수 있다. 김집(金集:1574~1656)의 『김집수택본』 소재 <상사동전객기>에는 제명 아래에 '成三問'이 보이고 이름 위에 종으로 내려 그은 먹흔이 보인다. 분명 '성삼문'으로 썼다가 확실치는 않지만 누군가 지운 것이다. 또 <왕경룡전> 제명 아래에도 희미하지만 분명 '朱之蕃'이라 적혀 있고 <주생전> 제명 아래에는 '周'라고만 적혀있다. 주지번은 명나라 때의 1급 문사로 1606년 조선에 사신으로 다녀갔으며, 이때 우리나라 학자들과 교류가 많았는데 허균과 권필도 그를 만났다. 따라서 필사자는 식자층으로서 주지번의 이름은 익히 알았을 것이고 여기에 <왕경룡전>이 중국 것이라는 짐작 하에 가탁한 것으로 미루어, 추측이 가능하다. 더욱이 권필도 주지번을 만났다는 점은 시사하는 바가 크다. 앞의 논의로 요량하건대, 주지번이나 성삼문, 권필을 작가로 적시한데는 은연 중 유명인을 가탁하여 소설의 문화적 층위를 끌어 올리려는 의도나, 정황적 개연성에 따른 누군가의 追記 따위 등으로 이해할 수 있다는 추론을 가능케 하기 때문이다.

결 론

이 글은 '발굴자료『한골동』소재 <위생전>의 의의와 <위경천전>에 대한 오해'를 동선으로 살폈다.『한골동』의 편찬연대는 戰亂으로부터 그리 멀지 않은 시기를 살았던 편찬자에 의하여 17세기 중엽 그 어느 지점에서 필사되었을 가능성이 크다.

고찰한 바를 대략 정리하면 이렇다.

① 현재까지 <위생전>은, 동일계열인 '간호윤본' <위생전>, 국역본 <위싱뎐>, '저초본', '유재영본', 그리고 필사경로를 달리하는『고담요람』소재 <위경천전>이 존재하고, 題名은 <위생전>이다.

② <위생전>계열이 원본에 가깝고 <위경천전>은 <위생전>계열과 동일한 저본을 필사한 이본을 필사하였다.

③『한골동』집의 필사자는 전란을 체험하였으며, 외적의 침입에 공분을 느낄 줄 알고 꽤 독서문화 영역이 넓었으며, 소설에 대한 의식이 뚜렷한 양반 사대부가의 강개한 지식인으로 추정된다.

④ <위경천전>은 <주생전>에 비하여 문장의 수준이나 작품의 긴장미가 미치지 못하고 있는 것이 사실이지만, <위생전>의 문학적 평가는 후해도 좋다.

⑤ 이 글에서 다루지 못한 <위생전>의 선본 문제와 작자 문제는 후일의 과제로 남긴다. 특히 실증적인 관점에서 국역본 <위싱뎐> 連綴과『한골동』소재 <위생전>의 연철을 고리삼아 작가 연구에 까지 근접할 수 있을 것이다. 이에 대해서는 추고를 기대한다.

끝으로 '간호윤본' <위생전>이 17세기 한문소설사에 첨부되었음을 동학·선배 제현들께 알려, 작가에 대한 명쾌한 해결과 작품에 대한 깊이 있는 논의의 진전을 바라며 결론을 가름한다.

참고문헌

이명선(1948), 『朝鮮文學史』, 朝鮮文學社.

신기형(1960), 『한국소설발달사』, 창문사.

문선규 역(1961), 『화사 외 2편』, 통문관.

리철화 역(1963), 『림제·권필작품선집』(조선고전문학전집 13), 조선문학예술
　　　　총동맹출판사.

안병렬(1986), 『한국가전연구』, 이우출판사,

유탁일(1989), 『한국문헌학연구』, 아세아문화사.

임형택(1992), 「전기소설의 연애주제와 위경천전」, 『동양학』 22, 단국대 동양
　　　　학연구소.

박일용(1993), 「17세개 애정소설의 사실적 경향과 낭만적 경향」, 『조선시대의
　　　　애정소설』, 집문당.

김춘택(1993), 『우리나라 고전소설사』, 한길사.

정　민(1993), 「위경천전의 낭만적 비극성」, 『한국학논문집』 24, 한양대 한국학
　　　　연구소.

오희복 역(1994), 『임진의병장작품집』, 문학예술종합출판사.

문범두(1996), 『石洲權韠文學의 硏究』, 국학자료원.

이가원(1997), 『조선문학사』 상·중·하, 태학사.

박희병(1997), 『한국전기소설의 미학』, 돌베개.

이복규(1998), 『초기 국문·국문본소설』, 박이정.

정병호(1998), 「주생전과 위경천전의 비교 고찰」, 『고소설연구』 6, 한국고소설
　　　　학회.

박희병(1998), 「17세기초의 숭명배청론과 부정적 소설주인공의 등장」, 『한국고
　　　　전소설과 서사문학』(상), 집문당.

정　민(1999), 『목릉문단과 석주 권필』, 태학사.

정학성(2000), 『역주 17세기 한문소설집』, 삼경문화사.

김일근(2000), 「주생전·위경천전 언해의 연철본(쥬싱뎐·위싱뎐) 출현에 따른 서지적 문제」, 『겨레어문학』 25집, 겨레어문학회.

졸고, (2003), 『조선후기필사본한문소설집, 선현유음』, 이회.

소재영(2002), 「필사본 한문소설 화몽집에 대하여」, 『한국학연구』 2, 태학사.

권혁래(2004), 「조선조 한문소설 국역본의 존재 양상과 번역문학적 성격에 대한 시론」, 『東洋學』 第36輯, 단국대학교 동양학연구소.

정명기(2006), 「<위생전>(<위경천전>) 교감의 문제점」, 『고소설연구』 22.

<자료>

<韋敬天傳>(임형택본), <韋生傳>(저초본), <韋生傳>(유재영본), 국문본 <위싱뎐>(김일근본), <韋生傳>(간호윤본), 『朱子全書』, 『月沙先生集』, 『漢陰先生文稿』, 『河西先生全集』, 『晦齋先生集』, 『松泉筆談』, 『柏谷集文集』, 『釋老遺稿』, 『白湖全書』, 『甲辰漫錄』, 『조선왕조실록』.

조선왕조실록홈페이지, 민족문화추진회홈페이지, 국사편찬위원회홈페이지.

홍만종 저, 김규태 역(1979), 『旬五志』, 범우사.

민족문화추진회(1985, 중판), 『국역 大東野乘』 제 55권.

정경주(1999), 「필사본 한문소설집 『초호별전』 해제」, 『漢文古典의 文化解釋』, 慶星漢文學硏究會.

무악고소설자료연구회 편(2001), 『한국고소설관련자료집』, 태학사.

Ⅱ. 〈주생전〉·〈위생전〉

원문 한문본 : 간호윤 본

1) 〈주생전〉 원문

周生傳

周生名檜, 字直卿, 號梅川.

世居錢塘, 父爲蜀州別駕, 因1)家于蜀. 生年少時,2) 聰銳能詩,3) 年十八充太學生,4) 爲齊輩所推仰,5) 生自負不淺.6)

在大7)學數歲, 連擧不第. 乃喟然歎曰:

"人生,8) 如輕塵棲弱草耳.9) 胡乃爲名韁所繫, 汨汨塵土中, 以送10)吾生乎?"

自是, 遂絶意科擧之業.

倒篋中有錢百千, 以其半買舟, 來往11)江湖間, 以其半市雜貨, 時取贏

---

1) 因:『화몽집』에는 '仍'으로 되어 있다.(이본 교감은 북한에서 나온 리철화 역,『림제
· 권필작품집』, 문예출판사, 1990에 수록된『화몽집본』<주생전>을 대상으로 하되, 간호윤
역,『선현유음』, 이회, 2003에 수록된 <주생전>도 참조하였다. 이하『화몽집』은 생략한다.)
2) 生年少時: '生年少時'로 되어 있다.
3) 聰銳能詩: '聰睿能詩'로 되어 있다.
4) 充太學生: '入太學'으로 되어 있다.
5) 爲齊輩所推仰: '爲儕輩所推仰'으로 되어 있다.
6) 生自負不淺: '生示自負不淺'으로 되어 있다.
7) 大: '太'로 되어 있다.
8) 人生: '人生在世間'으로 되어 있다.
9) 如輕塵棲弱草耳: '如微塵栖弱草耳'로 되어 있다.
10) 以送: '終'으로 되어 있다.
11) 來往: '往來'로 되어 있다.

以自給. 朝吳暮楚, 唯意所適.

一日, 繫舟岳陽城12)外, 步入城中, 訪所善羅生. 羅生亦俊逸士也.13) 見

生甚喜, 買酒相款.14) 不覺沈醉,15) 比及還舟, 則日已曛黑.16)

俄而月上, 放舟中流, 倚棹困睡.17) 舟自爲風浪18)

所送, 其往如箭. 及覺, 則鐘鳴煙寺, 月在西岑矣.19) 但見, 碧樹璁瓏,20)

曉色, 蒼芒樹陰中.21) 時有紗籠銀燭,22) 隱暎於朱欄翠箔之間, 問之, 乃

錢塘也.

遂口占一絶曰:23)

岳陽樓外倚欄24)槳,

一25)夜風吹入醉鄉.

杜宇數聲花26)月曉,

忽驚身已在錢塘.

及朝登岸, 訪古里親舊,27) 半已凋衰.28) 生吟嘯徘徊, 不忍去也.29)

---

12) 城: ‘樓’로 되어 있다.
13) 羅生亦俊逸士也: ‘羅生亦俊逸之士也’로 되어 있다.
14) 買酒相款: ‘置酒相歡’으로 되어 있다.
15) 不覺沈醉: ‘頗不覺沈醉’로 되어 있다.
16) 則日已曛黑: ‘則日已昏黑’으로 되어 있다.
17) 倚棹困睡: ‘倚棹困睡’로 되어 있다.
18) 風浪: ‘風力’으로 되어 있다.
19) 月在西岑矣: ‘月在西矣’로 되어 있다.
20) 但見, 碧樹璁瓏: ‘但見兩岸, 碧樹葱蘢’으로 되어 있다.
21) 蒼芒樹陰中: ‘蒼芒樹陰中’으로 되어 있다.
22) 時有紗籠銀燭: ‘時有紗籠銀燈’으로 되어 있다.
23) 遂口占一絶曰: ‘口占一絶曰’로 되어 있다.
24) 欄: ‘蘭’으로 되어 있다.
25) 一: ‘半’으로 되어 있다.
26) 花: ‘春’으로 되어 있다.
27) 訪古里親舊: ‘訪舊里親故’로 되어 있다.
28) 半已凋衰: ‘半已凋零’으로 되어 있다.

有妓緋桃30)者, 生少時所與同戱者,31) 以才名32)獨步於錢塘, 人呼之爲
緋娘也.33) 與生歸家,34) 相對甚款.35)
生贈付詩曰:36)

天涯芳草幾沾衣,37)
萬里歸來事事非.
依舊杜秋聲價在,
小樓珠箔捲斜暉.

緋桃大驚曰:
"郞君有才如此, 非久屈於人者, 一何泛梗飄蓬若此哉?"
  因問, "娶未?"
  生曰:38)
"未也."
桃笑曰:
"郞君不必還舟,39) 只可寓在妾家.40) 妾當爲君, 求得一佳耦."41)
  蓋桃意屬生也.42) 生亦見桃, 姿姸態艶, 心中其醉, 笑而謝之曰:43)

---

29) 不忍去也: '不忍去'로 되어 있다.
30) 緋桃: '裵桃'로 되어 있다.(이하 이름은 모두 같아 생략함)
31) 者: '者也'로 되어 있다.
32) 以才名: '色'으로 되어 있다.
33) 人呼之爲緋娘也: '人呼之爲裵娘'으로 되어 있다.
34) 與生歸家: '引生歸其家'로 되어 있다.
35) 相對甚款: '欵'으로 되어 있다.
36) 生贈付詩曰: '生贈詩曰'로 되어 있다.
37) 天涯芳草幾沾衣: '天涯芳草幾霑衣'로 되어 있다.
38) 生曰: '曰'로 되어 있다.
39) 郞君不必還舟: '願郞君不必還舟'로 되어 있다.
40) 只可寓在妾家: '可寓在妾家'로 되어 있다.
41) 求得一佳耦: '求得一佳耦也'로 되어 있다.
42) 生也: '生矣'로 되어 있다.

"不敢望也."

團欒之中, 日已晚矣.

桃令小丫鬟,44) 引生就別室, 安歇. 至入室, 見45)壁間有絶句一首, 詞意

甚新, 問於丫鬟.

丫鬟曰:46)

"緋47)娘所作也."

其詞48)曰:

琵琶莫奏相思曲,

曲到高時更斷魂.

花影滿簾人寂寂,

春來銷却幾黃昏.

生旣悅其色, 又見此詩, 情迷意惑, 萬念俱灰. 心欲次韻, 以試桃意, 凝

思苦吟, 竟莫能成, 而夜又深矣.49)

月色滿地, 花影扶疎. 徘徊間, 忽聞門外人語馬嘶, 良久乃止. 生頗疑

之,50) 未覺其由. 桃所在室不甚遠,51) 紗窓裡,52) 絳燭熒煌.53) 生潛入窺

之,54) 見桃獨坐, 舒彩雲牋, 草蝶戀55)花詞. 只就前疊,56) 未就後疊.57)

---

43) 笑而謝之曰: '笑而謝曰'로 되어 있다.

44) 小丫鬟: '丫鬟少'로 되어 있다.

45) 安歇. 至入室, 見: '生見'으로 되어 있다.

46) 曰: '答曰'로 되어 있다.

47) 緋: '主'로 되어 있다.

48) 其詞: '詩'로 되어 있다.

49) 而夜又深矣: '而夜已深矣'로 되어 있다.

50) 生頗疑之: '生心頗疑之'로 되어 있다.

51) 桃所在室不甚遠: '見桃所在室不甚遠'으로 되어 있다.

52) 紗窓裡: '紗窓影裡'로 되어 있다.

53) 絳燭熒煌: '紅燭熒煌'으로 되어 있다.

54) 生潛入窺之: '生潛往窺'로 되어 있다.

55) 戀: '怨'으로 되어 있다.

56) 疊: '帖'으로 되어 있다.

生忽啓窓曰:

"主人之詞, 客可足乎?"58)

桃佯怒曰:

"狂客乃至此耶."59)

生曰:

"客本非狂, 只是60)主人使客狂耳."

桃微笑, 乃令生足成其詞, 詞曰:61)

小院沉沉春意鬧,

月在花枝,62)

寶鴨靑烟63)裊.

窓裡玉人愁欲老,

搖搖短64)夢迷花草.

生繼吟曰65)

誤入蓬瀛66)十二島,

誰識樊川,

却得尋芳草.67)

睡起忽聞枝上鳥,

---

57) 疊: '帖'으로 되어 있다.
58) 乎: 원본에는 '手'로 되어 있어 바로잡았다.
59) 狂客乃至此耶: '狂客胡乃至此'로 되어 있다.
60) 客本非狂, 只是: '客本非狂耳'로 되어 있다.
61) 桃微笑, 乃令生足成其詞, 詞曰: '桃方微笑, 令生足成其詞. 曰'로 되어 있다.
62) 枝: '技'로 되어 있다.
63) 靑烟: '香烟'으로 되어 있다.
64) 短: '斷'으로 되어 있다.
65) 生繼吟曰: 원본과 이본 모두 없다. 『선현유음』을 참조하여 보(補)하였다.
66) 瀛: '萊'로 되어 있다.
67) 芳草: '芳早'로 되어 있다.

綠簾[68]無影朱欄曉.

詞罷, 桃自起, 以紫玉船, 酌瑞露酒勸生.[69]

生意不在酒, 固辭不飮. 桃知生意, 悽然自敍曰:[70]

“妾乃先世, 豪族也.[71] 祖某提擧泉州市舶司, 因有罪友爲庶人.[72] 自此貧困,[73] 不能振起. 早失父母,[74] 見養於人, 以至于今. 雖欲守靜自潔, 名已在於妓籍, 不得已而强, 與人爲宴樂.[75]

每居閑處獨, 未嘗不看花掩泪,[76] 對月銷[77]魂. 今見郎君, 風儀秀朗, 才思俊逸, 妾雖陋質, 願薦枕席, 永奉巾櫛. 望郎君立身,[78] 早登要路, 拔妾於妓籍之中, 使不忝先人之旧名,[79] 則賤妾之願畢矣. 後雖棄妾, 終身不見, 感恩不暇, 其敢怨乎?”

言訖, 泪下如雨.[80]

生大感其言,[81] 就抱其腰, 引袖拭泪,[82] 曰:

“此男子分內事耳.[83] 汝縱不言,[84] 我豈無情者乎?”[85]

桃收泪改容曰:

---

68) 綠簾: ‘翠簾’으로 되어 있다.
69) 以紫玉船, 酌瑞露酒勸生: ‘以藥玉舡, 酌瑞霞酒勸’으로 되어 있다.
70) 悽然自敍曰: ‘乃悽然自敍曰’로 되어 있다.
71) 豪族也: ‘乃豪族也’로 되어 있다.
72) 因有罪友爲庶人: ‘國有罪免爲庶人’으로 되어 있다.
73) 自此貧困: ‘自此子孫貧困’으로 되어 있다.
74) 早失父母: ‘妾早失父母’로 되어 있다.
75) 不得已而强, 與人爲宴樂: ‘不得已强, 與人爲宴樂’으로 되어 있다.
76) 泪: ‘泣’으로 되어 있다.
77) 銷: ‘消’로 되어 있다.
78) 望郎君立身: ‘望郎君他日立身’으로 되어 있다.
79) 使不忝先人之旧名: ‘使不忝先人之名’으로 되어 있다.
80) 泪下如雨: ‘淚如雨’로 되어 있다.
81) 生大感其言: ‘生大憾其言’으로 되어 있다.
82) 引袖拭泪: ‘拭其淚’로 되어 있다.
83) 此男子分內事耳: ‘此男兒分內事也’로 되어 있다.
84) 汝縱不言: ‘汝雖不言’으로 되어 있다.
85) 乎: ‘哉’로 되어 있다.

"詩不云乎? '女也不爽, 士二其行.' 郎君不見李益·霍小玉[86]之事乎?

郎君若肯不我遐棄,[87] 願立盟辭."

因出魯縞一尺授生,[88] 生卽揮筆書之曰: "靑山不老, 綠水長存, 子不我

信, 明月在天."

寫畢,[89] 桃心封緘,[90] 藏之裙帶中.

是夜, 賦高唐, 二人相得之樂.[91] 雖金生之於翠翠, 魏郎之於娉娉, 未足

喩也.

明日.

生[92]詰夜來人語馬嘶之故, 桃曰:[93]

"此居里謝,[94] 有朱門水面者,[95] 故[96]丞相盧某宅也. 丞相已死,[97] 夫人

獨存,[98] 只有一男一女, 皆未婚嫁. 日以歌舞爲事. 昨夜遣騎邀[99]妾, 妾

以郎君之故, 辭以疾也"

自此生爲桃所惑, 遂謝絶人事,[100] 日與桃調琴瀝酒, 相與戲謔而已.

一日近午, 忽聞有人叩門曰:[101]

"緋娘在否."

　桃[102]令兒出應, 乃丞相家蒼頭也.

---

86) 霍小玉: '郭小玉'으로 되어 있다.
87) 郎君若肯不我遐棄: '郎君若不遐棄'로 되어 있다.
88) 因出魯縞一尺授生: '仍出魯縞一尺授生'으로 되어 있다.
89) 寫畢: '書畢'로 되어 있다.
90) 桃心封緘: '桃心封血緘'으로 되어 있다.
91) 樂: '好'로 되어 있다.
92) 生: '生方'으로 되어 있다.
93) 曰: '云'으로 되어 있다.
94) 此居里謝: '此去里許'로 되어 있다.
95) 有朱門水面者: '有朱門面水家'로 되어 있다.
96) 故: '乃故'로 되어 있다.
97) 死: '沒'로 되어 있다.
98) 存: '居'로 되어 있다.
99) 邀: '激'으로 되어 있다.
100) 遂謝絶人事: '謝絶人事'로 되어 있다.
101) 曰: '云'으로 되어 있다.

“遂致, 夫[103]人之辭曰: ‘老婦今欲設酌,[104] 非娘無可與誤’,[105] 故敢送
鞍馬, 勿以爲勞也.”

桃顧謂生曰:[106]

“再辱貴人之命,[107] 其敢不承.”

卽粧梳改衣[108]而出, 生[109]囑曰:

“幸勿[110]經夜.”

　送之出門言, “莫[111]經夜者.” 三四.

而桃[112]上馬而去, 人如輕燕,[113] 馬若飛龍,[114] 迷花暎柳, 冉冉而去.
生不能定情, 便隨趂[115]去, 由[116]湧金門, 左轉而至垂虹橋. 果見甲第
連雲, 眞所謂 水面[117]朱門也. 雕欄曲檻, 半隱於綠楊, 紅杏之間, 鳳笙
龍管之聲, 隱隱然如在半空中.[118] 時時樂止, 則笑語琅琅然[119]出諸外.
生彷徨橋上, 乃作古風一篇, 題于柱上曰:[120]

柳外平湖湖上樓,

朱[121]甍碧瓦照靑春.

---

102) 桃: ‘能’으로 되어 있다.
103) 遂致, 夫: ‘致’로 되어 있다.
104) 老婦今欲設酌: ‘老婦今欲設酌’으로 되어 있다.
105) 非娘無可與誤: ‘非娘莫可與娛’로 되어 있다.
106) 曰: 원문에는 ‘曰’이 보이지 않는다. 이본을 고려하여 ‘曰’을 넣었다.
107) 之命: ‘命’으로 되어 있다.
108) 衣: ‘服’으로 되어 있다.
109) 生: ‘生付’로 되어 있다.
110) 勿: ‘莫’으로 되어 있다.
111) 莫: ‘勿’로 되어 있다.
112) 而桃: ‘桃’로 되어 있다.
113) 人如輕燕: ‘人輕如燕’으로 되어 있다.
114) 馬若飛龍: ‘馬飛如龍’으로 되어 있다.
115) 便隨趂: ‘後趂’로 되어 있다.
116) 由: ‘出’로 되어 있다.
117) 水面: ‘面水’로 되어 있다.
118) 隱隱然如在半空中: ‘渺然如在半空’으로 되어 있다.
119) 琅琅然: ‘琅然’으로 되어 있다.
120) 題于柱上曰: ‘題於柱曰’로 되어 있다.

香風吹送笑語聲,

隔花不見樓中人.

却羨花間雙燕子,

任情飛入朱簾裡.122)

彷徨間, 漸見夕陽斂紅, 暝靄凝碧.123)

俄有女娘數隊, 自朱門騎馬而出, 金鞍玉勒, 光彩照人.

生以爲桃也, 卽投身於路左,124) 空店中窺之, 閱盡數十餘輩,125) 而桃

不出. 生心中大疑, 還至橋頭, 則已不辨牛馬矣. 乃直入朱門, 了不見一

人. 又至樓下, 亦不見一人.

正納悶間,126) 月色微明, 見樓北有蓮池.127) 池上雜花葱薄,128) 花間細

路屈曲.

生緣路潛行, 花盡處有堂. 由階而西折數十步, 遙見葡萄架下,129) 有紅

裙翠袖,130) 隱隱然往來, 如在畫圖中.

生匿身而往, 屛息而窺, 金屛彩褥, 奪人眼精.131) 夫人衣紫羅衫, 倚白

玉案而坐, 年近五十, 而從容顧眄之際, 綽有餘姸.

有少女, 年可十四五, 而坐於夫人之側.132) 雲鬟縮綠, 醉臉微紅,133) 明

---

121) 朱: '翠'로 되어 있다.
122) 任情飛入朱簾裡: '任情飛入朱簾裡
　　　　　　　　 徘徊未忍踏歸路
　　　　　　　　 落照纖波添客愁'로 두 구가 더 있다.
123) 暝靄凝碧: '暝靄疑碧'으로 되어 있다.
124) 左: '傍'으로 되어 있다.
125) 十餘輩: '十輩'로 되어 있다.
126) 正納悶間: '徘徊間'으로 되어 있다.
127) 見樓北有蓮池: '見樓北有蓮池'로 되어 있다.
128) 池上雜花葱薄: '池池上雜花葱籠'으로 되어 있다.
129) 遙見葡萄架下: '遙見葡萄架下有屋'으로 되어 있다.
130) 有紅裙翠袖: '小而極麗. 紗窓半啓, 華燭高燒, 燭影下紅裙翠衫'으로 되어 있다.
131) 眼精: '眼睛'으로 되어 있다.
132) 而坐於夫人之側: '坐于夫人之側'으로 되어 있다.

眸斜眄, 若流波之暎秋日.134) 巧笑生喎,135) 若春花之含曉露.

桃坐於其前,136) 不啻若鷗鷺之於鳳凰, 沙礫之於珠璣也.137) 生魂飛雲外, 心在空中,138) 幾欲狂叫突入者, 數次.

酒數行,139) 桃欲辭歸. 夫人挽留甚固, 而桃請皈益懇,140) 夫人曰:

"娘子平日, 不曾如此, 何遽邁邁如是?141) 豈有情人之約耶?"142)

斂衽而對曰:143)

"夫人下問, 妾不敢以實對?"144)

遂將與生結緣辭,145) 細說一遍.

夫人未及一言, 小女微笑, 流目視桃曰:

"何不早言. 幾誤了一宵佳會146)也."

夫人亦笑而許歸.

生趨出, 先至桃家, 擁衾佯睡, 鼻息如雷.

桃追至, 見生臥睡, 卽以手扶起曰:147)

"郞君做何夢?"148)

生應口朗吟曰:

"夢入瑤臺彩雲裡, 九華帳下見姮娥."149)

---

133) 雲鬟縮綠, 醉臉微紅: 원본에는 '翠臉'으로 되어 있어 '醉臉'으로 바로잡았다.
134) 若流波之暎秋日: '若流波之暎秋月'로 되어 있다.
135) 巧笑生喎: '巧笑生渦'로 되어 있다.
136) 桃坐於其前: '桃坐于其間'으로 되어 있다.
137) 沙礫之於珠璣也: '沙礫之於珠璣也'로 되어 있다.
138) 心在空中: '心在半空'으로 되어 있다.
139) 酒數行: '酒一行'으로 되어 있다.
140) 而桃請皈益懇: '而桃請益懇'으로 되어 있다.
141) 何遽邁邁如是: '行遽邁邁若是'로 되어 있다.
142) 豈有情人之約耶: '其有情人之約乎'로 되어 있다.
143) 斂衽而對曰: '桃斂衽避席而對曰'로 되어 있다.
144) 妾不敢以實對: '妾敢不以實對'로 되어 있다.
145) 遂將與生結緣辭: '遂將與生結緣事'로 되어 있다.
146) 佳會: 『화몽집』에는 '佳曾'으로 잘못되어 있다.
147) 卽以手扶起曰: '以丯扶起曰'로 되어 있다.
148) 郞君做何夢: '郞君方做何夢耶'로 되어 있다.

桃不悅, 詰之曰:

"所謂仚娥者, 是何物也?"150)

生無言可答, 繼吟曰:151)

"覺來却喜仚娥在, 其奈滿堂華月何!"152)

因撫桃背曰:153)

"爾非吾仚娥耶?"154)

桃笑曰:

"然則, 郎君, 豈非妾仚郎乎?"155)

自此, 相以仚郎仚娥呼之.

生問其晩皈之由,156) 桃曰:

"仚宴罷後,157) 夫人令他妓皆皈, 獨留妾別於少女仙花之室,158) 更設小酌, 以此遲遲耳."159)

生細細引問則:160)

"仙花字芳卿, 年纔三五, 姿色雅麗,161) 殆非塵世間人. 又工詞賦曲, 巧刺繡,162) 賤妾之類, 非所敢望也.163) 昨日新製風入松詞, 自欲被之管絃,164) 以妾知音律, 故留與度曲耳."

---

149) 九華帳下見仚娥: '九華帳裡夢仙娥'로 되어 있다.
150) 是何物也: '是何人也'로 되어 있다.
151) 繼吟曰: '卽繼吟曰'로 되어 있다.
152) 其奈滿堂崋月何: '奈此滿堂花月何'로 되어 있다.
153) 因撫桃背曰: '乃撫桃背曰'로 되어 있다.
154) 爾非吾仚娥耶: '爾非我仚娥乎'로 되어 있다.
155) 然則, 郎君, 豈非妾仚郎乎: '然則郎君豈非妾仙郎耶'로 되어 있다.
156) 生問其晩皈之由: '生問晩來之故'로 되어 있다.
157) 仚宴罷後: '宴罷後'로 되어 있다.
158) 獨留妾別於少女仙花之室: '獨留妾於其少女仙花之堂'으로 되어 있다.
159) 以此遲遲耳: '以此差遲耳'로 되어 있다.
160) 生細細引問則: '生細細仍問則'으로 되어 있다.
161) 姿色雅麗: '姿貌雅麗'로 되어 있다.
162) 又工詞賦曲, 巧刺繡: '又工詞曲, 巧於刺繡'로 되어 있다.
163) 賤妾之類, 非所敢望也: '非賤妾所敢望也'로 되어 있다.
164) 自欲被之管絃: '欲被管絃'으로 되어 있다.

生曰:

"其詞, 可得聞乎?"

桃郞吟一遍, 其詞曰:[165]

玉窓花暖日遲遲,[166]

院靜簾垂.

沙頭彩鴨倚斜照,

一雙對浴春池.[167]

柳外輕烟漠漠,

烟中細柳絲絲.[168]

美人睡起倚欄時,

翠斂愁眉.[169]

燕雛解語鸎聲老,[170]

恨韶華夢裡都衰.

却把瑤琴輕奏曲,[171]

曲中幽怨誰知?

每誦了一句, 生暗暗稱奇.

乃咍桃曰:[172]

"此詞曲盡閨裡春愁, 雖蘇惹蘭織錦手,[173] 未易到也. 雖然, 不及吾仙

---

165) 桃郞吟一遍, 其詞曰: '桃娘吟一篇曰'로 되어 있다.
166) 玉窓花暖日遲遲: '玉窓花爛日遲遲'로 되어 있다.
167) 一雙對浴春池: '羨一雙對浴春池'로 되어 있다.
168) 烟中細柳絲絲: '烟中細柳綠綠又'로 되어 있다.
169) 翠斂愁眉: '翠臉愁眉'로 되어 있다.
170) 燕雛解語鸎聲老: '燕雛細語鶯聲老'로 되어 있다.
171) 却把瑤琴輕奏曲: '把琵琶輕弄'으로 되어 있다.
172) 乃咍桃曰: '乃詒桃曰'로 되어 있다.

娥雕花刻玉之才也."174)

生自見仙花之後, 向桃之情已淺.175) 雖應酬之際, 勉爲笑歡, 一心則唯仙花是念.176)

一日, 夫人呼小子國英曰:177)

"汝年已十二,178) 尙未就學, 他日成人, 何以自立? 聞緋桃夫婿周生,179) 乃能文之士,180) 汝往請學, 可乎?"

夫人家法甚嚴, 國英不敢違命.181)

卽日挾冊就生,182) 生心中暗喜曰,183) '吾事濟矣',184) 再三謙讓, 而後敎之.

一日, 俟桃不在,185) 從容謂國英曰:186)

"爾往來受業, 甚是勞苦.187) 爾家若有別舍, 移寓于爾家. 則爾無往來之勞, 而吾之敎汝專矣."188)

國英拜謝曰:189)

"固所願也."190)

---

173) 此詞曲盡閨裡春愁, 雖蘇惹蘭織錦手: '此曲盡閨裡春懷, 非蘇若蘭織錦手'로 되어 있다.
174) 未易到也. 雖然, 不及吾仙娥雕花刻玉之才也: '未及吾仙娥雕花刻玉之才也'로 되어 있다.
175) 向桃之情已淺: '向桃之情淺薄'으로 되어 있다.
176) 一心則唯仙花是念: '一心則惟仙花是念'으로 되어 있다.
177) 夫人呼小子國英曰: '夫人呼少子國英, 命之曰'로 되어 있다.
178) 汝年已十二: '汝年十二'로 되어 있다.
179) 緋桃: 원본에는 '徘桃'로 되어 있어 바로잡았다.
180) 乃能文之士: '乃能文之士也'로 되어 있다.
181) 國英不敢違命: '不國英不敢違命'으로 되어 있다.
182) 卽日挾冊就生: '卽日挾冊就學'으로 되어 있다.
183) 生心中暗喜曰: '生中心暗喜曰'로 되어 있다.
184) 吾事濟矣: '吾事偕矣'로 되어 있다.
185) 俟桃不在: '俟桃不在家'로 되어 있다.
186) 從容謂國英曰: '從容謂英曰'로 되어 있다.
187) 甚是勞苦: '甚是苦勞'로 되어 있다.
188) 而吾之敎汝專矣: '吾之敎專矣'로 되어 있다.
189) 國英拜謝曰: '國英拜辭曰'로 되어 있다.
190) 固所願也: '不敢請固所願也'로 되어 있다.

歸白於夫人, 卽日迎生.

桃自外歸, 大驚曰:

"仙郞殆有私乎? 奈何棄妾, 而他適也."191)

生曰:

"聞丞相家, 藏書三萬軸. 而夫人不欲, 以先公舊物, 妄自出入, 吾欲往讀, 人間未192)見書耳."

桃曰:

"郞之勤業,193) 妾之福也."

生移寓丞相家,194) 晝則與國英同住, 夜則門蘭甚密,195) 無計可試.196) 展轉涉旬.197)

忽自念曰, '始吾來此者, 本圖仙花, 今芳春已盡,198) 奇遇不成,199) 俟河之淸, 人壽幾何? 不如200)昏夜唐突, 事成則爲鄕, 幸不成則烹,201) 可也.' 是夜無月.

生踰墻數重, 方到202)仙花之室. 回廊曲檻, 簾幕重重. 良久諦視, 幷無人跡, 但見仙花, 明燈理曲.203)

生伏在於檻間, 視其所爲.204) 仙花理曲罷後, 細吟蘇子瞻, 賀新娘詞曰:205)

---

191) 奈何棄妾, 而他適也: '奈何棄妾他適'으로 되어 있다.
192) 未: '所未'로 되어 있다.
193) 郞之勤業: '郞君之勤業'으로 되어 있다.
194) 生移寓丞相家: '生移寓于丞相家'로 되어 있다.
195) 夜則門蘭甚密: '夜則門闌甚嚴'으로 되어 있다.
196) 無計可試: '無計可施'로 되어 있다.
197) 展轉涉旬: '輾轉浹旬'으로 되어 있다.
198) 始吾來此者, 本圖仙花, 今芳春已盡: '始吾來此, 本圖仙花, 今芳春已老'로 되어 있다.
199) 不成: '未成'으로 되어 있다.
200) 不如: 원문에는 '不知'로 되어 있다. 이본을 고려하야 '不如'로 바로잡았다.
201) 事成則爲鄕, 幸不成則烹: '事成則爲慶, 不成則見烹'으로 되어 있다.
202) 方到: '方至'로 되어 있다.
203) 明燈理曲: '明燭理曲'으로 되어 있다.
204) 生伏在於檻間, 視其所爲: '生伏於檻間, 聽其所爲'로 되어 있다.

簾外誰來推繡戶,

枉敎人夢斷瑤臺,206)

琴曲却是風動竹.207)

生卽於簾外,208) 微吟曰:

莫言風動竹,

眞箇玉人來.

仚花佯若不聞, 卽滅燭就睡.209)

生入與同寢,210) 仙花稚年弱質, 未堪情事. 微雲澁雨,211) 柳態花嬌, 芳啼嫩語,212) 淺笑輕嚬. 生蜂貪蝶戀, 意迷神融,213) 不覺近曉.

忽聞流鶯睍睆, 於檻外花梢.214) 生驚起出戶, 則池舘悄然, 曙靄曚曨矣.215) 仙花送生出門, 而入曰:216)

 “此處勿得再來. 機事一泄, 生死可念.”217)

生烟塞胸中,218) 哽咽趨出而答曰:219)

---

205) 細吟蘇子瞻, 賀新娘詞曰: ‘細吟蘇若蘭, 賀新娘詞曰’로 되어 있다.
206) 枉敎人夢斷瑤臺: ‘枉敎人斷夢瑤臺’로 되어 있다.
207) 琴曲却是風動竹: ‘又却是風敲竹’으로 되어 있다.
208) 生卽於簾外: ‘生卽於簾下’로 되어 있다.
209) 卽滅燭就睡: ‘滅燭就寢’으로 되어 있다.
210) 同寢: ‘同枕’으로 되어 있다.
211) 微雲澁雨: ‘微雲濕雨’로 되어 있다.
212) 芳啼嫩語: ‘芳啼軟語’로 되어 있다.
213) 意迷神融: ‘意迷情融’으로 되어 있다.
214) 於檻外花梢: ‘啼在檻前花梢’로 되어 있다.
215) 曙靄曚曨矣: ‘曙氣曚曨矣’로 되어 있다.
216) 而入曰: ‘却閉而入曰’로 되어 있다.
217) 此處勿得再來. 機事一泄, 生死可念: ‘此後勿得再來, 機事一泄, 死生可念’으로 되어 있다.
218) 生烟塞胸中: ‘生塞胸中’으로 되어 있다.
219) 哽咽趨出而答曰: ‘哽咽趨進而答曰’로 되어 있다.

"纔成好會, 一何相待之薄耶!"220)

仙花笑曰:

"前言戲之耳. 將子無怒, 昏以爲期."

生諾諾連聲而出.221)

仙花還室, 作早夏聞曉鸎一絶, 題于窓上曰:222)

漠漠輕陰雨後天,223)

綠楊如畵草如烟.224)

春愁不共春歸去,

又逐曉鸎枕來邊.225)

後夜又至,226) 忽聞墻低樹陰中,227) 戛然有曳履聲. 生恐爲人所覺,228)

便欲還走,229) 曳履者, 却以靑梅子擲之, 正中生背. 生狼狽無所窮避,230)

投伏叢篁之中. 曳履者, 低聲語曰:

 "周生無恐, 鶯鶯者在此."231)

生乃知仙花所誤, 乃起去抱腰曰:232)

"何欺人, 若此耶?"233)

---

220) 一何相待之薄耶: '一何相對之薄耶'로 되어 있다.
221) 生諾諾連聲而出: '生諾諾連聲而去'로 되어 있다.
222) 作早夏聞曉鸎一絶, 題于窓上曰: '作早夏聞曉鶯一絶, 題窓上曰'로 되어 있다.
223) 漠漠輕陰雨後天: '漠漠輕烟雨後天'으로 되어 있다.
224) 綠楊如畵草如烟: '綠楊如畵草如筵'으로 되어 있다.
225) 又逐曉鸎枕來邊: '又逐曉鶯來枕邊'으로 되어 있다.
226) 後夜又至: '生又至'로 되어 있다.
227) 忽聞墻低樹陰中: '忽聞墻底樹陰中'으로 되어 있다.
228) 生恐爲人所覺: '恐爲人所覺'으로 되어 있다.
229) 便欲還走: '便欲返走'로 되어 있다.
230) 生狼狽無所窮避: '生狼狽無所逃避'로 되어 있다.
231) 周生無恐, 鶯鶯者在此: '周郎無恐, 鶯鶯在此'로 되어 있다.
232) 乃起去抱腰曰: '乃起抱腰曰'로 되어 있다.
233) 何欺人, 若此耶: '一何欺人若是'로 되어 있다.

仚花曰:234)

“豈敢欺郎, 郎自幼耳.”235)

生曰:

“偸香盜璧, 烏得不劫?”236)

便携手入室, 見窓上絶句, 指其尾曰:

“佳人有甚閑愁, 而出言若是耶?”

仙花悄然曰:

“女子之身237), 與愁俱生. 未相見, 願相見, 旣相見, 恐相離, 女子一身,
安往而無愁哉?238) 況郎君把折239)檀之譏, 賤妾受行露之辱.240) 一朝
不幸, 情迹敗露,241) 則不容於親戚, 見賤於鄕黨. 雖欲與郎君, 執手偕
老, 那可得也?242) 今日之事, 比如雲間月葉中花, 縱得一時好,243) 其奈
不久何?”244)

 言訖下淚,245) 珠恨玉怨, 殆不自堪.

生收泪慰之曰:

 “丈夫, 豈不能娶, 一女子乎?246) 我當終修, 媒妁之信, 以禮迎子, 子休
煩惱.”

仚花收泪謝曰:

“必如郎言, 則夭桃灼灼.247) 縱乏宜家之德,248) 采蘋祈祈, 庶盡奉祭之

---

234) 仚花曰: ‘仙花笑曰’로 되어 있다.
235) 豈敢欺郎, 郎自幼耳: ‘豈郎目悧耳’로 되어 있다.
236) 偸香盜璧, 烏得不劫: ‘偸香盜玉, 烏得不怵?’으로 되어 있다.
237) 女子之身: ‘女子一身’으로 되어 있다.
238) 安往而無愁哉: ‘安往無愁哉?’로 되어 있다.
239) 把折: ‘犯折’로 되어 있다.
240) 賤妾受行露之辱: ‘妾受行路之辱’으로 되어 있다.
241) 情迹敗露: ‘情跡敗露’으로 되어 있다.
242) 那可得也?: ‘那可得乎?’로 되어 있다.
243) 一時好: ‘一時之好’로 되어 있다.
244) 其奈不久何: ‘其奈未久何?’로 되어 있다.
245) 言訖下淚: ‘言訖淚下’로 되어 있다.
246) 丈夫, 豈不能娶, 一女子乎: ‘丈夫豈不能取一女子乎?’로 되어 있다.

誠."249)

自出香奩中小粧鏡, 分爲二端, 一以自藏, 一以授生曰:250)

"留待251)洞房華燭之夜, 再合可也."

又以紈扇, 授生曰:252)

"二物雖微, 足表心曲. 幸念乘鸞之女, 莫貽秋風之怨, 縱失姮娥之影,
須保明月之輝也."253)

自此, 昏聚曉散, 無夕不然.254)

生一日, 念久不見緋桃,255) 恐桃見怪, 乃往宿不歸.256)

仙花夜至生室, 潛發囊中,257) 得緋桃寄生詩數幅, 不勝恚妬.258) 取案
上墨筆, 塗扶如鴉,259) 自製眼兒眉一闋,260) 書於翠綃, 投之囊中而去.

其詞曰:261)

窓外疎螢滅復流.

斜月在高樓,

一階竹韻,

滿簾梧影,

夜靜人愁.

---

247) 則夭桃灼灼: '桃夭灼灼'으로 되어 있다.
248) 縱乏宜家之德: '縱之宜家之德'으로 되어 있다.
249) 庶盡奉祭之誠: '庶殫奉祭之誠'으로 되어 있다.
250) 生曰: 원본에는 '生'으로 되어 있어 이본을 참조하여 보(補)하였다.
251) 留得: '留待'로 되어 있다.
252) 又以紈扇, 授生曰: '又以紈扇贈生曰'로 되어 있다.
253) 須保明月之輝也: '須憐明月之眸'로 되어 있다.
254) 無夕不然: '無夕不會'으로 되어 있다.
255) 生一日, 念久不見緋桃: '一日, 生自念不見裹桃'로 되어 있다.
256) 乃往宿不歸: '乃往桃家不歸'로 되어 있다.
257) 仙花夜至生室, 潛發囊中: '仙花夜至生舘, 潛發生藏囊'으로 되어 있다.
258) 得緋桃寄生詩數幅, 不勝恚妬: '得桃寄生詩數幅, 不勝恚妬'로 되어 있다.
259) 取案上墨筆, 塗扶如鴉: '取案上筆墨, 塗扶如鴉'로 되어 있다.
260) 自製眼兒眉一闋: '自製恨兒唱一闋'로 되어 있다.
261) 書於翠綃, 投之囊中而去. 其詞曰: '書于翠綃, 投之囊中而去. 詞曰'로 되어 있다.

此時蕩子無消息.

何處作閑遊?262)

也應不念,263)

唯離情脉脉,264)

坐數更籌.

明日生還.

仙花了無, 妬恨之色, 又不言發, 囊中之事.265) 盖欲令生自愧也. 生曠
然無他念.266)

一日, 夫人設宴, 召緋桃, 稱周生之學行.267) 且謝敎子之勤, 令桃致意
於生.268)

是夜, 生爲杯酌所困, 曚不省人事.269)

桃獨坐無寐, 偶發粧囊, 見其詞爲墨汁所昏,270) 心頗疑之. 又得恨兒眉
詞,271) 知仚花所爲, 乃大怒. 取其詞, 納諸袖中, 又封結其囊如故,272)

坐而待朝.

生醉醒, 桃徐問曰:273)

"久寓於此而不歸, 何耶?"274)

生曰:275)

---

262) 何處作閑遊: '何處得閑遊?'로 되어 있다.

263) 也應不念: '也應不戀'으로 되어 있다.

264) 唯離情脉脉: '離情脉脉'으로 되어 있다.

265) 又不言發, 囊中之事: '又不言發囊之事'로 되어 있다.

266) 盖欲令生自愧也. 生曠然無他念: '盖欲令生自認, 而生曠然無他念'으로 되어 있다.

267) 召緋桃, 稱周生之學行: '召見裵桃, 稱周郎之學行'으로 되어 있다.

268) 令桃致意於生: '親自酌酒, 令桃傳致意於生'으로 되어 있다.

269) 是夜, 生爲杯酌所困, 曚不省人事: '生是夜爲盃勺所困, 曚不省事'로 되어 있다.

270) 偶發粧囊, 見其詞爲墨汁所昏: '偶發藏囊, 見其詞爲墨汁所昏'으로 되어 있다.

271) 又得恨兒眉詞: '又得恨兒唱詞'로 되어 있다.

272) 又封結其囊如故: '又封其囊口如舊'로 되어 있다.

273) 生醉醒, 桃徐問曰: '生酒醒, 桃徐問曰'로 되어 있다.

274) 久寓於此而不歸, 何耶: '郎君久於此而不歸, 何也?'로 되어 있다.

"國英時未卒業故也."276)

桃曰:

"然則, 敎妾之弟, 不容不盡心耶?"277)

生赧赧然, 面頸發赤曰:278)

"是何言耶?"279)

桃良久不言.

生惶惶失措, 以面掩地.

桃乃出其詞, 投之生前曰:

"踰墻相從, 鑽穴相窺, 豈男子所可爲哉?280) 我將入白于夫人."281)

便引身而起.282)

生惹忙抱持, 以實告之, 且扣頭懇乞曰:283)

"仚娥與我, 永結芳盟, 何忍置人於死地?"284)

桃意方回曰:

"郞君使可與妾同歸. 不然卽旣背約, 妾何守盟?"285)

生不得已, 而托以他故,286) 復歸桃家.

自覺仚花之事, 不復稱生爲仚郞者, 心不平也.287) 生篤念仙花, 日成憔悴, 托病不起者涉旬.288)

---

275) 生曰: '日'로 되어 있다.
276) 國英時未卒業故也: '國英未卒業故也'로 되어 있다.
277) 敎妾之弟, 不容不盡心耶: '敎妾之弟不用不盡力也'로 되어 있다.
278) 生赧赧然, 面頸發赤曰: '生赧赧然回頸發赤曰'로 되어 있다.
279) 是何言耶: '是何言歟?'로 되어 있다.
280) 豈男子所可爲哉: '豈君子所可爲哉'로 되어 있다.
281) 我將入白于夫人: '我將白于夫人'으로 되어 있다.
282) 便引身而起: '便引身起'로 되어 있다.
283) 生惹忙抱持, 以實告之, 且扣頭懇乞曰: '生悅憫抱腰, 以實告之, 且叩頭哀乞曰'로 되어 있다.
284) 何忍置人於死地: '何忍致人於死地'로 되어 있다.
285) 妾何守盟: '妾何守盟'으로 되어 있다.
286) 生不得已, 而托以他故: '生不得已托以他故'로 되어 있다.
287) 心不平也: '恚心不平也'로 되어 있다.

俄而, 國英病死.

生具祭物, 奠于柩前.289)

兪花亦因生致疾,290) 起居須人. 忽聞生至, 力疾强起, 淡粧素衣,291) 獨
立於簾內.

生奠罷, 遙見兪花, 但流目送情而出.292) 低回轉眄之間, 已杳然無所覩
矣.293)

後數月, 桃得疾不起.

將死, 枕生膝, 含泪而言曰:294)

"妾以葑菲之下体, 依松栢之餘蔭, 豈圖芳菲未歇,295) 鶗鴂先鳴? 今與
郎君, 便永訣矣. 綺羅管絃, 從此畢矣.296) 夙昔之願,297) 已缺然矣. 但
望妾死後,298) 郎君娶兪花爲配,299) 埋我骨於郎君 往來之路側, 則雖死
日, 猶生之年也."300)

而言訖氣絶, 良久乃蘇301) 開眼視生曰:

"周郎周郎! 珍重珍重."

連言數次而死.302)

生大慟, 乃葬于湖上大道傍,303) 從其願也.304)

---

288) 日成憔瘦, 托病不起者涉旬: '日漸憔悴, 托病不起者再旬'으로 되어 있다.
289) 生具祭物, 奠于柩前: '具祭物, 往奠于柩前'으로 되어 있다.
290) 兪花亦因生致疾: '兪花亦因生致病'으로 되어 있다.
291) 淡粧素衣: '淡粧素服'으로 되어 있다.
292) 但流目送情而出: '流目送情而出'로 되어 있다.
293) 低回轉眄之間, 已杳然無所覩矣: '低面顧眄之間, 已杳然無所覩矣'로 되어 있다.
294) 含泪而言曰: '含淚而言曰'로 되어 있다.
295) 豈圖芳菲未歇: '豈料芳盟未歇'로 되어 있다.
296) 綺羅管絃, 從此畢矣: '羅綺管絃, 從此事畢矣'로 되어 있다.
297) 夙昔之願: '昔之宿緣'으로 되어 있다.
298) 但望妾死後: '但願妾死之後'로 되어 있다.
299) 郎君娶兪花爲配: '娶仙花爲配'로 되어 있다.
300) 則雖死日, 猶生之年也: '則雖死之日, 猶生之年也'로 되어 있다.
301) 而言訖氣絶, 良久乃蘇: '言訖氣塞, 良久復甦'으로 되어 있다.
302) 連言數次而死: '連聲數次而逝'로 되어 있다.
303) 乃葬于湖上大道傍: '乃葬于湖上大路傍'으로 되어 있다.

祭之以文曰:

「維年月日, 梅川居士, 以蕉黃荔丹之奠, 祭于緋娘之靈.305)

惟靈. 花情艷麗,306) 月態輕盈. 舞學章臺之柳, 風欺綠絲,307) 色奪幽谷

之蘭, 露濕紅英. 回文, 則蘇惹蘭, 詎容獨步?308) 艷詞, 則賈雲華, 難可

爭名.309)

名雖編於樂籍,310) 志則存於幽貞. 某也, 蕩志311) 風中之絮, 孤蹤水上

之蓬.312) 言采妹鄕之唐, 不負東門之楊, 賜之以相好, 副以不忘.313) 月

出皎兮, 結芳盟兮,314) 雲窓夜靜, 花院春深.315) 一椀瓊漿, 幾回鸞笙.316)

岂期時移事往, 樂極哀來?317) 翡翠之衾未暖, 元央之夢先回.318) 雲消

懽意,319) 雨散恩情. 屬目而羅裙變色, 接手耳而玉佩無聲,320) 一尺古

箱, 尙有餘香. 朱絃緣服,321) 虛在銀床, 藍橋舊宅, 付之紅娘.

嗚呼! 佳人難得, 德音不忘. 玉容花兒,322) 宛在目傍, 天長地久, 此恨茫

---

304) 從其願也: '從其願也'로 되어 있다.

305) 祭于緋娘之靈: '祭于裵娘之靈'으로 되어 있다.

306) 花情艷麗: '花精艷麗'로 되어 있다.

307) 舞學章臺之柳, 風欺綠絲: '無學章垱之柳, 風簸綠錦'으로 되어 있다.

308) 回文, 則蘇惹蘭, 詎容獨步: '回文則蘇若蘭詎能獨步?'로 되어 있다.

309) 艷詞, 則賈雲華, 難可爭名: '艷色則賈雲華難可爭名'으로 되어 있다.

310) 名雖編於樂籍: '名雖編於妓籍'으로 되어 있다.

311) 蕩志: '蕩情'으로 되어 있다.

312) 孤蹤水上之蓬: '孤蹤水上之萍'으로 되어 있다.

313) 言采妹鄕之唐, 不負東門之楊, 賜之以相好, 副以不忘: '言采沫鄕之唐, 贈之以相好,
     不負東門之柳, 副之以不忘'으로 되어 있다.

314) 盟兮: 원본에는 '盟'으로 되어 있어 이본을 참조하여 보(補)하였다.

315) 月出皎兮, 結芳盟兮, 雲窓夜靜, 花院春深: '月出皎兮, 雲窓夜靜, 結芳盟兮, 花院春
     晴'으로 되어 있다.

316) 一椀瓊漿, 幾回鸞笙: '一椀瓊漿, 幾曲鸞笙'으로 되어 있다.

317) 岂期時移事往, 樂極哀來: '岂意時移事往, 樂極哀生?'으로 되어 있다.

318) 元央之夢先回: '鴛鴦之夢先驚'으로 되어 있다.

319) 雲消懽意: '雲消歡意'로 되어 있다.

320) 接手耳而玉佩無聲: '接耳而玉珮無聲'으로 되어 있다.

321) 一尺古箱, 尙有餘香. 朱絃緣服: '一尺魯縞, 尙有餘香. 朱絃緣綺'로 되어 있다.

茫. 他鄉失侶, 誰賴誰憑? 復理回棹,323) 再就來程. 湖海濶遠, 乾坤崢嶸, 孤帆萬里去, 去何依?

他年一笑,324) 浩蕩難期. 山有歸雲, 水有回潮,325) 娘之去矣, 一去寂寥.326) 致祭者誰, 陳情者文.327)

臨風一奠, 庶格芳魂.

尚饗.」

祭罷, 獨與二丫鬟別曰:328)

"汝等好守家舍. 我他日得志, 必來收汝."

丫鬟泣曰:329)

"兒輩仰主娘如母, 主娘視兒輩如子.330) 兒輩薄命, 主娘早沒, 所恃以慰此心者, 唯331)有郎君. 今又去矣,332) 兒輩何依?"

號哭不已.333)

生再三慰撫, 揮泪登舟, 不忍發棹.

是夕, 宿于垂虹橋下,334) 望見仙花之院, 銀燭絳燭, 明滅林表.335) 生念佳期之已邁, 嗟後會之無因,336) 口占長相思一関曰:

---

322) 玉容花兒: '玉貌花容'으로 되어 있다.
323) 復理回棹: '復理舊楫'으로 되어 있다.
324) 他年一笑: '他年一見'으로 되어 있다.
325) 水有回潮: '江有回潮'로 되어 있다.
326) 一去寂寥: '一何寂寥'로 되어 있다.
327) 致祭者誰, 陳情者文: '致祭者酒, 陳情者文'으로 되어 있다.
328) 獨與二丫鬟別曰: '與又鬟別曰'로 되어 있다.
329) 丫鬟泣曰: '又鬟泣曰'로 되어 있다.
330) 主娘視兒輩如子: '主娘視兒輩如女'로 되어 있다.
331) 唯: '惟'로 되어 있다.
332) 今又去矣: '今郎君又去'로 되어 있다.
333) 號哭不已: '呼哭不已'로 되어 있다.
334) 宿于垂虹橋下: '宿于垂虹橋'로 되어 있다.
335) 銀燭絳燭, 明滅林表: '銀缸絳燭, 明滅林裏'로 되어 있다.
336) 嗟後會之無因: '嗟後會之無緣'으로 되어 있다.

花滿烟柳滿烟,

暗信初馮春色傳.337)

綠簾深處.338)

好因緣惡因緣,339)

曉院銀缺已惘然.340)

歸帆水雲邊.341)

生達曉342) 沉吟,

欲去則與仙花永隔, 欲留則緋娘343)國英皆死, 無可聊賴.344) 百爾所思, 未得其一.

平明, 不得已而開船.345) 仙花之院, 緋桃之家,346) 看看漸遠. 山回水轉,347) 忽已隔矣.

生母族, 張老者,348) 湖州巨富也, 以睦族稱.349) 生試往依焉, 張館待生甚厚.350) 生身雖安逸, 念花之情,351) 久而彌篤.

展輾之間, 又及春月, 實萬曆壬辰年也.352)

---

337) 暗信初馮春色傳: '音信初馮春色傳'으로 되어 있다.
338) 綠簾深處: '綠窓深處眼'으로 되어 있다.
339) 好因緣惡因緣: '好因緣是惡因緣'으로 되어 있다.
340) 曉院銀缺已惘然: '曉院銀釭已憫然'으로 되어 있다.
341) 歸帆水雲邊: '歸帆雲樹邊'으로 되어 있다.
342) 生連曉: '生達曉'로 되어 있다.
343) 緋娘: 원본에는 '徘娘'로 되어 있어 바로잡았다.
344) 欲留則緋娘國英皆死, 無可聊賴: '欲留則裵桃國英已死, 聊無所賴'로 되어 있다.
345) 不得已而開船: '不得已開舡進棹'로 되어 있다.
346) 緋桃之家: '裵桃之塚'으로 되어 있다.
347) 山回水轉: '山回江轉'으로 되어 있다.
348) 生母族, 張老者: '生之母族, 有張老者'로 되어 있다.
349) 以睦族稱: '素以睦族稱'으로 되어 있다.
350) 張館待生甚厚: '張老待之甚厚'로 되어 있다.
351) 念花之情: '念仙花之情'으로 되어 있다.
352) 展輾之間, 又及春月, 實萬曆壬辰年也: '轉輾之間, 已及春月, 萬曆二十年壬辰也'로 되어 있다.

張老見生容皃日悴,353) 怪而問之. 生不敢隱, 以實告之,354) 張老曰:

"汝有心事,355) 何不早言? 老妻與盧丞相同姓,356) 累世通家, 老當爲汝圖之."

明日, 老令妻修書, 遣老蒼頭往錢塘,357) 議王謝之親.

卻花自別後,358) 支離在床, 緣憔紅悴. 夫人亦知爲, 周生所祟,359) 欲成其志, 生已去矣, 無可奈何. 忽得盧氏書,360) 閤家驚喜. 卻花亦强起梳洗, 有若平昔.

乃以是年九月, 爲結縭之期.361)

生日往浦口, 悵望蒼頭之還.

不及一旬,362) 蒼頭已還, 傳其定婚之期.363) 又以卻花私書授生. 生發書視之, 粉香泪痕, 哀怨可想. 書曰:364)

「薄命妾卻花, 沐髮淸意,365) 上書于周郎足下.

妾本弱質, 養在深閨, 每念韶華之易邁, 掩鏡自惜. 縱懷行露之芳心,366) 對人生羞. 見陌上之柳,367) 則春情駘蕩, 聞枝上之鶯, 而曉思曚朧.368) 一朝, 彩蝶傳情, 卻禽引路,369) 東方之月, 姝子在闥, 子旣踰園,370) 我敢

---

353) 張老見生容皃日悴: '張老見生容貌日悴'로 되어 있다.

354) 生不敢隱, 以實告之: '生不敢隱諱, 告之以實'로 되어 있다.

355) 汝有心事: '汝有心思'로 되어 있다.

356) 老妻與盧丞相同姓: '老妻與盧丞相'으로 되어 있다.

357) 老令妻修書, 遣老蒼頭往錢塘: '張老令妻修書, 送蒼頭專往錢塘'으로 되어 있다.

358) 卻花自別後: '卻花自別生後'로 되어 있다.

359) 夫人亦知爲, 周生所祟: '夫人示知爲, 周郎所祟'으로 되어 있다.

360) 忽得盧氏書: '忽得張氏書'로 되어 있다.

361) 爲結縭之期: '牢定結婚之期'로 되어 있다.

362) 不及一旬: '未及一旬'으로 되어 있다.

363) 傳其定婚之期: '傳其定婚之意'로 되어 있다.

364) 書曰: '其書曰'로 되어 있다.

365) 沐髮淸意: '沐髮淸齋'로 되어 있다.

366) 縱懷行露之芳心: '縱懷行雲之芳心'으로 되어 있다.

367) 見陌上之柳: '晃陌頭之楊'으로 되어 있다.

368) 而曉思曚朧: '則曉思朦朧'으로 되어 있다.

愛檀? 玄霜搗盡,371) 不上崎嶇之玉京. 明月中分, 空成契闊之深盟.372) 那知好事難常?373) 佳期易阻, 心乎愛矣, 躬自悼矣. 人去春來, 魚沉雁斷,374) 雨打梨花, 門掩黃昏, 千回萬轉, 憔悴因郞. 錦帳空兮, 晝寂寂,375) 銀缺滅兮.376) 夜沉沉. 一日誤身,377) 百年含情, 殘花貯思,378) 片月凝眸. 三魂已散, 八翼莫飛. 早知如此, 不如無生.379)

今則月老有信, 星期可待. 而單居悄悄, 疾病沉綿, 花顏減彩, 雲鬢無光. 郞雖見之, 不復前度380)之恩情矣. 但所恐者, 微忱未吐,381) 溘先朝露, 九重泉路, 私悵無窮.382) 朝見郞君, 一訴哀衷,383) 則夕閉幽房, 無所怨矣.

雲山萬里, 信使難頻.384) 引領延望,385) 骨折魂飛.386)

湖洲地偏, 瘴氣侵入, 努力自愛, 千萬珍重! 千萬珍重! 情到. 不堪言處,387) 分付飯鴻, 寄將去.388)

月日, 仙花白.」

---

369) 山禽: 원본에는 ‘㐫禽’으로 되어 있어 바로잡았다.
370) 子旣踰園: ‘子旣踰垣’으로 되어 있다.
371) 玄霜搗盡: ‘玄霜禱盡玄’으로 되어 있다.
372) 空成契闊之深盟: ‘共成契濶之深盟’으로 되어 있다.
373) 那知好事難常: ‘那圖好事難常?’으로 되어 있다.
374) 魚沉雁斷: ‘魚沉瘦影’으로 되어 있다.
375) 晝寂寂: ‘晝夜寂寂’으로 되어 있다.
376) 銀缺滅兮: ‘銀缸滅兮’로 되어 있다.
377) 一日誤身: ‘一自誤身’으로 되어 있다.
378) 殘花貯思: ‘殘花打腮’로 되어 있다.
379) 不如無生: ‘不知無生’으로 되어 있다.
380) 前度: ‘前日’로 되어 있다.
381) 微忱未吐: ‘微情未吐’로 되어 있다.
382) 溘先朝露, 九重泉路, 私悵無窮: ‘溘然朝露, 九泉重路, 私恨無窮’으로 되어 있다.
383) 一訴哀衷: ‘一訴哀情’으로 되어 있다.
384) 雲山萬里, 信使難頻: ‘雲山千里, 信使難憑’으로 되어 있다.
385) 延望: ‘遙望’으로 되어 있다.
386) 骨折魂飛: ‘骨折魂消’으로 되어 있다.
387) 千萬珍重! 情到. 不堪言處: ‘千萬情緖, 不堪言盡’으로 되어 있다.
388) 寄將去: ‘帶將飛去’로 되어 있다.

生讀罷, 如夢初回, 似醉方醒, 且悲且喜. 屈指九月,389) 猶以爲遠, 欲改
定其期, 請於張老,390) 再遣蒼頭.

而又391) 私答仚花之書曰:

「芳卿簾下.

三生緣重, 千萬書來.392) 感物興懷,393) 能不依依.

昔者, 投迹玉院, 托身瓊林,394) 春心一發, 雨意難禁, 花間結緣, 月下成
因.395) 猥蒙顧念, 信使琅琅.396) 自念此生, 難報深恩. 人間有事, 造物
多猜, 那知一夜之別, 竟作經年之恨?397) 相去398)復絶, 山川阻脩,399)
匹馬天涯, 幾番怊悵.400) 雁叫吳雲, 猿啼楚峀, 族舘孤眠, 殘燈悄悄.401)
人非木石, 能悲不哉?402)

嗟乎!403) 芳卿,404) 別離傷懷, 子所知矣.405) 古人云: '一日不見, 如三
歲'406) 以此推之, 則一月便是九十年矣. 若待高秋, 以定佳期, 則不
如求我, 於荒山衰草之理也.407)

---

389) 屈指九月: '而屈指九月'로 되어 있다.
390) 請於張老: '乃請於張老'로 되어 있다.
391) 又: '又以'로 되어 있다.
392) 芳卿簾下. 三生緣重, 千萬書來: '芳卿足下. 三生緣重, 千里書來'로 되어 있다.
393) 感物興懷: '感物懷人'으로 되어 있다.
394) 投迹玉院, 托身瓊林: '投身玉院, 托跡瓊林'으로 되어 있다.
395) 花間結緣, 月下成因: '花間結約, 月下成緣'으로 되어 있다.
396) 信使琅琅: '信誓琅琅'으로 되어 있다.
397) 竟作經年之恨: '竟作經年之悲?'로 되어 있다.
398) 相去: '相距'로 되어 있다.
399) 山川阻脩: '山川脩阻'로 되어 있다.
400) 幾番怊悵: '幾番惆悵'으로 되어 있다.
401) 族舘孤眠, 殘燈悄悄: '旅舘獨眠, 孤獨悄悄'로 되어 있다.
402) 能悲不哉: '能不悲哉?'으로 되어 있다.
403) 嗟乎: '嗟呼!'로 되어 있다.
404) 芳卿: '芳心'으로 되어 있다.
405) 子所知矣: '子所知也'로 되어 있다.
406) 如三歲: '如三秋兮'로 되어 있다.
407) 則不如求我, 於荒山衰草之理也: '則求我於荒山衰草之間'으로 되어 있다.

情不可極, 言不可盡, 臨楮鳴咽, 知復何云!」408)

書旣具, 未傳.

會朝鮮爲倭寇所迫, 請兵於天朝甚懇.409) 帝以朝鮮至誠事大,410) 大不

可不救. 且朝鮮破, 則鴨綠以西, 亦不得安枕而臥矣,411) 況存亡繼絶,

王者之事也, 特命都督李汝松,412) 帥師討賊.

而行人司薛藩,413) 回自朝鮮, 奏曰:

"北方之人, 善於禦虜, 南方之人, 善於禦倭.414) 今日之役, 非南兵不可."415)

於是, 湖浙諸郡縣,416) 發兵甚急. 游擊417)將軍姓某, 素知生名, 引以爲

書記之任. 生辭不獲已.

至朝鮮, 安州百祥樓, 作七言古詩.418) 失其全篇, 唯419) 記結尾四句, 曰:420)

愁來獨登江上樓,

樓外靑山多幾許.

也能遮我望鄕眼,

不肯隔斷愁來路.

---

408) 知復何云: '知復何言!'으로 되어 있다.

409) 會朝鮮爲倭寇所迫, 請兵於天朝甚懇: '會朝鮮爲倭賊所迫, 請兵於明甚急'으로 되어
있다.

410) 帝以朝鮮至誠事大: '帝以謂朝鮮世交隣之國也'로 되어 있다.

411) 亦不得安枕而臥矣: '必不得安枕而臥矣'로 되어 있다.

412) 特命都督李汝松: '時命提督李如松'으로 되어 있다.

413) 而行人司薛藩: '而行人司行人薛藩'으로 되어 있다.

414) 北方之人, 善於禦虜, 南方之人, 善於禦倭: '北方之人善禦虜, 南方之人善禦倭'로 되
어 있다.

415) 非南兵不可: '非南兵則不可'로 되어 있다.

416) 湖浙諸郡縣: '浙湖諸郡'으로 되어 있다.

417) 游遊: '遊擊'으로 되어 있다.

418) 安州百祥樓, 作七言古詩: '登安州百祥樓, 作七言古風'으로 되어 있다.

419) 唯: '惟'로 되어 있다.

420) 曰: '詩曰'로 되어 있다.

明年癸巳春, 天兵倭賊,[421] 追至慶尙道.

生念花不置, 遂成沉痼,[422] 不能從軍南, 留在松京.[423]

余適以事往, 松京遇生於驛舘中, 語音不同,[424] 以書通情. 生以余解文待之頗. 余詢其致疾之由,[425] 愀然不答. 是日卽雨, 因與生張燈夜話,[426] 生作踏沙行一関示余, 其詞曰:

隻影無馮,[427]

離恨誰吐,[428]

歸魂暗逐連江樹.[429]

旅窓殘燈已驚心,

可堪更聽黃昏雨.

閬苑雲迷,[430]

瀛州海阻,

玉樓珠閣今何許?[431]

孤蹤願依水上萍,[432]

一夜流向吳江去.

余異其詞意,[433] 懇問不已, 生乃自敍, 其首[434]尾如此. 又自囊中, 出見

---

421) 天兵倭賊: '天兵大破倭賊'으로 되어 있다.

422) 生念花不置, 遂成沉痼: '生置念仙花, 遂成沉痼'로 되어 있다.

423) 不能從軍南, 留在松京: '不能從軍南下, 留在松都'로 되어 있다.

424) 松京遇生於驛舘中, 語音不同: '遇生於舘驛之中, 而語言不同'으로 되어 있다.

425) 余詢其致疾之由: '余詢其致病之由'로 되어 있다.

426) 是日卽雨, 因與生張燈夜話: '是日爲雨所拘, 因與生張燈夜話'로 되어 있다.

427) 隻影無馮: '雙影無憑'으로 되어 있다.

428) 離恨誰吐: '離懷難吐'로 되어 있다.

429) 歸魂暗逐連江樹: '歸魂暗暗連江樹'로 되어 있다.

430) 閬苑雲迷: '閬苑雲徹'로 되어 있다.

431) 玉樓珠閣今何許: '玉樓珠箔今何許?'로 되어 있다.

432) 孤蹤願依水上萍: '孤蹤願作水上萍'으로 되어 있다.

433) 余異其詞意: '異其詞意'로 되어 있다.

一卷, 書名曰花間集,435) 生與厺花緋桃, 相和詩百餘首, 齊輩詠其事者,436) 又十餘篇.

生爲437) 墮泪, 求余文甚切. 余效元稹會眞詩作三十韻律,438) 題于篇末以贈之.439) 又從而慰之曰:

“丈夫所憂者, 功名未就耳. 天下豈無美婦人乎? 況三韓已安,440) 六師將還, 東風已與周郎便矣. 莫憂喬氏之鎖, 於他人之院也. 似不是慮矣.”441)

明早揖別, 生再三稱謝且曰:442)

“可笑事, 不必傳也.”443)

　生時年二十七, 眉宇炯然, 望之如畵云.444)

　癸巳仲夏, 無言子傳.445)

---

434) 其首: ‘首’로 되어 있다.

435) 出見一卷, 書名曰花間集: ‘出示一卷, 名曰花間集’으로 되어 있다.

436) 生與厺花緋桃, 相和詩百餘首, 齊輩詠其事者: ‘生與仙花裵桃唱和詩百餘首, 儕輩詠其詞者’로 되어 있다.

437) 生爲: ‘生爲余’로 되어 있다.

438) 余效元稹會眞詩, 作三十韻律: ‘余效元稹眞率詩, 作三十律韻’으로 되어 있다.

439) 求余文甚切. 余效元稹會眞詩作三十韻律, 題于篇末以贈之: ‘求余詩甚切, 余效元稹眞率詩三十律韻, 題其卷端以贈之’로 되어 있다.

440) 況三韓已安: ‘況今三韓已定’으로 되어 있다.

441) 莫憂喬氏之鎖, 於他人之院也. 似不是慮矣: ‘莫慮喬氏之鎖於他人之院也’로 되어 있다.

442) 明早揖別, 生再三稱謝且曰: ‘明朝泣別, 生再三稱謝曰’로 되어 있다.

443) 可笑事, 不必傳也: ‘可笑之事, 不必傳之也’로 되어 있다.

444) 生時年二十七, 眉宇炯然, 望之如畵云: ‘時生年二十七, 眉宇泂然, 望之如畵’로 되어 있다.

445) 癸巳仲夏, 無言子傳: ‘癸巳仲夏, 無言子權汝章記’로 되어 있다.

2) 〈위생전〉 원문

偉生傳

大明萬曆間, 有韋生者, 名岳, 字擎天, 金陵人也.
古唐賢韋應物之後, 性質聰明, 才華秀發, 年至十五, 而成文章, 詩
韻效蘇州, 淸逸過之, 擅名當世, 人無倚迹.

　壬辰, 與友張拱偶 過于長沙之北, 時丁暮春, 景物芳華. 張生忽起,
彈冠曰:

"踏靑佳辰 三春一日. 吾儕今在逆旅中, 已無及蘭亭之會. 而佳麗江
南, 地勝人[1]和, 靑帘紅杏, 萬家春風. 杖頭金錢, 可買此日之懽. 況
名山引興, 天假良辰, 今不見岳州形勝可乎!"

韋生者 卽顧笑曰:

"知我者, 子也."

郞與張生, 直抵岳陽城下, 日已昏矣.

是夕, 借宿於漁人之舍.

翌日早朝, 急叩江村, 賖酒賃船, 遊於洞庭之南. 是日也, 風暄景明,
波紋不動, 水碧靑天, 上下一色. 江邊畫屋, 遠近參差, 縹渺笙歌, 皆
如鶴上仙也.

---

1) 人: 원본에는 '人人'으로 되어 있어 바로잡았다.

韋生岸巾登舟, 長吟兩絶, 其詩曰:

"桂棹蘭槳泝碧流, 岳陽城北始回頭.

春風十里桃花裡, 多少珠簾上玉鉤.

草綠蘋香江水多, 蘭舟搖下洞庭波.

春風無恨瀟湘意, 收拾2)新篇入棹歌."

張生繼吟曰:3)

"花枝柳影弄春城, 江上遊4)人捻玉笙.

欲待夜深歌舞罷, 月高三峽聽猿聲.

玉樓飛閣入江天, 誰捲珠簾弄綵絃.

日暮汀5)州人更遠, 臨風腸斷木蘭舡."

 吟罷.

江烟半斂, 峽日初斜, 千峰散亂, 萬象星羅.

二人豪逸之氣, 將欲羽化, 而登仙也.

酒行數籌, 朱顔半酡, 韋生喟然, 長嘆曰:

"噫! 楚國, 悲凉之地. 蒼梧巡斷, 竹老湘南, 此非二妃之冤淚也? 離

騷吟罷, 汨羅波鳴, 此非三閭之忠魂耶? 楚人多情, 長歌竹枝, 過客

聞來, 孰不沾襟."

張生, 皺眉良久曰:

---

2) 拾: 원문에는 '合'으로 되어 있다. 『저초본』과 『국역본』을 참조하여 바로잡았다.(이본
   교감은 『저초본』과 『국역본』, <위경천전>을 두루 참조하였다.)
3) 張生繼吟曰: 원문에는 없으나 『저초본』과 『국역본』을 참조하여 넣었다.
4) 遊: 원문에는 '流'로 되어 있고 그 위에 빗금이 있는 것으로 보아 고치려 하였으나 글자
   는 보이지 않는다. 『저초본』을 참조하여 바로잡았다.
5) 汀: 『저초본』에는 '江'으로 되어 있다.

"僕本平生, 慷慨之人也. 目及遺篇, 尙且殞淚, 今來此地, 可堪余懷?
欲酌瓊漿, 招古今之英魂."
遂吟兩6)絶曰:

  竹枝歌斷暮煙低, 春盡黃陵古廟西.
  香晚白蘋湘水綠, 楚山猶有鷓鴣啼.

  楚客維舟聽暮猿, 十年芳草憶王孫.
  多情一片瀟7)湘月, 曾照江魚腹裡魂.
韋生遽曰:
"君時吟調悽苦, 益增悲抱. 如此鸎花佳節, 但當醉懽而已. 不須弔古
傷心, 空費半日之懽耳."
遂酌綠蟻一卮, 酬于張生, 扣絃8)而歌曰:

巴陵東兮岳陽北, 楚山高兮湘水碧.
竹枝歌兮哀怨多, 蕩蘭舟兮江上波.

春風起兮渚蘋香, 懷古人兮不能忘.
擊玉壺兮唱金縷, 醉眼攪兮乾坤暮.

張生依棹而歌曰:9)

吳歌怨兮楊柳靑, 遠送目兮傷春情.

---

6) 兩: 원문에는 '二'로 되어 있어 바로잡았다.
7) 瀟: 원본에는 '蕭'로 되어 있어 바로잡았다.
8) 絃: 『저초본』은 '舷'으로 되어 있다.
9) 張生依棹而歌曰: 원문에는 없으나 『저초본』과 『국역본』을 참조하여 넣었다.

搴杜若兮江之邊, 採紫菱兮香滿船.

日欲暮兮湘江波, 懷美人兮淚如何.10)

望綺樓兮天一涯, 春愁起兮奈爾何?

歌竟酒爛, 盡醉窮懽, 相與枕藉于11)舟中.

韋生況然先遺, 搔首起坐.

湘天杳暝, 沙鳥飛盡, 岸上虹12)橋, 遊人漸稀.

生以手扶, 張生而起, 香醪浹骨, 醉魔方酣, 搖之不動, 喚之無聲.

生還攬繡綵裘, 解綿纜, 下船, 回顧長程, 閴無人蹤. 但聽前隣 有歌吹
聲. 尋溪而往, 則雕甍紫閣, 聳出雲宵, 燈燭淸熒, 搖映於綠楊之裡.

生屛息門側, 遊目內庭.

則以靑琉璃, 築作九級層塢, 百卉芬芳, 蜂鳥爭咽. 下有一小池, 綠
波如鏡, 荷葉初生, 彩鴨一群, 來往其間. 中又有沈香木假山, 峰巒
草樹, 皆錦繡綵繪之所飾也, 製作極其工巧.

歷至一門, 則曲欄浮空, 飛梯百尺, 一桁瓊簾, 半捲於花影之中. 時
夜已闌矣.

賓徒初散, 衆樂未退. 佳人十數隊, 蘭麝薰衣, 珠翠滿身. 嬌聲13)半
酡, 百戲俱張, 舞若驚鴻, 輕如飛燕. 笑語轟喧不絶.

俄而有綠幘14)武夫, 排戶而出, 鎖斷重門, 收銀鑰而入, 催喚歌兒輩,
直宿內廂. 群娥一時, 應聲連袂而入.

雲窓霧閣, 如隔千里, 更無可俟.

生隱於門墻之內, 無異入籠之禽.

踟躕彷徨, 憂懼實深. 然而事已謬矣, 無可奈何.

---

10) 何:『저초본』과 <위경천전>에는 '雨'로 되어 있다.
11) 乎: 원본에는 '手'로 되어 있어 바로잡았다.
12) 虹: 원문에는 '橫'으로 되어 있다.『저초본』과『국역본』을 참조하여 바로잡았다..
13) 聲:『저초본』과『국역본』, <위경천전>에는 모두 '顔'으로 되어 있다.
14) 綠幘: 원본에는 '緣幘'으로 되어 있어 바로잡았다.

步上樓梯, 周覽旣畢, 方欲假寐簾楹之側, 而坐待開門, 挺身趁出一念, 耿耿臥不能眠. 披衣而起, 散步庭除, 遙聞後園中人語瑯瑯, 引頸望之.

紫薇花下, 懸一紅蓮燈.

燈下一美人, 年可十七八, 綽約仙姿, 非世上人也. 手折一枝花蕚, 倚樓支頤而吟曰:

影子長怜月, 身輕不如花.
隨風香萬點, 飛去落誰家.

吟未訖, 見丫鬟掀簾而下, 報其茶鐺已溫矣.

美[15]人忽提燈而入, 中外寂闃了無蚩音. 卽欲冒死逞情, 而忽念踰垣折檀, 虎尾春氷. 不戒鑽穴之誚, 終蹈忘身之禍. 仲可懷也, 人言可畏, 欲進還退, 擧足未投.

如是者數度, 狂心火起, 六馬同奔, 終莫能制.

遂信步而行, 及至房外.

暗窺窓罅, 則是乃女之寢室也.

捲流蘇帳, 圍翡翠屛, 床上綵鴨唧水, 沈香一炷, 香煙裊裊如縷. 女臥於其間, 羅衾半推, 玉腕微露, 綠雲欹枕, 香汗凝腮. 春眠惱重, 絳綃不動.

生搴衣而入, 女忽驚愕曰:

"誰家蕩子, 狂暴至此!"

拒之甚爾.

生倉黃無計, 擬將還退, 而身囚銷闥之內外, 逃出無路. 若逢門戶之

---

15) 美: 원본에는 '忽'을 써 놓고 빗금을 그어 놓았다. 『저초본』과 『국역본』, <위경천전>에
    모두 '美'가 있어 이를 참조하여 보(補)하였다.

辱, 則其死一也.

方欲脅奪其志.

女見生之辭氣溫雅, 定非倡樓俠少之流, 似有疑訝之色.

生低聲細語, 曲陳所由, 則女稍似小薄, 而拒之亦不如初也.

生雖押之, 羞眉懶擡, 眼波依迷. 弱質輕楊, 如不能堪. 生春雲蕩漾,
濃興未停, 極盡繾綣而罷.

整衾而臥, 鴛鴦枕上, 花影婆娑.

女忽欠伸, 撫郎背而長嘆曰:

"人間懽樂, 不到深閨! 此生於世, 始見今日."

生仍問姓名族系, 女斂容徐言曰:

"妾姓蘇, 名淑芳, 古宋學士蘇子瞻之後裔也. 妾父名某, 早參達宦,
歷抵臺閣, 宦成名立, 今已退休矣. 門戶亦不衰薄, 家有乘朱輪者十
餘人. 妾父殘齡, 始得一女, 鍾愛甚重. 未嘗一日離於膝下. 故別起
小樓於北園中, 使妾倘佯乎此耳. 妾生長閨門, 未諳情事. 然而摽梅
葉16)落, 詩人有諷, 飛梭歲月, 不貸紅顏. 春風楊柳之院, 秋雨梧桐
之夜, 孤眠,17) 恨負芳年. 今夕18)何夕, 見此良人? 邂逅相逢, 適我願
兮. 白首同懽, 與子成誓. 只恐賤棄少妾."

生答曰:

"生, 秣19)陵人也. 世居南京, 粗通書史. 携壺結伴, 遍遊溪山. 日昨,
偶牽一友, 泛舟洞庭. 路近陽臺, 獲逢仙女, 巫山一枕, 是知前緣. 況
許身駑劣, 願奉巾櫛, 誠通金石, 意感神融. 只以房帷事密, 暮夜無
知. 他日, 親庭倘有譴責, 則千載瑤池, 永絶穆王之夢, 七夕銀河, 長

---

16) 葉:『저초본』과 『국역본』, <위경천전>에는 모두 '霜'으로 되어 있다.
17) 孤眠:『저초본』과 <위경천전>에는 '孤眠洞房'으로 되어 있다.
18) 夕: 원문에는 '年'으로 되어 있다.『저초본』과『국역본』, <위경천전>을 참조하여 바로잡
    았다.
19) 秣: 원문에는 '抹'로 되어 있다.『저초본』과 <위경천전>을 참조하여 바로잡았다.

感牛女之會已而."

　女忽改容曰:

"妾非娼類. 素是良族, 不慕涉溱侯[20]巷之風, 唯思琴瑟鍾鼓之樂. 天照微裏, 錫余良匹, 事迹雖微, 情義無間. 倘漏暗昧之蹤, 而終隔伉儷之情, 矢死靡他, 更卜他生之約, 生遇佳耦, 偕老盟甘. 雖以藍橋之奇遇, 不過是也."

生遽曰:

"良宵苦短, 曉鷄催曉, 芳情未洽, 別意無窮, 奈如之何?"

女推枕而起, 手挽金屛, 而掩紗牕, 曰:

"非東方卽明, 月出之光."

取架上碧玉簫, 吹奏樓鳳笙曲, 響徹雲宵.

生則拂衣而起, 開戶視之, 砧鳴遠村, 角殘孤城.

女見 生之起則, 挽其手, 而掩面低聲曰:

"三生好緣, 一宵綢繆. 將子無疑, 昏以爲期."

生嘘唏下階, 數步顧眄之, 則殘 粧倚門, 黯然銷魂.

生悽惶出走, 中門已開, 外門猶開.

生藏身於叢竹之間.

頃之, 有一蒼鬓絳衣者, 自內而出, 洞開朱扉, 淨掃中庭, 設敞花茵, 還入東廊. 生左右顧視, 捨命[21]奔出, 不覺冠履墜地, 駭汗如漿.

及至江岸, 張猶掩蓬窓, 方在睡鄕. 其餘僕從, 亦皆酩酊不起. 生仍臥張生之側, 閉眼思寢, 神魂飛越, 耿不成寐, 蹴起張生.

生遽然而覺, 顧謂韋生曰:

"洞庭之遊樂乎?"

韋生答曰:

---

20) 侯: 원문에는 '族'로 되어 있다. 『저초본』과 <위경천전>을 참조하여 바로잡았다.

21) 命: 원문에는 '今'으로 되어 있다. 『저초본』과 『국역본』을 참조하여 바꾸었다.

"昨夕, 中酒沈冥, 通宵昏倦, 不覺朝日已晡.22) 飮中眞味, 只在此."

張生微哂曰:

"煙波短棹, 歸思悠然. 可進一杯, 使續餘懽."

韋生曰:

"諾."

卽命綠衣童子, 酌羅浮一觥, 以侑張生, 盡杸, 前夜之事, 細陳無隱.

則生風流徒也, 素有淸虛23)之習疑.

故張生疑其辭, 姑未之信.

樽傾月斜, 更理歸檣, 則韋生眼穿東隣, 落莫無語.

張生頗怪之, 始問其由, 而備悉之. 遂整襟危坐, 責之曰:

"子之奇才, 江左無雙. 射策金門, 摛文玉署, 立身揚名, 濟世安民, 是乃平生之志也. 今君偸窺相國之門, 妄犯私通之律, 迷魂不悟. 縱意妄身, 桑中醜說, 終始難掩. 則非但辱及於君, 抑亦禍延高門, 可不戒哉? 凡人一念之差, 萬事謬悠. 雖有後悔, 噬臍無及, 唯子勉之!"

韋生不答, 翹首南天.

雲山鬱紆, 煙水24)蒼茫. 蘇娘彩壁, 暎紅杏之間, 不堪離思, 凝淚滿眶.

張生知其沈惑已深, 不可以言語解之. 遂力勸韋生, 更闌酬酢.

韋生先倒于舟中, 張生令篙童, 掛帆東下, 倏如流星之疾也.

回泊錢塘, 古岸天欲曙矣.

鶴鳴吳岾, 罵嗔蘇堤.

驚起視之, 已非岳陽城外.

韋生大加傷感, 遂成一疾.

---

22) 晡: 원본에는 '脯'으로 되어 있다. 『저초본』과 『국역본』을 참조하여 바로잡았다.
23) 虛: 원문에는 '應'자 위에 빗금이 있다. 『저초본』과 『국역본』을 참조하여 바꾸었다.
24) 水: 원문에는 '樹'로 되어 있다. 『저초본』과 『국역본』을 참조하여 바꾸었다.

纏綿半月, 日漸沈痼, 饘漿不入於口. 自分含恨, 而終遂成一律, 題
于白玉案上, 其詩曰:

花枝影動玉欄香, 鶯引春愁囀夕陽.
床上誰憐心悄悄, 枕邊遙憶語琅琅.
黃河不斷深盟在, 靑鳥無傳別路長.
魂入九原應有怨, 此生何處更相忘?

一夕, 生之父母, 親詣床前, 抱持垂泣, 曰:
"古之聖人云, '父母唯其疾之憂'. 觀爾之嬰疾, 纔過數旬, 日增危苦,
將至不救. 故雙親役慮, 將欲繼殞. 爾有何心, 匿而不吐? 曲盡蘊意,
無貽後悔."
生聞言卽驚, 涕泪交頤. 暫俟心定, 細語出喉中曰:
"父母生之, 鞠育劬勞, 欲報其德, 昊天罔極. 小子不肖, 少無曾參之
養, 竟貽子夏之慟, 不孝莫大, 罪積幽明. 願陳所思, 俾無遺感. 往者
與友人, 張某乘節日, 載酒南遊, 誤入蘇相國家, 有輕薄之行. 窺垣
之罪, 死當萬矣, 但紅樓一別, 江樹萬里, 山長路阻, 信使無憑, 一念
縈腸, 轉生狂疾, 死而後安, 竟無他意!"
父母以袖拭淚, 開眼曰:
"早知如此, 何使汝至於斯也?"
急喚老蒼頭, 送于蘇相國家, 先通媒妁之命, 以定花燭之期.
蒼頭未及出門, 跟蹡犇入而喜報曰:
"相國之使, 已先到矣!"
韋生之父, 急出外軒, 招入使者.
朱冠鐵帶, 八尺長身者. 再拜中庭, 袖出相國書, 跪而進. 珊瑚函裏,
鮫綃數幅, 有剡溪牋一封, 卽其書也.

其書曰:

「伏以某家, 世簪纓, 士宦淸顯. 位極卿相, 身縈富貴. 乞得殘年, 退休私舍, 跡訪湖山, 盟深魚鳥. 看花弄竹, 以助淸趣, 引客開觴, 仍消暇日.

囊囊, 尊郞逐景, 偶過鄙第. 小女多情, 忽捐微軀, 如花之浥露, 似月之披雲. 小洩孤居之怨, 都是老夫之罪. 事已至此, 悔將何及? 但楚辟已斷, 秦鸞未奏, 別恨成痼, 殘命如縷. 鸞沈鳳消, 倘阻夫婦之情, 地老天荒, 何量父母之心?

早卜時日之良, 願傳羔雁之禮.

只恐貴宅不顧寒門.」

覽畢, 使者再拜, 敍曰:

"娘子自別阿郎之後, 每待於芳園中. 數日令一小兒, 訪問於江村. 則居人答曰: '往日二少年, 自建康府, 泊舟湖山, 極歡而歸. 其後了無形迹' 以此言歸報, 則娘子遂臥不起.

大相公莫曉其意, 一日, 乘娘子之入睡, 括其錦箱, 得相思字數篇. 因此而詰問之, 則娘子亦不諱, 秘悉陳無餘. 相公卽令老僕, 馳通婚娶之命, 故敢來于此耳."

手開靑囊,25) 探出詩篇, 進于案上, 曰:

"此娘子之所詠也."

韋生之父, 披見之, 其詩曰:

楊柳依依水滿池, 百花深處囀黃鸝.

愁來却奏琵琶曲, 曲苦琵琶又斷絲.

---

25) 靑囊: 원본에는 '靑壺'로 되어 있어 바로잡았다.

梨花風動玉樓寒, 金鴨香消晩漏殘.
灯下淚痕人不識, 暗均紅臉獨憑欄.

燕掠珠簾花亂飛, 東風吹夢入羅幃.
一年芳草江南恨, 千里王孫去不歸.

寶鴨香盡水沉煙, 鸚鵡金籠夢幾圓.
吹斷玉簫人不見, 碧桃花影曲欄前.

小院池塘荷葉香, 春波欲暖舞鴛鴦.
碧窓深鎖朦朧裡, 何處啼鴬又斷腸.

生之父撫掌, 嘆息曰:
“奇才出於惹蘭26)之右.”
韋生見其詩, 雖增思慮, 結縭之日不遠, 以此寬其懷. 況若疾稍蘇,
渾舍喜騰.
使者是日, 宿於韋生之家, 侵晨早發, 再三辭退. 韋生之父, 款接使
者, 饋以盛饌酒醋. 離席, 致書于相國前.
其辭曰:

「伏以僕本武人, 自少失學, 功勤弧矢, 口杜經史. 家世零丁, 契闊淸
寒, 鄕隣睥睨, 奴僕逃逋. 欲令小子, 早就名程, 讀古人書, 慕前賢
志, 粗通文字, 暫曉人理. 於家孝悌, 於友信義, 少無橫越之志, 寧有
狂暴之行?
但男女相感, 古今常情, 閨幃已離, 悔責何益? 敢承恩命, 仰求賢婦.

---

26) 惹蘭: 『저초본』과 <위경천전>에도 ‘惹蘭’으로 되어 있다.

只以尊卑有序, 門戶不同, 伏地懷慚,27) 臨紙無言.」

　使者遵敎而退, 歸報相國, 其家亦幸甚.
女聞其奇, 病忽勿藥而喜.
自此兩家通問不絶.
遂差穀吉旦, 乃行同牢之禮.
二人相得之樂, 雖張碩之嫁蘭香, 裵航之遇女英, 未足喩也. 夫婦平居, 愛以敬之, 遠近親戚, 莫不禮之.
是年八月.
倭奴入掠朝鮮, 國王播越, 遠狩龍灣, 冠蓋相連, 乞救中原. 皇帝以羽檄, 徵兵天下, 拜韋生之父, 爲征討諸軍事, 領兵三萬, 遠赴遼陽. 而兵死地也, 遠入東隅, 凱還無期. 況靑幢檄筆, 難得其人. 故將軍卽以書, 招生甚急, 而仍作, 薊門之行.
生見其父書, 涕泣忘餐, 莫操其心.
女忽抑哀辭, 以理喩之, 曰:
"妾聞,28) 男子生於世, 彤弓白羽, 少29)有馬革之志, 鐵騎牙璋, 終封燕頷之侯. 矧今發四海之勁兵, 殲一隅之兇徒, 有山壓之勢, 無土崩之危. 欲圖奇勳, 正當此時! 豈作迂儒, 終守書牕乎? 況嚴親塞外, 遠抱采薇之愁. 小子天涯, 何耐陟岵之悲?
遄啓歸程, 無稽親旨. 妾命途崎嶇, 世事蹉跎, 芳緣纏續, 哀別又至.
人生幾何? 歡合無時. 于時, 庭梧葉落, 海鴈聲悲, 月到瑤階, 誰聞鳳凰之音?
虫吟粉壁, 又冷鴛衾之夢, 重爲斷腸之人, 應作望夫之石! 只願郎君早促回程."

———————————

27) 懷慚: 원본에는 '懷漸'으로 되어 있다. 『저초본』과 <위경천전>을 참조하여 바로잡았다.
28) 聞: 원문에는 없다. 『저초본』과 <위경천전>을 참조하여 보(補)하였다.
29) 少: 원본의 마멸로 한 자를 알 수 없다. 『저초본』을 참조하여 보(補)하였다.

言訖, 置酒別酌於中堂.
蘇娘命歌, 兒數人, 唱采蓮曲.
其辭曰:

玉露凄凄江月斜, 蘭橈30)停處藕花多
何人結伴橫塘口, 腸斷西風一曲歌.

月色波光滿小塘, 羅裙玉佩倚蘭槳.
西風昨夜紅衣落, 初減鴛鴦夢裏香.

水上佳人金縷衣, 芙蓉花裏小船歸.
西風一夜滿江思, 千里玉關音信稀.

吟罷, 蘇娘手酌金荷葉杯, 奉進韋生前. 自製臨江仙一関, 侑之曰.

吳釣錦帶靑絲馬, 龍沙千里迷歸.
薊門煙樹遠依稀, 心隨邊月歸,
夢逐塞鴻飛, 蠻思碧草秋風晚,
君去隻影誰依, 滿堂黃葉掩紫扉.
鶴關音信斷, 何處寄寒衣

歌竟, 坐中皆垂淚. 韋生强醉深尊, 扶擁上馬而去.
蘇娘追出院外, 痛哭絶聲, 良久復甦. 觀者莫不憐之.
韋生馳到其家, 將軍欲鳴鼓發行.
生僅能隨其後.

---

30) 蘭橈: 원본에는 '蘭撓'로 되어 있다. 『저초본』과 <위경천전>을 참조하여 바로잡았다.

生虛心之極, 跋涉風霜, 眠食不甘, 舊疾還發. 驛樓旅館, 歸思轉切,
觸物興吁, 對人不語. 將軍大有悶焉.
一夕, 行到江興府, 生疾尤極, 倚床無眠. 遂書一絶, 于壁上, 其詩曰:

霜滿孤城駐漢軍, 角吹殘月動轅門.
燈前苦憶江南夜, 鴈帶歸心入楚雲.

幕中又有金生者, 亦工於詞翰者也.
以生之病, 緊不31)離床側, 戲嘲寬抑, 遂奪金鸞扇, 題一絶于其面曰:

白馬驕嘶跨玉鞍, 龍刀何日斬樓蘭?
秋風萬里關山外, 吹笛江南片月寒.

韋生笑曰:
“君詩豪逸, 我吟悲苦, 是由所思之不同也.”
奄延數日, 則生氣脉如綿. 命盡之日, 從者急告于將軍. 將軍退籌排
戰, 顚倒而來, 以手點其額而曰:
“余今承帝命, 千里東來. 父子恩重, 死生可救, 及爾同歸, 扶我病骨,
老父無德, 爾先沉痼. 尺釖天涯, 余將何依? 干戈事急, 餌藥無暇,
罔極余懷, 爾先知之. 鄕關雖遠, 歸路不阻, 風帆一日, 可到江南. 爾
安其心, 無閔小恙32)耳.”
生聞言擡首, 哀涕汎瀾, 遂握將軍之手, 哽咽而告曰:
“小子殘命, 未逭殃禍. 兵塵戍幕, 殘疾彌篤, 扁兪無術, 命也奈何?
只念孤親入塞, 戰鋒未交, 哭子郵亭, 忍支心力? 丁年才薄, 未致榮

---

31) 不: 원본의 마멸로 한 자를 알 수 없다. <위경천전>을 참조하여 보(補)하였다.
32) 小恙: 원본에는 ‘小蟻’로 되어 있다. 『저초본』과 <위경천전>을 참조하여 바로잡았다.

養, 壯而先摧, 不終侍奉, 人間地下, 兒罪莫容. 重泉有寃, 豈敢瞑
目? 異土荒山, 孤魂無托, 急取殘骸, 歸葬故山."

　言訖, 奄然而逝.

將軍呼痛, 促致喪, 車仍送故國, 永窆先塋之側.

送殯之夜, 生現於將軍之夢, 曰:

"蘇家娘子, 舊緣未盡, 生不同居, 死願同穴."

因忽不見.

將軍驚悟, 乃一夢也. 落月轅門, 歌鼓悲喧. 已而, 將軍急呼從者,
曰:

"亡兒今入我夢, 願埋蘇氏門前, 其情可哀! 況路通淮海, 行舟甚便,
直抵岳陽可也."

從者承命而往.

不過十日, 果入洞庭湖上.

風烟未久已久,33) 人事已變.

一片丹旌, 飄下海門, 過客行商, 爭指歸舟, 曰:

"無某家旅櫬, 遠向何山?"

行到津頭, 問蘇相國家, 則有一茜裙兒女, 愕然來問.

具述厥由, 其兒犇惶入告, 擧家號擗, 痛聲喧天.

蘇娘聞其奇, 卽以羅巾, 縊其頸而死. 相國痛之, 同葬于九疑山下,
東西兩墳, 宛然路左.

楚人聞之, 多爲掌記云.

---

33) 未久: 원본에는 '未欠'으로 되어 있다. <위경전선>과 『국역본』을 참조하여 바로잡았다.

Ⅱ. 〈주생전〉·〈위생전〉
원문 국역본 : 김일근 본(멱남본)

1) 〈주싱뎐〉 원문

주싱뎐

1면

쥬싱의 명은 회오 즈는 딕경이니 별호룰 미쳔거시라 ㅎ니라.

세세로 젼당의셔 사더니 싱의 아비 쵹쥐 별가룰 ㅎ야 인ㅎ야 쵹의셔 사더라.

싱이 져머셔 얼굴이 영오ㅎ고 긔질이 총혜ㅎ야 글지이룰 잘ㅎ더니라. 나히 십팔의 태혹션비되니 졔비들의 츄존ㅎ인 배 되야 싱도 즈부ㅎ더라.

년ㅎ야 두어 힐룰 과거룰 디고 위연 탄 왈,

"인싱 이 셰간의 잇기 가비여온 듯 글이플의 의지홈ㄹᄐ니 엇디 공명의 미인 배 되야 딘토 듕의 빠뎌 인싱을 무츠리오."

일로븟터 과거 볼 뜨들 긋치고 쟝ᄉ룰 펴나 돈 빅여 쳔이 잇거놀 반으란 비 사고 반으란 잡물화룰 사셔

2면

강호의 왕니ㅎ며 오초 ᄉ이예 뜻대로 노더니 홀론 비룰 악양셩 밧끠 미고 거러 셩듕의 드러가 녜 아던 벗 나싱관이란 손을 ᄎ즈니 나싱도 쏘ᄒᆞᆫ 쥰일ᄒᆞᆫ 션비라.

싱을 보고 심히 깃거 술 사 셔룰 권ㅎ며 즐겨ㅎ더니 싱이 팀췌호믈 끼듯디 못ㅎ야 비예 도라오매 날이 임의 어둡더니 이윽고 둘이 동녁히 오ᄅ거

늘 싱이 비롤 노하 듕뉴ᄒ고 긔운이 곤ᄒ야 조오더니 비 ᄇ롬의 조쳐 가기롤 살ᄌ티 ᄒ거눌 조오롬을 잠ᄭ 찌니 북소리 너 ᄭ인 뎔의셔 울고 둘은 셧녁히 잇더라.

다만 두녁 언덕의 벽쉬촉농ᄒ야 새배빛이 아득ᄒᄃ 나모 그늘의 잇다감 싱사촉농이며 촉블이 블근 난간과 프른 발 ᄉ이예 어렴

3면

프시 비최엿거눌 입으로 졀구롤 읊퍼 골오ᄃ,

악양셩외의란쟝	악양셩 밧ᄭ 비롤 지혓더니
일야풍취입취향	ᄒ른밤 ᄇ롬이 부러 취향의 니르도다
두우수셩춘월효	두견의 두어 소리예 봄 둘과 새배
홀경신이지젼당	문득 몸이 올마 젼당의 잇눈 줄을 놀라놋다

아츰의 인ᄒ야 비롤 브려 두던의 올라 녯 ᄆ올히 가 친구롤 ᄎ즈니 반나마 업손디라 싱이 프롬ᄒ고 머뭇거려 나아가디 못ᄒ더니

녀기 비되라 ᄒ리 이시니 싱이 져머셔 서르 희롱ᄒ던 배라. 얼굴과 지죄 젼당의 독보ᄒ므로 ᄆ올 사롬이 비랑이라

4면

ᄒ더라.

싱을 보고 제 집의 도라가 서르 디졉ᄒ며 심히 깃거ᄒ더라.

싱이 글을 지으되,

텬애방초긔텸의	하늘ᄀ의 곳다온 플이 몃 번이나 오술 적신고
만리귀리ᄉᄉ비	만 리의 도라오니 일일마다 달랏도다.
의구두츄셩가지	의구ᄒᆫ 두츄 소리와 갑시 이시니
쇼루쥬박권샤휘	쟈근 누의 구슬 발이 빗긴 히예 거럿도다

비되 대경ᄒ야 닐오ᄃᆡ,

"낭군의 지죄 이러툿ᄒ니 오래 사롬의게 굴홀 배 아니니 범경표봉ᄒ기롤 이러트시ᄒᄂ뇨? 인ᄒ야 췌쳐ᄒ여시며 아녀시믈 뭇거놀 싱이 답ᄒ오ᄃᆡ,

"췌쳐롤 아녓노라."

5면

ᄒ대, 되 잠싼 웃고 닐오ᄃᆡ,

"원컨대 낭군은 비예 도라가디 말고 내 집이 비록 더러오나 쥬인ᄒ야 이시라 맛당히 그ᄃᆡ롤 위ᄒ야 아롬다온 비필을 구ᄒ오리라."

대개 도의 ᄯ디 싱의게 만히 두미러라.

싱도 ᄯᅩᄒᆫ 비도의 고은 ᄐᆡ도와 빗난 얼굴을 보고 취ᄒᆞᆫ 듯 ᄒ야 샤왈

"감히 ᄇ라디 못ᄒ노라."

ᄒ더라.

달란ᄒᆞᆯ 스이예 날이 볼셔 져므럿더라.

져믄 차환을 명ᄒ야 '싱을 뫼셔 별샤의 가 쉬라.' ᄒ야놀 싱이 그 집의 가니 도벽 스이예 글 ᄒ나히 ᄡᅵ엿거놀 보니 말슴이며 ᄯ디 ᄀ장 놉거놀 차환ᄃ려 무르니 ᄃᆡ답ᄒ오ᄃᆡ,

"쥬인 낭ᄌ의 지은 글이라."

ᄒ더라.

그 글의 ᄒ여쇼ᄃᆡ,

피파막주샹ᄉ곡　　피파의 샹ᄉ곡을 ᄠᅵ디말라

곡도고시깅단혼　　곡됴 놉파 갈 제 다시곰 넉시 긋쳐 디놋다

화영만념인젹젹　　곳 그림재 발의 ᄀ득ᄒ고 사롬이 괴요ᄒ야시니

츈리쇼각긔황혼　　6면봄이 오니 멋 황혼이나 좀겻눈고

ᄒ엿더라.

싱이 임의 혹ᄒᆞ엿논디 쏘 이 글을 보고 정신이 아득ᄒᆞ야 일만념녜 다 스러디고 그 글을 ᄎᆞ운ᄒᆞ야 도의 ᄯᅳ들 시험코져호디 ᄆᆞ춤내 일우디 못ᄒᆞ 엿더니 밤이 볼셔 깁픈디라.

둘 빗치 ᄯᅡ히 ᄀᆞ득ᄒᆞ고 곳 그림재 발의 어른어른ᄒᆞ엿거놀 ᄆᆞ옴을 둘 디 업서 비회ᄒᆞ논 ᄉᆞ이예 믄득 문 밧끠 사롬의 말과 물소리 들리더니 오라 게야업거놀 ᄆᆞ옴의 ᄀᆞ장 의심ᄒᆞ야 그 연고롤

7면

아디 못ᄒᆞ야 ᄒᆞ더니 도의 방이 머디 아닌디라.

사창 소긔 홍쵹을 놉피 혀고 되 혼자 안자셔 ᄎᆞ운젼을 펴노코 텹년홰란 가ᄉᆞ롤 지으되 젼텹은 일오고 후텹은 못 밋처 지엇거놀 싱이 믄득 창을 열티며 웃고 닐오디,

"쥬인의 짓는 글을 손이 가히 니을가?"

ᄒᆞ거늘,

되 거즛 노ᄒᆞ여 굴오디,

"미친 손이 엇디 이에 왓ᄂᆞ뇨?"

싱왈,

"손이 본디 미친 줄이 아니라 쥬인이 손으로 ᄒᆞ여곰 미치게 호미라."

되 웃고 지으라 ᄒᆞ니 도의 글의는 하여시되,

쇼원팀팀츈의료	져근집의 봄 ᄯᅳ디 어즈러오니
월지화지	둘은 곳가지예 잇고
보압향연표	보압의 8면 향니 흔드기는도다
창니옥인수욕노	창 안히 옥 ᄀᆞ튼 사롬이 시롬ᄒᆞ야 늙고져ᄒᆞ니
요요단몽미방초ㅣ라	흔드기는 꿈이 곳다온 플의 셰엿도다

싱이 이어 지으되,

오입봉닉십이도　　　　그릇 봉닉 십이 섬의 드러오니
슈식번쳔　　　　　　　뉘 번쳔의
각득심방조　　　　　　곳다온 플을 춧기룰 일즉이 홀줄을 알리오
슈각홀문지샹됴　　　　조오롬을 씨야 가지 우히 새소리룰 드르니
녹념화영쥬란효ㅣ라　　프른 발의 그림재 업고 블근 난간이 새야 오놋다

글짓기룰 파혼 후의 되 스스로 약옥션이란 잔으로 세하쥬

9면

란 술을 브어 싱을 권호니 싱의 쯔디 술의 업손디라. 그장 스양하고 먹
디 아니호거눌 되 싱의 므음을 알고 인호야 탄식호고 고텨 안자 닐오디,
　"첩의 신세는 냥반읫 사름이라 한아비 쳔쥐 짜 시방녕이란 벼술을 호엿
더니 죄 어더 폐호야 샹인을 믿드니 일로 인호야 빙곤호야 능히 진긔티
못호엿더니 첩이 불힝호야 일즉 부뫼 주그니 눔의게 가 길러나니 이제
니르러는 스스로 괴요혼 디룰 딕희여 몸을 조히호고져 호나 일홈이 볼셔
기적의 미여시니 강잉호야 사름으로 더브러 풍뉴호며 즐겨호나 미양 한
가히 이신제 고줄 보고 눈믈을 디며 돌을 보고 넉술 술오디 아닐 적이
업더

10면

니 이제 낭군을 보니 풍치와 거동이 싸여나고 지조와 의시 쥰일호고
호매호니 첩이 비록 미쳔호나 원컨대 침셕을 그음알며 슈건과 비슬 밧들
리니 원컨대 낭군이 일즉 급뎨호야 첩의 일홈을 기적의 업시호야 조샹
일홈을 더러이 아니케 호시면 이는 첩의 브라던 원이 므츠리니 비록 첩을
브리셔도 몸이 뭇도록 은혜룰 감동호리라."
　말을 므츠며 눈믈이 비 오듯 호거눌 싱이 이 말을 듯고 크게 에엿비
너겨 나아가 그 허리룰 안고 스매로 눈믈을 스스며 위로호야 닐오디,
　"이는 진실로 남즈의 호욜 배라 그디 니라디 아니타 엇디 모르리오."

되 눈믈을 슷고 샤왈,

"모시예 닐러시되 '겨집이

11면

사오나온 거시 아니라 스나히 힝실을 여러 가지로 혼다.' 호니 낭군이 니익 곽쇼옥의 일을 보디 아녓는다? 낭군이 날을 브리디 아니려 호거든 밍셰롤 쓰라."

호고, 인호야 놋나라 깁 혼 자흘 내여 싱을 주어놀 싱이 바다 즉시 쓰되,

"쳥산블로ㅣ오　　프른 뫼히 늙디 아니호고
녹슈당존이라　　프른 믈이 미양 잇느니라
즈블아신인대　　그디 날을 밋디 아닐딘대
명월지텬이라　　볼근 둘이 하늘히 잇느니라

호엿더라.

되 므음의 스스로 봉호야 치마 긴희 녀코 이날 밤의 두 사름이 즐겨호미 김싱의 취취와 위랑의 빙빙이라도 족히 넘디 못홀러라.

이튼날 싱이 밤의 믈이며 사룸의 소릐롤 무

12면

른대 되왈,

"예셔 일 리 남즉 혼 더 블근 문이 믈 다히로 낫느니 네 노승샹 집이라. 승샹이 블셔 죽고 부인이 홀로 겨시나 날마다 풍뉴호고 잔치호기로 일사 믄니 어제밤의 노마롤 보내여 오라호디 쳡이 낭군이 와시므로 칭병호고 아니 갈와."

호더라.

일로붓터 싱이 도의게 혹희인 배 되야 인스롤 졔호고 날마다 도로 더브러 풍뉴호고 즐겨호더라.

홀룬 사룸이 와 문을 두드리고,

"빅랑이 잇ᄂᆞ냐?"

ᄒᆞ여놀, 차환으로 보라ᄒᆞ니 이 노승샹 짓 사룸이라.

부인의 말을 뎐ᄒᆞ야 닐오ᄃᆡ,

"그ᄃᆡ 곳 아니면 가히 더브러 즐겨 놀 리 업술 식 감히 노마롤 보내노니 슈고로이 너기디 말고 모로미 오라."

ᄒᆞ여놀,

되 싱을 도라보와 닐오

13면

ᄃᆡ,

"귀ᄒᆞᆫ 사룸이 여러번 브르니 잠싼 가 ᄃᆞᆫ녀 오리라."

ᄒᆞ고, 즉시 머리 빗고 단장ᄒᆞ고 나가거놀 싱이 닐오ᄃᆡ,

"힝혀 밤 들이 갓디 말라."

ᄯᅩ 문의 나가 귀예 다혀 "밤 들이 잇디 말라." ᄒᆞ기롤 지삼 당부ᄒᆞ더라.

되 몰을 ᄐᆞ고 가니 사룸은 ᄂᆞᄂᆞᆫ 져비 ᄀᆞᆺ고 몰은 흐ᄅᆞᄂᆞᆫ 뇽ᄀᆞᆺ더라 곳과 버들 ᄉᆞ이로 ᄇᆡ의야 가거놀 싱이 졍을 뎡티 못ᄒᆞ야 즉시 ᄯᆞᆯ와 ᄇᆞ랄만 가니 용금문을 나 좌녁크로 슈홍교의 다ᄃᆞᄅᆞ니 관연 굴근 누각이 구롬의 년ᄒᆞ야시니 진실로 믈ᄀᆞ 블근 대문 ᄃᆞᆫ 집이러라.

블근 난간이며 프른 창이 녹양홍힝 ᄉᆞ이예 ᄇᆡ의얏고 풍뉴소릭 은은히 반공의셔 나오며 잇다감 풍뉴 곳 긋치면 웃고 말ᄒᆞᄂᆞᆫ 소릭 밧끠 들리더라.

싱이 ᄃᆞ리 우힉

14면

셔 두루 거ᄅᆞ며 고풍 ᄒᆞᆫ 편을 지어 ᄃᆞ리 기동의 쓰되,

뉴외평호호샹누　버들 밧끠 편ᄒᆞᆫ 믈리오 믈 우힉 다락이로다
주밍벽와죠청춘　블근 박공과 프른 디애 청춘의 비최니

향풍취송어쇼셩　향긔로온 브롬이 웃고 말ᄒᆞᄂᆞᆫ 소리롤 부러 보내되
격화블견누듕인　곳치 ᄀᆞ려 누듕의 사롬을 보디 못ᄒᆞ리러다
각선화간상연즈　믄득 곳 스이예 져비 빵으로 ᄂᆞ라
임정비입주렴니　ᄆᆞ음으로 쥬렴 속의 가는 줄을 불워 ᄒᆞ노라

이리 짓고, 두로 거롤 스이예 점점 셕양이 것고 나죄 안개 셰이더

15면

니 이윽고 녀랑 두어 무리 블근 문으로셔 나와 물을 ᄐᆞ고 가니 금으로
ᄒᆞᆫ 기르마와 옥으로 ᄒᆞᆫ 구레 사롬의게 비최더라.

싱이 비뙨가 ᄒᆞ야 길ᄀᆞ 뷘 집의 드러셔 여어보니 열 나마 디나되 도는
나오디 아니ᄒᆞ니 싱이 ᄆᆞ음의 의심ᄒᆞ야 도로 ᄃᆞ리예 니르러는 날이 임의
져므러 우마롤 분변티 못할러라.

이에 블근 문으로 드러가되 ᄒᆞᆫ 사롬도 보디 못ᄒᆞ고 보야ᄒᆞ로 민망ᄒᆞ야
ᄒᆞ더니 둘이 잠깐 붉거늘 보니 다락 북녁히 년모시 잇고 못 우히 온갖
고지며 긔이ᄒᆞᆫ 플리 즈옥ᄒᆞ고 가온대 ᄀᆞ는 길히 잇거늘 싱이 길홀 ᄎᆞ자드
러가니 곳 속의 집이 잇고 셧녁 화계로셔 스므나믄 거롬은 가 멀리셔 브라
보니 포도 갸즈 아래 쟈근 별실이 이시

16면

되 극히 곱고 사창을 반만 열고 화쵹을 놉피 혀시니 쵹영 하의 블근
치마와 프른 오시 오락가락 ᄒᆞᄂᆞᆫ 양이 마치 그림 속의 잇는 ᄃᆞ시ᄒᆞ더라.

싱이 몸을 숨겨 여어보니 금병풍과 비단요히 사롬의 눈의 ᄇᆞ이더라.

부인이 즈라삼을 닙고 빅옥셔안의 비겨시니 나히 계유 오십 여는 ᄒᆞ고
죠용히 돌보며 웃고 말ᄒᆞᄂᆞᆫ 양이 고은 티되 그저 잇더라.

져믄 ᄯᆞᆯ이 나히 이팔은 ᄒᆞ니 부인 겻티 안자시니 구롬 ᄀᆞᇀ튼 머리와 곳
ᄀᆞᇀ튼 양즈의 잠깐 취ᄒᆞ야셔 물근 눈ᄯᆡ로 비스기 보는 양이 ᄀᆞ올 믈결의
블근 둘이 비최는 ᄃᆞᆺᄒᆞ고 공교로이 웃는 양은 봄 고지 새배 이슬을 머구믄

둣ᄒᆞ더라.

되 그 겻팀 안자시니 쇼록이 봉황의게

17면

가고 모래예 진쥬롤 섯근 둣ᄒᆞ더라 싱이 넉시 구롬 밧끠 ᄯᅳ고 ᄆᆞ음이
공둥의 이셔 ᄒᆞ마 소리 디ᄅᆞ고 드리드롤 둣 시븐 적이 두어 번이러라. 되
술 ᄒᆞᆫ 슌비 딘 후의 하딕고 "니거지라." ᄒᆞᆫ디 부인이 머므로기롤 ᄀᆞ장 굿게
ᄒᆞ거눌 되 다시곰 가믈 쳥홀 시 부인 왈,

"비랑이 젼의ᄂᆞᆫ 이러티 아니ᄒᆞ더니 엇디 수이 가믈 뵈야ᄂᆞ뇨 아니 졍인
과 언약이 잇ᄂᆞ냐?"

되 옷기술 녀믜고 고텨 안자 닐오디,

"부인이 무ᄅᆞ시니 엇디 실로 고티 아니링잇가."

ᄒᆞ고, 드디여 쥬싱으로 결연ᄒᆞᆫ ᄉᆞ실을 ᄌᆞ셔히 니ᄅᆞ니 부인이 못 밋처
디답ᄒᆞ야셔 져믄 ᄯᆞᆯ이 웃고 도롤 눈 주어 니ᄅᆞ오디,

"그러면 엇디 불셔 아니 니ᄅᆞ뇨 ᄒᆞ마면 ᄒᆞᄅᆞ밤 아롬다

18면

온 긔약을 희지을번ᄒᆞ도다."

ᄒᆞᆫ대, 대부인이 대쇼ᄒᆞ고 "가라." ᄒᆞ더라.

싱이 몬져 ᄃᆞ라 와 도의 집의 와 니블의 ᄣᆞ이여 거줏 자는 톄ᄒᆞ고 코
고을 소ᄅᆡ 우레 ᄀᆞᆺ더라 되 밋바다 와셔 싱의 자ᄂᆞᆫ 줄을 보고 싱을 자바
니ᄅᆞ혀 닐오디,

"낭군은 므슴 ᄭᅮᆷ을 이리 깁피 ᄭᅮᄂᆞᆫ다?"

싱이 즉시 글을 읇퍼 ᄀᆞᆯ오디,

몽입요디치운리 ᄭᅮᆷ 속의 구술로 ᄒᆞᆫ 디예 오싁 구롬 속의 드러가니
구화댱니견션아 구화댱 속의 신션의 겨집을 보도다

디 깃거 아녀 닐오디,

"션애란 거슨 긔 엇던 것고?"

싱이 디답홀 말이 업서 쏘 읇퍼 굴오디,

19면

교리각희션아지 믄득 씌두르니 신션의 겨집이 잇는 줄을 깃거흐노니

내츠만당명월하 이러툿 불근 둘이 집의 ᄀ둑흐야시니 엇디 흐리오

흐엿더라.

인흐야, 도의 허리를 안고 닐오디,

"네 엇디 내 션애 아니리오?"

되 쇼왈,

"그러면 낭군이 엇디 내 션랑이 아니리오?"

흐고, 일로붓터 서르 션랑 션애로 브르더라.

싱이 밤 들게야 온 연고를 뭇거늘 되 답호디,

"부인이 잔치 파흔 후의 다른 녀기둘란 다 보내고 쳡을 머믈워 각별이 쇼녀 션화의 집의 가 다시 잔치를 흐니 일로 더디니라."

싱이 인흐야 ᄌ셔히혀 힐워 무르니 되 닐오디,

"션화의 ᄌ는 방경이니 나흔 십오 셰오

20면

고은 틱도와 빗난 얼굴이 진실로 딘셰 간 사롬이 아니라. 쏘 슈질이며 글지이 ᄀ장 공교로와 쳔쳡이 가히 ᄇ롤 배 아니라. 어제 새로 <풍입숑>이란 가스를 지어 거믄고의 맛초고져 흐야 쳡을 음뉼을 안다흐야 머믈워 곡됴를 맛초더니라."

싱왈,

"그 글을 가히 어더 드롤가?"

되 묽게 읊프니 ㅎ야시디,

옥창화란일디디ㅎ니　　옥으로 훈 창과 그림 그린 난간의 히 더디고 더더니
원정념슈ㅣ라　　　　　집이 괴요ㅎ고 발을 거덧도다
사두치압샤죠ㅣ오　　　사두 치압은 샤죠의 거ㅎ엿고
일쌍디옥츈더라　　　　훈 썅이 디ㅎ야 봄 모시 목욕ㅎ는도다

누외경연막막이오　　　누 밧끠 가비야온 니는 아득ㅎ고
연듕셰류ㅅㅅㅣ오　　　니 가온대 ㄱ는 버들은 실갓도다
미인슈긔의란시오　　　아름다온 사름이 조오름을 씨야 난간의 비겨
취렴슈미라　　　　　　시름ㅎ는 눈섭을 거두엇도다

연초회여잉셩노ㅎ니　　져비 처음으로 희롱읫 말을 ㅎ고 굇꼬리 늘그니
훈쇼하몽니도쇠라　　　꿈 속의 쇼해 쇠ㅎ엿는 줄을 훈ㅎ노라
각파요금경곡ㅎ니,　　　문득 거믄고롤 자바 가비야온 곡됴롤 희롱ㅎ니
곡듕유원슈 <u>21면</u> 디오　곡됴 가온대 훈을 뉘 아릴오

22면

되 외오기롤 다ㅎ니 싱이 안무음으로 긔특이 너기나 거즛 닐오디
　"이 글이 규듕의 봄 회포롤 극진이 ㅎ야시니 소야란의 비단 짜는 손쎄 아니면 잘 ㅎ디 못 ㅎ려니와 그러나 우리 션아의 옥 갓튼 지조의는 밋디 못ㅎ리로다."
　ㅎ더라.
　싱이 션화 본 후는 비도 향한 졍이 날로 여터 강잉ㅎ야 웃고 말ㅎ는 테ㅎ나 훈 무음은 미양 션화롤 싱각ㅎ더라.
　훌론 부인이 쇼즈 국영을 블러 닐오디,

"네 나히 임의 열둘히로디 지금 글을 모르니 타일의 즈라난돌 엇디 사름의 뉴의 나셔리오 드르니 비도의 난편 쥬싱은 글 잘ᄒᆞᆫ 선비라ᄒᆞ니 네 게 가 비호믈 쳥ᄒᆞ라."

부인 가법이 심히 엄ᄒᆞ니

23면

국영이 감히 명을 어그롯디 못ᄒᆞ야 즉시 ᄎᆡᆨ을 ᄭᅵ고 싱의게 가 글 비호믈 쳥ᄒᆞᆫ대 싱이 ᄀᆞ장 깃거,

"내 일 이 일리로다"

ᄒᆞ고, 거즛 두어 번 ᄉᆞ양ᄒᆞ다가 ᄀᆞᄅᆞ치더니 일일은 비도 업손 ᄢᆡ롤 기ᄃᆞ려 죠용히 국영이ᄃᆞ려 닐오디,

"그디 왕닉ᄒᆞ야 글 비호기 슈고롭고 나도 ᄀᆞᄅᆞ치기 젼일티 아니ᄒᆞ니 힝혀 네 집의 별실이 잇거든 올마가면 그디 왕내ᄒᆞᄂᆞᆫ ᄀᆞᆺ븜도 업고 나도 ᄀᆞᄅᆞ치기 젼일ᄒᆞ리라."

국영이 졀ᄒᆞ고 사례ᄒᆞ디,

"진실로 원ᄒᆞᄂᆞᆫ 배로소이다."

ᄒᆞ고, 도라가 부인ᄭᅴ 숣고 즉시 싱을 ᄃᆞ려 가더니 비되 밧ᄭᅵ로셔 드러 오다가 싱의 나가믈 보고 놀라 굴오디,

"션랑이 므슴 ᄉᆞᄉᆞ ᄠᅳ디 잇관디 내 집을

24면

브리고 다른 디 가ᄂᆞ냐?"

싱이 답왈,

"승샹집의 ᄎᆡᆨ이 삼 만 권이나 이시되 다 승샹의 보던 거시라ᄒᆞ야 부인이 간대로 츌입디 아닌ᄂᆞᆫ다 ᄒᆞ니 내 인간의 못 보던 글을 닐거 보고져 ᄒᆞ노라."

되왈,

"낭군의 글 브즈런히 ᄒᆞ믄 나의 복이라."

ᄒᆞ더라.

그날로셔 승샹의 집의 올마가다.

싱이 승샹집의 간 디 열흘이나 ᄒᆞ디 나지면 국영이와 ᄒᆞᆫ디 잇고 밤이면 문이 깁프니 계규를 내디 못ᄒᆞ야 쓰디 혜요디 '내 여긔 오믄 본디 션화를 도모코져 ᄒᆞ미러니 이제 곳다온 봄이 다 디나되 아름다온 긔약이 업스니 황하슈 ᄆᆞᆰ기를 기ᄃᆞ리노라ᄒᆞ면 사름의 목숨이 언머리오. 어두온 밤의 당돌히 드러가 일곳 일오면 방경을 보고 이디 못ᄒᆞ

25면

면 숨겨 주금만 ᄀᆞᆺ디 못ᄒᆞ다.' ᄒᆞ고 이날 밤의 돌이 업거눌 싱이 담 두어 볼을 너머 션화 잇는 더 드러가니 블근 난간이며 사챵이 듕듕텹텹ᄒᆞ더라.

싱이 오래 셔셔 ᄒᆞ는 양을 보니 션화 블근 등잔을 도도고 풍뉴곡됴를 다스리거눌 싱이 난간 아래 업데여시니 션화 곡됴 파ᄒᆞᆫ 후의 ᄀᆞ만이 소ᄌᆞ쳠의 하신랑이란 글귀를 읇프니 ᄒᆞ야시되,

넘외슈퇴리슈호	발 밧믜 뉘 와셔 슈질ᄒᆞᆫ 문을 미는고
왕교인몽단요더라	쇽졀 업시 사름의 ᄭᅮᆷ을 놀래여 요더예 가 긋처디게 ᄒᆞ놋다
각시풍동듁	ᄯᅩ ᄇᆞ롬이 대를 움즈기놋다

26면

ᄒᆞ거눌,

싱이 발 밧믜셔 니어 읇프디,

막언풍동듁	ᄇᆞ롬이 대를 움즈긴다 니르디 말라
진개옥인니라	진실로 옥 ᄀᆞᆺ튼 사름이 왓노라

션화 거즛 못 드른 톄ᄒ고 블 ᄡ고 드러 눕거눌 싱이 드러가니 션화 나히 졈고 질약ᄒᄃ라.

운우의 졍을 이긔디 못ᄒ야 여튼 우음과 가비야이 뺑긔ᄂᆞᆫ 톄긔 더욱 형언티 못ᄒ리러라.

싱이 벌의 탐심과 나비 마음이라 ᄯᄃ디 어리고 졍신이 므르노가 날이 새배 되엿ᄂᆞᆫ 줄을 ᄭᆡᄃ디 못ᄒ더니 믄득 드ᄅᆞ니 ᄭᅬᄭᅩ리 난간 압 곳 ᄉᆞ이예셔 울거눌 싱이 놀라 내ᄃᆞᄅᆞ니 못 우

27면

희 집은 새고져 ᄒ고 새배 빗츤 희미ᄒ엿더라.

션화 나와 싱을 보내며 문을 닷고 닐오ᄃ,

"이 후란 다시 오디 말라 이런 일이 ᄒᆞᆫ 번 패루ᄒ면 ᄉᆞ싱의 간련ᄒᆞ미라."

싱이 이 말을 듯고 가슴의 닉 ᄭᆡ이고 목이 메여 오술 들고 ᄃ라 와 닐오ᄃ,

"됴ᄒᆞᆫ 인연을 거의 이ᄃ시 되야셔 엇디 사ᄅᆞᆷ을 이대ᄃ록 박히 디졉ᄒᄂᆦ?"

션화 웃고 닐오되,

"앗가 말은 희롱읫 말이니 낭군은 노ᄒ야 말고 나죄 보기ᄅᆞᆯ 긔약ᄒ노라."

싱이 지삼 티답ᄒ고 나오다.

션화 자리예 드러 가 '첫녀롬의 ᄭᅬᄭᅩ리 드른 글'을 지어 창 우희 쓰니 ᄒ야시되,

막막경음우후텬	아득ᄒᆞᆫ 가비야온 그늘 비 온 후 하ᄂᆞᆯ희
녹양여화초여연	버들은 프른 닉 ᄀᆞᆺ도다
츈수불공츈 28면 귀거	봄 시름이 봄과 ᄒᆞᆫ가지로 도라가디 아니ᄒ고
우툭효잉닉침변	새배 ᄭᅬᆺ 쏘리ᄅᆞᆯ ᄲᆞᆯ와 버개 ᄭᆞᆺ의 오ᄂᆞᆫ도다

싱이 ᄯᅩ 이튼날 밤의 드러가더니 믄득 담 밋 나모 아래셔 신 ᄭᅳᆯ 소리 잇거눌 싱이 '다ᄅᆞᆫ ᄉᆞᄅᆞᆷ의게 들린가?' ᄒ야 도로 ᄃ라나고져 ᄒ더니 신

쓰으던 사롬이 프른 미실을 더뎌 싱의 등을 맛친대 싱이 아무리홀 줄을 몰라 대수플의 수멋더니 신 쓰으던 사롬이 소리롤 느즈기ᄒᆞ야 닐오디,

"댱싱은 저허말라 잉잉이 여긔 잇노라."

싱이 그제야 션홴 줄을 알고 닓떠 드러가

29면

허리롤 안고 닐오디,

"사롬 소기기롤 엇디 이러틋시 ᄒᆞ느뇨?"

션홰 쇼왈,

"엇디 감히 낭군을 소기리오 낭군이 몬져 겁ᄒᆞ도다."

싱왈,

"향을 도적ᄒᆞ며 벽을 도적 둧ᄒᆞ니 엇디 겁이 업사리오."

인ᄒᆞ야, 손목 잡고 드러가 창 우희 쓴 글을 보고 ᄀᆞ르쳐 닐오디,

"아롬다온 사롬이 므슴 시롬이 잇관디 말 내기롤 이러틋시 ᄒᆞ느뇨?"

션홰는 탄식ᄒᆞ고 굴오디,

"겨집의 인싱이 시롬과 ᄒᆞᆫ가지로 낫느니 서르 보디 못ᄒᆞ야셔는 보고져 원ᄒᆞ고 임의 서로 만난 후는 니별홀가 저허ᄒᆞ니 겨집의 인싱이 어디 시롬이 업스리오 ᄒᆞ믈며 이제 낭군이 셜쳔의 긔롱을 범ᄒᆞ고 첩은 힝노의 욕을 바드니

30면

일됴의 불힝ᄒᆞ야 졍적이 패루ᄒᆞ면 어버의게 용납디 못ᄒᆞ고 향당의도 쳔히 너기믈 볼거시니 비록 낭군으로 더브러 손을 잡고 홈ᄭᅴ 늙고져 ᄒᆞᆫ들 엇디 어드리오 오늘날 일은 구롬 속의 둘 ᄀᆞᆺ고 닙 스이예 곳 ᄀᆞᆺ트니 비록 일예 즐거오믈 어더시나 그 오라디 못ᄒᆞ리니 엇디ᄒᆞ리오."

말을 뭇츠며 눈믈이 비ᄀᆞᆺ티 흐르니 구술 ᄀᆞᆺ튼 혼과 옥 ᄀᆞᆺ튼 원을 스스로 이긔디 못ᄒᆞ더라.

싱이 쏘혼 눈믈 디고 위로ᄒᆞ야 닐오디,

"대댱뷔 엇디 혼 겨집을 춰티 못호리오. 내 맛당이 듕미로 호야곰 그더 롤 무즈리니 번거이 셜워말라."

션홰 눈믈을 거두고 샤례호야 골오디,

"진실로 낭군의 말 ▽튼면 비록 집 다스릴 덕이

31면

업스나 느믈 키기롤 스스로 호야 거의 졔스 지녜롤 극진히 호리라."

호고, 스스로 향념 등의 거우로롤 내야 혼 짝으란 제가 지고 혼 짝으란 싱을 주어 닐오디,

"둣다가 동방화쵹 야의 맛쵸와 보미 가호다."

호고, 쏘 깁으로 ᄇ론 부체롤 싱을 주고 닐오디,

"이 두 가지 거시 비록 져그나 죡히 무옴을 표호노라. 힝혀 승난의 쏠을 넘호야 븍풍의 원을 깃티디 말며 홍아의 그림재롤 일호나 볼근 둘 빗츨 에엿비 너기라."

일로븟터 어을믜 모다 새배 훗터디기롤 아니 모들 날이 업더라.

홀론 싱이 비도롤 오래 보디 못호야시니 되 괴이히 너길가 두려 도의 집의 가 자고 오디 아니호니 션홰 싱의 방의 나가 ▽만이 힝

32면

장을 뒤여 느무출 여러보니 비되 싱 지어 준 글 두어흘 어더 보고 노홉 고 애둘와 새옴의 무옴을 춤디 못호야셔 안 우희 필묵을 가져다가 못보게 호리오고 스스로 프른 깁의 <안이미>란 글 혼 편을 지어 써 느무치 녀흐니 그 글의 ▽로디,

챵외소형멸복뉴호니	챵 밧씌 셩긘 반되 쩌디락 다시 흐르니
샤월지고루ㅣ라	빗긘 둘이 놉픈 누의 잇도다
일계둑운과	혼 화계대과
만렴오영의야졍인수ㅣ라	발의 ▽득혼 머귀 그림재예 밤은 괴요

ᄒ고 사름은 시름ᄒ놋다

츠시탕ᄌ무쇼식하쳐작한유오   이 ᄢᅢ예 사름의 방탕ᄒᆫ 쇼식 33면 이
                               업스니 어ᄂᆞ 고디 한가히 노는고
야응불럼니졍믹믹좌수경이라   벅벅이 니별ᄒᆫ 졍이 믹믹ᄒᆫ 줄란 닛고
                               안자셔 경텸소ᄅᆡ롤 혜노라

ᄒ엿더라.

이튼날 싱이 드러오니 주머니 여러 본 말도 아니ᄒ고 ᄯᅩ 새옴ᄒᆞ난 ᄉᆞ식
도 업스니 싱으로 하야곰 제 보고 붓그리게 ᄒᆞ미러라. 싱이 아연ᄒᆞ야 녀나
믄 의심이 업더니 홀론 부인이 잔치ᄒᆞᆯ시 비도롤 블러 쥬싱의 글 잘ᄒᆞ믈
일ᄏᆞᆺ고 국영이 글 힘뼈 ᄀᆞᄅᆞ치믈 샤례ᄒᆞ야 비도로 ᄒᆞ야곰 싱의게 "이 ᄠᅳ들
티샤ᄒᆞ라." ᄒᆞ더니 이날 밤의 싱이 술을 취ᄒᆞ야 누엇거늘 되 혼자 나와
줌이 업고 밤이 괴요ᄒᆞ거늘 위연히 싱의 ᄂᆞ무출 여러보니 제 글이 믁의
흐리엿거늘 ᄆᆞ음의 의심ᄒ

34면

더니 ᄯᅩ <안이미>란 글을 보고 션화의 ᄒᆞᆫ 일인 줄을 알고 크게 노ᄒᆞ야
그 글을 ᄉᆞ매예 너코 그 ᄂᆞ무출 도로 봉ᄒ고 새ᄃᆞ록 안자셔 날 새기롤
기ᄃᆞ리더니 싱이 술이 ᄭᅵ거늘 되 죠용히 무러 ᄀᆞᆯ오ᄃᆡ,
"낭군이 여긔 이셔 오래 도라오디 아니믄 엇디오?"
싱이 디 왈,
"국영이 글을 채 비ᄒᆞ디 아녀시므로 가디 못ᄒ노라."
되 왈,
"그러타 안해 아올 극진이 아니 ᄀᆞᄅᆞ치디 못ᄒ리라."
싱이 크게 놀라 ᄂᆞᆺ빗치 흙 ᄀᆞᆺᄐᆡ야 닐오ᄃᆡ,
"이 엇딘 말고?"
되 오래 말을 아니ᄒ니 싱이 더옥 민망ᄒᆞ야 졍신이 어즐ᄒ고 아ᄆᆞ리

홀 줄을 몰라 느출 쓰고 업데엿거늘 되 그 글을 내야 싱의 알픠 더디고
닐오디,

"담을 너머 서르 조츠며 굼글 뿌러 여어
$$\boxed{35면}$$
보는 거시 엇디 군자의 해욜 배리오 내 쟝춧 드러가 부인끠 술오리라."

흐고, 니러나거늘 싱이 급피 붓드러 올흔대로 니르고 근졀히 비러 닐오디

"션애 날로 더브러 곳다온 밍셰롤 미자시니 엇디 츠마 사름을 주글 짜
히 두럿느다?"

되 무옴을 잠짠 프러 닐오디,

"낭군이 이제 날과 흔가지로 가야만 졍 그리 아니면 낭군이 볼셔 날을
져브려시니 내 엇디 혼자 밍셰롤 딕히여시리오?"

싱이 부디이흐야 승샹집의는 다룬 일로 탈흐고 즉시 도의게 갓더니 되
션화의 일 안 후븟터 싱을 션랑이라 브르디 아니흐니 무옴의 불평흔 쓰디
러라.

싱이 스셰 어려워 견디여 가시나 션화 싱각기롤 더옥 깁피
$$\boxed{36면}$$
흐야 나날 여외여 병의 줌겨 니디 못흐연 디 이십 일이나 흐더라.

오라디 아녀셔 국영이 블의예 병 어더 죽거늘 싱이 니러 졔믈을 굿초아
티뎐흐더니 션홰 또흔 싱으로 인흐야 병 드러 누우며 닐 졔다 사름의게
붓들려 흐더니 싱이 왓단 말을 듯고 믄득 강잉흐야 니러나 소셰흐고 흰옷
닙고 발 안희 혼자 셧더니 싱이 티뎐을 파흐고 션화롤 멀리 브라보고 눈으
로 졍을 보낼 뿐이러라 도라나오니 졈졈 머러 다시 보디 못흐러라.

믄득 두어 둘만의 비되 병 어더 쟝춧 죽게 되야 니디 못흐야 싱의 무롭
플 베고 눈믈을 흘려 닐오디,

"쳡이 플궃튼 몸으로 소나모 그늘의 의지

37면

ᄒᆞ엿더니 곳다온 밍셰 가디 아니ᄒᆞ야셔 데결이 몬져 울 줄을 엇디 알리오. 이제 낭군으로 더브러 영결ᄒᆞ니 비단 옷과 노던 풍뉴 일로 붓터 ᄆᆞᆺ츠리로다. 네 ᄇᆞ라던 바는 임의 결연이 되야시니 다만 첩이 주근 후의 낭군이 션화ᄅᆞᆯ 어더 ᄒᆡ를 비필을 삼고 내 ᄲᅧᄅᆞᆯ 낭군의 왕니ᄒᆞᄂᆞᆫ 길ᄉᆡ의 무드면 비록 죽는 날이나 사는 히 ᄀᆞᆺᄐᆞ리라."

말을 ᄆᆞᆺ츠며 긔절ᄒᆞ엿다가 ᄀᆞ장 오라게야 눈을 떠 싱을 보며 닐오ᄃᆡ,

"쥬랑 쥬랑은 딘듕딘듕ᄒᆞ라."

서너번 년ᄒᆞ야 니ᄅᆞ고 주그니 싱이 크게 셜워 통곡ᄒᆞ고 호상 큰 길ᄀᆞ의 무드니라.

졔문지어 졔ᄒᆞ니 그 졔문의 ᄒᆞ야시되,

38면

「유년월일의 미쳔거ᄉᆞ는 이쵸황녀단지뎐으로 졔우비랑지령ᄒᆞ노니 유령이 화졍염녀ᄒᆞ며 월틱경영이라. 무흑쟝딕지뉴호매 풍연녹션이오. 식탈유곡지란의 노습홍영이라. 회문즉소야란거용독보ㅣ며 염ᄉᆞ즉가운회난가졍명이라. 명슈편어악젹이나 지즉존어유명이라. 모야는 탕지풍듕지셔오고 죵슈샹지평이라. 언치미향지당ᄒᆞ고 불부동문지양이라. 증지이샹호오부지이블망이라. 월츌동녕애 결아방밍이라. 운창야졍이라. 화원츈졍의 일완경쟝으로 긔회난싱고 긔긔시이ᄉᆞ왕ᄒᆞ니 낙극이리로다. 비취지금미완의 원앙지몽션회라. 운슈환오ㅣ오 우산은졍이로다. 쇽목즉나군이 변색이오 졉이이옥패무셩이로다. 일쳑노호샹유여향이오 쥬현녹금은 허지은상이로다. 남교구틱은 부지홍낭이라. 오호ㅣ라. 가인난득이오 덕음블망이라. 용모화모는 완지목방이오 텬탕디구의 츠한망망이라. 타향실녀ᄒᆞ니 슈뢰슈빙고 부리구즙ᄒᆞ야 지취니뎡이라. 호희활원ᄒᆞ고 건곤징영이라. 고범만리의 거거하의오 타년일곡은 호망난긔로다. 산유귀운이오 강유회됴로

다. 낭지거의는 일거젹뵈로다. 티졔쟈는 쥬ㅣ오 딘졍쟈는 문이라 님풍일
텬의 셔격방혼이라. 오호ㅣ라. 샹향ᄒ라.

모월 모일의 미쳔거ᄉᆞ는 쵸황과 녀단의 뎐믈로뼈

40면

비랑의 신령의 졔ᄒ노니 오직 신령이 곳 ᄀᆞ티 곱고 둘 ᄀᆞ튼 ᄐᆡ되 가비야
와 춤추믄 쟝터예 버들의 비호매 프른 실이 부치는 듯ᄒ고 빗치 유곡의
난초와 ᄃᆞ토와 이슬이 블근 곳봉오리예 저젓는 듯ᄒ도다 회문ᄒᆞᆷ 소약란
인둘 엇디 독보ᄒᆞᆷ를 용납ᄒ며 염ᄉᆞᄒᆞᆷ 가운화과 일홈 듯토기 어렵도다.
일홈은 비록 악젹의 미여시나 ᄯᆞ든 곳 유환ᄒ야 뎡졀ᄒᄆᆡ 잇더니라.

나는 ᄯᆞ디 호탕ᄒ야 ᄇᆞ롬 가온대 버들개야지 ᄀᆞᆺ고 외로온 자치는 믈
우희 부평초 ᄀᆞᆺ토라 미향의 당을 키믈 ᄉᆞ렴ᄒ고 동문의 양을 져ᄇ리디
아니ᄒ야야 셔

41면

ᄅ 됴챠ᄒ므로뼈 긔약ᄒ고 닛디 마로모로 허ᄒ도다. 달이 도다 불가신
제 우리 곳다온 밍셰롤 미즈라. 구롬 ᄀᆞ튼 창의 밤이 괴요ᄒ고 곳 ᄀᆞ튼
집의 봄이 믈가신 제 ᄒ 그룻 차롤 마시며 난 그린 뎌롤 몃 번이나 부돗
던고?

시졀이 옮고 일이 디나가니 즐거오미 극진티 못ᄒ야셔 슬프미 오ᄂᆞᆫ도
다. 비취 니블이 덥디 못ᄒ야셔 원앙의 ᄭᅮᆷ이 몬져 도라오니 즐기던 졍은
비 홋터딤 ᄀᆞᆺ트니 눈의 뵈ᄆᆡ 깁치마 빗치 변ᄒ고 귀예 드르ᄆᆡ 옥노리개
소리 업도다. 놋나라 ᄒ 자 깁의는 오히려 나믄 향내 잇고 블근 시욹 풍뉴
와 프른 거믄고는 쇽졀업시 은상

42면

의 잇도다. 남교의 녯집은 홍낭의게 브텻도다.

슬프다. 아룸다온 사롬을 다시 엇기 어렵고 덕음을 닛기 어렵도다. 옥

ᄀᆞᄐᆞᆫ 얼굴과 곳 ᄀᆞᆺᄐᆞᆫ 양지 완연히 눈 알픠 이시니 하ᄂᆞᆯ히 길고 ᄯᆞ히 오라
ᄃᆞ록 이 ᄒᆞᆫ은 망망ᄒᆞ리로다.

ᄂᆞᆷ의 ᄯᆞ히 와 ᄧᅡᆨ을 일흐니 눌을 힘니브며 눌을 미드리오. 다시 비ᄅᆞᆯ 다
ᄉᆞ려 오던 길로 도라가려ᄒᆞ니 강이며 바다히 멀고 너르니 하ᄂᆞᆯ과 ᄯᆞ히
ᄀᆞ이 업도다.

외로온 빗 둧그로 만 리나 간들 어ᄃᆡ 가 의지ᄒᆞ리오. 다ᄅᆞᆫ 희예 고텨
와 우름을 호탕ᄒᆞ야 긔필티 못ᄒᆞ리로다. 산의ᄂᆞᆫ 도라가ᄂᆞᆫ 구롬이 잇고 강
의ᄂᆞᆫ 도라오ᄂᆞᆫ 믈결이 잇거ᄂᆞᆯ 낭즈의

43면

가기ᄂᆞᆫ ᄒᆞᆫ 번 가매 괴요ᄒᆞ도다. 졔ᄒᆞᄂᆞᆫ 거슨 술이오 졍 베프ᄂᆞᆫ 거슨 글
이라. ᄇᆞ롬을 님ᄒᆞ야 한번 졔ᄒᆞ노니 곳다온 녕혼이 거의 감격ᄒᆞ라.

슬프다. 흠향ᄒᆞ라.」

ᄒᆞ엿더라.

졔 다ᄒᆞᆫ 후의 두 차환으로 더브러 니별ᄒᆞ야 닐오ᄃᆡ,

"너희ᄂᆞᆫ 집 딕희여 됴히 이시라 내 타일의 급뎨ᄒᆞ면 너희ᄅᆞᆯ 와 ᄎᆞᄌᆞ리라."

차환들이 울고 닐오ᄃᆡ,

"우리 쥬랑을 어미ᄀᆞᆺ티 ᄒᆞ고 쥬랑도 우리ᄅᆞᆯ ᄌᆞ식ᄀᆞᆺ티 ᄒᆞ더니 블힝하야
낭지 일 주그니 다만 ᄇᆞ라ᄂᆞᆫ 바ᄂᆞᆫ 낭군이러니 이제 낭군이 ᄆᆞ자 가니 우리
눌을 의탁ᄒᆞ링잇가?"

ᄒᆞ고, 브르지지고 울거ᄂᆞᆯ 싱이 두세 번 위로ᄒᆞ고 눈믈을 ᄲᆞ리며 비ᄅᆞᆯ
타 ᄎᆞ마 가디 못ᄒᆞ

44면

야 이날 나죄 슈홍교 아래 가 자더니 션화의 집을 ᄇᆞ라보니 은등과 쵹블
이 수플 ᄉᆞ이예 수므락 비최락 ᄒᆞ더라.

싱이 혜요ᄃᆡ '아롬다온 긔약이 볼셔 디나시니 후의 만날 인연이 업도다'

호고 슬허 <댱샹사> 한 곡됴롤 지어 굴오디,

화만연뉴만연	고지도 니 ᄀ독ᄒ고 버들의도 니 ᄀ독ᄒ니
음신초빙츈식뎐	음신을 처음으로 봄 빗치 뎐ᄒ도다
녹념심쳐면	프른 발 깁픈 고디셔 조으는도다
호인연악인연	됴흔 인연이 사오나온 인연이 되니
효원은강망연	새배 집의 은등잔이 아둑이
귀범운슈변이라	도라가는 빗 돗글 구롬 ᄀ으로 조차 가놋다

45면

이리 지어, 날이 새드록 팀음ᄒ고 가쟈ᄒ니는 션화로 더브러 영격홀 거시오 잇고져 ᄒ니 비도 국영이 다 주거시니 의지홀 디 업고 빅 가지로 싱각호디 혼 계규도 엇디 못ᄒ야 날이 볼그니 브득이 ᄒ야 비롤 타고 가니 션화의 집과 도의 무덤이 졈졈 머러 믈이 곱돌고 뫼히 ᄀ리매 믄득 보디 못ᄒ리러라.

싱의 어믜 편 권당 댱뇌라 ᄒ리 호쥬짜 가음연 사롬이라. 권당을 스랑혼다 일큿더니 싱이 의탁홀디 업서 게 가 의지훈대 댱뇌 싱 디졉호믈 ᄀ장 후히 ᄒ더니 싱이 몸이 비록 편안ᄒ나 션화 싱각ᄒᄂ 졍이 가디록 두터워 병 난 날이 업더라.

뎐뎐ᄒᄂ 스이예 봄이 되니 만력 이십

46면

년 임진이러라.

싱의 얼굴이 날로 쵸췌호믈 보고 댱뇌 졍셩으로 무르니 싱이 감히 긔이디 못ᄒ야 실로 뻐 고ᄒ니 댱뇌 놀라 닐오디,

"네 ᄆ움의 이리 이시면 엇디 아니 니ᄅ더뇨? 내 안해 승상부인으로 더브러 동셩이오 셰셰로 통가ᄒ야 사괴니 내 맛당이 너롤 위ᄒ야 도모ᄒ

리라."

호고, 이튿 날 댱뇌 안해로 호여곰 글월호야 죵을 보니여 혼인호기롤 의논호더니 선홰 쏘혼 쥬싱 니별 혼 후의 병이 듕호야 방 밧긔 나디 못호고 옥 갓튼 얼굴이며 곳 갓튼 양지 점점 빗치 업스니 부인도 쥬랑의 빌믠 줄 알고 뜨들 일오고져호나 싱이 임의 가시니 아므디 갓는 줄을 몰라 혼갓

47면

민망홀 쑨이러라.

믄득 노가의 글월을 보고 일개 다 놀라고 깃거호더라. 선홰 쏘 강잉호야 니러 단장호기롤 녜 갓티 호더라.

이 히 구월로 혼인을 뎡호야 긔약호니 싱이 날마다 믈가의 가 그 사롬 도라오기롤 기드리더니 열흘이 못호야셔 도라 와 혼인 뎡혼 뜨들 뎐호고 쏘 선화의 스스 글월을 뎐호야 눌려 보니 분향내와 눈믈 그므치 슬픈 졍을 가히 알리러라 기 셔의 왈,

「박명첩션하는 목발쳥지호야 샹셔쥬랑죡하호노니 쳡본약질이라 양지 심규호야 미렴쇼화지이매엄경즈셕이오 쥼회힝노지방심이라. 디인싱슈ㅣ 라. 견믹두지

48면

뉴즉츈졍이탕이오 문지샹지잉즉효스몽농이라. 일묘의 치뎝이 뎐졍호고 션금이 인로호니 동방지월의 슈지지달이라. 즈긔유원호니 아긔이단가 현상도진호디 불상긔구지옥경호고 명월등분의 공셩결화지심밍이라. 나도호스난샹호야 가긔이조아 심호이의라. 궁즈도의로다. 인거츈리호니 어팀안단이라. 우타니화오 문엄황혼이라. 쳔회만뎐의 초췌인랑이라. 금댱공 혜듀젹젹이오 은강멸혜야팀팀이라. 일일오신호니 백년함졍이로다. 잔화 뎌스ㅣ오 편월응모ㅣ라. 삼혼이산호고 팔익막비호니 조디여츠ㅣ런들 불여무싱이로다. 금즉월로유신호니 셩긔가더라. 단거쵸쵸

49면

하야 질병팀면ᄒ니 화안감치ᄒ고 운빙무광이라. 낭슈견지나 무복전도
지은정의 어니와 단공미회미토의 합션됴로ㅣ면 구듕쳔로의 슈훈무궁이
라. 됴견낭군ᄒ야 일소이졍즉셕폐유방의 무소원의로다. 운산만리예 신사
난빈ᄒ니 인령연망의 골졀혼비라. 호쥬디편ᄒ야 쟝긔침인ᄒ니 노력즈이
ᄒ야 쳔만딘듕ᄒ라. 쳔만딘듕ᄒ라. 졍의불감언쳐롤 분부귀홍ᄒ야 디쟝거
의ᄒ노니 션화는 빅ᄒ노라.

박명 쳡 션하는 목욕쳥지ᄒ야 글월을 쥬랑 죡하의게 올리노니 쳡이 본
디 약질로 심규의셔 길러 미양 봄 빗치 수이 가믈 스렴ᄒ야 거우로롤 보고
스스로 앗

50면

겨ᄒ고 비록 운우의 곳다온 ᄆ음이 이시나 사롬을 디ᄒ야셔 붓그려ᄒ
고 언덕 우희 버들을 보면 봄 ᄆ음이 호탕하고 가지 우희 굇꾜리 소리롤
드르면 새박의 시 아득ᄒ더니 ᄒ로 아츰의 치뎝이 뜨들 뎐ᄒ고 신션의
새길홀 ᄀᄅ쳐 동방 불근 둘의 고은 사롬이 문의 이시니 그디 볼셔 담을
너멋거니 내 엇디 단을 앗기리오. 션약을 다 찌ᄒ되 눕픈 옥경의 오ᄅ디
못ᄒ고 거우로롤 ᄯᄅ려 ᄒ가지로 곳다온 밍셰랄 일윗더니 엇디 됴흔 일이
덧덧디 못ᄒ야 아롬다온 긔약이 수이 막킬 줄을 알리오. ᄆ음의 스랑ᄒ온
디라 몸소 스스로 앗겨 ᄒ노라.

사롬이 가고 봄이 오매 고

51면

기 둠기고 기러기 긋쳐 디니 비는 니화의 쁘리고 문은 황혼의 다닷도다.
일쳔 번 도라 보고 일만 번 싱각ᄒ야도 쵸췌ᄒ기는 낭군으로 이러ᄒ도다.
금의댱이 븨여시니 나지 괴요ᄒ고 은등잔이 쩌디니 밤이 어둡도다.

ᄒᄅ 몸을 그릇ᄒ니 빅 년의 셜온 졍을 머구므리로다. 쇠잔ᄒ 고지 의

스룰 붓티니 호 조각 둘이 눈의 어리엿도다 삼혼이 훗터디고 팔익이 ㄴ디
못ㅎ니 일즉 이럴 줄 아던돌 이 인싱이 나디 아님만 ㄴ디 못ㅎ도다. 이제
원로의 신이 잇고 성긔룰 기ᄃ리게 되어시나 쵸쵸훈 얼굴의 질병이 팀면
ㅎ니 곳 ᄀᆞᆺ튼 양지 감하고 구롬 ᄀᆞᆺ튼 머리 빗치 업스니 낭

52면

군이 비록 보아도 녯 은정만 ᄀᆞᆺ디 못하리로다. 다만 원홈은 죠고만 회포
롤 숩디 못하야셔 믄득 아춤 이슬 쎠러디 듯ㅎ면 구둥쳔로의 ᄉᆞᄉᆞ훈 이
무궁홀가 ㅎ노라. 아춤의 낭군을 보와 ᄆᆞᆷ 속의 졍을 니ᄅ면 나죄 주거도
원홀 일이 업스리로다. 운산만리의 신시 줏기 어려오니 목을 느리혀 멀리
ᄇᆞ라매 쎄 것고 넉시 ᄂᆞ놋다 호쥐 ᄯᆞ히 편벽ㅎ야 쟝긔 사롬을 침노ㅎ니
힘뼈 몸을 앗겨 딘듕딘듕ㅎ라. ᄀᆞ 업슨 졍을 이긔여 니ᄅ디 못ㅎ야 ᄂᆞᆫ
기러긔게 붓터 보내노라. 박명 쳡 션화는 빅ㅎ노라.」

ㅎ엿더라.

53면

싱이 보기룰 다ㅎ고 ᄭᅮᆷ이 처음으로 ᄭᅢᆫ 듯ㅎ야 깃부며 슬프미 ᄀᆞ이 업더
라 손 고바 구월을 기ᄃ리고 오히려 멀리너겨 댱노의게 닐러 죵을 다시
보내려 ᄉᆞᄉᆞ로이 션화의게 답셔ㅎ딕

「방경쟉하아. 삼싱연듕ㅎ야 쳔리셔리ㅎ니 감블회언의 능블의의아 셕자
의 투적옥원ㅎ고 탁신경님ㅎ야 츈심일발ㅎ야 우의남금이라. 화간결약의
월하셩연ㅎ니 외몽고렴의 신셰낭낭이라. ᄌᆞ렴츠싱의 난보심은이러니 인
간호ᄉᆞ룰 조믈다싀라. 나디일야지별이 경작경년지ㅎ고 샹거경졀의 산
쳔조슈ㅎ니 절마텬애예 긔번툐탕ㅎ고 안교오운이오 원톄초슈ㅣ라. 녀관
독면이 잔등쵸쵸

> 54면

ᄒ니 인비목셕이라. 능블비지아 차호방경아 별리비회는 즈소디의라 고 인유운ᄒ더 일일블견이 여삼츄혜라. 이츳츄지ᄒ니 일월이 편시구십년이라. 약디고츄ᄒ야 이 뎡가긔죽블여구아어황산쇠초지리의라. 졍블가극이오 언블가진이라. 님뎨오열ᄒ니 부복하언가.

방경 죡하야 삼싱연분이 듕ᄒ야 쳔리예 글월이 오니 이롤 보고 사름을 싱각ᄒ매 엇디 슬프디 아니리오 녯 자최롤 옥동산의 더디고 몸을 구술 수플의 의지ᄒ여 실제 봄 마음이 ᄒ 번 나니 호탕ᄒ 뜨들 금키 어려워 곳 스이예 언약을 밎고 둘 아래 인연을 일웟더니 도

> 55면

라 에엿비너기를 니브며 아름다온 밍셰롤 낭낭이 허ᄒ니 내 스스로 이 생에 깁픈 은혜롤 갑디 못ᄒ리라. 헨디라. 인간의 됴ᄒᆫ 일이 이시매 조믈이 싀긔ᄒ니 엇디 ᄒ른밤 니별ᄒ 거시 무춤내 히 디나 고혼이 될 줄을 알리오. 서른 잇는 디 믈이 막혀시니 필마롤 타고 아ᄋ라ᄒ 하ᄂᆯ ᄭᅵ의 몃 번이나 슬허ᄒ고? 옷나라 구롬 속의셔 기러기 지져괴고 춋나라 묏봉의셔 진납이 우니 나그내 집의셔 외로이 조을며 쇠잔ᄒ 등잔을 도도니 사름이 셕목이 아니라 엇디 슬프디 아니리오. 슬프다. 방경아 니별의 셜온 졍은 그디의 아는 배라 녯 사람이 닐오디, 'ᄒ른 보디 못

> 56면

ᄒ면 ᄒ 둘 이 맛다.' ᄒ니 일로 밀워 혜면 ᄒ 둘이 아흔 히라 만일 아름다온 긔약을 ᄀᆞ올로 뎡ᄒ면 날을 거츤 뫼 쇠잔한 플 속의 가 츳츠라.

졍도 그지 업고 말도 다 못ᄒ니 죠희롤 님ᄒ야 목이 메니 다시 므슴 말을 ᄒ리오.

모월모일의 미쳔 딕경은 비ᄒ노라.」

이리 써 두고 던티 못ᄒᆞ야셔 마초아 됴션이 왜적의 ᄲᅩ오여 텬됴의 청병
ᄒᆞ기ᄅᆞᆯ 급피ᄒᆞ니 황뎨,

"됴션이 지셩으로 대국을 셤기니 아니 구티 못할 거시오. 됴션이 파ᄒᆞ
면 압록 셧녁히 편안티 못할 거시라. 망ᄒᆞᄂᆞᆫ 거ᄉᆞᆯ 잇게ᄒᆞ고 긋쳐 딘 것ᄉᆞᆯ
니음은 왕쟈의 일이라."

ᄒᆞ시고, 도독 니

57면

여슝으로

"군ᄉᆞᄅᆞᆯ 거ᄂᆞ려 도적을 티라."

ᄒᆞ시더니, 됴션이 주문ᄒᆞ되

"북방 사ᄅᆞᆷ은 오랑캐 막기ᄅᆞᆯ 잘하고 남방 사ᄅᆞᆷ은 예ᄅᆞᆯ 잘 마그니 오ᄂᆞᆯ
날 일이 남방 사람 곳 아니면 가티 아니 ᄒᆞ닝이다."

황뎨 즉시 됴셔ᄅᆞᆯ ᄂᆞ리와 졀강 근쳐의 군ᄉᆞ ᄲᅢᆫ기ᄅᆞᆯ 심히 급피 ᄒᆞ시니
유격쟝군 셕 니가의 사ᄅᆞᆷ은 본디 싱을 아ᄂᆞᆫ디라. 인하야 글 쓰는 소임을
ᄒᆞ니 마디 못ᄒᆞ야 됴션의 나와 안쥐 빅샹누의 올라 칠언고풍을 지으니
그 젼편은 싱각디 못ᄒᆞ고 나죵 귀ᄅᆞᆯ 싱각ᄒᆞᆯ러라.

수리독등강샹누	시름이 오매 홀로 강누의 오ᄅᆞ니
누외쳥산디긔허	누 밧끠 프른 뫼히 언머나ᄒᆞ뇨
야릉챠아망향 58면 안	능히 나의 고향 ᄇᆞ라는 눈은 마그되
블릉격단수리노	시름 오는 길흔 긋쳐 ᄀᆞ리오디 못ᄒᆞᆫ놋다

하엿더라.

이듬히 계ᄉᆞ년 봄의 텬병이 크게 왜적을 ᄲᅡᆯ와 경샹도로 가되 싱은 선화
로 병드러 니디 못ᄒᆞ니 능히 죵군하야 가디 못하야 머므러 슝경의 잇거늘

내 마줌 홀 일이 이셔 갓다가 싱을 긱샤의 가 만나니 말이 굣디 못호매 글로 서르 졍을 통호더니 싱이 나를 글 안다호야 디졉호기롤 극히 호더라.

병든 연고롤 무르니 한숨 디고 니르디 아니호

59면

더라.

마초와 비와 훌롤 무그니 싱과 혼 등잔블을 혀고 싱이 <답샤힝>이란 글을 지으니 호여시되,

쳑영무빙	외로운 그림재 비길더 업스니
니회난퇴로다	니별혼 회포롤 니르기 어렵도다
귀혼암암년강슈ㅣ라	가는 넉시 아득호야 강 수플의 니엇도다
녀창잔촉이경심호니	나그내 쇠잔혼 촉블의 무옴이 놀라니
가감깅셜황혼우아	가히 견디여 황혼 비롤 니르랴
낭원운미영뒤노조루쥬박긔하허오	___________________구슬발이 언마나 호뇨34)
고종원작슈샹평호야	외로온 자최 60면 원컨대 믈 우 평최되야
일야뉴향오강거라	호르밤의 흘러 오강의 가고져 호노라

내 이 글 뜨들 슈샹이 너겨 뭇기롤 긋치디 아니혼대 싱이 웃고 뜨들 다니르고 혼 칙을 내니 『화간집』이라 호엿더라.

싱이 션화와 비도로 더브러 지은 글이 빅여 슈는 호고 제 벗둘이 츠운혼 거시 열다여시러라. 싱이 날을 위호야 눈물 디고 글 구호기롤 심히 졀히 호거늘 내 비롤 삼십운을 지어 그 칙 겻티 쓰고 위로호야 닐오디,

---

34) 시의 독음은 적어 놓고 해석은 일부만 하였다. 『간호윤본』의 시는 아래와 같다.
   閬苑雲迷,
   瀛州海阻,
   玉樓珠閣今何許?

“대댱부의 시름이 공명이 이디 못할가 흐뒤 엇디 고은 겨집이 업스리오 이제 볼셔 삼한이 편안흐고 뉵시 장춧 도라가니 동풍이 임의 쥬랑으로 더브러 흠끠 가게 되야시니 교시 다론 사롬의게 가시믈 근심티 말라.”

이튼날 니별홀 시 싱이 웃고 닐오디.

“가히 우은 일이니 뎐티 말라.”

두서 번 당부흐더라.

싱의 나히 ‘이십칠이로라.’ 흐고 눈이 믈가 브라매 그림 굿더라.

계수 듕흐의 무언즈는 뎐흐노라.

2) 〈위싱뎐〉 원문

위싱뎐

<hr>

1면

대명 만력 간의 위싱이라 호리 이시니 명은 악이오 ᄌᄂ는 경텬이니 금능인이라.

네 당적 위응물의 휘니 셩질이 총명ᄒ고 지죄 쌔여나니 나히 십오셰예 니르매 문쟝을 일워 소동파롤 효축ᄒ니 일홈이 당셰예 웃듬이라 사룸이 밋츠리 업더

2면

라. 임진 셰예 벗 댱싱으로 더브러 ᄒᆞ가지로 댱사 북을 디날 시 시졀이 삼월이라 경물이 보야ᄒ로 빗난디라.

댱싱이 믄득 니러 관을 두드려 닐오디,

"답쳥ᄒ는 아룸다온 삼츈 ᄒ룻날이라 우리 이제 손이 되야시니 임의 난뎡지회롤 밋디 못ᄒ나 가려ᄒᆞ 강남의 디승인화ᄒ고 쳥념홍힝은 만가츈풍이라 댱두의 금돈이 가히 이날 즐겁기롤 살디오. ᄒ물며 명산이 인홍ᄒ고 하놀히 냥신을 빌리시니 이제 악쥐 승디롤 보디 아니미 가ᄒ냐"

위싱이 도라 우어 골오디,

"디아쟈는 지로다."

ᄒ고, 즉시 댱싱으로 더브러 바ᄅ 악양셩 아래 니르니 날이 임의 어두온

디라.

이날 나죄 고기 잡는 집의 드러 자더니 이튿날 강촌의 가 술을 사고 비롤

3면

어더 동뎡 남녁히 가 노니 풍훤이 경명ᄒ며 파문이 브동ᄒ고 슈벽텬쳥ᄒ야 샹해일식이오 강변은 화각은 원근의 춤치하엿고 표묘ᄒᆫ 싱가는 학우희 신션ᄀᆞᆺ더라.

위싱이 관을 쓰고 비예 올라 기리 두 졀구롤 읇프니,

계도난쟝소벽뉴	계슈로ᄒᆫ 돗대와 목난으로 ᄭᅮ민 비롤 프른 믈을 거스려 올라가
악양셩북시회두라	악양셩 북녁히 가 처음으로 머리롤 도로켜도다
향풍십니도화리예	향ᄇᆞ름 십 니 복셩화곳 속의
다소쥬렴샤옥구라	하며 쟈근 구술발을 옥갈골이예 거

4면

	럿도다
초록빙향강슈다ᄒ니	플이 프르고 마람이 향긔로운더 강물이 만ᄒ니
난쥬요하동뎡파라	목난비롤 저어 동뎡 믈결로 느리는도다
츈풍무훈쇼샹경을	봄ᄇᆞ름 ᄒᆞᆫ 업슨 쇼샹 풍경을 거두어
슈습신편입도가라	새 글을 어더 돗대 노래예 녀헛도다

댱싱이 이어 읇프디,

화지뉴영동35)츈경ᄒ니	곳 가지와 버들 그림재 봄경을 움즈기니

---

35) 『간호윤본』과 『저초본』에는 롱(弄)으로 되어 있고 <위경천전>에는 '동(動)'으로 되어 있다.

강샹유인념옥셩이라   강 우희셔 노는 사름이 옥으로 호 셩을 부는
                          도다
옥디야심가무파호니   밤 깁기롤 기드려 노래와 춤을 파호려 호니
월고삼협텽원셩이라   달이 삼협의 놉고 진납의 소리롤 드르

5면

                          리로다
옥누비각입강텬호니   옥으로 호 다락과 ᄂ는 둣호 집이 강 하늘히
                          드러시니
슈권쥬렴농치현고   뉘라셔 구술발을 것고 빗난 시욹을 희롱호고
일모샹강인긩원호니   날이 져물고 샹강의 뽀 사름이 머러시니
님풍툐탕36)목난쥬37)라   ᄇ롬을 님호야 목난쥬의셔 툐탕호ᄂ도다

읊기롤 긋치니 강 니 반만 것고 뫼둘이 처엄으로 비최니 일쳔봉이 훗터
뎌 일만샹이 별 버둣호니 두 사름의 호일호 긔운이 장춧 지츌 도뎌 신션이
될 둣호더라.

술을 힝하야 두어 슌의 쥬안이 반타호니 위셩이 위연히 댱탄 왈,

"희홉다 초국은 슬피우던 짜히니 창오의 슌단호매 대ᄂ 쇼샹 남녁히
늘그니 이 이비의 원뉘 아니며 니소의 읊기롤 파호매 먹

6면

나의 물결이 우르젹시니 이 삼녀의 튱혼이 아니가 초인이 만히 듁지가
롤 브르니 디나ᄂ 손이 뉘 눈믈을 옷기시 적시디 아니리오"

댱셩이 츄연히 냥구호야 굴오디,

"복은 본디 강개호 사름이라 유편을 보와도 오히려 눈믈이 나거든 이제
이 짜히 와 가히 나믄 회포롤 이긔랴 경쟝을 ᄀ득 브어 써 곰녜 영웅의

---

36) 『간호윤본』과 『저초본』에는 선(舡)으로 되어 있다.
37) 『간호윤본』과 『저초본』에는 장단(腸斷)으로 되어 있고 <위경천전>에는 '단장(斷腸)'
    으로 되어 있다.

넉슬 브르고져 ᄒᆞ노라"

드듸여 졀구 둘흘 읇프니,

7면

듁지가단모연뎨ᄒᆞ니   듁지개 긋쳐디고 져믄 닉 가득ᄒᆞ여시니
츈진황셩고묘셔라   봄이 것츤 셩 녯 ᄉᆞ당 셧녁 겻티 진하엿도다
향만빅빈샹슈록ᄒᆞ니   향내 흰 마람의 ᄀᆞ득ᄒᆞ고 샹강믈이 프르럿ᄂᆞ듸
초산유유쟈고뎨라   ________________________________

초긱계38)쥬텽모원ᄒᆞ니   __________39) 진납의 소리롤 드ᄅᆞ매
십년방초억옹손이라   십 년 아룸다온 플의 왕손을 싱각도다.
다졍일편샹강월이   졍 만흔 흔 조각 쇼샹 둘이
증죠강어복니혼이라   일쥽 고기 빗 속의 넉시 비최엿도다

위싱이 이예 닐오디,

"그디 시롤 읇프니 쳐창ᄒᆞ고 더옥 괴로이 슬프니 이러틋 힝화 아룸다온 ᄯᅢ에 오직 취흘 ᄯᆞ롬이니 녜롤 됴ᄒᆞ며 ᄆᆞ옴을 슬프게ᄒᆞ야 반 날 즐겁기롤 허비티 못흘거시라"

ᄒᆞ고, 드듸여 프른 잔의 술을 브어 당싱을 권ᄒᆞ고 빗대롤 비겨40) 흔 가ᄉᆞ롤 읇프니,

8면

파릉동혜악양북의   파릉 동녁과 악양 북녁희
초산고혜샹슈벽이라   초산이 놉고 샹강믈이 프르럿도다
듁지가혜이원다ᄒᆞ니   듁지가롤 브르매 슬프며 원ᄒᆞᄂᆞᆫ 거시 만ᄒᆞ니

---

38) 『간호윤본』과 『저초본』에는 유(維)로 되어 있고 <위경천전>에는 '계(繼)'로 되어 있다.
39) 해석을 빠뜨렸다.
40) 『간호윤본』과 <위경천전>에는 현(絃)으로 『저초본』에는 현(舷)으로 되어 있다.

탕난쥬혜강지파ㅣ라	목난으로 꾸민 비를 강 믈결의셔 젓눈도다
츈풍긔혜졔빈향ㅎ니	봄브롬이 니러나매 믈쯘 마람이 향긔로오니
회고인혜블룽망이라	녯 사롬을 싱각ㅎ고 능히 닛디 못ㅎ리로다
격옥호혜챵금누ㅎ니	옥병을 두드리고 금누가스롤 브르니
취안더혜건곤모ㅣ라	취혼 눈을 들매 하눌과 짜히 느젓도다

9면

댱싱이 비롤 비겨 혼 곡됴롤 브르니,

오가원혜양뉴쳥ㅎ니	옷나라 노래 슬프고 버들이 프르러시니
송원목혜샹츈졍이라	먼디 눈을 보내니 봄 졍이 잇브도다
건두약혜강지변ㅎ니	두약이란 플을 강쯘의 가 것고
치즈능혜향만션이라	블근 마람을 키니 향내 비예 ᄀ득ㅎ도다
일욕모혜샹강파ㅎ니	날이 샹강 믈결의 져믈고져ㅎ니
망외누혜텬일애라	누롤 비겨 하눌 혼 ᄀ올 브라눈도다
회미인혜누여하라	아롬다온 사롬을 싱각ㅎ매 눈믈이 믈꾳도다
츈원41)긔혜내이하오	봄의 원ㅎ는 의시 니러나매 네 엇디 ㅎ리오

10면

놀래롤 ᄆ츠매 술이 취ㅎ고 극히 즐겨 서ᄅ 비 가온대 침쟈ㅎ엿더니
위싱이 개연히 몬져 쪄야 머리롤 긁고 니러 안즈니 강텬이 임의 져믈고
사퇴 비진ㅎ니 두던 우히 ᄆ지게 ᄀᄯᆫ 드리예 노는 사롬이 졈졈 드믈거눌
위싱이 댱싱을 흔드니 향긔로온 술이 쪄의 비니 흔드러도 쎄디 아니ㅎ고
블러도 디답디 아니ㅎ거눌 싱이 빗줄을 미고 비예 ᄂ려 머리롤 두루혀
보니 네 녁히 고요ㅎ고 인젹이 긋처딘 디 오직 압 ᄆ올ㅎ셔 노래소ᄅ 멀리

---

41) 『간호윤본』과 『거초본』, <위경천전> 모두 수(愁)로 되어 있다.

들리거놀 시내로 추자가니 그림 그린 기동과 사긴 난간이 구룸의 다핫고
블근 쵹이 프른 버들 소긔 비최여 붉거놀 싱이 숨소리롤 느즈기ᄒ야 너뎡
을 여어보니 프른 뉴리로 아

11면

홉 층계롤 무엇고 빅가지 곳다온 플의 향긔로온 나비[42]며 긔특ᄒᆫ 새돌
히 ᄃ토아 울고 아래 쟈근 모시 이시니 프른 믈결이 몰근 거우로 곳고
년닙피 처음으로 너벗고 치압한 무리 왕니ᄒ고 기 듕의 쏘 향으로 ᄒᆫ 목가
산이 이시니 봉만과 플이며 남기 금슈로 단청ᄒ야 쑤며시니 극히 공교롭
더라.

ᄒᆫ 문을 디나니 고비비ᄒᆫ 난간이 공듕의 떠시며 느는 돌이 일빅 쳑이나
ᄒᆫ 디 구술 발을 곳 그림재 속의 반만 드리웟더라. 이 쌔예 밤이 깁프매
빈킥이 처엄으로 훗터디고 모든 풍뉘 못 밋처 파ᄒ야셔 가인 열두어히
향운을 씌여 교안이 반취ᄒ야 빅 가지 노래 홈씌 발ᄒ니 경홍 굿튼 춤이
가비야온 져비

12면

굿더라.

우음과 말소리 교환ᄒ야 긋디 아니ᄒ더니 믄득 프른 옷 니븐 무재문으
로 븟터 나와 듕문을 즈므고 은눈을 거두며 가ᄋ롤 지쵹ᄒ야 니당의 가
딕슉ᄒ라 ᄒ니 모든 겨집이 소리롤 응ᄒ야 스미롤 년ᄒ야 니러나니 무각
이며 운창이 쳔 리 굿티 막히니 다시 기드릴 일이 업스니 싱이 문 다든
안히 수머시매 농의 든 새나 다ᄅ디 아닌디라 방황ᄒ야 근심과 두려오미
실로 깁프니 일이 이에 이디 못홀디라 무가내하라.

거러 누 드리예 올라 두로 보고 발 그림재 아래 잠깐 조으라 문 여러든
드라ᄂ려 ᄒ더니 일념이 경경ᄒ야 능히 자디 못ᄒ야 니러나 뚤히셔 두로
건니더니 믄득 후원의셔 사

---

42) 『간호윤본』과 『저초본』, <위경천전> 모두 봉(蜂)으로 되어 있다.

|13면|

룸의 말소리 낭낭히 나거놀 고개룰 기리혀 브라보니 즈미화 아래 두홍 년등을 드랏고 등 아래 훈 미인이 나히 계유 이팔은 호고 쟈약훈 션티 세상 사룸이 아니러라 손의 년고줄 것거 쥐고 누룰 비겨 안자셔 글을 읇더 니43) 뭇디 못호야셔 차환이 발을 들고 닐오디,

"달히는 채 더윗다."

훈대 미인이 믄득 등을 잡고 드러가니 등외 젹연호야 아뭇 소리도 업스 니 스스로 혜요디 주금을 무릅서 졍을 베프고져호나 담을 너머 향을 것그 미 봄 어룸이며 범의 쪼리룰 드뭠굿튼디라.

뭇춤내 망신의 홰니 인언이 가히 두려온디라 온가지로 혜아리니 이러 키룰 여러 번의 광심이 크게 니러나 뭇춤내 능히

|14면|

졔어티 못하야 드듸여 구만이 방 밧끠 가 여어 보니 이 곳 녀의 침실이 라. 뉴소댱을 드리웟고 비취 병풍을 둘럿눈디 상상의 빗난 올히룰 민드라 향을 머구며시니 향연이 표표호야 실굿더라. 네 기둥의 누어시니 나금을 반만 버서시매 옥굿튼 술히 잠깐 드러낫고 프른 구롬이 벼개예 어리엿눈 듯호고 취험의 향한이 미첫더라.

봄 줌이 디듕호야 움즈기디 아니호거놀 싱이 오술 것고 드러가니 녜 홀연 놀라 닐오디,

"뉘 짓 탕지 이러툿 미치뇨?"

호고, 벙으리왓기룰 심히호니 싱이 황망호야 계귀 업서 쟝춫 나오고져 호나 볼셔 문을 좀갓눈디라. 갈길히 업스니 문의 가 욕을 볼쟉이면 그

---

43) 『간호윤본』과 『저초본』, <위경천전> 모두 있는 5언 절구를 생략하였다. 『간호윤본』의
   시는 아래와 같다.
   影才長怜月, 身輕不如花. 隨風香萬點, 飛夫落誰家.

15면

죄 혼가지라 호고 보야호로 그 뜨들 겁탈호니 녜 싱의 말솜과 거동이
온화호믈 보고 챵뉴의 협긱의 뉘 아니믈 알고 잠깐 의아혼 빗치 잇거늘
싱이 소리를 느즈기호야 쇼유를 극진히 니르니 녜 처엄굿티 병으리왓디
아니호거늘 싱이 드듸여 강압호니 프른 눈섭의는 붓그러오믈 씌엿고 츄파
의는 아담혼 빗출 머믈워 약혼 지질리 경양호야 능히 싱을 이긔디 못홀
둣호야 츈운이 탕양호며 농홍이 긋치디 못하야 원앙침과 금슈 니블의 견
권호미 극호더라. 곳그림재 파사호거늘 녜 믄득 흠신호야 싱의 등을 어르
믄져 댱탄왈,

  "인간의 환락이 심규의 니르디 못호엿

16면

더니 이싱의 비로소 오늘날을 보과라."

  싱이 인호야 성명과 족계를 무른대 녜 얼굴을 슈렴호고 날회여 닐오디,

  "첩의 성은 소요 명은 슉방이니 녜 송혹스 소즈첨의 후예라. 부명은 아
미니 일 벼슬호야 디각의 니르러 위 놉프매 이제 믈러와시니 가문이 쏘혼
쇠퇴아녀 집의 쥬륜을 튼 재 열 스룸이라. 첩의 엄뷔 나히 만커야 혼 쏠을
어드니 스랑호믈 둥히 호야 일즉 호르도 슬하의 쩌난 적이 업더니 각별이
쇼루를 복원의 셰워 첩을 잇게 호니 첩이 심규의서 즈라 정사를 아디 못호
나 연이나 표미상낙을 모시의 유풍이니 비사셰월이 홍안을 위호야 머므디
아니호니

17면

  츈풍양뉴의 원과 추우 오동야의 외로이 조으라. 곳다온 나흘 져브림을
호호더니 금셕은 하셕 이완디 냥인을 언약디 아녀서 만나니 진실로 나의
원이 아니라. 그디로 더브러 혼가지로 늘그믈 밍셰호리니 오직 두리건대
일됴의 첩을 져브릴가호노라."

  싱이 답왈,

"싱은 마릉능 사름이라. 셰셰로 남경의셔 셔스롤 조통ᄒ며 휴호결반하야 산슈롤 도라보와 날로 노롬 노리롤 일사마 ᄒᆫ 버들조차 비롤 동뎡의 ᄯᅴ우니 길히 무산이 갓가와 션랑으로 더브러 벼개롤 ᄒᆞᆫ가지로 ᄒᆞ니 이 젼싱 인연인 줄을 알과라. ᄒᆞ물며 몸을 허ᄒᆞ야 건즐올 밧드러 잇브물 효측ᄒ려

18면

ᄒᆞ니 졍셩이 금셕의 ᄉᆞᄆᆾ고 ᄯᅳ디 감격ᄒ니 오직 유방의 일이 비밀ᄒᆞ야 눔이 아디못ᄒᆞ거니와 만일 타일의 오히려 친텽의 견칙이 이시면 쳔지요 더의 목왕의 ᄭᅮᆷ이 긋처디고 칠셕 은하의 견우의 못ᄀᆞ지롤 기리 늣길가 ᄒᆞ노라."

녜 믄득 얼굴을 곳텨 닐오디,

"쳡은 챵뉘 아니라 이 냥족이니 셤진ᄉᆞ항의 풍을 ᄉᆞ모티 아니며 오직 금슬 죵고의 낙을 싱각ᄒ니 하늘히 나의 죠고만 ᄯᅳᆮ들 아ᄅᆞ샤 어딘 비 필로 ᄡᅥ주시니 ᄉᆞ젹이 비록 그만ᄒᆞ고 졍의 간격이 업ᄉᆞ나 오히려 ᄀᆞ만ᄒᆞᆫ 자최롤 들려나 못ᄎᆞᆷ내 항녀의 졍이 막힐디라도 주그믈 밍셰ᄒᆞ야 다론 사름을 셤기디

19면

아니리니 사라셔 아룸다온 ᄧᅡᆨ으로 더브러 밍셰롤 깁피ᄒᆞ야 희로ᄒᆞ면 비록 남로의 긔특ᄒᆞᆫ ᄧᅡᆨ이라도 이에 넘지 못ᄒᆞ리라."

싱왈,

"됴흔 밤이 괴로이 다ᄅᆞ니 ᄃᆞᆰ의 소리 새배롤 보야ᄂᆞᆫ디라 곳다온 졍이 흡족디 못ᄒᆞ야셔 니별ᄒᆞᄂᆞᆫ ᄯᅳ디 무궁ᄒᆞ매 엇디 ᄒᆞ리오."

녜 벼개롤 믈리티고 금병을 자바 사창을 ᄀᆞ리오며 닐오디,

"동방이 샌 줄이 아니라 둘빗치로다."

ᄒᆞ고 상 우희 벽옥 퉁쇼롤 아사 봉싱곡을 부니 소리 구롬 우희 ᄉᆞᄆᆾ더라. 싱이 즉시 니러나 문을 여니 먼 뎔의셔 새배 북소리 나고 외로온 셩의 고각이

쇠잔ᄒᆞ더라. 녜 싱의 손을 잡고 ᄂᆞ촐 ᄀᆞ리오고 소리롤 ᄂᆞᄌᆞ기ᄒᆞ야 닐

20면

오ᄃᆡ,

"삼싱 됴흔 인연이 일야의 됴료ᄒᆞ니 그ᄃᆡ 의심이 업거든 다시 쟝ᄎᆞᆺ 어을므로써 긔약ᄒᆞ노라."

싱이 깃거 허락ᄒᆞ고 계예 ᄂᆞ려 두어 거롬을 것고 도라보니 쇠잔ᄒᆞᆫ 단장으로 문 의지혀셔 아득이 넉술 술와 ᄇᆞ리더라.

싱이 쳐황ᄒᆞ야 도라나오니 듕문이 임의 열렷고 밧문이 ᄯᅩᄒᆞᆫ 다티디 아녓거놀 몸을 어즈러온대 수풀 사이예 ᄀᆞᆷ초와시니 ᄒᆞᆫ창 뒤 안흐로셔 나와 쥬비랄 열고 가온대 뜰흘 ᄡᅳ러 동녁 힝낭 알ᄑᆡ로 가더니 싱이 좌우롤 도라보고 주글번 살번 ᄃᆞ라 나오니 관과 신이 ᄶᅡ히 ᄂᆞ려 디ᄂᆞᆫ 줄을 모ᄅᆞ고 ᄯᆞᆷ이 몸의 ᄀᆞ득ᄒᆞ더라.

ᄇᆡ예 오니 댱싱이 모든 벗들을

21면

ᄃᆞ리고 보야흐로 취ᄒᆞᆫ 조오롬을 ᄭᆡ디 못ᄒᆞ엿거놀 싱이 그 ᄀᆞ의 누어셔 싱각호매 졍신이 ᄂᆞᄂᆞᆫ 둧 ᄒᆞ고 경경ᄒᆞ야 자디 못ᄒᆞ야 댱싱을 ᄭᆡ오니 싱이 ᄯᅩ ᄭᆡ야 위싱을 도라보아 닐오ᄃᆡ,

"동뎡의 노리 가히 즐거우냐?"

위싱이 답왈,

"어제 술이 아득ᄒᆞ야 아춤이 늣ᄂᆞᆫ 줄을 ᄭᆡ돗디 못ᄒᆞ니 먹던 마시 오직 이에 잇도다."

댱싱이 날회여 닐오ᄃᆡ,

"너 ᄭᆡ인 믈결의 다른 빗대 도라 갈 ᄆᆞᄋᆞᆷ이 유유ᄒᆞ니 가히 ᄒᆞᆫ 잔 술을 나와 나믄 홍을 니을 거시라."

위싱 왈

"됴타."

즉시 녹의동즈롤 블러 잔을 브어 댱싱을 주고 밤읫 말을 다 니르니 댱싱은 풍뉴읫 사롬이라. 쳥허혼 일이 만호모로 그 말을 의

22면

심호야 밋디 아녀 싱의 도라가고져 호는 뜨들 보고 드듸여 념임호고 단졍히 안자 칙호야 닐오듸,

"그듸의 긔특혼 지조는 강좌의 짝이 업스니 샤축금문으로 닙신양명호야 졔셰안민호미 이 곳 평싱의 뜨디어놀 이제 그듸 샹국의 문을 여어보와 망녕되이 스통호야 법을 범호고 혼미호야 씨돗디 못호니 만일 일됴의 패로호면 욕이 그듸의 몸뿐 아니라 가문의 붓그러오미 되리니 가히 경계티 아념쥭호냐? 므릇 사롬이 일념이 그르면 일만 일이 뇨연호야 호느니 비록 후의 뉘우츠나 밋디 못하리니 그듸는 싱각호라,"

위싱이 듸답디 아니호고 머리롤 두루혀니 남텬

23면

의 구롬과 뫼히 울울호고 너세 인 믈결이 창망호니 소랑의 분벽이 멀리 힝화 핀 동산의 비치엿는디라 니별혼 뜨들 이긔디 못호야 눈믈이 어리여 아득호니 댱싱이 그 혹호미 깁픈 줄을 알고 말로써 플기 어려온디라 드듸여 힘써 권호야 다시 술을 머거 위싱이 몬져 비예 것구러디거놀 댱싱이 샤공으로 호여곰 빗 돗글 드라 동녁크로 느려가니 샌르기 흐르는 별 곳더라.

젼당 녯 두던의 다가 다히니 하놀히 새고져 호더라.

학은 옷 짜히셔 울고 괫고리는 소데예셔 울거눌 놀라 니러보니 악양셩 밧기라 위싱이 도라가 드듸여 병이 되야 반월이나 호매 음식

24면

을 폐호고 스스로 혼을 머구머 죽기롤 즈분호야 혼 눌시롤 지어 빅옥셔 안익 쓰니 기 시예 굴오듸,

"화지뉴영동츈향ᄒ니   곳가지와 버들 그림재 봄 향기로오믈 움즈기니
잉인츈수텬셕양이라   괴꼬리 봄 시름을 혀 셕양의셔 우는도다
상상유ᄉ심쵸쵸오   상 우희셔 오히려 싱각ᄒ매 ᄆ음이 쵸쵸ᄒ고
침변요샹어낭낭이라   벼개 ᄭ의셔 아ᄋ라히 말이 랑랑ᄒ 거술 슷치놋다
황하브단심밍지어늘   황하쉬 긋처 디디 아니매 깊은 밍셰 이쇼

25면

디

쳥됴무뎐별로당이라   프른 새 텬티 아니ᄒ니 니별ᄒ 길히 기도다
혼입구원응포원이니   넉시 구원의 드러도 응당히 원을 푸믈 거시니
츠싱하쳐깅샹망가   이 사라시매 어니 고디 가 다시 서ᄅ 니ᄌ리오

이리 썻더니 홀론 싱의 부뫼 상 알픠와 안자 울며 닐오디,

"녜 셩인이 니ᄅ샤디 부모는 그 병을 시름ᄒ다ᄒ니 네 병을 보니 계유 이십여 일의 더옥 위티ᄒ야 장촛 구티 못ᄒ게 되엿ᄂ디라. 쌍친이 념녀ᄒ거날 네 므슴 ᄠᆞ들 두어셔 니ᄅ디 아닌ᄂ다. 극진이 닐러 뉘웃게 말라."

싱이 놀라 눈믈을 흘리며 계유 목 안히셔 닐오디,

"부뫼 나ᄒ샤 잇브게 치시매 그 덕을 갑고져 ᄒ매 호텬망극ᄒ거늘 쇼지 어디디 못

26면

ᄒ야 증슴의 효양을 못ᄒ고 뭇춤내 ᄌ하의 셃기를 기티니 브효의 죄 이에 더ᄒ미 업도소이다. 원컨대 소유ᄅ 알외오리니 뎌 즈음ᄭ의 댱싱으로 더브러 비 타 노다가 남녁크로 오 ᄯ자히 드러가 소 샹국 집의 가 힝실을 경박히 ᄒ야 담을 너머 여어본 죄 이시니 맛당히 만 번 주검죽ᄒ나 강누롤 ᄒ 번 니별ᄒ매 강쉬 만 리라 뫼히 길고 길히 막혀 신시 업스매 ᄒ 넘녜 미친 병이 되니 주근 후야 편안ᄒ ᄯᆞ름이니 다른 일은 업ᄂ닝이다."

부뫼 냥슈로 눈믈을 슷고 닐오디,

"일즙 아던들 엇디 너를 이러케 흐리오"

급피 늘근 죵을 블러 샹국 집의 보내여 미쟉의 명을 뎐흐야

[27면]

구혼흐니 창 뒤 문의 나가디 못흐야셔 급피 닐오디,

"샹국의 소재 몬져 왓다."

혼대 싱의 아비 샐리 헌의 나가 온 사룸을 브르니 드러와 지비흐고 소재 소매로셔 샹국의 편지룰 내야드리니 그 글월의 흐여시되,

「복이모가는 위국경샹이오 신영부귀흐야 가셰즘영으로 소환쳥되라. 젹방고산의 밍심어되라. 걸득잔명의 퇴휴소샤흐니 별긔기샹야 인쇼개일헌흐고 이초쳥샹의 간화롱월이러니 현랑툑영흐야 우과비샤흐니 낭쟈여화지읍노흐고 여월지피운이라. 쇼녜다졍의 홀연미궁흐니 소이지치라 회쟝하급가 쇼셜고거지원이 도시부모지죄라.

[28면]

별흔셩질에 잔명여루흐니 단초벽이단호디 진난미주흐니 텬황디로의 하량부모지심이며 난팀봉쇼의 쵸조부부지졍흐니 조복시일지길흐야 원뎐고안지녜로디 지공귀틱이 부딘한문흐노라.

업데여 싱각흐니 아무의 집은 벼술이 경샹의 극흐엿고 몸의 부귀영화흐야 집이 디디 즘영으로 물근 묘뎡의 벼술을 흐더니 자쵀 고산의 가 노혀오매 밍셰 고기와 새예 깁픈디라 쇠잔흔 셩명을 비러 믈러와 소소집의 와 쉴 시 손을 니별흐며 잔치룰 여러 인흐야 한가흔 날을 술와브리고 뻐 묽게 귀경흐는 거슬 도와 고줄 보며

[29면]

둘을 희롱흐더니 어딘 낭군이 그림재룰 뿔와 위연히 더러온 집을 디나니 뎌즈음끠 고지 이슬을 뭇틴 둣흐고 둘이 구룸을 헤틴 둣흔디라. 져믄 쏠이 졍이 만하 믄득 봄을 브리니 일이 임의 이에 니르러시매 뉘우츤들 쟝춧

엇디 미츠리오 죠고매 외로이 사는 원을 누셜케 호미 다 이 부모의 죄라.
니별훈 훈이 병이 되야 쇠잔훈 목숨이 실 ૃ툰야쇼디 다만 촛나라 구슬이
굿처디고 진나라 난뫼 주티 못ᄒ니 하눌히 것츨고 짜히 늘그니 엇디 부모의
졍과 ᄆᆞ음을 혜아리리오 난이 줌기고 봉이 스러디매 잠깐 부부의 졍이
막혀시니 일즙 길일을 졈복ᄒ야

30면

원컨대 염쇼와 기러긔 녜롤 일오고져ᄒ노니 두려ᄒ건대 귀훈 집의셔
쳔 가문을 딘압디 아닐가 ᄒ노라」

ᄒ엿더라.

보기롤 마츠매 수재 스비ᄒ고 닐오디,

"낭지 아랑을 니별ᄒ므로 ᄆᆡ양 뒷동산의 가 기ᄃᆞ리더니 두어 날만의
훈 아히롤 명ᄒ야 강ᄀᆞ의 가 ᄆᆞ올 사룸ᄃᆞ려 무르니 '뎌즈음ᄭᅴ 두 쇼년이
건강으로 븟터와 비롤 호상의 ᄆᆡ고 극히 노다가 도라가니 아디 못게라'
ᄒ니 낭지 드디여 눕고 니디 아니ᄒ니 대샹공이 그 ᄠᅳ들 아디 못ᄒ야 민망ᄒ
야 ᄒ시더니 일일은 낭지의 그릇시 샹ᄉᆞᆺ 두어 편을 어더 힐졍ᄒ야 무르시
니 낭지 긔

31면

이디 못ᄒ야 ᄌᆞ시 니ᄅᆞ매 샹공이 날을 브리셔 혼인을 명ᄒ려 ᄒ시더이다."
ᄒ고 주머니로셔 시롤 내여,

"이는 낭ᄌᆞ의 읇던 거시라."

ᄒ대,44) 싱의 아비 보고 탄왈,

---

44) 『간호윤본』과 『저초본』, <위경천전>에 모두 있는 7언 절구 5연시를 생략하였다. 『간호
윤본』의 시는 아래와 같다.

楊柳依依水滿池, 百花深處囀黃鸝.
悲來却奏琵琶曲, 曲苦琵琶又斷絲.

梨花風動玉樓寒, 金鴨香消晚漏殘.

"긔특혼 지죄 약난의 우히라."

ᄒᆞ더라.

위싱이 그 시ᄅᆞᆯ 보고 비록 싱각기ᄅᆞᆯ 더ᄒᆞ나 혼인날이 머디 아니ᄒᆞ니 일로 관회ᄒᆞ야 병이 졈졈 됴ᄒᆞ니 일개 대희ᄒᆞ야 ᄒᆞ더라.

ᄉᆞ재 이날 싱의 집의셔 자고 새배 도라갈 시 싱의 아비 쥬츈으로ᄡᅥ 디졉ᄒᆞ고 글월을 베퍼 샹국집의 보내니 그 글월의 ᄒᆞ여쇼ᄃᆡ,

45)「업데여 싱각ᄒᆞ니 나는 본ᄃᆡ 무인으로 져머셔붓터 글을 노하 집이 떠러디고 고단ᄒᆞ야 살 일이 넝낙ᄒᆞᄃᆡ

32면

라. 죵이 도망ᄒᆞ매 녯 사ᄅᆞᆷ의 글만 닑고 어린 아히로 ᄒᆞ여곰 화살 다ᄉᆞ리기ᄅᆞᆯ 브즈런이 ᄒᆞ라댜 ᄒᆞ더니 ᄆᆞ음이 방탕ᄒᆞ니 봄 흥을 이긔디 못ᄒᆞ야 혼 병이 지리ᄒᆞ니 부모의 회우ᄒᆞ미 보야ᄒᆞ로 깁더니 이제 ᄠᅳᆺᄒᆞ디 아녀셔 아롬다온 명을 니은디라. 한미혼 자최 놉픈 가문의 의탁ᄒᆞ미 긔약이 이시니 감격ᄒᆞ믈 이긔디 못ᄒᆞ여라.」

ᄒᆞ엿더라.

시 도라가 보ᄒᆞ니 그 집이 쏘혼 크게 깃거ᄒᆞ더라. 녜 이 긔별을 듯고 약을 아녀 셔 졈졈 됴ᄒᆞ니 일로 서ᄅᆞ 신이 긋디 아녀 드듸여 셩녜ᄒᆞ니

燈下淚痕人不識, 暗均紅臉獨憑欄.

燕掠珠簾花亂飛, 東風吹夢入羅幃.
一年芳草江南恨, 千里王孫去不歸.

寶鴨香盡水沉煙, 鸚鵡金籠夢幾圓.
吹斷玉簫人不見, 碧桃花影曲欄前.

小院池塘荷葉香, 春波欲暖舞鴛鴦.
碧窓深鎖朦朧裡, 何處啼鴬又斷腸.

45) 원문이 없다.

두 사롬이 샹득훈 낙심이 비록

33면

댱셕의 혼인이며 난향의 비항 만남이라도 이에 밋디 못 홀러라.

부뷔 서르 이경후니 원근친격이 아니 일크르리 업더라.

이 히 팔 월의 왜뇌 됴션을 노략후니 국왕이 농만의 피호매 관개 샹년훈디라. 듕원의 구후기롤 청훈대 황뎨 유격으로써 텬하의 병을 브르시고 위싱의 아비로 정토졔군사롤 후이여 삼 만 병을 녕후야 뇨영으로 나아가니 병이 스디로 동오의 드러가니 도라오기롤 긔약디 못후야 격셔의 소임이 업손디라. 쟝군이 즉시 글월로써 싱을 블러 인후야 계문힝을 지이니 싱이 아븨 글월을 보고 눈믈을 흘려 음식을 폐후니 녜 쏘훈 슬허후며 기

34면

유후야 닐오디,

"쳡은 드르니 남지 셰샹의 쳐호매 궁시롤 일사마 물을 둘려 텬긔아쟝으로써 뭇춤내 연함의 후롤 봉후니 이제 후믈며 스히예 웅병을 베퍼 산압의 셰 잇고 흙 믄허디는 위티호미 업스니 긔특훈 공을 셰오고져호믄 진실로 이뻐에 졍이 당훈디라. 엇디 오활훈 션비로셔 지롤 딕희여시리오. 하믈며 엄칭이 시외예 나가시니 즈식이 되야 엇디 좃디 아니리오. 쳡은 명이 긔구후고 셰시 차타하야 곳다온 인연을 계유 일오매 슬픈 니별이 쏘 니르니 인싱이 언메오? 환압이 뻐 업도다. 기 시예 뜰히 오동닙 져 뻐러디고 바다 기러기 소리 슬프며 들이 옥계예 니르매

35면

뉘 봉싱 소리롤 드르며 실솔이 빈벽의셔 울매 앙금의 꿈이 차 다시 애굿는 사롬이 되야 벅벅이 망부셕이 되리로다. 오직 원컨대 일즉이 도라오라."

말을 그치매 술을 가져다가 듕당의셔 니별홀 시 소랑이 가우롤 명후야 <치련곡>을 블러 파후매46) 소랑이 금화엽비예 술을 브어 싱을 주고 스스로

---

46) 『간호윤본』과 『져초본』, <위경천전> 모두 있는 <채련곡> 7언 절구 3연시를 생략하였다.

<님강션> 혼 곡됴를 브르니47) 좌듕이 다 눈믈을 쓰리더라.

싱이 취호믈 강잉호야 붓들려 말을 타 나가니 소랑이 밧끠 뜰와가 통곡호며 긔졀호기를 냥구호야 씨니 보는 재 아니 에엿비 너기리 업더라.

싱이 둘려 니르니 쟝군이 북을 텨 발행호니 싱이 허심호야 조차가나 풍

36면

딘의 발셥호야 면식이 드디 아녀 녯병이 다발호야 긱관의 도라가고져 모음이 뎐뎐호니 자븐 거슬 보매 슬프미 니르고 사롬을 디하야 말을 아니호니 장군이 민망호야 호더라.

강흥부의 니르러는 위싱의 병이 더옥 극호야 상의 누어 드디여 졀구 둘흘 벽 샹의 써 글오디,

상만고셩듀한군   서리 외로운 셩의 ᄀᆞ득호엿는디 한나라 군스를 머물워시니
각취잔월동원문   각을 쇠잔호 둘의셔 불매 원문이 움즈기는도다
등젼고억강남몽   등잔 알픠셔 괴로이 강남 꿈을 싱각호니
응디귀심입초운   벅벅이48)

『간호윤본』의 시는 아래와 같다.

玉露悽悽江月斜, 蘭橈停處藕花多
何人結伴橫塘口, 腸斷西風一曲歌.

月色波光滿小塘, 羅裙玉佩倚蘭槳.
西風昨夜紅衣落, 初減鴛鴦夢裏香.

水上佳人錦縷衣, 芙蓉花裏小船歸.
西風一夜滿江思, 千里玉關音信稀.

47) 『간호윤본』과 『저초본』, <위경천전> 모두 있는 <임강선>을 생략하였다. 『간호윤본』의 시는 아래와 같다.
　　吳鉤錦帶靑絲馬, 龍沙千里迷歸.
　　薊門煙樹遠依稀, 心隨邊月歸,
　　夢逐塞鴻飛, 螢思碧草秋風晚,
　　君去隻影誰依, 滿堂黃葉掩紫扉.
　　鶴關音信斷, 何處寄寒衣

37면

도라가는 모음을 씌여 춋나라 구룸의 드럿도다

막하의 김싱이란 재 이시니 쏘흔 글을 잘 흐는디라. 싱의 병으로 뻐 상
フ의 쩌나디 아녀 서른 희롱흐야 위로흐더니 드디여 난 그림 부체롤 아사
흔 졀구롤 쓰니 흐여시되,

빅마교소과옥안   흰 물이 교만히 울고 옥으로 한 기른마롤 쟈랑흐니
농도하일참누란   농칼로 어닉 날의 누란을 버힐고
츈풍쳔리관산외   フ올 보람 쳔 리 관산 밧씌셔
취덕강남편월한   더롤 불매 강남 흔 조각돌이 츠도다.

위싱이 웃고 닐오디,
"그디의 글은 회일흐고 내 글은 슬프

38면

니 이 싱각호미 다른 배라."
흐더니, 두어날 디난 후의 싱의 긔믹이 실フ트매 명 진 흐는 날의 종재
급피 쟝군씌 보흐니 쟝군이 상을 믈리티고 잠개롤 헤텨 던도히 와 손으로
뻐 그 머리롤 딥퍼 무러 골오디,

"내 뎨 명을 밧즈와 동녁크로 쳔 리롤 오매 부즈의 은 듕흐니 가히 소싱을
구홀 거시라. 노뷔 무덕흐야 네 병이 몬져 팀닉흐니 쳔49) 검으로 텬애예
와셔 내 쟝춧 어디 의탁흐리오. 간과 째로 급흐니 약홀 겨를이 업손디라.
망극흔 나의 회포롤 네 몬져 알다. 향란이 유원흐나 도라갈 길히 막디
아녀시니 풍범이 가히 흐른 아춤의 강남의 니른리니 네 마음을 편히 머

---

48) 『저초본』과 『국역본』, <위경천전>에는 '안(鴈)'으로 되어 있다.
49) 『간호윤본』과 『저초본』, <위경천전> 모두 '척(尺)'으로 되어 있다.

39면

거 병을 근심티 말라."

싱이 이 말을 듯고 머리를 두드려 슬픈 눈믈이 환란호야 드디여 쟝군의 손을 잡고 오열호야 닐오디,

"쇼자의 잔명이 앙화를 면티 못호야 병딘 벌막에 잔질이 더옥 극호니 비록 편쟉이라도 그 슐이 업스리니 명이라 엇디 호링잇고. 오직 고칭이 시외예 겨샤 싸홈 싸호는 날이 몿디 못호야셔 즈식으로 통곡게 되시니 그 차마 심녁지디 못호믈 싱각호오니 명년의 고득호야 영양을 닐외디 못호고 장호매 몬져 주거 되와 효양을 못호니 인간디하의 즈식의 죄를 용납기 어려오니 황쳔의 넉시 이실딘대 엇디 감히 눈을 그므리오. 타향 거

40면

츤 뫼히 외로온 넉시 의탁홀 디 업스니 급피 쇠잔혼 쎠를 거두어 녯 뫼히 무드쇼셔."

말이 모츠며 주그니 쟝군이 브르지져 울기를 긋치디 아니호야 삼군을 지촉호야 다스려 보내여,

"션영 측의 뭇게 호라."

호더라.

송빙호는 날의 쟝군의 꿈의 뵈야 닐오디,

"소가 낭지 녜 인연이 긋디 아녀 사라셔 혼 디 사디 못호나 주거나 혼 디 들믈 원호노라."

호고, 믄득 보디 못홀러라.

쟝군이 놀라 씨드르니 이에 한 꿈이라. 죵자를 급피 블러 글오디,

"망이 이제 내 꿈의 와 소시의 믄 알픠 와 뭇티믈 원호니 그 졍이 가히 슬프고 호믈

41면

며 빗긴히 심히 편안호니 바른 악취로 가미 가타."

혼대, 죵재 명을 바다 열흘이 못 ㅎ야셔 동뎡의 니ᄅ니 풍경은 녜 ᄀᆺ티
여시되 인ᄉᆞᆯ 볼셔 변ㅎ엿더라. 혼 조각 블근 명졍이 희문의 니ᄅ니 디ᄂᆞᆫ
손이 다토아 ᄀᆞᆯ쳐 닐오디,

"집 업손 나그내 관이 멀리 어니 뫼흐로 니ᄅᄂᆞ뇨?"

ㅎ더라.

샹국 집의 니ᄅ니 혼 아히 놀라와 뭇거놀 ᄌᆞ시 니론대 썰리 드러가 고홀
시 온 집이 크게 우니 소리 하ᄂᆞᆯ히 ᄉᆞᄆᆞ더라.

소랑이 듯고 집슈건으로 목민야 주그니 샹국이 더옥 셜워 ㅎ더라.

구의산 아래 혼 디 무드니 동셔의 두 분 뫼 완연히 길ᄀᆞ의 이시니 초인
이 듯고 슬허 ᄃᆞ토와 긔록

42면

ㅎ노라.

Ⅲ. 〈주생전〉·〈위생전〉 번역

1) <주생전> 번역문

(이 본은 간호윤 소장 『한골동본』을 번역의 저본으로 삼고
『선현유음본』과 『화몽집본』·『김구경본』을 두루 참고하였다.)

주생周生의[1] 이름은 회檜요, 자는 직경直卿이며, 호는 매천梅川이라
했다.

대대로 전당錢塘[2]이라는 곳에서 살았는데, 아버지가 촉주蜀州[3]의 별가
別駕[4]란 벼슬살이를 하면서 촉주에서 살게 되었다. 주생은 어려서부터 총
명하고 예지가 있어, 글을 잘 지어 나이 18세에 태학생太學生[5]이 되었으
니, 동년배들의 추앙을 받았고 주생도 스스로 남에게 뒤지지 않는다고 자
부했다.

태학에 다닌 지 여러 해 동안 과거에 응시했으나 번번이 낙방을 하자,

---

1) 주생 : '생(生)'은 인명의 성(姓)을 나타내는 명사 뒤에 붙어 '젊은 사람' 혹은 '선비'의
   뜻을 더하는 접미사. 따라서 주생(周生)은 주(周)씨 성을 가진 선비라는 뜻이다.
2) 전당 : 중국에 있는 고을 이름. 명청(明淸) 시대까지는 항주부(杭州府)에 속해 있었다.
3) 촉주 : 지금의 쓰촨성[四川省] 성도(成都)를 말한다.
4) 별가 : 각 주(州) 자사(刺史)의 보좌관. 한나라 때 시작되었는데 언제나 자사를 따라다니
   며 주내를 순찰했기 때문에 이 명칭이 생겼다. 정식 명칭은 별가종사사(別駕從事使)로
   한때 장사(長史)로 명칭이 바뀌기도 했다.
5) 태학생 : 서주(西周)시대부터 존재했던 중국 고대 대학의 학생. 당(唐)나라와 송(宋)나라
   때에는 국자학(國子學)과 병존하였다. 박사(博士)는 전국시대부터 생긴 관직으로, 이들
   은 태학에서 교수업무를 담당하였다. 학생들을 부르는 명칭은 시대마다 조금씩 달랐는
   데 박사제자(博士弟子), 태학생(太學生) 또는 제생(諸生)이라고 불렀다.

주생은 탄식했다.

"사람이 이 세상을 살아가는 것이란, 마치 티끌이 연약한 풀잎에 깃들어 있는 것과 같을 뿐이다. 어찌 명예에 얽매여 더러운 속세에 빠져 내 생을 보낼까 보냐?"

이때부터 주생은 과거에 대한 뜻을 포기하고 말았다.

주생이 돈궤 속을 보니 거의 천 냥이나 되어 그 중 반으로는 배를 구입하여 강호江湖 사이를 오가며 남은 돈으로 잡화 장사를 시작하였는데, 이때에 잇속이 남아 스스로 생활을 꾸려갈 수 있었다. 아침에는 오吳6)땅으로 저녁이면 초楚7)땅으로, 오직 마음 내키는 대로 다녔다.

하루는 악양성岳陽城8)밖에 배를 매어 두고 걸어서 성 안에 들어가 곧잘 방문하였던 나생羅生을 찾았다. 나생 또한 재능이 뛰어난 선비였다. 나생은 주생을 보자 매우 반갑게 맞이하고는 술을 사서는 서로 즐겼다. 주생은 취하는 줄도 모르게 대취하여 배로 돌아오니, 이미 날은 어둠이 짙게 깔렸다.

잠깐 만에 달이 떠오르고, 배를 강 가운데 멋대로 띄워 놓고 돛대에 기댄 채, 어느새 곤하게 잠이 들어 버렸다. 배는 저절로 바람의 힘으로 흐르니 그 빠르기가 마치 쏜살같았다.

흐벅진 졸음에서 깨어나 보니 안개 감도는 절간에서 종소리가 들려오고, 달은 서쪽 산봉우리에 걸려 있었다. 다만, 푸른 나무들만이 무성하며 새벽빛은 넓고 멀어서 아득한데, 검푸른 나무 그늘 사이로 희미하였다. 그때 비단 등롱燈籠에 쌓인 은 촛불이 붉은 난간과 푸른 주렴珠簾 사이로 은은히 비추고 있어, 물어보니 전당이라고 했다.

그래 즉석에서 시 한 구절을 읊었다.

---

6) 오 : 흔히 장쑤성[江蘇省] 일대를 일컫는다.
7) 초 : 후난[湖南]과 호북(湖北)의 두 성을 일컫는다.
8) 악양성 : 지금의 후난[湖南] 악양시. 동정호의 동쪽 언덕에 있다.

岳陽樓外倚欄檣, 악양성 밖 목난木蘭 삿대에 기대었던 몸,

一夜風吹入醉鄕. 하룻밤 바람에 불리어 취해 고향 왔네.

杜宇數聲花月曉, 두견이 두엇 울음 울고 봄 달 이운 새벽녘,

忽驚身已在錢塘. 문득 놀라 깨어보니 몸은 어느덧 전당이네.

아침이 되자 주생은 해안에 올라 옛 동리 친구들을 찾아보니, 반이 이미 세상을 떠나 버렸다. 주생은 시를 읊조리고 배회하며 차마 떠나지를 못했다.

비도緋桃라는 기생이 있는데 어릴 적 함께 놀던 소꿉동무였다. 그녀는 재색이 전당에서 제일이어서 사람들은 그녀를 비 낭자라 불렀다. 주생과 함께 집으로 가 서로 마주 대하여 몹시 기뻐했다.

주생은 시 한 수를 지어 그녀에게 주었으니 이렇다.

天涯芳草幾沾衣, 하늘가 꽃다운 풀 몇 번이나 옷깃 적셨나,

萬里歸來事事非. 만 리 길 돌아오니 일마다 전과 다르도다.

依舊杜秋聲價在, 두추杜秋9)의 높은 명성 옛날과 다름없고,

小樓珠箔捲斜暉. 작은 누각 구슬발은 비낀 저녁볕에 물드네.

비도는 시를 읽고 몹시 놀라 말했다.

"도련님의 재주가 이와 같으니 모든 사람에게 굽힐 데가 없는데, 어찌하여 늘 부평초와 바람에 나부끼는 쑥대와 같이 떠돌아다니나요?"

---

9) 두추랑 : 금릉(金陵) 사람으로 처음에는 이기(李錡)라는 사람의 첩, 뒤에 궁중에 들어가 헌종(憲宗)의 총애를 받고 목종(穆宗) 때에는 태자의 보모로 있다가 태자의 죄로 고향으로 쫓겨 갔다. 늙어서는 아주 곤궁하게 지내다 죽었다고 한다. 이 시에서는 비도를 일컫는다.

줄달아 "장가는 아니 드셨나요?"라고 물었다.

주생이 말했다.

"아직 못 갔소."

비도가 배시시 웃으며 말했다.

"도련님께선 꼭 배로 돌아가지 마시고 저희 집에 머물러 계세요. 제가 도련님을 위해 좋은 짝을 찾아 드리지요."

대체로 비도의 마음에는 주생이 있었다.

주생도 비도를 보고 자태가 아름답고 요염하여 속으로 담뿍 빠졌기에 흐뭇이 웃으면서 사양하며 말했다.

"감히 바라지 않소."

매우 즐겁게 노는 가운데 날이 이미 저물었다.

비도는 어린 차환叉鬟10)을 불러 주생을 별실로 모셔 편히 쉬게 했다.

주생이 방에 들어가니 보니 바람벽 사이에 절구絕句가 걸려 있었는데, 사詞11)의 내용이 자못 참신하여 계집종에게 물었다.

계집종이 "주인아씨가 지은 것이옵니다."라고 했다.

그 사는 이러했다.

琵琶莫奏相思曲,	비파琵琶12)로 상사곡相思曲13)일랑 타지 마오,
曲到高時更斷魂.	곡조 높아지면 이 내 넋은 끊어진다오.
花影滿簾人寂寂,	꽃 그림자 발에 가득해도 임 없어 적적기만,

---

10) 차환 : 주인 가까이서 잔심부름을 하는 여자종. 계집종·아환(丫鬟)이다.

11) 사 : 중국 운문의 한 형식. 민간 가곡에서 발달하여 당나라 이후 오대(五代)를 거쳐 송나라에서 크게 성행하였다. 시형에 장단구가 섞여 장단구라고도 하며, 시여(詩餘)· 의성(倚聲)·전사(塡詞)라고도 한다.

12) 비파 : 현악기(絃樂器)의 하나. 몸체는 길이 60~90cm의 둥글고 긴 타원형이며, 자루는 곧고 짧다. 인도, 중국을 거쳐 우리나라에 들어왔는데, 4줄의 당비파와 5줄의 향비파가 있다.

13) 상사곡 : 남녀 사이의 사랑을 주제로 한 노래이다.

春來銷却幾黃昏.　　　저물녘 봄이 와 문빗장 뽑은 게 몇 날이런가.

주생은 이미 비도의 고운 자태에 기뻐하였는데, 또 이 시를 보니 마음이 미혹되어 온갖 생각이 불길처럼 타올랐다. 마음속으로 차운次韻14)하여 비도의 마음을 떠보고 싶어 생각을 모아 괴롭게 읊조렸으나 끝내 이루지 못하고 밤만 하염없이 깊어졌다.

달빛 가득한 뜰에는 꽃 그림자만이 너울 거렸다. 그래 주생이 이리저리 거니는데, 홀연 문밖에서 사람의 말소리, 말 우는 소리가 한참 나더니 이윽고 멈췄다. 주생은 자못 의심스러웠으나 그 까닭을 알지 못했다. 비도의 방은 그리 멀지 않은데, 사창紗窓15)에 촛불이 환히 비치는 것이 보였다. 주생이 몰래 다가가 안을 엿보니 비도는 홀로 앉아, 꽃이 수놓아진 종이를 펴놓고 <초접련화草蝶戀花>16)란 사詞를 새기고 있었다. 단지 전첩前帖17)만 썼을 뿐, 후첩後帖18)은 아직 못하였다.

주생이 갑자기 창문을 열면서 말했다.

"주인의 사를 이 나그네가 채워드려도 좋겠소?"

비도는 짐짓 앵돌아진 듯이 말했다.

"정신 나간 길손이 어찌 여기까지 오셨나요?"

주생이 말했다.

"길손이 본래 미친 것이 아니요, 다만 이것은 주인이 나그네를 미치게 하였을 뿐이지."

---

14) 차운 : 남이 지은 시의 운(韻)을 따서 지은 시를 이른다.
15) 사창 : 사붙이나 깁으로 바른 창. 흔히 여인의 방을 일컫는다.
16) <접련화(蝶戀花)>인 듯. 접련화는 곡조(曲調)의 이름인데 당나라 때 기생들이 불렀던 노래로 본래 이름은 작답지(鵲踏枝)였는데 안수(晏殊)가 접련화로 바꾸었다. 『사고전서(四庫全書)』본 『유편초당시여(類編草堂詩餘)』에는 구양수(歐陽修)의 작만 실려 있다.
17) 전첩 : 같은 운(韻)으로 짝을 이루는 두 시구(詩句) 중 앞부분이다.
18) 후첩 : 같은 운(韻)으로 짝을 이루는 두 시구(詩句) 중 뒷부분이다.

비도는 방그레 웃으며 주생에게 그 사를 완성케 하니, 사는 이렇다.

小院沉沉春意鬧,　　깊고 깊은 작은 뜰 춘정春情이 요란하고,
月在花枝,　　　　　달빛은 꽃가지에 사뿐히 내려앉아,
寶鴨青炯裊.　　　　좋은 향로에선 푸른 연기 하늘하늘 오르죠.
窓裡玉人愁欲老,　　창 안의 고운 여인 수심으로 늙어가고요,
搖搖短夢迷花草.　　흔들리는 마음에 짧은 꿈 속 섬만 헤매요.

주생이 잇대어 읊조렸다.19)

誤入蓬瀛十二島,　　봉영蓬瀛과 열두 섬을 잘못 들어가,20)
誰識樊川,　　　　　뉘 알았으리 번천樊川21)이,
却得尋芳草22).　　　뜬금없이 방초芳草23) 찾을 줄.
睡起忽聞枝上鳥,　　홀연히 가지 위 지저귀는 새 소리에 잠깨 일어나니,

---

19) 원본에는 이 부분이 없다. 『선현유음』을 참고하여 보(補)하였다.
20) 봉영 : 봉래산(蓬萊山) 영주산(瀛洲山)을 말하는데 여기 신선이 산다고 한다. 봉래(蓬萊), 방장(方丈), 영주(瀛州)산 은 삼신산의 하나. 봉래산에 대해서『산해경(山海經)』해내북경(海內北經)에 "봉래산은 바다 가운데 있다(蓬萊山, 在海中)."고 하고 그 주(註)에 "신선이 살고 있는데, 궁실은 모두 금과 옥으로 되어 있고 새와 짐승은 모두 희다. 멀리서 바라다보면 구름 같고 발해의 가운데 있다(上有仙人, 宮室皆以金玉爲之, 鳥獸盡白. 望之如雲, 在渤海中也)."고 하였다.
21) 번천 : 중국 만당 전기(晚唐前期)의 시인인 두목(杜牧 : 803~853). 자는 목지(牧之), 호는 번천(樊川). 이상은(李商隱)과 더불어 이두(李杜)로 불리며, 또 작품이 두보(杜甫)와 비슷하다 하여 소두(小杜)로도 불린다. 그의 시는 수식에 능했으나, 내용을 보다 중시하였다. 그러므로 역사에서 소재를 빌어 세속을 풍자한 영사적(詠史的) 작품이 나오고 함축성이 풍부한 서정시가 나왔다. 그는 유명한 오입쟁이였는데, 대표작으로 <아방궁의 부>, <강남춘(江南春), 『번천문집(樊川文集)』(20권) 등이 있다. 여기서 번천은 주생 자신을 비유한 것이다.
22) 원본에는 '무'로 되어 있는 것을 이본을 참고하여 바로잡았다.
23) 방초 : 향기로운 풀. 여기서 방초는 비도를 일컫는다.

綠簾無影朱欄曉. 푸른 발엔 그림자 없고 붉은 난간엔 새벽빛만 어렸네.

주생이 사를 마치자 비도가 일어나 옥선작玉船酌24)에다 서하주瑞霞酒25)를 가득 따라 권했다.

주생은 마음이 술에 있지 않았기에 사양하고 마시지 않았다. 비도가 주생의 뜻을 알아차리고는 처량하게 자기 자신에 관한 일을 말했다.

"저의 조상은 재산이 많고 세력이 강한 집안이었지요. 조부 아무개께서는 천주泉州26)의 시박사市舶司27) 벼슬을 지내시다가 죄 지은 벗을 두어 서민으로 쫓겨났어요. 그 후부터는 빈곤하여 다시는 일어나지 못하였답니다. 저는 일찍 부모를 여의고 다른 사람 손에서 자라 오늘에 이르렀지요. 비록 절개를 지켜 깨끗이 간직하려 했지만, 이름이 이미 기생의 명부에 올라 하는 수 없이 억지로 사람들이 잔치를 벌여 즐기는데 함께 하게 되었답니다.

늘 한가한 곳에서 홀로 거하니, 꽃을 보면 눈물을 훔치지 않은 적이 없고, 달을 보면 넋을 잃곤 했지요. 이제 낭군을 보니, 풍채와 거동이 빼어나고 활달하며, 재주와 생각이 뛰어나군요. 제가 비록 몸은 천하지만 한 번 잠자리에 모시고 건즐巾櫛28)을 받들고 싶어요. 낭군께서는 일찍 입신출세하셔서 속히 높은 요로要路29)에 오르시어, 저를 기생의 명부에서 빼 주시어 선조의 옛 명성을 욕되지 않게 해주신다면 저의 소원은 다하는 것이에요. 훗날 비록 저를 버리시고 끝내 보지 않더라도 감사할 겨를도 없는데

---

24) 옥선작 : 술잔의 한 종류이다.
25) 서하주 : 술의 한 종류이다.
26) 천주 : 중국 푸젠성[福建省]. 대만 해협에 접하여 있는 항구 도시. 당나라 때부터 국제
    무역으로 발전하였으며, 남송(南宋) 원(元)나라 때는 최대로 번화한 해외무역 중심지였다.
27) 시박사 : 중국 송(宋)대의 관명. 선박(船舶)과 무역(貿易)에 관한 사무를 맡아 보았다.
28) 건즐 : 아내나 첩이 되기를 겸손하게 이르는 말이다.
29) 요로 : 영향력이 있는 중요한 자리나 지위. 또는 그 자리나 지위에 있는 사람이다.

감히 원망을 하겠어요?"

　말을 마치니 흐르는 눈물이 비 내리듯했다.

　주생은 그녀의 말에 크게 감동하여, 그녀의 가녀린 허리를 끌어안고 소맷자락으로 눈물을 씻어주며 말했다.

　"그것은 남자만이 할 수 있는 일이오. 그대가 말하지 않더라도 내 어찌 궁리가 없겠소?"

　비도는 눈물을 거두고 얼굴빛을 고쳐 말했다.

　"『시경詩經』30)에 말하지 않았어요? '여야불상女也不爽이요, 사이기행士異其行'31)이라고. 낭군은 이익李益과 곽소옥霍小玉의 일32)을 못 보셨는지요? 만약 낭군이 저를 멀리하시거나 버리지 않겠다면, 맹세의 글을 주세요."

　그리고는 곧 노魯나라에서 나는 고운 비단 한 자를 꺼내어 주생에게 주니, 주생이 즉석에서 붓을 들어, "푸른 산은 늙지 않고, 푸른 물은 길이 남네. 그대 날 믿지 않는다면, 밝은 달이 하늘에 있잖소."라고 썼다.

---

30) 시경 : 중국 최초의 시가총집인 동시에 중국 순문학의 시조. 『시경』에는 지금으로부터 약 2500여 년~3000여 년 전인 서주(西周) 초기로부터 춘추(春秋) 중기에 이르는 약 500여 년 간의 시가 305편이 수록되어 있다. 『시경』은 당시에 민의(民意)의 소재를 파악하기 위하여 채시(采詩), 진시(陳詩), 헌시(獻詩) 등의 방법에 의하여 수집되었다.

31) 사이기행 : 남자에게 과실이 있다고 탓하는 의미. 『시경』「위풍(威風)」 '맹편(氓篇)'의 원문에는 "여자가 잘못한 것이 아니라 남자가 행실을 이랬다저랬다 해서이다(女也不爽, 士貳其行)."로 되어 있다. 이 '맹편'은 장공(莊公)이 첩(妾)에게 미혹되어 본부인인 어진 장강(莊姜)을 학대하는 내용이다.

32) 곽소옥의 일 : 중국 당나라 때의 전기소설인 <곽소옥전(霍小玉傳)>에 나오는 이야기. 작자는 중당(中唐)시대의 장방(蔣防)이다. 이 소설은 실존했던 당나라 때의 시인 이익(李益)과 기생 곽소옥 사이에 얽힌 비극을 묘사하였다. 내용은 다음과 같다.
　　진사시험에 합격하여 장안(長安)에 진출한 이익은 명기(名妓)로 이름을 떨친 곽소옥과 사랑에 빠진다. 후에 고향에 돌아간 이익은 어머니가 정해 준 노 씨(盧氏)와 결혼한 후 소옥을 버렸다. 소옥은 병에 걸려 아버지의 유품인 자옥차(紫玉釵)를 처분해야 할 정도로 가난해졌다. 후에 간신히 이익을 다시 만나기는 했으나, 남자의 박정함을 원망하면서 그 자리에서 세상을 떠난다. 그것이 빌미가 되어 이익은 망상적인 질투심 때문에 여러 차례 아내를 버리게 된다. 명(明)나라 때의 희곡 <자소기(紫簫記)>나 <자차기(紫釵記)>는 이 이야기에서 유래되었다.

주생이 쓰기를 마치자, 비도가 마음으로 봉하고 묶어 허리춤 속에다 간직했다.

이날 밤, <고당부高唐賦>33)를 읊으며 두 사람은 맘껏 즐기었다. 비록 김생金生과 취취翠翠34)며, 위랑魏郎과 빙빙娉娉35)에 견줄 바 아니었다.

---

33) 고당부 : 초(楚)나라의 시인 송옥(宋玉)의 부(賦). 초나라 양왕(襄王)이 송옥과 함께 운몽택(雲夢澤)에서 놀 때 양왕의 '운우(雲雨)' 이야기를 발단으로 지은 작품이다. 옛날 양왕의 부친인 회왕(懷王)이 고당에서 놀 때, 낮잠을 자는 꿈에 나타난 무산(巫山)의 신녀(神女)와 동침한 일과 고당의 모습 등을 서술하였다. 송옥(宋玉)의 <고당부(高唐賦)> 序에 다음과 같은 글이 있다.

　초양왕(楚襄王)이 송옥(宋玉)이란 시인과 함께 운몽(雲夢)의 대(臺)에서 노닐었는데 고당(高唐)을 바라보니 그 위에 구름 같은 기운이 감돌고 있었다. 양왕이 무슨 기운이냐고 물으니, 송옥은 이렇게 대답했다. "저것은 이른바 조운(朝雲)이라는 것입니다. 선왕(先王: 楚懷王)께서 일찍이 고당(高唐)에 노닐면서 낮잠을 자다가 꿈을 꾸었는데 어떤 부인이 나타나 잠자리를 함께 하면서 말하기를 '저는 무산(巫山)의 여자로 고당(高唐)의 나그네가 되었습니다. 임금께서 오신다는 말을 듣고 이렇게 왔습니다.'라고 하였습니다. 그리고 떠날 때에 말하기를, '첩은 무산의 양(陽), 고구(高丘)의 음(陰)에 있어 아침에는 구름(行雲)이 되고 저녁에는 비(行雨)가 되어 아침저녁으로 양대(陽臺, 햇볕이 잘 드는 곳으로 잠자리를 비유한 말이다) 밑에 있습니다(妾在巫山之陽, 高丘之陰, 旦爲朝雲, 暮爲行雨, 朝朝暮暮, 陽臺之下).'라고 하였지요. 그래서 그곳에 사당을 세우고 조운묘(朝雲廟)라고 불렀습니다."

　이 고당(高唐)은 운우(雲雨), 무산(巫山), 무양(巫陽), 양대(陽臺) 등과 더불어 문학에서는 성교를 우회적으로 표현하는 용어로 자주 사용된다.

34) 취취 : 김생(金生)과 취취(翠翠)는 <취취전(翠翠傳)>의 남녀 주인공. 이 <취취전>은 중국 명(明)나라의 문학자 구우(瞿佑 : 1347~1427)가 지은 괴기 소설집인 『전등신화(剪燈新話)』에 실려 있는 작품이다. 구우는 자 종길(宗吉). 호 존재(存齋)로 송원간(宋元間)에 이렇다 할 작품이 없던 문어소설(文語小說) 분야에서 걸작 『전등신화』를 지어 많은 모방작을 낳을 정도로 유행하였다.

35) 빙빙 : 위랑(魏郎)과 빙빙(娉娉)은 <가운화환혼지기(賈雲華還魂之記)>의 남녀 주인공. <가운화환혼지기>는 명(明)나라 작가 이정(李禎 : 1376~1452)이 1420년경에 쓴 전기소설집(傳奇小說集)인 『전등여화(煎燈餘話)』에 실려 있다. 『전등여화』는 구우(瞿祐)의 단편 전기소설집인 『전등신화(剪燈新話)』를 모방하였다. 『전등신화』의 속찬(續撰)과 의작(擬作)은 중국은 물론, 한국·일본 등지에서 크게 유행하였는데, 이정의 『전등여화』와 소경첨(邵景詹)의 『멱등인화(覓燈因話)』 등이 대표적이다. 문장이나 구성이 『전등신화』와 비슷하며, 당시 일본에까지 전해지는 등 그 영향력이 컸다. 화본(話本)이나 희곡의 소재로도 많이 쓰였다.

이튿날이었다.

주생은 지난밤에 들었던 사람의 말소리며 말 울음소리에 대해 물으니, 비도가 대답했다.

"이곳에서 좀 떨어진 곳에36) 붉은 대문이 물가에 마주한 집이 있는데, 돌아가신 승상 노盧 아무개 댁이지요. 승상은 이미 돌아가시고 부인만이 홀로 계신데, 다만 일남일녀 만이 있으며 모두 혼인을 하지 않았어요. 날마다 노래하며 춤추는 것으로 일을 삼고 있답니다. 지난밤에도 말을 보내어 저를 데리러 왔었으나, 저는 낭군이 계시기에 병을 핑계 대고 거절하였던 것이에요."

이로부터 주생은 비도에게 미혹되어 마침내 사람들과 교제를 끊고 날마다 비도와 더불어서 거문고와 술로 서로 즐길 뿐이었다.

하루는 점심나절이 되었는데, 갑자기 웬 사람이 문을 두드리며 말했다.

"비도 낭자가 집에 있나요, 없나요?"

비도 낭자가 아이를 시켜서 나가 보라고 했더니, 곧 승상 댁의 창두蒼頭37)였다.

드디어 창두가 들어와서는, "부인께서 말씀하시기를, '이 늙은 몸이 오늘 약간의 주연을 베풀고자 하는데, 비도 낭자가 아니면 함께 즐길 사람이 없기에38), 감히 사람과 말을 보내니 수고롭다 여기지 마세요.'라고 하셨지요."

비도가 돌아보며 주생에게 말했다.

---

36) 원문에는 '此居里謝'로 되어 있다. 이본을 참조하여 '此去里許'로 고쳐 해석하였다.
37) 창두 : 사내종. 머리에 푸른 두건을 쓰고 푸른 옷을 입었기에 사내종을 창두(蒼頭)·청의(靑衣)라고 말한다. 노예를 노비(奴婢)·노복(奴僕)·동복(童僕)·가노(家奴) 등으로도 불렀다.
38) 원문에는 '非娘無可與誤'로 되어 있다. 이본을 참조하여 '非娘莫可與娛'로 고쳐 해석하였다.

“두 번씩이나 귀인貴人의 명령을 욕되게 하였으니, 감히 거역할 수가 없겠어요.”

곧 화장을 하고 머리를 빗고 옷을 갈아입고는 나가니, 주생은 부탁하는 말을 했다.

“행여나, 밤새우지 말았으면 하오.”

문밖까지 나가 배웅하면서, “밤을 새우지 마오.”라는 말을 서 너 번이나 했다.

그리하여 비도가 말에 올라 타 가는데, 사람은 마치 가벼이 나는 제비 같고 말은 나는 용과도 같이, 꽃 속으로 들어가 버들가지 사이로 흐릿해지더니 총총히 사라져 갔다.

주생은 마음을 주체할 수 없어, 곧 뒤따라 달려 용금문湧金門39)을 지나, 왼편으로 돌아 수홍교垂虹橋에 이르렀다. 과연 크고 넓게 아주 잘 지은 저택이 구름에 닿을 듯이 우뚝 서 있으니, 정말 이른바 물가를 맞대 있다는 붉은 대문 집이었다. 아로새긴 난간과 굽은 난간이 푸른 버들과 발그레한 살구꽃에 반쯤 가리어진 사이로 봉생鳳笙40)과 용관龍管41) 소리가 은은하게 허공에서 들리는 듯했다. 때때로 음악 소리가 멈추면 웃음 섞인 말소리가 낭랑하게 밖으로 새어 나오곤 했다.

주생은 할 일 없이 다리 위를 배회하다가 곧 고풍시古風詩42) 한 수를 지어 기둥에 적어두었는데 이렇다.

---

39) 용금문 : 항저우[杭洲]의 서문(西門)이다.
40) 봉생 : 생황(笙簧). 아악(雅樂)에 쓰는 관악기의 하나. 큰 대로 판 통에 많은 죽관(竹管)을 돌려 세우고 주전자 귀때 비슷한 부리로 불게 되어 있다.
41) 용관 : 악기의 하나. 대로 만든 피리로, 오죽관(烏竹管) 한쪽 편을 베어서 두 개를 맞대어 붙이고 다섯 쌍의 구멍을 뚫었는데, 지금은 전하지 않는다.
42) 고풍시 : 당(唐)나라 이전 시대에 나온 시로서 압운(押韻)과 정형률(定型律)은 있지만 평측(平仄)은 없는 시. 고체시(古體詩) 또는 고시(古詩)라고도 하며 그 기원은 양한(兩漢) 시대로 본다.

柳外平湖湖上樓,	버들 숲 너머 잔잔한 호수에 걸린 누각,
朱甍碧瓦照青春.	붉은 용마루 푸른 기와엔 푸른 봄빛 띠었네.
香風吹送笑語聲,	웃음소리 말소리 향기로운 바람 타고 들려오건만,
隔花不見樓中人.	꽃에 가렸는지 누각에는 사람 하나 보이질 않네.
却羨花間雙燕子,	되려 부러운 것은 꽃 속을 오가는 한 쌍의 제비,
任情飛入朱簾裡.	제멋대로 날아 드는구나 붉은 발 속으로.

　주생이 방황하는 사이에 점점 석양의 붉은 놀이 거두어 들고 어둠이 자욱하니 이내가 푸르스름하게 내려앉았다. 잠깐 있으니 아가씨들 여럿이 붉은 대문에서 말을 타고 나왔는데, 금 안장과 옥으로 꾸민 굴레의 광채가 사람을 얼비췄다.

　주생은 비도가 이 무리 속에 있으려니 하여, 바로 길가의 빈 객점에 몸을 숨기고 엿보았지만, 재잘재잘 10여 명의 무리들이 모두 지나치도록 비도는 나오지 않았다. 주생은 속으로 매우 의심쩍어하며 다리 위로 다시 돌아 왔을 때는 이미 소와 말조차 분간할 수 없을 정도로 어두워졌다.

　주생이 곧장 붉은 대문으로 들어갔지만 끝내 한 사람도 볼 수 없었다. 또 누각 밑으로 가보았으나 역시 한 사람도 보이지 않았다.

　마침 어찌할 바를 모르고 고민하는데, 달이 희미한 빛을 내니 누각의 북쪽으로 연못이 보였다. 연못 위에는 갖가지 꽃들이 피어 있고 꽃 사이로 작은 길이 회똘회똘 나 있었다. 주생이 길을 따라 슬금슬금 들어 가보니, 꽃밭이 끝나는 곳에 집이 있었다. 그는 계단을 따라 서쪽으로 꺾어 수십 보를 가니, 멀리 포도넝쿨을 얹힌 시렁 아래 붉은 치맛자락, 푸른 옷소매가 은은하게 오가니 영락없이 그림 속에 있는 것 같았다.

　주생은 몸을 숨기며 다가가서 숨을 죽이고 몰래 엿보니, 금빛 병풍이며 비단요가 사람의 눈길을 뺏을 만 했다. 부인은 자색 비단옷을 입고 백옥白

玉 상에 비스듬히 기대앉았는데 나이는 근 50은 된 듯하나 조용히 돌아볼 때면 여유가 있으면서 매우 고왔다.

부인의 곁에는 나이가 14, 5세쯤 되어 보이는 소녀가 앉아 있었다. 동여맨 구름 같은 머리채는 푸른빛이 맺혀 있고 취한 듯 뺨은 살짝 붉으며, 흰 눈동자로 살며시 옆을 흘기는 모습은 흐르는 물결 위에 가을 달이 비치는 것 같았다. 애교부리며 웃음 칠 때면 볼우물이 생기는 것이 마치 봄꽃이 이슬을 함빡 머금은 듯했다.

그들 앞에 앉아 있는 비도는 다만 봉황鳳凰[43)에 섞인 올빼미요, 옥구슬에 섞인 모래와 조약돌일 뿐이었다. 주생의 넋은 구름 밖에 나앉고 마음은 허공에 있어, 거의 미친 듯이 소리치며 뛰어 들고 푼 마음이 일어난 것이 여러 차례였다.

술이 한 순배 돌아가고 비도가 돌아가려 했다. 부인이 완강히 만류하였으나 비도는 더욱 간절히 돌아가기를 청하니, "낭자가 평소에는 일찍이 이런 일이 없었거늘, 왜 갑자기 멀리함이 이러한 게요? 어찌 사랑하는 사람과 약조가 있어서 아니겠소?"라고 부인이 말했다.

비도는 옷깃을 여미면서 대답했다.

"부인께서 하문下問하시니, 제가 감히 사실대로 말씀드리지 않겠어요."

마침내 주생과 인연 맺은 내력을 자세히 처음부터 끝까지 말했다.

승상 부인이 미처 말 할 사이도 없이, 소녀가 생그레 웃고 부드럽게 비도

---

43) 봉황 : 예로부터 중국의 전설에 나오는, 상서로움을 상징하는 상상의 새. 기린, 거북, 용과 함께 사령(四靈) 또는 사서(四瑞)로 불린다. 수컷은 '봉', 암컷은 '황'이라고 하는데, 성천자(聖天子) 하강의 징조로 나타난다고 한다. 전반신은 기린, 후반신은 사슴, 목은 뱀, 꼬리는 물고기, 등은 거북, 턱은 제비, 부리는 닭을 닮았다고 한다. 깃털에는 오색 무늬가 있고 소리는 오음에 맞고 우렁차며, 오동나무에 깃들이어 대나무 열매를 먹고 영천(靈泉)의 물을 마시며 산다고 한다. 흔히 잘난 사람에다 못난 사람을 비교할 때, 잘난 사람의 비유적 표현으로 곧잘 쓰인다.

를 살짝 흘겨보며 신소리했다.

"왜 일찍이 말하지 않았죠, 하마터면 하룻밤 즐거운 밀회를 놓칠 뻔했구려."

부인도 웃으며 돌아가도록 했다.

주생은 재빨리 그 집을 빠져나와 먼저 비도의 집에 도착하여 이불을 뒤집어쓰고 코고는 소리까지 우레처럼 내며 거짓으로 자는 체했다.

비도는 이내 뒤따라 도착하여 주생이 누워 자는 것을 보고는 안아 일으키며 말했다.

"낭군은 무슨 꿈을 꾸고 계세요?"

주생은 물음에 응하여 음률을 넣어 소리 높여 읊었다.

夢入瑤臺彩雲裡,　꿈결에 오색구름 싸인 요대瑤臺[44) 들어가서는,
九華帳下見仚娥.　구화장九華帳[45) 안에서 선아仙娥[46)를 보았지요.

비도가 몹시 불쾌해하고 힐난하여 쏘아붙였다.

"소위 선아라는 것이 무엇에 쓰는 물건이랍니까?"

주생은 말로 대답하지 않고 즉시 잇대어 시를 읊었다.

覺來却喜仚娥在,　꿈 깨어나 보니 선아가 예 있어 기쁘고,

---

44) 요대 : 옥으로 장식한 누대. ① 하(夏)나라의 걸왕(桀王)이 만든 전각, ② 신선이 살고 있는 누대, ③ 눈이 쌓인 누대 등의 뜻이 있다. 여기서는 ②의 뜻이다.

45) 구화장 : 여러 가지 무늬가 수놓아져 있는 아름다운 휘장. 중국 중당기(中唐期)의 시인인 백거이(白居易 : 772~846)의 <장한가(長恨歌)>에 나온다. <장한가>는 당(唐)의 황제인 당현종(唐玄宗)과 양귀비(楊貴妃)를 등장시켜 기이한 환상과 풍부한 상상력을 발휘하여 흔치 않은 러브 스토리를 더욱 애절하고도 낭만적으로 표현해냈다. 구화장이 나오는 구절은 다음과 같다.

　"한나라에서 머나먼 길 찾아온 천자의 사자라는 말을 듣고 온갖 꽃 모양의 호화로운 휘장 안에서 양귀비는 꿈에서 깨어났다(聞道漢家天子使, 九華帳裏夢魂驚)."

46) 선아 : 달 속에 있다는 항아(姮娥)로 달의 미칭으로도 쓰이거나 선녀(仙女)를 뜻한다.

其奈滿堂花月何! 이 방 가득 찬 꽃과 달을 어찌할거나!

그리고는 비도의 등을 어루만지며 말했다.

"그대가 내 선아 아니오?"

비도도 살포시 웃으며 말했다.

"그렇다면 낭군은 어찌 저의 선랑仙郞이 아니겠어요?"

이 뒤부터 서로 '선랑'·'선아'라고 불렀다.

주생이 비도에게 늦게 온 사연을 물으니, 비도가 대답했다.

"선화 아가씨네 연회가 끝난 뒤, 부인께서 다른 기생들은 돌아가게 하였으나 저만은 따로 남게 하셔서, 소녀 선화仚花의 방에 불러 다시 조촐한 술자리를 차려 놓아 이 때문에 더디게 왔던 거예요."

주생이 옴니암니 물어보니, 비도가 대답했다.

"선화의 자는 방경芳卿이라 해요. 나이는 겨우 15세인데 자태와 용모가 우아하고 고와서 거의 속세의 사람이 아닌 듯 하지요. 게다가 사곡詞曲47)을 잘 지을 뿐만 아니라 자수도 잘 놓아 저 같은 것은 감히 바라볼 수도 없어요. 어제는 새로 <풍입송風入松>48) 사를 짓고 거기에 맞춰 거문고를 뜯고자 하는데, 제가 음률을 알기 때문에 머물게 하고서는 그 곡을 노래하게 하였던 것이에요."

주생이 말했다.

"그 사를 들어 볼 수 있겠소?"

비도가 낭랑하게 사 한 편을 읊었다.

---

47) 사곡 : 악가(樂歌)와 속요(俗謠)를 아울러 이르는 말이다.

48) 풍입송 : 군왕(君王)을 송축(頌祝)하는 노래. 궁중에서 연회를 끝내고 거문고 가락에 맞추어 부르던 악곡의 이름이다. 고려조에서부터 조선조까지 널리 알려진 유행음악이었다. 성현(成俔 : 1439~1504)의 『용재총화(慵齋叢話)』에는 당시 풍입송이 유행하던 모습을 담고 있다. 『전등여화(剪燈餘話)』<가운화환혼기(賈雲華還魂記)>에도 '풍입송'이라는 사가 보인다.

玉窓花暖日遲遲,	옥창玉窓에 꽃 피고 봄날 해는 느릿느릿,
院靜簾垂.	고요한 집 안엔 구슬발만 드리웠지요.
沙頭彩鴨倚斜照,	모랫가의 고운 오리는 석양을 즐기고,
一雙對浴春池.	한 쌍이 짝지어 봄 못에서 멱 감아요.

柳外輕烟漠漠,	버들 숲 너머로 가벼운 안개 막막한데,
烟中細柳絲絲.	안개 속에 가는 버들가지 실같이 늘어졌고.
美人睡起倚欄時,	미인은 잠깨 일어나 난간에 기댔는데,
翠斂愁眉.	고운 눈가엔 수심이 서려있어라.

燕雛解語鶯聲老,	제비새끼 지지배배하니 꾀꼬리 소린 쇠하고,
恨韶華夢裡都衰.	아까운 이 내 청춘 한바탕 꿈결에 시들어요.
却把瑤琴輕弄曲,	요금瑤琴49) 잡고 정을 실어 해깝게 튕기니,
曲中幽怨誰知?	곡 중의 깊은 원한 그 뉘 알리오?

한 구를 읊을 때마다, 주생은 은근히 그 기이함을 칭찬했다.
그리고는 비도를 속여서 말했다.

"이 사곡에는 여인의 봄을 맞은 속내가 자세하게 표현되었으니, 소야
란蘇惹蘭의 비단 짜는 솜씨50)가 아니면 쉬이 도달할 수 없을 것 같소. 허

---

49) 요금 : 옥으로 꾸민 금(琴). 금은 아악기(雅樂器)에 속하는 현악기(絃樂器)의 하나. 거문
고와 비슷한 모양으로 줄이 일곱이며 왼손으로 짚고 오른손으로 타는데, 줄을 괴는 기
러기발이 없어 그 소리가 맑으나 미약하다. 조선 시대까지 등가(登歌)에 쓰였으나 지금
은 사용하지 않는다.

50) 소야란의 비단 짜는 솜씨 : 소야란은 소약란(蘇若蘭)이다. 소약란은 전진(前秦)의 소혜
(蘇蕙). 약란은 자(字)인데 두도(竇滔)의 아내이다. 『진서(晉書)』 <열녀전(烈女傳)>에는
다음과 같은 이야기가 나온다.
　　동진(東晉)시기, 전진(前秦)에 진주자사(秦州刺史)를 지내는 두도(竇滔)라는 사람이
있었다. 두도에게는 소혜(蘇蕙)라는 재주 많은 아내 말고도 조양대(趙陽臺)라는 총희

나 설령 그렇다 하더라도, 나의 선아가 꽃을 새기고 옥을 깎는 재주만은
못하지.”

주생은 선화를 본 후부터 비도를 향한 마음이 이미 얕아졌다. 비록 말을
주고받을 때는 애써 웃음 짓고 즐거운 체했으나 마음엔 오직 선화 생각뿐
이었다.

하루는 부인이 어린 아들 국영國英을 불러 말했다.

“네 나이 벌써 열둘인데 아직도 학문을 배우지 못하고 있으니, 후일 어
른이 되면 어떻게 자립하겠느냐? 내 들으니 비도의 남편인 주생이 글을
잘 하는 선비라고 하니, 네가 가서 배움을 청함이 좋겠구나.”

부인의 집안 다스리는 법도가 매우 엄했기에 국영은 감히 명을 어길
수 없었다.

그 날로 책을 끼고 주생에게 가니, 주생은 속으로는 ‘내 뜻대로 일이
되는구나.’하고 남몰래 기뻐하면서도 두세 번 겸손한 태도로 사양한 후에
야 가르쳤다.

어느 날 주생은 비도가 없는 틈을 타 국영에게 조용히 말했다.

“네가 오가면서 글을 배우니, 이것은 매우 힘들고 수고스런 일이다. 네
집에 만약 빈 방이 있다면, 내가 너의 집으로 거처를 옮기겠다. 그러면 너
는 왕래하는 수고로움을 덜 것이요, 나는 너를 가르치는 데 전력을 다할
수 있을 텐데.”

(寵姬)가 또 있었는데, 이들의 사이가 좋지 않아 두도는 무척 고민스러웠다. 훗날 두도
가 양양으로 부임하게 되자, 아내인 소혜는 남편이 총희와 함께 가려는 것을 보고 자신
은 따라 가지 않기로 하였다. 양양으로 떠난 남편이 자신을 잊어버린 것으로 생각한
소혜는 몹시 상심하였다. 그녀는 정성스런 마음으로 오색비단에 글자를 짜 넣어 회문시
(回文詩 : 사모하는 애절한 마음을 비단에다 짜 넣은 840자로 된 직금시(織錦詩 : 일명
璿璣圖) <직금위회문선도시(織錦爲回文璇圖詩)>를 지어 남편에게 보냈다. 이에 크게
감동한 두도는 곧 총희를 돌려보내고 융숭한 예의를 갖춰 아내를 다시 맞아 들였다.

국영이 사례하여 말했다.

"진실로 원하던 것입니다."

집으로 돌아가 부인께 말씀 드려, 그 날로 주생을 맞이했다.

비도가 밖에서 돌아와서는 몹시 놀라 말했다.

"아마도 선랑께서는 딴 맘이 있나 보군요. 왜 저를 버리시고 다른 곳으로 가려하지요?"

주생이 말했다.

"듣자하니, 승상 댁에는 3만 축軸51)의 장서가 있다하오. 그러나 부인은 선공先公의 유품이라 함부로 내고 들이는 것을 싫어한다기에, 내가 그 집에 가 세상 사람들이 보지 못한 책들을 읽어보려는 것뿐이요."

비도가 말했다.

"낭군께서 학업을 부지런히 닦으시는 것은 저의 복이지요."

주생은 거처를 승상 댁으로 옮겨 갔지만, 낮이면 국영이와 같이 있고 밤이면 모든 문을 꼭꼭 잠가 버리므로 어찌할 도리가 없었다. 이리뒤척저리뒤척 궁싯거리며 열흘을 지냈다.

문득 그는 혼잣말로 '처음에 내가 이곳에 온 것은 본래 선화를 꾀기 위한 것이었는데, 이제 꽃피는 봄이 다가도록 아직 만나지도 못하고 있으니 황하黃河52)의 물 맑기를 기다리려면 사람의 수명이 얼마나 되어야하지? 차라리 어둔 밤에 느닷없이 뛰어 들어가 일이 이루어지면 귀하게 될 것이요, 행여 이루어지지 못하면 삶아 죽음을 당하지 뭐.'라고 중얼거렸다.

이날 밤에 달이 없었다.

---

51) 축 : 여러 권으로 한 벌된 책이다.

52) 황하 : 중국북부에 있는 큰 강. 유량(流量)의 변동이 커서 토사 운반량이 많아 물이 황토빛이다. 따라서 '백년하청(百年河淸 : 황하강의 물이 맑아지기를 무작정 기다린다는 뜻으로, 아무리 기다려도 실현될 수 없는, 또는 믿을 수 없는 일을 언제까지나 기다린다는 것을 비유한 말.)'이란 말도 있다.

주생은 여러 겹의 담을 뛰어넘어 선화의 방 앞에 다다랐다. 행랑채는
구부러진 난간에 주렴珠簾과 장막帳幕이 겹겹이 드리워 있었다. 주생이 한
참을 살펴보았으나 인적이 없었고 다만 선화 혼자만이 촛불을 밝히고 곡
을 뜯고 있는 것이 보였다.

주생은 난간 사이에 엎드려 선화가 하는 양을 보았다. 선화는 곡 타기를
마치자 작은 소리로 소자첨蘇子瞻53)의 <하신랑賀新郎>54)이라는 사詞를 읊
기 시작했다.

簾外誰來推繡戶,	주렴 밖에 그 누가 와 비단 창 두드리나요,
枉敎人夢斷瑤臺,	요대瑤臺에 노니는 꿈 부질없이 깨우는구나,
琴曲却是風動竹.	가야금 곡조는 바로 바람 되어 대를 흔드네.

바로 주생이 주렴 밖에서 작은 소리로 읊었다.

莫言風動竹,	바람 되어 대를 흔든다 마오,
眞箇玉人來.	그리운 임 온 것이 참이잖소.

선화는 거짓으로 못 들은 체하고, 곧 등을 끄고 잠자리에 들었다.

주생이 들어가 함께 잠자리에 드니, 선화는 나이가 어린 데다 약질이어
정사情事를 견뎌내지 못하였다. 옅은 구름 속에서 내리는 가랑비 같았으며,
버들처럼 하늘거리고 꽃처럼 교태부리며, 아름답게 울다가는 부드럽게 속

---

53) 소자첨 : 중국 북송 때의 시인인 소동파(蘇東坡 : 1036~1101). 자는 자첨(子瞻), 호는
　　동파거사(東坡居士), 애칭(愛稱) 파공(坡公)·파선(坡仙), 이름 식(軾). 소순(蘇洵)의 아
　　들이며 소철(蘇轍)의 형으로 대소(大蘇)라고도 불리었다. 송나라 제1의 시인이며, 문장
　　에 있어서도 당송팔대가(唐宋八大家)의 한 사람이다.
54) 하신랑 :『사고전서(四庫全書)』本『유편초당시여(類編草堂詩餘)』에는 유잠부(劉潛夫)
　　의 작으로 되어 있다.

삭였고, 살며시 웃음을 짓다가는 가볍게 찡그리기도 했다. 주생은 벌이 꿀을 찾듯 나비가 꽃가루를 그리워하듯, 매혹되어 정신이 혼미하여서 새벽이 가까워진 것도 깨닫지 못했다.

갑자기 난간 밖 꽃나무 가지에 앉은 꾀꼬리의 아양 떠는 듯 아름다운 노랫소리가 들려 왔다. 주생은 깜짝 놀라 일어나 방을 나오니 연못과 집은 고요했고 희번한 새벽안개가 자욱하여 사물이 분명치 않았다.

선화는 주생을 보내느라고 방문을 나서다가 문을 닫고 들어가며 샐쭉하니 말했다.

"이 곳에 다시는 오지 마세요. 이 일이 한 번 누설된다면 죽고 사는 것이 걱정됩니다."

주생은 기가 막히고 가슴이 답답하고 목이 메어 급히 달려들며 말했다.

"겨우 좋은 인연을 한 번 이루었는데, 어찌 이렇게도 박대를 하는 거요?"

선화가 웃음치며 말했다.

"아까 말은 농일 뿐이에요. 낭군은 너무 노여워하지 마시고 저녁에 만나도록 하지요."

주생은 '응응.' 하면서 달려 나갔다.

선화는 방으로 들어와 <이른 여름 새벽에 꾀꼬리 소리를 듣는다 早夏聞曉鶯>라는 절구 한 수를 지어 창문 위에 걸었다.

漠漠輕陰雨後天,	비 갠 하늘엔 가벼운 안개 아득하니 오르고,
綠楊如畵草如烟.	푸른·버들은 그림인양 풀은 연기인양.
春愁不共春歸去,	봄날의 수심은 봄을 따라 가지 못해,
又逐曉鸎枕來邊.	또 새벽녘 베갯맡에 꾀꼬리만 우네.

다음 날 밤에 주생이 또 왔는데, 갑자기 담 밑 나무 그늘에서 창을 끌

듯 신발 끄는 소리가 났다. 주생은 사람에게 발각되었는가 하여 두려워 곧 달아나려 하니, 신을 끌던 사람이 갑자기 매화나무의 푸른 열매를 던져 주생의 등을 정통으로 맞혔다. 주생은 낭패를 당하게 되었으나 이미 몸을 피할 곳이 없어 대밭 가운데 납작 엎드렸다.

신 끌던 사람이 낮은 목소리로 말했다.

"주생은 걱정하지 마세요. 앵앵鶯鶯55)이가 여기 있어요."

주생은 곧 선화에게 속은 것을 알고 일어나 가서는, 선화의 가녀린 허리를 꼭 끌어안으며 말했다.

"어찌 이렇게도 사람을 속이는 거요?"

선화가 말했다.

"어찌 감히 낭군을 속였겠어요. 낭군께서 제풀로 겁먹었을 뿐이지요."

주생이 말했다.

"향을 훔치고 구슬을 도둑질하는데偸香盜璧56), 어찌 겁나지 않겠소."

---

55) 앵앵 : 선화가 <앵앵전(鶯鶯傳)> 여주인공에 자신을 빗댄 말. <앵앵전>은 중국 당대(唐代) 원진(元稹)이 지은 전기(傳奇) 소설이다. 일명, <회진기(會眞記)>라고도 하는데, 재상의 딸 최앵앵(崔鶯鶯)과 백면서생 장생(張生)과의 비극적 사랑을 그렸다. 이 소설의 영향은 컸으며 이것을 바탕으로 송(宋)나라 때의 『상조접연화사(商調蝶戀花詞)』, 금(金)나라 동해원(董解元)의 『서상기제궁조(西廂記諸宮調)』, 원(元)나라 왕실보(王實甫)의 『서상기(西廂記)』 등이 만들어졌다. 내용은 다음과 같다.

　당나라 정원(貞元) 연간에, 병란에 시달리던 최씨 일가를 구한 장생은 그 집의 딸 앵앵을 사랑하게 된다. 시녀 홍낭(紅娘)을 통하여 사랑을 고백한 장생은 그 답장으로 '대월서상하(待月西廂下)'라는 시를 받아, 서상에서 기다린다. 그러나 나타난 앵앵은 장생의 무례함을 꾸짖고 돌아간다. 며칠 후 앵앵은 갑자기 장생을 찾았으며, 꿈같은 하룻밤을 지낸 다음 두 사람의 사랑이 시작된다. 그 후 과거를 보러 장안(長安)에 올라간 장생은 앵앵의 사랑의 편지를 받으면서도, 자기에게는 그러한 뛰어난 여성을 사랑할 자격이 없노라고 단교(斷交)한다. 후일 결혼한 앵앵은 다시 만나려고 하는 장생에게 답시(答詩)를 보낼 뿐 나타나지 않다가, 마침내 소식마저 끊어 버린다는 줄거리이다.

56) 향을 훔치고 구슬을 도둑질하는데 : 남자가 혼례를 치르지 않고 여자와 사통(私通)하는 것. '향을 훔친다.'는 뜻의 투향(偸香)은 남녀간에 사사롭게 정을 통하는 것이다. 『진서(晉書)』 <가충전(賈充傳)>에 다음과 같은 기록이 보인다.

　진나라의 가충이라는 사람에게 딸이 있었는데, 미남인 한수에게 아버지의 향을 훔쳐 주생이 곧 손을 잡고 방으로 들어갔다. 창문 위에 걸린 절구 시를 보고는 마지막 구절을 손으로 가리키며 말했다.

"아름다운 사람이 무슨 근심이 있어 이와 같은 말을 하는 것이요?"

선화는 쓸쓸하니 대답했다.

"여자의 몸은 수심과 함께 태어나지요. 만나지 못했을 때는 서로 만나기를 원하고 이미 만났다면 서로 헤어 질 것을 두려워하니, 여자의 몸으로 맘 편히 어찌 근심이 없겠어요? 하물며 낭군은 절단지기折檀之機57)를 하였고 저는 행로지욕行露之辱58)을 받았지요. 하루아침에 불행하게도 우리가 정분 나눈 행적이 발각된다면, 친척들에게 용납되지 못할 것이고 동리 사람들에게도 천히 여김을 당할 거예요. 비록 낭군과 함께 손을 잡고 해로하

서 보내고 정을 통한 고사에서 나왔다. 본래 한수는 얼굴이 미남 형이고 행동거지도 단정했다. 가충이 손님들과 있을 때, 그의 딸은 발 사이로 엿보다가 한수를 보는 순간 사모하기 시작했다. 가충의 딸은 자나 깨나 한수만을 생각하여 상사병이 날 지경이었다. 서역으로부터 공물로 받은 향을 임금이 가충에게 하사한 적이 있었는데 가충의 딸은 그 향을 훔쳐 한수에게 주면 한수의 마음이 움직이리라 생각하고 그것을 훔쳐서 주었다. 결국 한수는 마음이 움직여 남몰래 담을 넘어 들어와 가충의 딸과 정을 통했다. 그러나 주위 사람들은 한수와 그녀와의 관계를 알면서도 눈감아 주었다. 가충은 마침내 딸을 한수에게 시집보냈다.

이 '투향'이라는 말은 또 '악한 일을 하면 자연스럽게 드러난다.'는 뜻도 있다.

57) 절단지기 : '남자가 담을 넘어가 그 집 처녀의 정조를 뺏다.'는 의미. 『시경(詩經)』「정풍 (鄭風)」 '장중자(將仲子)'에 나온다. 본래 이 장은 부모의 반대에 부딪혀 사랑의 결실을 거두지 못하고 괴로워하는 여인의 불행을 노래한 것으로 남녀간 밀회의 어려움이 잘 드러나 있다. 내용은 아래와 같다.

"청컨대 중자는, 우리 마을에 넘어 들어와, 내가 심어 놓은 박달나무를 꺾지 말아요. 어찌 감히 아까우랴만, 남의 많은 말을 두려워해서요. 중자를 그리워하지만, 남의 많은 말이, 두려운걸요(將仲子兮, 無踰我園, 無折我樹檀. 豈敢愛之, 畏人之多言. 仲可懷也, 人之多言, 亦可畏也)."

58) 행로지욕 : '길을 가다가 무례한 남자에게 능욕을 당했다.'는 의미. 『시경(詩經)』「소남 (召南)」 '행로(行露)'에 나온다. 본래 이 장은 여자가 이른 새벽과 밤늦게 홀로 다니면 강포(强暴)한 자에게 능욕(凌辱)을 당할 우려가 있기에, 길에 이슬이 많아 옷을 적실까 두렵다고 칭탁한 것이다. 내용은 아래와 같다.

"촉촉한 이슬 길, 어찌 아침저녁에 다니고 싶지 않으리오마는, 길에 이슬이 많기 때문이라오(厭浥行露, 豈不夙夜, 謂行多露)."

려 해도 어찌 가능하겠는지요? 오늘 일은 비유하자면 구름 사이 달이요, 나뭇잎 속에 꽃과도 같으니, 설사 한때는 즐겁다 하더라도 그것이 오래 가지 못할 테니 어쩌지요?”

말을 마친 후 눈물을 흘리니 구슬 같은 한과 옥 같은 원한을 거의 스스로 감당치 못하는 듯했다.

주생이 눈물을 훔쳐 주며 위로해 말했다.

“대장부가 어찌 한 여인을 아내로 맞을 수 없단 말이요? 내 마땅히 나중 중매 절차를 밟아 예법대로 그대를 맞이할 것이니 번뇌하지 마오.”

선화는 눈물을 닦으며 사례하여 말했다.

“반드시 낭군의 말씀과 같다면, 요도작작天桃灼灼59)이예요. 비록 아녀자로서의 덕은 부족하지만 채번기기采蘩祁祁60)하여 모든 정성을 다하여 제

---

59) 요도작작 : ‘시집가는 신부가 시댁을 화목하게 하고 좋은 결과를 낳을 것이라고 축원한다.’는 의미. 『시경(詩經)』「주남(周南)」‘도요(桃夭)’에 나온다. 본래 이 장은 결혼하는 신부를 꽃이 활짝 피어 곱고 환한 모습을 지닌 복숭아나무에 비유하면서 신부의 결혼을 축하하는 송축시인 셈인데, 싱싱하고 푸른 복숭아나무에 화사한 꽃이 피고 열매가 열리고 잎이 무성해지는 것처럼 신부가 시집을 가서 집안을 화목하게 하고 좋은 결과를 맺으며, 집안을 번성하게 하기를 기원하고 있다. 요도(夭桃)는 ‘시집가는 여자를 복숭아 꽃에 비유한 것’이요, 작작(灼灼)은 ‘꽃이 선명하게 활짝 피어 곱고 환한 모습’이니 이 글에서는 선화 자신이 기쁘다는 의미이다.

　‘도요(桃夭)’ 전문은 아래와 같다.

　“아름다운 복숭아 꽃, 그 꽃은 울긋불긋. 그대가 시집간다면, 그 집에 안성맞춤(桃之夭夭, 灼灼其華. 之子于歸, 宜其室家).”

60) 채번기기 : ‘부인이 제사를 받들어 직분을 잃지 않는다.’는 의미. 『시경(詩經)』「소남(召南)」‘채번(采蘩)’에 나온다. 본래 이 장은 문왕(文王)의 교화를 입어 제후의 부인이 정성과 공경을 다하여 제사를 받듦에 집안사람들이 그 일을 서술하여 찬미한 것이다. 채번(采蘩)은 ‘흰 쑥을 캔다는 것’이요, 기기(祁祁)는 ‘머리가 펴지고 느린 모양으로 일을 마침에 위의(威儀)가 있는 것’이니 이 글에서는 선화가 시집을 가서 제사를 받듦에 위의가 있게 하겠다는 의미이다.

　‘채번’과 ‘기기’가 나오는 부분은 아래와 같다.

　“이에 흰쑥을 뜯기를, 못가에서 하고 물가에서 하네. 이에 이것을 쓰기를, 공후의 제사에서 하도다(于以采蘩, 夫人不失職也, 夫人可以奉祭祀, 則不失職矣).” “머리 꾸밈을 공경함이여, 이른 새벽부터 밤까지 公所에 있네, 머리 꾸밈의 기기함이여, 잠깐 돌아가

사를 받드는 일을 하겠어요.”

스스로 향내 나는 화장 상자를 열어 속에서 조그만 화장 거울을 꺼내어 둘로 나누어, 한 쪽은 자기가 갖고 다른 한 쪽은 주생에게 주며 말했다.

“동방화촉洞房華燭61)의 밤을 기다렸다 다시 하나로 합하지요”

또 흰 비단 부채를 주면서 말했다.

“이 두 물건은 비록 하찮은 것이지만 제 마음을 나타내기에 충분하지요. 행여 승란지녀乘鸞之女62)로 생각하시어, 추풍지원秋風之怨63)을 끼치지 말고, 설사 항아姮娥의 그림자를 잃을지라도64) 모름지기 꼭 밝은 달빛65)을 보호해주셔야 해요.”

이후로, 그들은 날이 저물면 만났고 새벽으론 헤어졌는데, 하룻밤도 그러하지 않는 날이 없었다.

어느 날, 주생은 오랫동안 비도를 만나지 않았음을 생각하고는 비도가 이상히 여길까 염려되어, 이에 그녀의 집으로 가서 자고 돌아왔다.

선화는 밤중에 주생의 방까지 가, 몰래 주생의 주머니 속을 풀어선 비도

도다(被之尚尚, 夙夜在公. 被之祁祁, 薄言還歸).”

61) 동방화촉 : 결혼 첫날밤. 동방(洞房)은 깊은 방, 즉 부인의 규방(閨房)을 뜻하고 화촉(花燭)은 현란한 등불을 뜻한다.

62) 승란지녀 : ‘난새를 탄 여인’은 ‘좋은 남편을 만난 여인’. 선화가 자신을 비유한 말이다.

63) 추풍지원 : ‘가을바람의 원한’이라고 하는 것은 부채를 두고 하는 말. 부채는 여름 한 철이 지나면 사람들에 버려지기에 선화 자신이 이렇듯 주생에게 부채의 신세가 될까 염려하는 말이다.

64) 설사 항아의 그림자를 잃을지라도 : 항아가 예와 이별한 것처럼 ‘주생과 자신이 헤어질지라도’의 뜻. 항아는 달 속에 있다는 선녀(仙女)의 이름으로, 상아라고도 한다. 고대 신화에 의하면 항아는 활을 잘 쏘았던 예의 아내로 무척 아름다웠다고 한다. 본래 신이었던 둘은 천신의 노여움을 사 인간으로 살게 되었다. 피할 수 없는 죽음이라는 인간의 한계를 극복하기 위해 서왕모에게서 예가 불사약을 구해 왔다. 항아는 이 약을 남편 몰래 혼자 다 먹고 신이 되어 하늘로 올라가다가, 이를 스스로 부끄럽게 여겨 달에 피해 있으려고 하였다. 그런데 달에 이르는 순간 두꺼비로 변하였다. 그래서 달을 표현할 때는 달 속에 두꺼비가 있는 모습으로 그려진다.

65) 밝은 달빛 : ‘밝은 달빛’은 선화 자신에 대한 비유로 애정이 변치 말기를 다짐하는 뜻이다.

가 주생에게 준 시 몇 폭을 발견하고는 질투를 이기지 못하였다. 책상 위에 있는 붓을 들어 갈가마귀 처럼 까맣게 지워버리고는 제가 <안아미眼兒眉>66)라는 제목의 사 한 수를 지어 푸른 비단에 싸서 주머니 안에 집어넣고는 나와 버렸다.

그 사는 이렇다.

窓外疎螢滅復流,	창 밖의 반딧불 보이는 듯 사라지고,
斜月在高樓.	기울어진 달은 누각 위에 높이 있네.
一階竹韻,	섬돌 밑 대나무 소리 운치 있는데,
滿簾梧影,	오동나무 그림자 구슬발에 가득히,
夜靜人愁.	깊은 밤 고요는 사람 시름 자아내네.
此時蕩子無消息,	이 밤 방탕한 임은 소식조차 없으니,
何處作閑遊?	어디서 한가롭게 노니시나?
也應不念,	아서라 생각을 말자 다짐하지만,
唯離情脉脉,	이별의 애닯음은 잇달고 잇달아,
坐數更籌.	앉아서 산가지67)만 세고 또 세네.

이튿날 주생이 돌아왔다.

선화는 새치름하게 조금도 강샘부리거나 원망스런 얼굴을 보이지 않았고, 또 주머니에 관한 일도 말하지 않았다. 모두 주생이 스스로 부끄러움을 느끼게 하기 위해서였다. 주생은 아득하니 다른 생각을 못했다.

하루는 부인이 잔치를 베풀어 비도를 불러 보고는 주생의 학문과 행실을 칭찬했다. 또 아들을 부지런히 가르치는 것을 사례하고는 비도로 하여

---

66) 안아미 : 『사고전서(四庫全書)』本 『유편초당시여(類編草堂詩餘)』에 <안아미(眼兒媚)>
  로 되어 있다.
67) 산가지 : 수효를 셀 때 쓰는 대나 뼈로 만든 젓가락 모양의 기구이다.

금 주생에게 감사의 뜻을 전해달라고 하였다. 이날 밤 주생은 여러 잔 술을 먹어 피곤하였기에 몽롱한 것이 술에서 깨어나지를 못했다.

비도는 혼자 앉아 잠을 이루지 못하다, 우연히 주생의 주머니를 발견하고는 자기가 준 사(詞)가 먹으로 지워진 것을 보니 마음에 퍽 의심쩍은 생각이 들었다. 또 <안아미> 사가 있어 보고서야 선화가 한 짓임을 아니 몹시 화가 치밀었다. 그 사를 소매 속에 감춘 다음 주머니를 전처럼 싸매 두고는 앉은 채로 아침을 기다렸다.

주생이 술에서 깨어나자 비도가 천천히 물었다.

"낭군이 이곳에서 오랫동안 머물며 돌아오지 않는 것은 어째서이죠?"

주생이 말했다.

"국영이 공부를 마치는 때가 아직 못 되었기 때문이오."

비도가 말했다.

"그러시겠지요, 처의 아우를 가르치자니 마음을 다하지 않으면 안 되지요?"

주생은 부끄러워 얼굴과 목까지 붉히며 말했다.

"이게 무슨 말이오?"

비도는 한참동안 아무런 말을 하지 않았다.

주생은 갈팡질팡 어쩔 줄을 모르고 방바닥만 바라다보았다.

비도가 곧 그 사를 꺼내어 주생의 앞에 던지며 말했다.

"유장상종踰墻相從이요, 찬혈상규鑽穴相窺68)인데, 어찌 사내가 할 수 있

---

68) 찬혈상규 : 남녀가 혼례를 치루지 않고 서로 사랑하는 행위.『맹자(孟子)』「등문공장구하(滕文公章句下)」'三章'에 나오는 것으로, 이 글에서는 비도가 선화와 주생이 '남녀가 혼례를 하지 않고 서로 사랑하는 행위'를 하였다고 '유장상종(踰墻相從), 찬혈상규(鑽穴相窺)'만 따서 빗대었다. 본래 이 말은 주소(周霄)의 물음에 맹자(孟子)가 대답하는 부분인데, 전체의 대의는 '대개 군자는 비록 몸을 깨끗이 하여 인륜을 어지럽히지 않으며, 또한 이로움을 따라서 의(義)를 잊지 않는다.'는 대의이다.

  내용은 아래와 같다.

  "주소가 말했다. 진나라가 또한 벼슬살이 할만한 나라로되, 일찍이 벼슬을 하는 것이 이렇듯 급한 것을 듣지 못했습니다. 벼슬을 하는 것이 이렇듯 급하다면 군자가 벼슬하

겠어요? 난 들어가 부인께 말씀을 드려야겠어요."

비도는 즉시 몸을 일으켰다.

주생은 황망히 그녀를 허리를 붙잡아 앉히고 사실대로 고백을 하며, 또 머리를 조아리며 간곡히 빌어 말했다.

"선화는 이미 나와 백년해로를 굳게 언약한 사이거늘, 어찌 차마 사람을 사지에 몰아넣는단 말이오?"

비도가 돌아보며 말했다.

"낭군은 즉시 저와 같이 돌아갑시다. 그렇지 않으면, 이미 언약을 저버렸으니 제가 어찌 맹세를 지키겠어요?"

주생은 마지못하여 하는 수 없어 딴 핑계를 둘러대고는 다시 비도의 집으로 돌아왔다.

비도는 선화와의 관계를 알고 난 다음부터, 다시는 주생을 선랑仙郎이라 부르지 않았으니 마음이 편하지 않아서였다.

주생은 오로지 선화만을 생각하니 몸이 나날이 여위어 파리해지더니 끝내는 병을 빙자해 일어나지 못한 지가 수십 일이 되었다.

갑자기, 국영이 병으로 죽었다.

주생은 제물을 갖춰 영구 앞에 나아가 전奠69)을 올렸다.

는 것을 어렵게 여기는 것은 무슨 까닭입니까?(曰: 晉國亦仕國也, 未嘗聞仕如此其急. 仕如此其急也, 君子之難仕, 何也?)"

 "맹자가 말했다. 장부가 장성하면 장가들기를 원하며, 여자를 시집보내고 싶은 마음은 부모 된 사람의 심정이다. 그러나 부모의 명과 중매의 말을 기다리지 않고 구멍과 틈을 뚫어서 서로 엿보며 담을 넘어서 서로 상종하는 것은 곧 부모와 나라 사람이 다 천하게 여길 것이다. 옛 사람들은 일찍이 벼슬하고자 하지 않는 사람은 없지만, 또한 정당한 도리에 따르지 않고 벼슬하는 것을 싫어하였다. 정당한 도리에 따르지 않고 벼슬자리에 나가는 사람은 구멍을 뚫고 서로 엿보는 사람과 같은 것이다(曰: 丈夫生而願爲之有室, 女子生而願爲之有家. 父母之心, 人皆有之. 不待父母之命, 媒妁之言, 鑽穴隙相窺, 踰牆相從, 則父母國人皆賤之. 古之人未嘗不欲仕也, 又惡不由其道. 不由其道而往者, 與鑽穴隙之類也)."

선화 역시 주생으로 인하여 병이 들어 움직일 때마다 남의 손을 빌어야 했다. 홀연히 주생이 왔다는 소식을 듣고는 병을 무릅쓰고 억지로 일어나 엷게 화장을 하고 소복을 입고서 홀로 구슬발 안에 서 있었다.

주생이 전奠을 마치고 먼발치에 선화가 보여, 다만 눈길로 정을 주고는 나왔다. 잠깐 머리를 돌린 사이에 이미 사라져 볼 수 없었다.

몇 달 뒤에 비도가 병을 얻어 일어나지 못했다.

숨을 거두기 전, 주생의 무릎을 베고 눈물을 머금은 채 말했다.

"저는 봉비지체葑菲之體70)로서 송백松柏71)의 그늘에 의지하였으니, 어찌 꽃향기가 없어지기도 전에 접동새[鶗鴂]72)가 먼저 울 줄 생각이나 했겠어요? 이제 낭군과 곧 영원히 이별을 하게 될 것이에요. 비단 옷과 풍악소리는 이제부터 그치겠지요. 일찍이 해로하자던 바람은 이미 이지러졌어요. 다만 바라는 것은, 제가 죽은 후에 낭군은 선화를 취하여 배필로 삼으시고, 제 유골은 낭군이 오고 가는 길가에 묻어 주신다면, 비록 죽은 날들을 살아 있는 해로 여기겠어요."

---

69) 전 : 장사지내기 전에 영연(靈筵)에 간단히 술과 과실을 드리는 예식이다.

70) 봉비지체 : '남편에게 버림받은 아내가 자기의 처지를 한탄하며 남편을 원망하는 의미'. 『시경(詩經)』「패풍(邶風)」'곡풍(谷風)'에 나온다. 본래 이 장은 여자가 젊어서는 예뻐서 사랑을 받을 수 있으나, 늙으면 미워서 버림을 받을 수 있다는 비유의 의미이다. '곡풍'에 나오는 부분은 아래와 같다.
  "순무를 캐고 순무를 뜯음은, 뿌리 때문이 아니네. 덕음이 어긋남이 없다면, 그대와 죽을 때까지 함께 살고 싶네(采葑采菲, 無以下體. 德音莫違, 及爾同死)."

71) 송백 : 소나무와 잣나무를 아울러 이르는 말. 여기서는 주생을 비유하였다 .

72) 제결 : 접동새. 한국문학의 비극적(悲劇的) 정서 환기에 한 몫을 담당하는 소재이다. 우리나라에 널리 분포된 설화 한 편을 보면 다음과 같다.
  옛날에 아들 아홉과 딸 하나를 낳은 어느 부인이 죽었는데, 후처로 들어온 계모는 전실 딸을 몹시 미워하여 늘 구박했다. 혼기가 찬 처녀는 많은 혼수를 장만해 놓고 구박을 못 이겨 갑자기 죽고 말았다. 아홉 오라비(오랍동생)가 슬퍼하면서 누나의 혼수를 마당에서 태우는데, 계모는 아까워하며 태우지 못하게 말렸다. 이에 격분하여 그 계모를 불 속에 밀어 넣었더니 까마귀가 되어 날아갔다. 접동새가 된 처녀는 밤이면 오랍동 생들을 찾아와 울었는데, 접동새가 밤에만 다니는 까닭은 까마귀가 죽이려 하므로 무서워서 그런다고 한다.

그리고는 말을 마치자 기절하여 한참 후에 다시 깨어나, 눈을 뜨고는 주생을 바라보며 말했다.

"주랑周郞! 주랑周郞! 몸조심하세요. 몸조심하세요."

연달아 이런 말을 몇 차례 하더니 숨을 거두고 말았다.

주생은 대성통곡하고는 곧 호수 위 큰길가에 고이 묻어, 그녀가 원하는 대로 해주었다.

글을 지어서 제사하였는데 이렇다.

유세차, 아무 해 아무 달 아무 날에 매천거사梅川居士는 초황焦黃73)·여단荔丹74)을 올려 비도 낭자의 영전에 제를 지내노라.

오직 그대는 꽃처럼 매우 곱고 아름다우며 달의 자태와도 같이 가벼우면서도 꽉 찼습니다. 장대章臺의 버들75)인 양 춤을 추면 바람에 나부끼는 버들가지와 같았고 얼굴은 깊은 골짜기의 난초보다 빼어났으니, 이슬 담뿍 머금은 한 떨기 붉은 꽃이었습니다. 회문시回文詩76)에 있어서는 소야란蘇惹蘭77)이라도 뛰어남을 용납하지 않았으며, 사詞에 있어서는 가운

---

73) 초황 : 초황(蕉黃)이다. 누런 파초 열매로 흔히 제물로 쓰인다.

74) 여단 : 붉은 타래열매로 흔히 제물로 쓰인다.

75) 장대의 버들 : 장대(章臺)는 중국 장안(長安)에 있었던 누대(樓臺). 혹은 번화가(繁華街) 또는 화류항(花柳巷)을 이르는 말. 중국 한(漢)나라 이후 장안 장대의 거리가 기녀(妓女)와 버들이 많고 번화하였다는 데서 유래한다.

76) 회문시 : 머리에서부터 내리읽으나 아래에서부터 올려 읽으나 뜻이 통하고 평측(平仄)과 운(韻)이 맞는 한시(漢詩). 하늘의 별자리 모양인 선기도안(璇璣圖案) 위에 가로, 세로 각 29자씩 841자를 바둑판처럼 수(繡)놓는 것이다. 이것을 돌려 읽거나 가로, 세로, 대각선, 혹은 건너 뛰어 읽으면 200여 수의 시를 얻을 수 있다한다. 이인로(李仁老:1152~1220)는 『파한집(破閑集)』에서 "무릇 회문시란 바로 읽으면 부드러워 쉽고 거꾸로 읽어도 빽빽하고 어려운 태가 없어 말과 뜻이 함께 묘한 뒤라야 공교하다고 할 수 있다(夫回文者, 順讀則和易, 而逆讀之, 亦無聲牙艱澁之態, 語意俱妙然後謂之工)."라고 하며, 두도(竇滔)의 아내 소혜(蘇蕙)의 <소약란직금도(蘇若蘭織錦圖)>부터 비롯되었다고 하였다. 우리나라에서는 <소약란직금도(蘇若蘭織錦圖)>란 딱지본 소설이 있을 정도로 성행하였다. 주 50) 참조.

77) 소야란 : 소약란(蘇若蘭)이다. 주 50) 참조.

화賈雲和78)라도 이름을 뽐내기는 어려울 것입니다.

이름은 비록 악적樂籍79)에 들었어도 그 뜻만은 그윽했고 정절을 지켰습니다. 나는 방탕한 뜻을 지녀 바람에 휘날리는 버들개지요, 외로이 물을 따라가는 부평초 신세였습니다. 언채말향지당言采沫鄕之唐80)이요, 불부동문지양不負東門之楊81)하여, 서로가 사랑을 다하며 곁에 있어 잊지 않기로 하였습니다. 달이 떠 흰 빛일 때였던가요. 아름다운 맹세할 적에 구름은 창을 가리고 밤은 고요한데, 꽃밭에는 맑은 봄빛이 흐르고 있었습니다. 한 사발의 경장瓊漿82) 마시고 몇 곡이나 난생鸞笙을 연주하기도 했지요.

어찌 시간이 흘러서 지난 일이 되었고 즐거움은 다하여 슬픔이 왔단 말입니까? 비취 이불이 따뜻해지기도 전에 원앙鴛鴦83)의 단꿈이 먼저 깨어졌습니다. 즐거움은 구름과 같이 사라지고 은혜로운 정은 비 같이 흩어졌습니다. 눈길을 모은 비단치마 색은 이미 변했고 손으로 만지고

---

78) 가운화 : 가운화(賈雲華 : 娉娉)인 듯. 가운화는 중국 명(明)나라 작가 이정(李禎 : 1376~1452)이 쓴 전기소설집(傳奇小說集)인 『전등여화(煎燈餘話)』에 수록된 <가운화환혼기(賈雲華還魂記)>의 주인공인데, 사(詞)를 아주 잘 지었다. 주 35) 참조.
79) 악적 : 장악원 악공의 등록 원부. 여기서는 기적(妓籍)의 뜻이다.
80) 언채말향지당 : '여자를 좋아하여 유인한다.'는 의미. 『시경(詩經)』「용풍(鄘風)」'상중(桑中)'에 나온다. 본래 이 장은 위(衛)나라 풍속이 음란하여 처첩(妻妾)을 도적질할 때 사랑하는 사람을 맞이하고 전송하는 노래이다. 이 글에서는 남자가 여자를 유인하여 하였다는 의미이다.
  이 글이 나오는 부분은 아래와 같다.
  "당(唐) 캐기를, 매읍의 시골에서 하네(爰采唐矣, 沫之鄕矣)."
81) 불부동문지양 : '상봉의 약속을 어기지 않는다.'는 의미. 『시경(詩經)』「진풍(陣風)」'동문지양(東門之楊)'에 나온다. 본래 이 장은 남녀가 결혼 약속을 어기는 시속을 풍자한 노래이다. 이 글에서는 남녀가 약속을 저버리지 않았다는 의미이다.
  이 글이 나오는 부분은 아래와 같다.
  "동문(東門)의 버들이여, 그 잎이 무성하고 무성하네. 어두울 때 만나기로 약속하였는데, 샛별이 반짝이네(東門之楊, 其葉牂牂. 昏以爲期, 明星煌煌)."
82) 경장 : 경장(瓊漿)이다. 경장은 옥과 같이 귀한 물. 흔히 옥액과 함께 선경(仙境)에서 좋은 약을 경장옥액(瓊漿玉液)으로 부른다. 『수서(隨書)』에서는 "금단과 옥액으로 장생불사한다는 것은 역대로 헤아릴 수 없는 비용만 허비했을 뿐, 끝내 아무런 효험도 없었다(金丹玉液, 長生之事, 歷代糜費, 不可勝紀, 竟無效焉)."라고 하였다.
83) 원앙 : 오리과의 물새. 짝을 바꾸지 않기에 금실이 좋은 부부를 비유적으로 이르는 말이다.

귀로 들으나 옥으로 만든 패물은 소리를 내지 않으며, 한 자의 맹서를 쓴 비단을 넣어 둔 상자 옛 상자만이 아직도 향기롭습니다. 붉은 줄의 좋은 거문고와 푸른색의 아름다운 옷은, 은빛 상床에 공허하게 남았고 남교藍橋84)의 옛집은 홍랑紅娘85)에게 내맡겼습니다.

아아! 아름다운 사람은 얻기 어렵고 덕이 있는 음성은 잊기 어렵습니다. 옥 같은 얼굴, 꽃다운 모습은 늘 곁에서 볼 수 있고 하늘과 땅처럼 영구히 변함이 없을 줄 알았는데, 이 한스러움이 망망합니다. 타향에서 짝을 잃었으니 누굴 믿고 누구에게 의지하겠습니까? 다시 노를 저어 온 길을 되돌아가려 합니다. 바다는 넓고 넓으며 천지는 험하기만 한데, 외로운 조각배로 만 리 길을 가지만 간들 무엇에 의지하겠습니까?

다음 해에 다시 한 번 곡哭을 하게 될지, 물결이 출렁거리며 한없이 넓기에 기약하기 어렵습니다. 산에는 구름이 다시 돌아오고 물은 밀렸다가 다시 조수潮水되어 오가지만, 낭자의 가버림은 한 번 가니 적막할 뿐입니다. 제를 드리는 것은 아무개이고, 정을 진술한 것은 글입니다.

바람결에 술 한 잔 그대에게 권하니 꽃다운 영혼은 기꺼이 받으십시오.

상향尚饗86)

---

84) 남교 : 중국의 산시성[陝西省]동쪽에 있는 땅 이름. 선굴(仙窟)이 있다고 대대로 전해진다.『태평광기(太平廣記)』<배 항(裵航)>에서 선인(仙人) 배 항이 운교부인을 만나던 곳이다. 옛날 당 나라 때 배 항(裵航)이란 사람이 운교부인(雲翹夫人)을 만났더니, "한 번 구슬 물을 마시고 나면 온갖 느낌이 일어날 것이오. 검은 서리(玄霜)라는 신선 약을 찧어 주고야 운영(雲英)이를 만날 것이오."라는 시 한 수를 주는 것이었다. 뒤에 배 항이 남교(藍橋)역을 지나다가 어떤 늙은 할미에게 마실 것을 청했더니 그 할미가 운영을 시켜 마실 것을 가져다주는데, 배 항이 그것을 받아 마셔보니 바로 진짜 '구슬 물'이었다. 그리고 또 운영을 보니 어떻게나 어여쁜지 할미에게 운영과 짝 맺어 주기를 청하자, 할미의 말이 "간밤에 신선이 영약 한 숟가락을 주었는데, 다만 이것은 옥 공이를 가지고 절구에 찧어야만 되는 것이니, 그대가 그것을 찧어주고 나서야 운영이와 결혼할 수 있을 것일세." 하므로, 배 항은 백 일 동안이나 그 신선 약을 찧어 주고서 운영에게 장가들어 그 길로 같이 신선이 되어 갔다는 것이다.
이 글에서 '남교(藍橋)의 옛 집'은 비도가 살던 집이다.
85) 홍랑 : 당나라 소설 <회진기(會眞記)>의 여주인공인 앵앵(鶯鶯)의 하녀. 여기서는 비도의 하녀를 말한다.
86) 상향 : '흠향하옵소서.'의 뜻. 축문(祝文)의 맨 끝에 쓰는 말이다.

주생은 제사를 마치자 외롭게 된 두 계집종에게 이별하며 말했다.

"너희들은 집을 잘 간수하여라. 내 후일 뜻대로 일이 이루어진다면 반드시 너희들을 돌봐 주마."

계집종들은 섧게 울며 말했다.

"저희들은 주인아씨를 어머니같이 우러러 받들었고 아씨께서도 저희를 자식같이 살펴 주셨어요. 저희가 복이 없고 팔자가 사나와 아씨께서 일찍 돌아가셨으니, 오직 믿고 이 마음을 달랠 분은 낭군뿐입니다. 이제 또 낭군마저 가신다면 저희들은 누구를 의지합니까?"

계집종들은 통곡을 그치지 않았다.

주생은 여러 번 계집종들을 달래 주고는 눈물을 뿌리며 배에 올랐으나 차마 노를 저을 수 없었다.

이날 밤 주생은 수홍교垂虹橋 밑에서 묵었는데, 멀리 선화의 집을 바라보니 은초롱 속의 촛불 빛만이 숲 밖으로 가물거렸다. 주생은 좋은 시절은 이미 지나간 것을 생각하고 다시 만날 인연이 끊어졌음을 슬퍼하며, 즉석에서 <장상사長相思> 한 수를 읊으니 이렇다.

花滿烟柳滿烟,	꽃에도 버들에도 안개 자욱하니,
暗信初馮春色傳.	봄 빛이 처음으로 소식을 전하도다.
綠簾深處.	푸른 발 드린 깊은 곳이라네.
好因緣惡因緣,	좋은 인연이 모진 인연되어,
曉院銀缺已惘然,	샛별 진 뜨락엔 은초롱만 가물가물,
歸帆水雲邊.	구름 낀 물가 따라 뱃길을 돌리네.

주생은 날이 새도록 잠을 이루지 못했다.

이번에 가면 선화를 영영 이별할 것만 같고, 머물자니 비도와 국영도

죽었으니 의지할 데라곤 없었다. 백 갈래로 생각해 보았으나 한 가지 방법
도 얻지를 못했다.

벌써 날은 훤히 밝아 오니, 하는 수없이 노를 저어서 뱃길을 떠났다.
선화의 집이며 비도의 집이 볼수록 점점 멀어 아득해졌다. 산굽이를 돌아
물이 휘도는 곳에 이르자, 순간, 이미 사라져 버렸다.

주생의 외가인 장張 노인은 호주湖州87)의 큰 부자였는데, 친척 간에
화목하기로 소문이 나 있었다. 주생은 시험 삼아 그리로 찾아가 의지하려
하니 장 노인은 관대하게 주생을 지극히 후하게 대접했다. 주생은 비록
몸은 편안하였으나, 선화를 생각하는 정은 갈수록 더욱 더해만 갔다.

이리저리 뒹굴며 잠 못 이루는 사이에 또 봄이 되니, 이 해가 만력萬曆88)
임진년壬辰年:1592년이었다.

장 노인은 주생의 얼굴이 나날이 파리해 가는 것을 보고는 이상스럽게
여겨 까닭을 물었다. 주생은 감히 감추지 못해 사실대로 아뢰니, 장 노인이
말했다.

"자네 마음 속 사연이 있으면서 왜 진작 말하지 않았나. 내 안사람과
승상은 같은 집안이라, 여러 대 동안 집안끼리 알음알음 알고 지내는 사이
세. 내 자제를 위해 힘써 봄세."

다음 날, 노인은 부인을 시켜 편지를 써, 늙은 창두를 전당으로 보내
왕사지친王謝之親89)을 의논했다.

선화는 주생과 이별한 후 오래도록 자리보전을 하여 예쁜 얼굴은 야위
고 초췌해졌다. 부인도 선화가 주생을 사모하다 얻은 병인 줄은 알고 그녀
의 뜻을 이루어 주려 했으나, 이미 주생은 떠나버려서 어쩔 수가 없었던

---

87) 호주 : 지금의 저장성[浙江省] 오흥현(吳興縣)이다.
88) 만력 : 명(明)나라 신종(神宗)의 연호이다.
89) 왕사지친 : '혼인관계'. 동진(東晉) 시기 대귀족이었던 왕도(王導)와 사안(謝安)의 가문
　　이 대대로 혼인을 하였기에, 연유하였다.

차였다. 난데없이 노씨盧氏90)의 편지를 받았으니 온 집안이 놀라며 기뻐했다. 선화도 억지로 일어나서 머리 빗고 세수하여 전과 같았다.

곧 이 해 9월로 혼인[結褵]91)이 정해졌다.

주생은 날마다 강 어귀에 나가 오래도록 기다렸다.

열흘이 못되어서 창두가 돌아와 정혼定婚의 뜻을 전하였다. 그리고는 또 선화의 편지를 주생에게 전해 주었다. 주생이 급히 편지를 뜯어보니 분향 냄새와 눈물 자국이 있어 슬픈 원망을 짐작하게 했다.

사연은 이러했다.

복이 없고 팔자가 사나운 선화는 깨끗이 목욕하고 몸가짐을 가다듬고는 주랑周郞 족하足下92)께 편지를 올립니다.

저는 본래 약질이어서 깊은 규방에서 자라면서 늘 청춘이 수이 감을 근심하여 거울을 들여다보면서 스스로 안타까워했습니다. 비록 임을 그리는 꽃다운 마음을 품었으나 사람을 만나면 부끄러움이 생겼습니다. 언덕배기의 버들가지를 보면 춘정春情이 무르녹고 나뭇가지의 꾀꼬리 소리를 들으면 곧 새벽녘에 몽롱하게 생각도 났습니다. 하루아침에 고운 나비가 정을 전하며 산짐승이 길을 인도하여, 동방지월東方之月에 주자재달妹子在闥93)하시듯, 그대가 담을 넘어 오셨는데 제가 어찌 애단愛

---

90) 노씨 : 장(張) 노인의 부인이다.
91) 결리: 혼인. ‘리(褵)’는 부인의 작은 띠이니, 어머니가 딸을 경계하고 딸을 위하여 띠를 채워주고 향주머니를 매주는 것이다. 『시경(詩經)』「유풍(幽風)」‘동산(東山)’에 나온다. ‘동산(東山)’에 나오는 부분은 다음과 같다.
　“친히 그 향주머니를 매주니, 아홉이며 열인 그 위의로다(親結其褵, 九十其儀).”
92) 족하 : 편지 받을 사람의 성명 아래에 쓰는 말이다.
93) 주자재달 : ‘동쪽 하늘에 달이 뜨니 어여쁘신 우리 임 문간에 와 계셨다.’는 의미. 『시경(詩經)』「제풍(齊風)」‘동방지일(東方之日)’에 나온다. 본래 이 장은 임금과 신하가 도리를 잃고 남녀가 예도로 교화하지 못함을 풍자한 시이다. ‘동방지일’에 나오는 부분은 아래와 같다.
　“동쪽하늘에 달이 뜨니, 저 어여쁘신 우리 임, 내 방에 오셨네(東方之日兮. 彼姝者子, 在我室兮).”

檀94)만 하였겠습니까? 현상玄霜95) 선약을 다 찧고도 험한 산길의 옥경玉京96)에 오르지 않았습니다. 밝은 달이 하늘 가운데에서 나뉠 때 하늘에서 부부의 연을 맺자고 굳은 맹세를 했습니다.

　그러나 어찌 좋은 일 뒤에 어려운 일이 늘 있음을 알았겠습니까? 아름다운 기약은 막혔고 마음 속으로 사랑하기에 몸은 점점 여위고 슬퍼하였습니다. 임은 가고 봄은 다시 왔지만, 고기는 숨고 기러기는 끊어졌으며[魚況雁斷]97) 비는 배꽃을 때렸습니다. 날이 저물면 문을 닫고 온갖 상념에 젖어 잠 못 이루었으니 초췌한 것은 낭군 때문입니다. 비단 장막의 공허함이여, 봄이 적적하고 은촛불만이 훌쳐 가물거림이여, 밤이 침침할 따름입니다. 하룻밤에 몸 그릇되어 백 년 동안 정을 품음에 쇠한 꽃을 보고는 멍하였고 조각달을 바라만 보았습니다. 삼혼三魂98)은 이미 흩어졌고 팔익八翼99)은 날 수 없게 되었습니다. "오랫동안 헤어져 있다 뜻밖에 서로 만났으니 저의 소원을 풀었어요(邂逅相遇 適我願兮)."100)

　이제 월로月老101)께서 소식을 보내옴에 좋은 날을 가려 기다릴 수 있

---

94) 애단 : '박달나무를 아낀다.'는 뜻. '여자가 정조(貞操)를 지킨다.'는 의미이다.
95) 현상 : '검은 서리'로 선가(仙家)의 약. 이 현상(玄霜)을 다 찧으면 선녀인 운영을 만난다는 말이 있다.
96) 옥경 : 하늘 위에 옥황상제(玉皇上帝)가 산다고 하는 가상적인 서울이다.
97) 고기는 숨고 기러기는 끊어졌으며 : 소식이 끊어졌다는 의미. 잉어나 기러기가 편지를 날랐다는 데서 유래한다.
98) 삼혼 : 사람의 몸에 있다는 태광(台光)·상령(霜翎)·유정(幽精)의 세 가지 정혼(精魂)이다.
99) 팔익 : 여덟 날개. 진(晉)나라의 도간(陶侃)이 꿈에 여덟 개의 날개로 하늘을 날아 올랐다한다.
100) 오랫동안 헤어져 있다 … 저의 소원을 풀었어요 : 『시경』「정풍(鄭風)」 '야유만초(野有蔓草)'에 보이는 말을 차용하였다. 이 시는 남녀 간의 만남을 노래하였는데, 원문은 아래와 같다.
　한 사람이 있는데 맑은 눈에 넓은 이마가 예쁘기도 뜻밖에 서로 만났으니 내 소원대로 들어맞았어라(有義一人 淸揚婉兮 邂逅相遇 適我願兮 適我願兮)
101) 월로 : 남녀의 인연을 맺어 주는 신인 월하노인(月下老人). 『태평광기(太平廣記)』 <정혼점(定婚店)>에 보면 다음과 같이 나온다.
　당(唐)나라의 위고(韋固)라는 사람이 여행 중에 달빛 아래서 독서하고 있는 노인을 만나, 자루 속에 든 빨간 노끈의 내력을 묻자, 노인은 본시 천상(天上)에서 남녀의 혼사 문제를 맡아보는데 그 노끈은 남녀의 인연을 맺는 노끈이라 하였다. 그리고 위고의

게 되었습니다. 그러나 홀로 있는 동안에 초조하여 병은 나날이 깊어져 꽃 같은 얼굴에 화장기가 사라지고, 구름 같은 머리에는 광채가 없어졌습니다. 낭군이 보신다하여도 다시는 전처럼 사랑을 베풀지 못할 것입니다. 다만 두려운 것은 제 작은 정성이나마 다하지 못한 채, 갑자기 먼저 아침 이슬과 같이 황천길을 갈 것 같아 가슴 속에 한이 무궁한 것입니다. 아침에 낭군을 뵈옵고 한 번만이라도 저의 슬픈 마음을 호소나 할 수 있다면, 저녁에 유방幽房102)에 갇히더라도 원망함이 없겠습니다.

　구름 낀 산 만 리 밖에 계시니 신사信使103)를 시켜서 편지를 자주 전할 수도 없는 일입니다. 이제 목을 빼어 우러러 바라보니, 뼈는 부서지고 혼은 사라질 뿐입니다.

　호주湖州의 땅은 구석진 곳이라, 축축하고 더운 땅에서 생기는 독한 기운에 병들기 쉬우니, 힘써 스스로를 아끼시어 내내 몸조심 하세요! 내내 몸조심 하세요! 그지없는 사랑을 보냅니다. 감히 다하지 못한 말은 분부分付하여 돌아가는 기러기 발에 묶어104) 보내겠습니다.

모월 모일 선화 올림

　주생이 편지를 다 읽으니 꿈꾸다 막 깨어난 것만 같고 술에 취했다 막 정신이 난 것만 같아서 슬프기도 기쁘기도 했다. 오는 9월을 손꼽아 보니 너무 먼 것 같아 혼사 날을 고쳐 잡아 달라고 곧 장 노인에게 청하여, 다시 한 번 창두를 보내 달라고 했다.

　그리고는 또 선화에게 보내는 답장을 썼다.

　사랑하는 아가씨에게

　혼인은 14년 후에나 이루어진다고 예언하여 사실 그대로 이루어졌다고 한다.
102) 유방 : 깊은 무덤 속을 말한다.
103) 신사 : 편지를 전하는 심부름꾼이다.
104) 기러기 발에 묶어 : 기러기는 일정한 계절에 맞춰 이동하는 철새이기에 일찍이 신의(信義) 있는 동물, 소식(消息)을 전해주는 동물의 상징으로 비유되었다.

삼생三生105)의 인연이 깊어 천 리 밖에서 편지가 왔습니다. 마음에 품은 사람을 생각하니 지난날의 기억이 또렷하군요.

지난 날 나는 옥 같은 그대의 정원에 뛰어들어 몸을 경림瓊林106)에 의탁하였다가 그대를 사랑하는 마음이 한 번 일어나니 비처럼 쏟아지는 마음을 금하지 못하여, 꽃 속에서 굳게 약속하고 달빛이 비치는 아래에서 인연을 맺었습니다. 분에 넘치게도 많은 사랑을 입고 굳은 맹세를 한 것이 아직도 낭랑합니다. 스스로 생각해보니 이 세상에서는 깊은 은혜를 갚을 도리가 없습니다. 인간의 좋은 일에 조물주의 시샘이 많아서인지, 곧 하룻밤의 이별이 마침내 해를 넘기는 원한이 될 줄 알았겠습니까? 서로 떨어진 데다 산천이 가로막혔으니, 한 필의 말을 타고 외로이 하늘의 끝까지 가는 것이 몇 번이나 슬프던지요. 기러기는 오吳나라 구름 속에서 울고 원숭이는 초楚나라의 산골짜기에서 우는데, 여관에서 홀로 잠을 자자니 외롭고 쓸쓸했습니다. 사람이 목석木石이 아니고서야 어찌 섧지 않겠습니까?

아아! 아름다운 그대여, 이별한 후의 슬픔은 그대만이 알 것입니다. 옛 사람의 말에 '하루를 보지 못하면 3년과도 같다' 했으니, 이를 미루어 생각한다면 한 달은 곧 90년이나 됩니다. 만약 가을을 기다려 혼사 날을 정한다면, 차라리 거친 산의 덤불 속에 있는 무덤에서 나를 찾느니만 못할 것입니다.

정을 다하지 못하고 말도 다하지 못했는데, 종이를 대하여 목만 메여오니 다시 무슨 말을 할 것인지는 알아서 헤아려 주십시오.

편지를 써 놓았으나 전하지는 못했다.

마침, 조선朝鮮이 왜구倭寇107)의 침략을 당하여, 중국에 매우 간절히

---

105) 삼생 : 전생(前生), 현생(現生), 내생(來生)인 과거세, 현재세, 미래세를 통틀어 이르는 말이다.
106) 경림 : 송(宋) 나라 태조(太祖)가 개봉부(開封俯)의 서쪽에 개설하였다는 정원(庭園). 무척 아름다웠다 한다, 여기서는 선화 집의 정원을 비유한 것이다.

구원병을 청했다. 황제皇帝108)는 조선이 지극히 중국을 섬기므로 구원하지 않을 수 없었다. 또 조선이 무너지면 압강鴨江109)의 서쪽인 중국도 편안히 베개를 베고서 잠들 수 없었다. 하물며 나라의 존망이 이어지느냐 끊어지느냐 하는 것은 왕자지사王子之事110)이기에 특별히 도독都督111) 이여송李汝松112)에게 군대를 인솔하여 적을 토벌하도록 하였다.

그리고 행인사行人司113)의 설번薛藩114)은 조선을 다녀와서 황제에게 아뢰었다.

---

107) 왜구 : 13세기부터 16세기까지 중국과 우리나라 연안을 무대로 약탈을 일삼던 일본 해적이다.
108) 황제 : 명(明) 나라 신종황제(神宗皇帝)이다.
109) 압강 : 압록강(鴨綠江). 우리나라에서 제일 긴 강으로 백두산에서 시작하여 황해로 흘러든다. 우리나라와 중국과의 경계를 이루는 강이기도 하다. "압강(鴨江)인근의 사람들"은 중국 사람들을 말한다.
110) 왕자지사 : 제후국(諸侯國)에 대한 천자국(天子國)으로서의 도리를 말한다.
111) 도독 : 군사업무를 총괄하는 관직의 이름이다.
112) 이여송 : 중국 명(明)나라의 무장인 이여송(李如松 : ?~1598). 『조선왕조실록』에서도 이여송李汝松으로 혼용하여 쓰기도 하였다. 이여송의 자는 자무(子茂). 호 앙성(仰城). 요동(遼東) 철령위(鐵嶺衛) 출생. 1592년 조선에서 임진왜란이 일어나자 제2차 원군으로 4만의 군사를 이끌고 조선에 들어와, 1593년 1월 평양성에서 고니시 유키나가[小西行長]의 일본군을 격파하여 전세를 역전시키는 데 큰 공을 세웠다. 그러나 벽제관 싸움에서 고바야카와 다카카게[小早川隆景]에 패한 후로는 평양성을 거점으로 화의교섭 위주의 소극적인 활동을 하다가 그 해 말에 철군하였다. 1597년 요동 총병관(總兵官)이 되었으나 이듬해 토번(土蕃)의 침범을 받아 반격 중에 전사하였다. 일설에 의하면, 그의 5대조는 명나라에 귀화한 조선 사람으로 성주(星州) 이씨(李氏)의 후예라 하며, 당시 조선 주둔 중에 조선인 부인을 맞아 아들을 얻었는데 그의 자손들이 지금도 경상남도 거제군에 한 마을을 이루고 있다 한다.
113) 행인사 : 외교를 다루는 관아이다.
114) 설번 : 광동(廣東) 사람으로 임란 때 명(明)의 칙사(勅使)인 행인사(行人司)의 행인(行人). 『선조실록』 25년(1592년) 9월 2일의 기록에 의하면, '설번(薛藩)이 압록강을 건너와 선조(宣祖)가 백관을 거느리고 영접하였다'고 하였다. 또 『선조수정실록』 25년 9월 1일의 기록에 의하면, 자국의 병부(兵部)에 '명나라가 위험에 처할 수 있기 때문에 조금도 지체하지 말고 왜적을 토벌하여야 한다.'는 내용의 문서를 보내었다고 한다. 또 같은 날의 기록에서는 "우리나라에 사신으로 왔다가 맨 먼저 이 의논을 아뢰었는데, 중국 조정에서 시종 군사를 출동시켜 접응하며 구원하게 된 것은 대체로 이렇게 아뢴 때문이다."라고 하였다.

"북방 사람은 오랑캐를 잘 막아내며 남방의 사람들은 왜구를 잘 당해냅니다. 오늘의 싸움은 남방의 병사가 아니면 어렵겠나이다."

이리하여, 호남湖南115)과 절강折江116)의 여러 군郡과 현縣고을에서 병정을 급히 모집하게 되었다. 그때 유격 장군遊擊將軍117)이었던 성이 아무개인 사람이 평소에 주생의 이름을 알고 있어, 끌어내어 서기書記118)의 소임을 맡겼다. 주생은 사양했지만 어쩔 도리가 없었다.

그는 조선에 와서 안주安州119)의 백상루百祥樓120)에 올라 칠언고시七言古詩를 지었다. 그 전부는 알 수 없고 오직 결구 네 구만이 기록되었으니 이렇다.

愁來獨登江上樓,	시름겨워 홀로 강루江樓에 오르니,
樓外靑山多幾許.	누각 밖 청산은 얼마나 첩첩한지.
也能遮我望鄕眼,	저 산이 고향 그리는 내 눈을 가려도,
不肯隔斷愁來路.	고향생각 여울지는 마음 막지 못하리.

이듬해 계사년癸巳年:1593년 봄, 천병天兵121)은 왜적을 대파하고 추격하

---

115) 호남 : 중국 후베이성[湖北省] 남쪽에 접하여 있는 성. 동정호(洞庭湖) 남쪽에 있으며 상강(湘江)이 지난다.

116) 절강 : 중국 남동부의 동중국해 연안에 있는 성. 고대 월(越)나라의 땅이었으며, 성도(省都)는 항저우[杭州]이다.

117) 유격장군 : 고려로 이해하자면 종오품 하(下) 무관의 품계이다.

118) 서기 : 문서나 기록 따위를 맡아보는 사람이다.

119) 안주 : 평안남도 북서쪽에 있는 군(郡)으로 군사의 요충지였다.

120) 백상루 : 평안남도 안주시에 있는 누각. 100가지 좋은 것을 다 볼 수 있는 누각이라는 뜻에서 이러한 이름이 붙여졌으며, 관서팔경의 하나로 청천강(淸川江)을 내려다보는 위치에 있다. 규모가 크며 기둥배치는 4면 가운데 칸들을 넓게 하여 중심을 강조한 전통적 수법을 따랐다. 주춧돌을 받친 기둥을 세우고 그위 2m 높이에 마루를 놓았다. 고려 때 외적의 침입시 전투를 지휘하는 중요한 장대(將臺)였으며, 611년 을지문덕 장군이 살수대첩을 치른 곳이기도 하다. 진주 촉석루와 더불어 조선 시대의 대표적 누각이었다.

여 경상도慶尚道에 이르렀다.

주생은 선화를 생각하다 마침내 병이 중해져 군사를 따라 남으로 내려갈 수 없어 송경松京122)에 머물고 있었다.

나는 마침 일이 있어 개성에 갔다가 한 객사客舍에서 주생을 만났다. 언어가 통하지 않아, 글로써 의사를 주고받았다. 주생은 내가 글을 안다고 자못 후하게 대접해 주었다. 나는 주생에게 병든 연유를 물어 보았지만, 슬픈 표정을 짓고는 말하지 않았다. 이날 비가 내렸는데, 나는 주생과 함께 불을 밝히고 밤늦도록 이야기를 나누었다.

주생은 <답사행踏沙行> 한 수를 지어 나에게 보여 주었는데, 사는 이렇다.

隻影無憑,	외로운 그림자 의지할 곳 없고,
離恨誰吐,	이별의 회한은 말하기 어려워,
歸魂暗逐連江樹.	돌아가는 넋 남몰래 강가에 맺혀있네.
旅窓殘燈已驚心,	창가에 훌친 촛불 물에 비쳐 이 마음 설레게 하고,
可堪更聽黃昏雨.	저물녘 빗소리는 시름을 더하는구나.
閬苑雲迷,	낭원閬苑123)은 구름에 싸여있고,
瀛州海阻,	영주瀛州124)는 바다에 막혀있어,

---

121) 천병 : 천자의 군사. 명(明)나라 군사를 말한다.
122) 송경 : 조선 시대 이후, 고려의 서울인 개성(開城). 송악산(松嶽山) 아래에 있는 서울이
    라는 뜻이다.
123) 낭원 : 신선이 산다는 곳이다.
124) 영주 : 삼신산의 하나. 중국의 진시황과 한 무제가 불사약(不死藥)을 구하러 사신을
    보냈다는 가상의 선경(仙境). 삼신산에 대한 기록은 『사기(史記)』와 『열자(列子)』에 기
    록되어 있다. 『열자』에 보면, '발해(渤海) 동쪽 수억 만 리(數億萬里)에 오신산(五神
    山)이 거북이 등에 업혀 있었는데, 뒤에 두 개의 산은 흘러가 버리고 삼신산(三神山)만
    남았다. 그 산은 봉래산(蓬萊山), 방장산(方丈山), 영주산(瀛洲山) 세 개의 산이다.'라
    고 하였고 『사기』에 의하면, "B.C 3세기의 전국시대 말, 발해 연안의 제왕 가운데 삼신
    산을 찾는 이가 많았는데 그 중에서도 진(秦)나라 시황제(始皇帝)는 가장 신선설(神仙

玉樓珠閣今何許?　옥으로 된 누각 구슬발은 어디 있는지?

孤蹤願依水上萍,　외로운 발자취 물 위 부평초 되어서는,

一夜流向吳江去.　하룻밤 흘러흘러 오강吳江125)으로 가고자.

내가 이 사詞를 보고 수상쩍어 간절하게 묻는 것을 그치지 않았더니, 주생이 그 일의 처음부터 끝까지를 이와 같이 자세하게 말해주었다. 또 주머니 속에서 한 권의 시집을 꺼내어 보여 주었는데, 제목이 <화간집花間集>126)이었다. 주생은 선화, 비도와 함께 서로 주고받은 화답시가 100여 수였고 그 사를 읊은 것이 또한 10여 편이었다.

주생이 눈물을 흘리며 나에게 간절히 시를 써달라고 하였다. 내가 원진元稹127)의 <회진시會眞詩>128) 30 운율을 모방하여 책 마지막에 써서 주고

說)에 열을 올려 방사(方士) 서복(徐福)이 '동해 어느 섬의 삼신산(三神山)에 불로초가 있다.' 하여 불로초를 구해오겠다는 말을 듣고 동남동녀 500쌍을 주어 구해오도록 하였으나 결국 행방불명되었다."라고 기록하였다. 그리하여 우리나라에서는 예로부터 금강산·지리산·한라산을 봉래산(蓬萊山)·방장산(方丈山)·영주산(瀛洲山)이라 칭하여 삼신산(三神山)이라 불렀고 실재로 진시황 때 방사 서불(徐市)이 우리나라에 불로초(不老草)를 구하러 왔다가 제주도까지 갔으나 못 찾고 돌아갔다 하여 제주도에는 '서귀포(西歸浦)'라는 지명이 남았다.

125) 오강 : 중국 태호(太湖)의 지류(支流) 중에서 가장 큰 강. 황포강(黃浦江)과 합쳐져서 황해(黃海)로 흘러든다.

126) 중국 오대(五代) 때 사(詞)의 선집(選集). 후촉(後蜀) 사람 조숭조(趙崇祚)가 엮었음. 18인의 작품 5백 수를 모은 것으로 전 10권이다. 허균의 『성소부부고(惺所覆瓿藁)』에도 보인다.

127) 원진 : 당(唐)나라의 문학가. 원진(元稹 : 779~831)의 자는 미지(微之). 허난성[河南省] 사람이다. 어려서 집안이 가난하여 각고의 노력으로 공부하였다. 백거이(白居易)와 함께 신악부운동(新樂府運動)을 주도하여 원재자(元才子) 또는 원·백(元白)으로 불렸으나, 문학적 재능이 백거이를 능가하지 못한데다가 정치상의 변절 때문에 원진의 명성은 그리 높지 못했다. 소설집으로 <앵앵전(鶯鶯傳)>이 있다.

128) 회진시 : <회진시(會眞詩)>는 '진실을 만남'이라는 의미. <앵앵전>의 주인공인 장생(張生)이 앵앵(鶯鶯)에게 쥰 시에 대해 이 소설의 저자인 원진(元稹)이 화창(和唱)한 시이다.

　　<앵앵전>의 내용은 아름답고 총명한 최씨의 딸 앵앵과 젊은 서생 징생(長生)과의

사랑이야기이다. 처음에 두 사람은 어머니의 눈을 피하여 홍랑(紅娘)이라는 앵앵의 시녀를 중매인으로 내세워 사회의 관습을 무시하고 맺어진다. 그러나 과거시험 제도와 시대의 윤리에 따라서 서로 다른 길을 걷게 됨으로써, 결국 애정도 파경에 이르게 된다.

원진의 <회진시> 30운은 다음과 같다.

"희미한 달빛 발 사이로 스며들고 반딧불 푸른 하늘을 지난다. 높은 하늘 바야흐로 어두워 가고, 수풀 속도 점차로 몽롱해 간다. 용(龍)의 곡조 뜰 안 대나무를 스치고, 난(鸞)의 노래 우물가 오동을 흔든다. 엷은 비단 치마 엷은 안개처럼 늘여졌고, 패옥(佩玉) 산들바람에 딸랑거린다. 붉은 깃발 서왕모(西王母)를 따르고, 모인 구름 옥동(玉童)을 받든다. 밤 깊어 인적(人跡) 끊어지고, 날 밝아 보슬비가 내린다. 구슬은 무늬놓인 신발 위에 반짝이고, 꽃은 수놓은 용(龍)을 가리운다. 옥비녀엔 오색봉황 날고, 비단 치마엔 무지개 색깔 어린다. 말로는 요화포(瑤華浦)로부터, 장차 벽옥궁(碧玉宮)으로 향한다면서, 가기는 낙양성(洛陽成)의 북쪽. 향하기는 송씨(宋氏)댁의 동쪽, 희롱에 처음에는 살며시 거절하지만, 따뜻한 정은 이미 은근히 통하고 있다. 낮게 쪽 지은 머리 살아있는 매미 같고, 돌아서 걷는 얼굴 눈 덮인 듯 희다. 얼굴 돌리면 눈 꽃송이 뿌리는 듯, 잠자리에 들면 비단뭉치 안은 듯. 원앙은 목을 맞대고 춤추며 놀고, 비취도 둥우리 안에서 서로 즐긴다. 눈썹 화장 부끄러워 한쪽으로 쏠렸고, 입술 연지 따뜻이 더욱 어울린다. 입김 맑아 난초의 꽃술인양 향기롭고, 살결 고와 옥처럼 부드럽다. 힘 없어 팔조차 못 움직일 듯, 애교 많아 곧잘 몸을 가린다. 흐르는 땀 방울지어 떨어지고, 흩어 진 머리카락 초록같이 푸르다. 바야흐로 천년상봉(千年相逢) 기뻐할 제, 문득 새벽 종소리 들려온다. 더 머물기를 바라지만 짧은 시간 원망스럽고, 못내 잊지 못하는 애타는 마음 끝내는 어렵다. 흐려진 얼굴엔 수심이 담겼는데, 다정한 말로써 진정을 맹세한다. 증정하는 옥고리 결합을 밝히고, 남겨 놓은 매듭 동심을 뜻한다. 제분(啼粉)은 작은 거울에 떨어져 있고, 잔등(殘燈)은 숨어 우는 벌레소리에 희미하다. 즐거웠던 순간은 오직 덧없이 흘러가고, 떠오르는 태양은 세상을 점점 밝힌다. 따오기를 타고 또 낙수(洛水)로 돌아가고, 퉁소를 불며 또한 숭산(崇山)으로 오른다. 옷에는 배어 있는 사향이 향기롭고, 베개에는 남아 있는 입술연지 매끄럽다. 넋 빠진 듯 연못가에 돋은 풀을 보며, 표연히 강가에 돋은 쑥을 생각한다. 줄 없는 거문고 학을 원망하여 울고, 물 없는 은하는 기러기 돌아오기를 바란다. 넓은 바다 참으로 건너기 어렵고, 높은 하늘 솟아오르기 쉽지 않다. 뜬 구름 정처 없이 흘러가는데, 소사(蕭史)는 누 가운데 그대로 있다(微月透簾櫳, 螢光度碧空. 遙天初縹緲, 低樹漸葱蘢. 龍吹過庭竹, 鸞歌拂井桐. 羅綃垂薄霧, 環珮響輕風. 絳節隨金母, 雲心捧玉童. 更深入悄悄, 晨會雨濛濛. 珠瑩光文履, 花明隱繡龍. 瑤釵行彩鳳, 羅帔掩丹虹. 言自瑤華浦, 將朝碧玉宮. 因遊洛城北, 偶向宋家東. 戲調初微拒, 柔情已暗通. 低鬟蟬影動, 回步玉塵蒙. 轉面流花雪, 登床抱綺叢. 鴛鴦交頸舞, 翡翠合歡籠. 眉黛羞偏聚, 脣朱暖更融. 氣淸蘭蕊馥, 膚潤玉肌豐. 無力慵移腕, 多嬌愛斂躬. 汗流珠點點, 髮亂綠葱葱. 方喜千年會, 俄聞五夜窮. 留連時有恨, 繾綣意難終. 慢臉含愁態, 芳詞誓素衷. 贈環明運合, 留結表

는 또 위로하여 말했다.

"장부가 근심할 것은 공명을 이루지 못한 것일 뿐이지요. 천하에 어찌 아름다운 부인이 없어서 이겠소? 하물며 이제 삼한三韓129)이 평안해졌으니, 육사六師130)가 돌아간다면, 훈훈한 봄바람은 주랑周郞의 편에 있을게요. 사랑하는 사람이 마음을 지키고 있을 테니, 다른 사람에게 시집 갔다고 걱정하지 마시오. 이러한 근심은 안해도 될 듯하오."

다음 날 아침, 인사를 하고 이별하니 주생이 몇 번씩이나 나에게 고마움을 표하며 말했다.

"한갓 우스운 일이니 반드시 전하지 마시오."

주생의 나이 그때 27세였는데, 이마의 눈매를 보면 안광이 밝게 빛나는 것이 바라보면 마치 그림 같았다.

계사년:1593년 음력 5월에 무언자無言子가 전한다.

心同. 啼粉流宵鏡, 殘燈遠暗蟲. 華光猶苒苒, 旭日漸瞳瞳. 承鴛還歸洛, 吹簫亦上嵩. 衣香猶染麝, 枕膩尙殘紅. 冪冪臨塘草, 飄飄思渚蓬. 素琴鳴怨鶴, 淸漢望歸鴻. 海闊誠難渡. 天高不易沖. 行雲無處所, 簫史在樓中).

* 해석은 정범진 편역, 『당대소설전기집 앵앵전』, 성균관대학교출판부, 1995를 그대로 따랐다.

129) 삼한 : 상고시대 우리나라 남쪽에 있었던 마한(馬韓)·변한(弁韓)·진한(辰韓). 이 이후 삼한은 우리나라를 뜻한다.

130) 육사 : 명나라 군대이다.

2) <위생전> 번역문

(이 본은 간호윤 소장 『한골동본』을 번역의
저본으로 삼고 『저초본』과 <위경천전>을 참고하였다.)

명나라 만력 연간(1573~1619)에 위생韋生이라 하는 자가 있었다. 이름은 악岳이요, 자字는 경천擎天으로 금릉金陵1) 사람이었다.

예전 당나라 때 위응물韋應物의 자손이니 성품과 됨됨이가 총명하고 재주가 뛰어나 나이 십오 세에 문장을 이뤘다. 시의 운치는 소동파(蘇東坡, 1036~1101)를 본받았으니 지극히 맑고 속되지 않아 이름이 당대에 드날려 비길만한 사람이 없었다.

1592년 임진년壬辰年에 벗 장생과 함께 장사長沙2)의 북쪽을 지날 때였다. 바야흐로 시절은 늦은 봄 3월이라 경치가 꽃답고 환하게 빛났다.

장생이 문뜩 일어나서는 갓을 두드리며 말했다.

"답청踏靑3)하는 아름다운 삼춘 하룻날일세. 우리 이제 나그네가 되어있어 이미 난정지회蘭亭之會4)에는 미치지 못할 것이네만. 허나 아름다운 강

---

1) 금릉 : 지금의 난징[南京]으로 중국 동부의 중앙에 있는 장쑤성[江蘇省]의 성도(省都)이다. 남경(南京)이라고도 한다.
2) 장사 : 후난성[湖南省]의 주도이다.
3) 답청 : 청명절에 교외를 서닐며 자연을 즐기던 일.
4) 난정지회 : <난정기(蘭亭記)>에 나오는 말로 지난 시절 왕희지(王羲之)가 3월 3일에 회계(會稽)의 난정(蘭亭)에서 모여 놀며 시를 지었다는 일에서 유래하였다.

남江南5)은 비할 데 없이 빼어나니 여러 사람이 서로 어울리고, 술 파는 집 푸른 기는 붉은 살구꽃 사이로 은은하니 집집마다 봄바람아닌가. 장두杖頭의 금전金錢6)이면 하루의 즐거움쯤은 사지 않겠나. 더욱이 명산은 흥을 일으키고 하늘이 좋은 시절을 빌려주셨으니, 이제 악주岳州7)의 뛰어난 풍경을 보지 않을 수 있겠는가!"

위생이 돌아보고 빙긋 웃으며 말했다.

"그야말로 나를 아는 자가 바로 자네일세 그려."8)

위생과 장생은 곧바로 악양성岳陽城9) 아래에 이르렀을 때는 이미 날이 저물었다.

이날 밤은 고기잡이하는 이의 집을 빌려 들어가 하루를 묵었다.

이튿날 날이 밝자마자 강가 마을에 가 문을 두드려서는 술을 받고 배를 빌려서는 동정호의 남녘에 가 놀았다. 이날은 바람이 따뜻하고 경치는 맑았으며, 잔물결조차 일지 않아 푸른 물에 파란 하늘이 비치는 것이 그야말로 위아래가 한 빛이었다. 강가의 그림 같은 집들은 멀리 혹은 가까이 들쑥날쑥 서있고 어디선가 들리는 아득한 생황笙簧과 노래 소리, 이 모든 게 마치 학을 탄 신선 같았다.

위생이 머리에 건을 쓰고 배에 올라가 길게 절구 두 수를 읊었으니, 그 시는 이랬다.

---

5) 강남 : 중국 양쯔강[揚子江]의 남쪽 지역을 이르는 말이다.

6) 장두의 금전 : 장두(杖頭)의 금전(金錢)이란 술 값이다. 진(晉) 나라 완수(阮修)가 막대기 끝에 술 사 먹을 돈을 걸어 놓고 다니면서 주막이 나오면 문득 들어가 취토록 마신 고사가 있다. 『진서완수전(晉書 阮修傳)』에 보인다.

7) 악주 : '웨양[岳陽]'의 옛 이름이다.

8) 그야말로 나를 아는 자가 바로 자네일세 그려 : 원문은 "知我者, 子也."로 『관안열전(管晏列傳)』第二에 보이는 말이다.

9) 악양성 : 중국 후난성[湖南省] 북쪽에 있는 항구 도시. 둥팅호[洞庭湖] 동북쪽 끝에 접하여 있으며, 양쯔강[揚子江]으로 연결된다. 웅대한 경관으로 유명하며, 두보의 시로도 널리 알려진 곳이다.

桂棹蘭槳泝碧流,	계수 삿대 목란 상앗대로 푸른 물결 거슬러 올라,
岳陽城北始回頭.	악양성의 북녘에 가서 비로소 머리를 돌이켜 보네.
香風十里桃花裡,	향기로운 바람 십 리 길 복사꽃 속에,
多少珠簾上玉鉤.	수많은 구슬 발 옥 갈퀴에 걸렸구나.
草綠蘋香江水多,	푸른 풀 향기론 마름 강물은 넓어지고,
蘭舟搖下洞庭波.	목난 배 흔들 흘러 동정호 물결 따라가네.
春風無恨瀟湘意,10)	봄바람은 한이 없어 소상강의 정을 받아,
收合新篇入棹歌.	새 글을 모두 거둬 뱃노래에 새로 넣었도다.

장생이 잇달아 시를 읊었다.11)

花枝柳影弄春城,	꽃 가지와 버들 그림자 봄 성을 희롱하니,
江上遊12)人捻玉笙.	강 위에서 노니는 사람이 옥피리를 부는구나.
欲待夜深歌舞罷,	밤 깁기를 기다려 노래와 춤을 그치려 하니,
月高三峽聽猿聲.	달이 삼협13)의 높고 잔나비의 슬픈 울음소리 들리네.
玉樓飛閣入江天,	백옥루 높은 누각 강 위엔 하늘이 들어왔으니,
誰捲珠簾弄綵絃.	뉘라서 구슬발을 걷고 비단 줄 희롱하나.
日暮汀14)州人更遠,	날이 저물고 정주15)엔 사람이 멀어가니,

---

10) 春風無恨瀟湘意 : 이 구절은 유종원의 <수조시어과상현견기(酬曹侍禦過象縣見寄)>
　　제 3구의 차용이다. 원문은 아래와 같다.
　　破額山前碧玉流, 騷人遙駐木蘭舟。
　　春風無限瀟湘意, 欲采蘋花不自由。
11) 장생이 잇달아 시를 읊었다 : 원문에는 없으나 이본을 참조하여 넣었다.
12) 遊 : 원문에는 '流'로 되어 있고 그 위에 빗금이 있는 것으로 보아 고치려 하였으나
　　글자는 보이지 않는다. 『저초본』을 참조하여 바로잡았다..
13) 삼협 : 중국의 사천(四川) 봉절(奉節)에서부터 호북(湖北) 의창(宜昌) 지역까지의 산악
　　지대를 흐르는 장강(長江) 줄기 가운데 가장 험난하기로 이름난 구당협(瞿塘峽)·무협
　　(巫峽)·서릉협(西陵峽)을 말한다.
14) 汀 : 『저초본』에는 '江'으로 되어 있다.

臨風腸斷木蘭舡.   바람을 맞아 애간장 끊어지니 목난배로다

읊기를 마쳤다.

강안개가 반쯤 걷히니, 산에 달이 막 비치어 일천 봉우리가 흩어져 온갖 만물의 모습이 마치 별 벌려 있듯하였다.

두 사람은 사소한 일에 매임이 없는 호방한 기운이 솟아 장차 날개가 돋아 신선이 된 것 같았다.

술잔 주고받기를 두어 순배하니 얼굴은 붉어지고 취흥이 도도해지자, 위생이 위연히 길게 탄식하며 말했다.

"아아! 초나라는 슬피 울던 땅일세. 순임금께서 창오蒼梧에서 순단巡斷16)하셨고 대나무는 상강湘江의 남쪽 기슭에서 늙으니, 이것은 아황娥皇과 여영女英 이비二妃17)의 원통한 눈물이 아닌가? 또 이소경離騷經 읊기를 마치자 멱라수汨羅水의 물결이 울었으니18) 이것은 굴삼려屈三閭의 충혼이 아닌가? 초나라 사람들은 정이 많아 길게 죽지가竹枝歌를 부르니 지나는 길손으로 누가 눈물을 옷깃에 적시지 않겠는가."

장생이 눈썹을 찡그리고 한참을 있다가 말하였다.

---

15) 정주 : 현재 복건성(福建省) 장정현(長汀縣)이다.

16) 창오에서 순단 : '순 임금이 남쪽으로 순행하다가 창오의 들에서 죽었다'는 뜻이다. 창오는 산 이름으로서 구의(九疑)라고도 하는데, 순의 무덤이 있다.

17) 이비 : 요임금의 두 딸인 언니 아황(娥皇)과 여영(女英)을 말한다. 순임금에게 순임금이 양위하고 두 딸을 순임금과 혼인시켜 이비(二妃)라 한다. 순임금이 창오에서 죽게 되자 상수(湘水) 길을 따라 뒤따라가면서 통곡을 그치지 않아 눈에서 피가 흘렀다. 피눈물이 대나무 위로 흘러서, 대나무에 얼룩얼룩한 반점이 물들었다. 이 대나무를 소상반죽(瀟湘斑竹)이라 한다. 결국 아황과 여영은 비탄을 이기지 못하여 두 사람이 함께 상수에 몸을 던져 죽었다.

18) 이소경 읊기를 마치자 멱라수의 물결이 울었으니 : 초(楚) 나라의 굴원(屈原)이 이소경(離騷經) 읊기를 마치자 멱라수(汨羅水)에 빠져 죽은 것을 말한다. 굴원은 굴삼려(屈三閭)라고도 한다. 멱라수는 지금의 호남성 상수의 지류에 있는 강으로 굴원이 조국의 장래를 근심하고 회왕(懷王)을 사모하여 노심초사한 끝에 이곳에서 투신자살하였다. 『초사』에 실려 있다.

"나는 본디 일평생이 강개한 사람일세. 남아있는 글만 보아도 오히려 눈물이 나거든 이제 이 땅에 와 넘치는 감회를 이기겠는가? 술잔에 술을 가득 부어 고금 영웅의 넋을 부르겠네."

그리고는 마침내 절구 두 수를 읊었다.

竹枝歌斷暮煙低, 죽지가 노래 소리 끊어지고 안개 가득한 저물녘,

春盡黃陵古廟西. 봄이 다한 황릉黃陵 옛 사당19)은 서녁에 있도다.

香晚白蘋湘水綠, 향내 흰 마람에 가득하고 상강물은 프르디 프른데,

楚山猶有鷓鴣啼. 초산에는 외려 자고새의 울음소리만 들리는구나.20)

楚客維舟聽暮猿, 초국 나그네 배 띄워 저물녁 잔나비 소리 들으니,

十年芳草憶王孫. 십 년 아름다운 풀에 왕손을 생각하는구나.

多情一片瀟湘月, 정이 많은 한 조각 달이 소상강에 휘영청하고,

曾照江魚腹裡魂. 일찍이 고기 뱃속의 넋을 비춰었도다.21)

위생이 급히 말했다.

"그대가 시를 읊으니 처창하고 더욱 괴롭고 슬프네. 이렇듯 꾀꼬리 울고 꽃이 만발한 아름다운 시절엔 그저 흠뻑 취할 따름일세. 모름지기 옛일을 조문하여 마음을 슬프게 해 반나절의 즐거움을 허비치 말게나."

드디어 녹의綠蟻22)를 한 잔 가득 부어 장생에게 권하고 줄을 퉁기며 노래를 불렀다.

---

19) 옛 사당 : 황릉묘(黃陵廟)로 순(舜)의 이비(二妃) 사당이다.

20) 초산에는 외려 자고새의 울음소리만 들리는구나 : 초산(楚山)이 있는 초나라는 굴원(屈原)의 조국. 굴원이 조정에서 쫓겨나 자살을 하고 자고새는 항상 따뜻한 남쪽 지방으로 떠나는 새로 슬픈 정조를 북돋는 시이다.

21) 일찍이 고기 뱃속의 넋을 비춰었도다 : '고기 뱃속의 넋'은 초나라 굴원의 넋을 비유한다.

22) 녹의 : 술의 별명이다.

巴陵東兮岳陽北,	파릉23)의 동녘과 악양의 북녘,
楚山高兮湘水碧.	초산은 높고 상강물은 프르도다.
竹枝歌兮哀怨多,	죽지가를 부르니 슬픈 원이 많아,
蕩蘭舟兮江上波.	목난배 흔들리니 강 물결이 일고.
春風起兮渚蘋香,	봄바람 부니 물가 마람은 향기로워,
懷古人兮不能忘.	옛 사람 생각나니 잊지 못하리로다.
擊玉壺兮唱金縷,	옥병을 두드리고 금루의金縷衣24) 부르다,
醉眼擡兮乾坤暮.	취한 눈 들어보니 온천지 저물어버렸네.

장생이 돛대에 기대어 한 곡조를 불렀다.

吳歌怨兮楊柳靑,	오나라 노래 슬프고 버들은 푸르디 푸르고,
遠送目兮傷春情.	먼 곳으로 눈길 보내니 봄 정이 슬프도다.
搴杜若兮江之邊,	두약杜若25) 풀을 꺾어들고 강가에 가서,
採紫菱兮香滿船.	붉은 마람을 캐니 향내가 배에 가득하도다.
日欲暮兮湘江波,	날은 저물려하네 상강의 물결 위로,
懷美人兮淚如何.26)	아름다운 사람 생각하니 눈물이 흐르네.
望綺樓兮天一涯,	화려한 누각에서 바라보네 하늘 저 끝가를,
春愁起兮奈爾何?	봄날 이는 뒤숭숭한 마음 내 어쩌란 말인가?

---

23) 파릉 : 악양(岳陽)의 옛 지명(地名). 동정호(洞定湖)의 물이 양자강(揚子江)으로 흘러나
가는 출구에 위치한다.
24) 금루의 : 악곡명(樂曲名)이며 당나라 두목(杜牧)의 <두추랑시(杜秋娘詩)>에 '추지옥가
취(秋持玉斝醉), 여창금루의(與唱金縷衣)'라는 시가 있다.
25) 두약 : 생강과의 여러해살이풀로 줄기는 높이가 30cm 정도이며, 잎은 어긋나고 긴 타원
형으로 끝이 뾰족하다. 여름철에 이삭 모양의 꽃이 묵은 줄기의 잎겨드랑이에서 핀다.
26) 何 : 『저초본』과 <위경천전>에는 '雨'로 되어 있다.

노래를 마치고 술에 취해 극히 즐기고는 서로 배 가운데에서 베고 누웠다.

위생이 문득 먼저 깨어서는 머리를 긁적이며 일어나 앉았다.

상강의 하늘은 이미 저물고 모래사장에는 나는 새도 그쳤으며, 언덕 위의 무지개 같은 다리엔 노니는 사람도 점점 드물어졌다.

위생이 장생을 붙잡아 일으켰으나 향기로운 술이 뼈까지 들어 바야흐로 취마醉魔에 흠뻑 취하였으니, 흔들어도 요지부동이요 불러도 대답조차 없었다.

생이 수 놓은 화려한 갖옷을 가지고 비단 닻줄을 풀고 배에서 내려, 저 멀리 머리를 휘 둘러 보니 사방이 고요하고 사람의 발자취가 끊어져 인기척조차 없었다. 다만 앞 마을에서 부르는 노래 소리만이 멀리서 들렸다. 시내를 따라 좁은 길을 찾아가니, 그림 그린 기둥과 붉은 누각이 하늘 끝으로 불쑥 솟아있고, 등불과 촛불이 푸른빛으로 버들 속에서 비춰어 흔들거렸다.

생은 숨소리를 죽이고 문 옆에 붙어서는 안마당을 훔쳐보았다.

푸른 유리 따위로 아홉 층계를 만들었고 온갖 향기로운 꽃들이 피어있는데, 벌과 새들은 다투어 울어댔다. 그 아래에는 작은 못이 있는데 푸른 물결이 마치 거울 같고, 연꽃잎은 막 피어났으며 채색한 오리 한 무리가 오락가락하였다. 그 사이에는 또 침향沈香27)으로 만든 목가산木假山28)이 있었다. 목가산의 봉우리며 풀, 나무들은 모두 비단에 수를 놓은 직물로 꾸몄는데, 그 만든 것이 극히 정교하였다.

한 문을 지나니 굽은 난간이 허공에 떠 있는데, 구름사다리가 나는 듯한 것이 백 척은 됨직하였고, 한 도리에는 구슬발이 꽃 그림자 속에 반쯤 걸어

---

27) 침향 : 팥꽃나뭇과의 상록 교목으로 높이논 20미터 정도이며, 잎은 어긋나고 긴 타원형인데 두껍고 윤이 난다. 나무진은 향료로 쓴다.

28) 목가산 : 침향나무를 깎아 산 모양으로 만든 것이다.

올려져 있었다.

이때 밤은 이미 깊었다.

손님들이 막 흩어지고 여러 풍악소리는 아직 그치지 못하였다. 아름다운 여인 수십여 명이 올씬갈씬하며 난초와 사향 향내를 풍기고 향기로운 옷에는 구슬과 비취가 가득하였다. 교태론 음성으로 반쯤 취하여 온갖 놀이를 함께 펼치는데 춤추는 모습은 마치 놀란 기러기 같고 가볍기는 나는 제비였다. 웃음소리와 말소리가 재잘재잘하니 그치지 않았다.

잠깐 있으니 푸른 머리띠를 두른 무부武夫가 문을 밀치고서 나와서는 자물쇠로 중문을 잠그고 은 열쇠를 가지고 들어가며, 노래를 부르던 아이들에게 "어서들 내당에 들어가 잠을 자거라."라고 했다. 모든 계집아이들이 일시에 대답하고 소매를 잇대고 들어갔다.

구름 같은 창, 안개 누각이 천리 처럼 꽉 막혔으니 하릴없이 기다릴 수만도 없었다.

생은 문 닫힌 담장 안에 숨어 있었기에 새장에 든 새나 다름없게 되었다. 몸을 구부리고 발을 동동 구르며 방황하고 근심과 두려움이 실로 깊었다. 그런 일은 이미 그르쳐졌으니 어찌할 도리가 없었다.

그래 걸음을 옮겨 누각의 다리사다리에 올라가 둘레를 훑어고는 막 주렴 친 기둥의 곁에서 선잠이나마 청해 앉아, '문이 열리기를 기다렸다가 몸을 빼내 도망해야겠지'하는 한 생각뿐이나, 마음이 편치 않아 잠들지 못하였다. 옷을 풀어 헤치고는 일어나 이리저리 뜰 가를 거니는데, 멀리 후원에서 사람의 말소리가 낭랑히 들려 고개를 돌려 바라보았다.

자미화紫微花 29) 아래 한 개의 붉은 연등이 달려있었다.

등불 아래엔 한 미인이 보이는데 나이는 겨우 열 일곱 여덟은 하고 몸매

---

29) 자미화 : 배롱나무라고도 한다. 부처꽃과의 낙엽 소교목으로 잎은 마주나고 긴 타원형으로 윤이 난다. 7~9월에 붉은색, 흰색 따위의 꽃이 가지 끝에 원추(圓錐) 꽃차례로 핀다.

가 가냘프니 아리따워 선녀의 자태이니 꼭 이 세상 사람이 아니었다. 어여쁜 손으로 붉은 꽃봉오리 한 가지를 꺾어 쥐고 누각에 비껴 앉아서는 턱을 괴고 시를 읊었다.

影子長怜月,　　　외론 그림자 늘 달을 가엽게 여기고,
身輕不如花.　　　몸은 가벼워 꽃만도 못하네요.
隨風香萬點,　　　바람 따라 향기는 점점이 되어,
飛去落誰家.　　　날아가서 뉘 집에 떨어지나요.30)

채 읊조리지를 못했는데, 차환이 나타나 발을 치켜들고는 내려와 "찻주전자가 이미 데워졌어요."라고 말했다.

미인이 문득 등을 잡고 들어가 버리니, 안팎이 적막하여 발자국 소리조차 없었다. 가만히 있자니 곧 죽음을 무릅쓰고서라도 마음을 펼쳐보고 싶었으나, 갑자기 담을 넘어 여인의 향을 꺾는다는 것은 범의 꼬리와 봄 어름을 디디는 것 같아 매우 위험하였다. 구멍을 뚫고 여인을 엿보는 책망을 경계하지 않는다면, 끝내는 몸을 망치는 화를 당할 거여서였다. "임이 그립기는 하지만 남의 말이 두려워(仲可懷也 人言可畏)"31), 나아가다가는 돌아서고 물러섰다가는 나아가려 하며, 서슴서슴 발걸음을 내딛지를 못하였다.

이러하기를 가리산지리산 여러 번이더니 미친 마음이 불같이 일어나 여섯 말이 모두 치달려 마침내 억제하지 못하였다.

---

30) <국역본>에는 『간호윤본』과 『저초본』, <위경천전> 모든 한문본에 있는 5언 절구를 생략하였다.

31) 임이 그립기는 하지만 남의 말이 두려워 : 『시경』「정풍(鄭風)」'장중자(將仲子)'에 보이는 말을 차용하였다. 이 시는 남녀 간 밀회의 어려움을 노래하였는데, 원문은 아래와 같다.

  "저도 임이 그립기는 하지만 부모님 말씀도 또한 두려운 걸요(仲可懷也 父母之言 亦可畏也)"

드디어 가만히 걸음을 옮겨 방 밖에 도착하였다.

몰래 창으로 엿보니 이곳이 곧 여인의 침실이었다.

매듭술을 늘어뜨린 비단장막을 말아 올리고 비취 병풍을 둘렀으며, 상 위에는 채색한 오리가 물을 머금고, 한 심지에서 향이 타며 나는 연기가 하늘하늘 이는 것이 실의 가닥 같았다. 그 사이에는 여인이 누워 있었다. 비단 이불을 반이나 밀쳐 옥 같은 팔을 살짝 드러냈고, 푸른 구름 같은 머리칼은 베개에 의지하였는데, 향기로운 땀방울이 송골송골 뺨에 맺혀있었다. 봄날의 노곤한 잠이 깊이 들었는지 붉은 머리띠조차 움직이지 않았다.

생이 옷을 걷어 부치고 다짜고짜 썩 들어가니 여인이 깜짝 놀라 말했다.

"뉘 집의 탕자이기에 이렇듯 포악한 게요!"

거부하는 것이 매우 엄하였다.

생이 황망하나 뾰족한 수가 없어 '돌아 나갈까'하고 생각도 했으나 몸이 이미 닫힌 문의 안에 있어 달아날 방도가 없었다. 문간에 가 욕을 당하나 죽는 것은 매 한가지였다.

그래 힘으로 위협하여 겁탈하려들었다.

여인이 생의 말하는 기운이 온화하며 기품이 있음을 보고, 창루에서 노니는 난봉꾼 소년 부류가 아님을 알고는 의아한 빛을 보였다.

생이 소리를 나직이하여 작은 말로 매우 자세하고 간곡하게 여기까지 들어오게 된 이유를 말하자, 곧 여인이 점점 누그러져 막는 것이 처음 같지 않았다.

생이 비록 강압하여도 부끄러운 눈빛을 나른히 띠었고 던지는 눈길은 은근하였다. 몸은 가냘퍼 가벼운 버들가지 같아 능히 생을 감당치 못하였다. 생은 봄 구름이 물결 넘실거리듯 흥을 주체하지 못하여, 마음속에 굳게 맺혀 잊히지 않는 정을 온 힘을 다하여 애 쓰고서야 그쳤다.

이부자리를 정돈하고 누우니, 원앙금침 위로 꽃 그림자가 너울너울 춤을 추었다.

여인이 갑자기 나른히 하품하며 기지개를 켜더니, 생의 등을 어루만지고 긴 탄식을 하였다.

"인간세상의 즐거움이 여인의 깊은 방에는 이르지 못하였는데, 이 세상에 태어나 비로소 오늘을 만났군요."

이어 생이 성명과 집안을 물으니, 여인이 얼굴빛을 바로하고는 천천히 말하였다.

"저의 성은 소蘇요, 이름은 숙방淑芳이라 부르지요. 옛날 송나라 때 학사學士를 지내신 소자첨蘇子瞻[32])의 후손이랍니다. 제 아버지 함자는 아무개이신데, 일찍이 벼슬이 높아 대각을 두루 거쳐 출세를 이루고 이름을 세우셨고 지금은 이미 벼슬을 물러나셨지요. 가문 또한 쇠하지 않아 집안에는 주륜朱輪[33])을 탄 분이 열 사람이나 된답니다. 제 아버님은 연세 높으셔서야 이 딸 하나를 얻어 매우 사랑하시고 중히 여기셨지요. 일찍이 하루도 부모님의 슬하를 떠난 적이 없어요. 그러므로 각별히 작은 누각을 북쪽 동산 가운데에 세우시고 저로 하여금 마음껏 노닐게 하신 것이랍니다. 저는 깊은 여인의 처소에서 자라 남녀의 정은 알지 못한답니다. 그러나 표매상낙(標梅霜落)[34])은 시인도 풍자를 두었고, 세월은 나는 북 같이 빨라 어여쁜 얼굴을 위하여 머물지 않았고 봄바람은 버들 흔들리는 언덕에 불고 가을비는 오동에 내리는 밤, 외로운 잠자리에 꽃다운 나이를 저버리지 못하였답니다. 오늘 저녁은 어떠한 저녁이기에 이렇듯 좋은 이가 나타난 건지요? '일찍이 이럴 줄 알았더라면 차라리 태어나지 않느니만 못해요(早知

---

32) 소자첨 : 송나라의 시인으로 이름은 식(軾 : 1036-1101). 자첨은 자요 호는 동파(東坡)이다. 「적벽부(赤壁賦)」로 우리에게도 유명하다.
33) 주륜 : 붉은 칠을 한 바퀴가 달린 수레. 높은 지위에 있는 사람이 탄다.
34) 표매상낙 : 표매(標梅)는 『시경(詩經)』「소남(召南)」'표유매(標有梅)'에서 인한 것으로 '잘 익어서 떨어진 매실'이라는 뜻으로, 혼기가 지난 여자를 이르는 말이다.

如此 不如無生).'35) 머리가 희도록 즐거움을 함께 하기로 그대와 약속을
하려해요. 다만 두려운 것은 첩을 천하게 내쳐 저버리지나 않으실까 두렵
군요."

생이 말했다.

"나는 말릉秣陵36) 사람이랍니다. 여러 대 남경南京37)에서 살았으며 거
칠게나마 서사書史38)는 꿰뚫었지요. 늘 벗들과 술병을 차고서 물가와 산을
두루 돌아다닌답니다. 어제는 우연히 한 벗에 이끌려 배를 동정호에 띄웠
지요. 길이 양대陽臺39)에 가까워 선녀를 만나게 되었고, 무산巫山에서 하룻
밤 잠자리를 하였으니, 이것은 전생에 인연이라 압니다. 하물며 몸을 허락
하여 이 어리석은 나를 위해 '건즐巾櫛을 받들겠다'40)하니, 그 정성은 쇠붙
이와 돌에까지 사무치고 그 마음은 귀신도 감격할 것입니다. 다만 연인의
방에서 일어난 일은 은밀하여 저문 밤이라 아는 이가 없습니다. 훗날 그대
의 집에서 꾸짖어 책망함이 있을 것 같으면, 천년의 요지瑤池41)는 목왕穆王
의 꿈에서 영원히 끊어져 칠석날의 은하수는 견우과 직녀의 만남을 길이
느낄 뿐이겠지오."

여인이 문뜩 얼굴을 고쳐 말했다.

---

35) 일찍이 이럴 줄 … 않느니만 못해요 : 『시경』 「소아(小雅)」 '초지화(苕之華)' 2장에 나온
다. '초지화'에 나오는 부분은 다음과 같다. 본래 이 장은 대부가 세상을 걱정한 시이다.
    "능초의 꽃이여 그 잎이 푸르고 푸르도다 내 이럴 줄 알았더라면 태어나지 않느니만
    못하였도다(苕之華, 其葉靑靑. 不如無生, 知我如此)."
36) 말릉 : 원문에는 '抹'로 되어 있다. 『저초본』과 <위경천전>을 참조하여 바로잡았다.
37) 남경 : 중국 장쑤성[江蘇省] 남서쪽에 있는 도시인 난징[南京]. 양쯔강[揚子江] 하류
    연안에 있는 수륙 교통의 요충지이며, 역대 왕조의 도읍지였다.
38) 서사 : 경서(經書)와 사기(史記)를 아울러 이르는 말이다.
39) 양대 : 무산의 선녀가 아침에는 행우(行雨)가 되고 저녁에는 행운(行雲)이 되어 아침저
    녁마다 양대(陽帶)의 아래에 나타난다고 하였다.『문선(文選)』에 보인다. 여기서는 소
    숙방과 만남을 비유적으로 표현한 것이다.
40) 건즐을 받들겠다 : 여자가 아내나 첩이 됨을 겸손하게 이르는 말이다.
41) 요지 : 중국 곤륜산에 있다는 못으로 서왕모(西王母)가 살았다고 한다. 주 목왕(周穆王)
    이 이곳에 가 서왕모를 만나 운우지락을 누렸다는 이야기로 유명하다.

“첩은 천한 창기의 부류가 아니에요. 본래 저는 양가집 자손으로 섭진사항涉溱俟巷42)의 풍을 좋아하지 않으며, 오직 금슬종고琴瑟鍾鼓43)의 즐거움만 생각했습니다. 그래 하늘이 작은 뜻을 비추시어 저에게 좋은 배필을 내리셨으니, 그 일이 비록 희미하나 따뜻한 마음에는 조그마한 틈도 없어요. 혹 은밀한 자최가 드러나서 끝내 부부의 정이 막힌다하여도 죽음으로 맹세컨대, 다른 이를 섬기지 않을 거예요. 다시 내세의 약속을 점쳐 태어나 생과 아름다운 짝으로 만나서 함께 해로하자는 맹세가 달콤할 것입니다. 비록 남교 濫橋의 기이한 만남44)일지라도 이보다 낫지는 못할 거에요.”

생이 급히 말하였다.

“좋은 밤은 괴로이 짧아 닭의 울음소리가 새벽을 재촉하는군요. 꽃다운 정은 아직 흡족지 못한데, 이별하는 마음이 그지없으니 내 어찌하면 좋으리까.”

여인이 베개를 밀어젖히고 일어나 금빛 나는 좋은 병풍을 잡아 창문을 가리며 말했다.

---

42) 섭진사항 : 섭진은 남녀의 관계를 말한다. 『시경』「정풍(鄭風)」 ‘건상(褰裳)’에, 사랑하는 사람을 위해서라면 “치맛자락을 걷어잡고 진수(溱水)를 건너가겠다[褰裳涉溱].”라는 말에 나온다. 사항 역시 『시경』「정풍(鄭風)」 ‘봉(丰)’에 보인다. 여인이 딴 마음이 있어 남자의 구애를 거절하고는 후회하는 내용이다.

43) 금슬종고 : 『시경』「주남(周南)」 ‘관저(關雎)’에 보인다. 원문은 다음과 같다.
    “거문고와 비파로 친히 하도다…종과 북으로 즐겁게 하도다.(琴瑟友之…鍾鼓樂之)”

44) 남교의 기이한 만남 : 남교는 섬서성(陝西省) 남전현(藍田縣) 동남쪽의 남계(藍溪)에 있는 다리 이름이다. 거기에는 선굴(仙窟)이 있었다. 당(唐) 나라 때 배 항(裵 航)이 선녀인 운교부인(雲翹夫人)을 만났을 때, 운교부인이 배 항에게 시(詩)를 주어 “경장을 한번 마시면 온갖 감정이 생기고, 현상을 다 찧고 나면 운영을 만나리라. 남교가 바로 신선이 사는 곳인데, 어찌 곡 기구하게 옥경을 오르려 하나[一飮瓊漿百感生 玄霜搗盡見雲英 藍橋便是神仙窟 何必崎嶇上玉京].” 하였는데, 뒤에 배 항이 남교를 지나다가 목이 말라 한 노구(老嫗)의 집에 들어가 물을 요구하자, 노구가 처녀 운영(雲英)을 시켜 물을 갖다 주었다. 그래서 배 항이 그 물을 마시고는, 앞서 운교부인의 예언을 생각하여 운영에게 장가들기를 청하자, 노구가 “옥저구(玉杵臼)를 얻어 오면 들어 주겠다.” 하므로, 뒤에 배 항이 옥저구를 얻어서 마침내 운영에게 장가들어 신선이 되어 갔다는 전설에서 온 말이다. 『전기(傳奇)』에 보인다.

"동방이 밝은 것이 아니라, 달이 떠오르는 빛이에요."

그리고는 상 위에 있는 푸른 옥으로 만든 퉁소로 <진루봉생곡秦樓鳳笙曲>45)을 부니, 소리는 구름을 뚫고 올랐다.

생이 곧 옷자락을 털고 일어나 문을 열고 보니 멀리 떨어진 마을에선 다듬이질 소리가 들리고, 외로운 성에는 각성角星46)도 쇠잔하니 이미 날이 희붐하게 밝았다.

여인이 생의 손을 잡고 얼굴을 가리고 소리를 나직이 말했다.

"삼생三生47)의 좋은 인연이 하룻밤에 얽혔습니다. 장차 그대께서 의심이 없거든 날이 저물어 만날 것을 기약할게요."

생이 기뻐 허락하고 뜰을 내려와 두어 걸음을 걷고는 돌아보니,

여인은 분단장이 지워진 채로 어칠비칠 문간에 기대서는 멍하니 넋이 나간 듯하였다.

생이 처량하게 내달아나오니 중문은 이미 열렸으나, 바깥문이 아직도 닫혀 있었다. 생은 몸을 수풀 사이에 감추었다.

이윽고 한 수염이 나고 붉은 옷을 입은 사내종이 안에서 나와 붉은 문을 열어젖히고 안뜰을 깨끗이 쓸고는 동쪽 행랑채로 다시 돌아 들어갔다. 생이 소마소마 좌우를 둘러보고는 목숨을 버리고 치달려 나오니, 관과 신이 땅바닥에 떨어지는 줄을 모르고 식은땀이 물 흐르듯하였다.

강기슭에 오니 장생은 아직도 봉창蓬窓48)을 닫아걸고서는 한창

---

45) 진루봉생곡 : '진루에서 부는 봉명곡'. '진루'는 춘추 시대 진(秦) 나라의 봉대(鳳台)를 지칭한다. 진 목공(秦穆公)의 딸 농옥(弄玉)이 피리의 명인 소사(蕭史)에게 시집을 가서 열심히 배운 결과 봉명곡(鳳鳴曲)을 지어 부르게 되자, 목공이 그들을 위해 봉대(鳳臺)를 지어 주고 거하게 하였는데, 뒤에 부부가 신선이 되어 하늘로 올라갔다는 고사가 전해 온다. 『후한서 교진전 주(後漢書 矯愼傳 注)』에 보인다.
46) 각성 : 이십팔수의 첫째 별자리에 있는 별들로 이 별이 뜨면 새벽이다.
47) 삼생 : 전생(前生), 현생(現生), 내생(來生)인 과거세, 현재세, 미래세를 통틀어 이르는 말이다.

꿈나라였다. 그 나머지 종들도 진탕 술에 취해서는 일어나지 못했다. 그래 생도 장생의 곁에 누워 눈을 감고 잠들려 하였지만, 정신이 아뜩하도록 날고 말똥말똥하여 잠을 이루지 못하였다. 그래 장생을 발길로 "툭툭" 차 일어나게 했다.

장생이 깜짝 놀라 잠을 깨서는 위생을 돌아보며 말했다.

"동정호洞庭湖의 놀이가 즐거웠나?"

위생이 대답했다.

"어제 저녁 밤늦도록 술을 먹어 깊이 취하여서는, 밤을 새느라 정신이 혼미하여 아침 해가 이미 중천에 걸린 줄도 깨닫지 못하네그려. 술을 마시는 진미는 오직 이에 있는 걸세."

장생이 가볍게 웃으며 말했다.

"안개가 잔뜩 낀 물결에 짧은 삿대라. 돌아 갈 생각이 느긋해지니 한 잔 술을 내와 남은 흥이나 이어보세나"

위생이 말했다.

"좋지."

즉시 푸른 옷을 입은 동자를 불러 나부羅浮 한 잔49)을 부어 장생을 주고는 어젯밤에 있었던 일을 조금도 숨김없이 낱낱이 말했다.

장생은 풍류도風流徒였기에 본래 맑은 습속을 늘 익혔다.

때문에 장생은 그 말을 처음부터 의심하여 짐짓 믿으려 하지 않았다.

---

48) 봉창 : 배에 있는 창을 말한다.
49) 나부 한 잔 : 미인과 수작하는 술 한 잔이다. 여기서는 잠시후 위생이 소숙방과 있었던 일을 말하려는 의도를 내비치는 것이다. 원래 '나부(羅浮)'는 나부산을 말한다.
　　수(隋) 나라 때 조사웅(趙師雄)이 나부산(羅浮山)에 갔다. 해가 저물어 숲 사이 어느 집에 한 미인이 소복담장(素服淡粧)으로 나와 영접하는데 향기가 정신을 황홀케 하였다. 사웅이 미인과 함께 술집에 기서 즐겨 놀았는데 옆에 푸른 옷 입은 동자(童子)가 노래를 불렀다. 사웅이 취하여 자다가 새벽에 깨어 보니 매화나무에 푸른 새가 지저귀고 있었다. 미인은 화신(花神)이었던 것이다. 『상우록(尙友錄)』 권16에 보인다.

술동이가 기울고 날이 저물자, 다시 여인의 집으로 돌아가려는지 위생이 동쪽 마을을 뚫어지게 쳐다보다가는 낙막해서 아무 말도 없었다.

장생이 자못 괴이하여 비로소 그러한 연유를 물어 모든 일을 자세히 알았다. 마침내 단정히 옷깃을 여미고는 몸을 바로잡아 앉아서는 책망해 댔다.

"자네의 기이한 재주는 양자강의 동쪽에서는 짝할만한 자가 없네. 자네는 과거에 응시하여 합격해서는50) 옥당에서 글을 지어51) 몸을 세워 이름을 드날리고 세상을 구제하고 백성을 편안하게 하는 것, 이것이 평생의 뜻일세. 그런데 이제 자네는 상국의 집 문간이나 훔쳐보아서는, 망령되게 사사로이 간통하는 율법을 범하고서도 정신이 혼미하여 깨닫지도 못하네 그려. 끝내 마음 내키는 대로 하다가 몸을 망치고 '상중桑中52)을 하였다'는 추한 이야기가 퍼지는 것을 끝내 가리기는 어려울 걸세. 이렇게 되면 비단 욕됨이 자네에게 미칠 뿐만이 아니라, 아마도 또한 화가 문중에까지 잇댈 것이니 어찌 경계치 않는다 말인가? 무릇 사람이 한 번 마음이 어그러지면 만사가 글러지는 법일세. 비록 후회한들 사향노루가 배꼽을 물어뜯어도 어쩔 방도가 없는 꼴53)이니. 오직 자네는 애써 생각해 보게나!"

---

50) 과거에 응시하여 합격해서는 : 원문은 '사책금문(射策金門)'이다. '사책(射策)'은 한(漢) 나라 때 과거(科擧)의 한 과목. '금문(金門)'은 한 나라 때의 궁궐 문이었던 금마문(金馬門)으로, 학사들이 천자의 조칙을 기다렸던 곳이다. 따라서 '사책금문'이란 과거에 응시하여 합격하는 것이다.

51) 옥당에서 글을 지어 : 과거에 응시하여 합격해서는원문은 '이문옥서(摛文玉署)'이다. '이문'은 글을 짓는 것이니 정조 때는 이문원(摛文院)이라 하여 규장각(奎章閣)의 이칭으로 쓰였다. '옥서'는 한(漢) 나라 때의 금마문(金馬門)과 옥당전(玉堂殿)으로서 후세의 한림원(翰林院)을 말한다.

52) 상중 : 『시경』「용풍(鄘風)」의 편명으로 남녀의 밀회(密會)를 읊은 것이다.

53) 사향노루가 배꼽을 물어뜯어도 어쩔 방도가 없는 꼴 : 원문에는 '서제무급(噬臍無及)'이라고 되어 있다. '서제무급'은 서제막급(噬臍莫及)이다. 사람에게 잡힌 사향노루가 배꼽의 향내 때문에 잡혔다고 제 배꼽을 물어뜯었다는 데서 유래한다. 이미 저지른 잘못에 대하여 후회하여도 소용이 없음을 이르는 말로 쓰인다.

위생은 옹송망송하여 대답을 못하고 머리를 들어 남쪽 하늘을 바라보았다.

구름 낀 산은 답답하고 안개 자욱한 물결은 어슴푸레 넓고 멀어서 아득하였다. 소 낭자 집의 분칠한 벽이 멀리 붉은 살구꽃 사이로 아슴아슴 비치니 이별한 마음을 감히 이기지 못하여 눈물이 눈자위에 맺히었다.

장생은 위생이 여인에게 몹시 빠진 줄을 알고 말로 설득하기가 어려울 것임을 알았다. 드디어 억지로 위생에게 술을 권하여 다시 흠뻑 술을 먹고는 취하게 하였다.

위생이 먼저 배에 쓰러지니 장생이 노를 젓는 아이를 시켜 배 돛을 달게 하여 동쪽으로 내려가니 빠르기가 별똥별 같았다.

되돌아 전당 옛 강기슭에 배를 정박하니 하늘이 막 새려하였다.

학은 오吳 땅에서 울고 꾀꼬리는 소제蘇堤54)에서 울었다.

위생이 놀라 일어나보니 이미 악양성 밖이 아니었다.

위생은 크게 상심하여 마침내 병이 되었다.

이러구러 반 달이나 병에 단단히 걸려있더니, 점점 심해져 고질병이 되어 죽이나 미음조차도 입으로 넘기지 못하였다. 위생은 스스로 한을 머금고 죽을 걸 알고, 마침내 율시 한 수를 지어 백옥으로 만든 책상 위에다 적어 놓았는데 그 시는 이랬다.

"花枝影動玉欄香,	꽃가지 그림자 흔들하니 옥난간 향기롭고,
鶯引春愁囀夕陽.	꾀꼬리 봄 시름을 끌고 석양녘에 울어대네.
床上誰憐心悄悄,	침상에선 누구를 그리는지 마음은 초조하고,
枕邊遙憶語琅琅.	벼갯머리에서 생각하니 말소리는 낭랑하구나.
黃河不斷深盟在,	황하수 끊어지지 않으니 깊은 맹서 있고,

---

54) 소제 : 소제는 서호의 서남쪽에 있는데 서호십경 중의 으뜸으로, 송(宋) 나라 소동파가 항주의 관리로 있을 때 서호를 깊이 파고 그 흙으로 둑을 쌓았다고 한다.

靑鳥無傳別路長.	청조55)가 전하지 않으니 이별 길이 길도다.
魂入九原應有怨,	넋이 저승에 들어가도 응당 원이 있으리니,
此生何處更相忘?	이 인생 어느 곳에 다시 서로 잊겠는가?

하루는 저녁에 위생의 부모가 친히 가서 침상 앞에서 부여안고서는 눈물을 흘리며 말했다.

"옛날 성인께서 말씀하시기를, '부모는 오직 자녀들이 병이 들까 근심한다(父母惟其疾之憂)56)'라고 하셨단다. 네가 병이 들어 겨우 수십 일이 지났는데 더욱 위태로워져 장차 목숨을 건지지 못할 것 같구나. 그래 이 부모는 네가 장차 목숨을 잃을까봐 걱정이 된다. 너는 무슨 마음이 있기에 숨기고서 말을 하지 않는 게냐? 네 속에 있는 생각을 자세히 털어놓아 훗날 후회함이 없도록 해라."

생이 이 말을 듣고는 놀라 눈물 콧물이 뒤범벅이 되어 턱으로 흘렀다. 그리고는 잠시 마음을 가라앉힌 뒤에, 겨우 목 안에서 가느다랗게 말했다.

"'부모께서 낳으시고 길러주셨으니57) 부모의 은공을 갚고자 한다면 저 하늘처럼 그 끝이 없을 것입니다.'58) 소자가 어리석어 조금도 증삼曾參의 효59)는 없고 마침내 자하의 애통함60)만을 끼쳤으니 그 불효함이 막대하

---

55) 청조 : '푸른 새'는 '청조(靑鳥)'로 선녀(仙女)인 서왕모(西王母)가 사자(使者)로 부렸다 한다.
56) 부모는 오직 자녀들이 병이 들까 근심한다 : 『논어(論語)』 '위정(爲政)'에 보이는 말이다.
57) 부모께서 낳으시고 길러주셨으니 : 원문은 '鞠育劬勞'이다. 『시경(詩經)』 '육아편(蓼莪篇)'에 "슬프고 슬프다 부모여, 나를 낳으시느라 몹시 수고하셨다[哀哀父母 生我劬勞]."에 보인다.
58) 부모의 은공을 갚고자 한다면 저 하늘처럼 그 끝이 없을 것입니다 : 원문은 '欲報之德 昊天罔極'이다. 『시경(詩經)』 '육아편(蓼莪篇)'에 보인다.
59) 증삼의 효 : 증삼(曾參: B.C. 505~B.C.436(?)은 중국 노나라의 유학자로 자는 자여(子輿). 공자의 제자 중에서도 가장 효행이 뛰어났던 학자로 『효경』을 지었다. 후일 증자로 높여 불렀다.
60) 자하의 애통함 : 자하(子夏: BC 507~BC 420?)는 공자의 제자로 공문10철(孔門十哲)의

여 죄가 저승에까지 쌓였습니다. 원컨대 제 마음을 모두 아뢰어 남은 섭섭함이 없고자 합니다. 지난 번 친구인 장생과 함께 절기를 타서 술을 싣고는 남쪽으로 놀러 갔다가 그릇 소 상국相國 댁에 들어 가 경박한 행동을 하였습니다. 담을 엿본 죄가 있으니 만 번 죽어 마땅합니다만, 홍루紅樓[61]에서 한번 이별하니 강가에 서 있는 나무는 만 리라, 산은 아득하고 길은 막혀 보낼 사람도 없습니다. 오직 일념으로 간장을 얽어매다가 미친병이 들어 죽은 뒤에야 마침내 편안해질 것이라, 다른 생각은 없습니다.”

부모가 소매로 눈물을 닦고 눈을 뜨며 말했다.

“이 같은 일을 일찍이 알았다면 어찌 너를 이대로 두었겠느냐?”

급히 늙은 사내종을 불러 소 상국 집에 보내어, 먼저 중매를 하자는 명을 전하여 화촉華燭의 기약을 정하게 하였다.

사내종이 문간을 나서지도 못하여 종종걸음으로 달려 들어와서는 기쁜 소식을 알렸다.

“상국의 사자가 먼저 왔는뎁쇼!”

위생의 아비가 급히 사랑채로 나아가 온 사람을 불러들였다.

사자가 들어오는데 붉은 관을 쓰고 철 띠를 두른 키가 8척인 사내였다. 뜰에서 두 번 절하고 소매에서 상국의 편지를 꺼내어 무릎을 꿇고서는 드렸다. 산호珊瑚 함 속에는 교초鮫綃[62] 여러 폭과 섬계전剡溪牋[63]에 쓴 편지 한 봉이 들었는데 상국의 편지였다.

한 사람으로 본명은 복상(卜商). 자기 아들의 죽음을 너무 슬퍼한 나머지 한쪽 눈을 실명하였다.
61) 홍루 : ‘붉은 칠을 한 높은 누각’으로 부잣집 여자가 거처하는 곳을 이르는 말이다.
62) 교초 : ‘교인(鮫人 : 인어)이 짠 비단’이라는 말로, 깨끗한 비단을 말한다. 『술이기(述異記)』에 “남해(南海)에 교인이 있는데 고기처럼 물 속에 살고 베 짜는 일을 폐하지 않으며, 울면 눈물이 구슬이 된다.” 하였다.
63) 섬계전 : 중국 섬계에서 만든 종이. 중국 절강(浙江) 섬계(剡溪)의 물이 종이 만드는 데에 가장 좋다고 한다. 이때문에 섬(剡)이 종이의 대칭으로도 흔히 쓰인다.

그 편지는 이렇다.

엎드려 아뢰옵니다.

저의 집은 대대로 잠영簪纓64)과 청현淸顯65)의 벼슬살이를 지냈답니다. 지위가 경상卿相66)에까지 다다랐으니 몸은 부귀영화를 누렸지요. 여생을 얻어 사가로 물러나와 쉬면서 산수 간으로 발걸음을 옮겨 찾고, 물고기, 새와 함께 하기로 깊이 맹서하였답니다. 꽃을 보고 대나무를 희롱하여 정취를 돕고 손님을 맞아 술자리를 베풀고는, 이로써 한가한 날을 보낸답니다.

저번에 귀댁의 총각이 우연찮게 저희 집을 지나칠 때였나 봅니다. 제 딸아이가 정이 많아 문득 천한 몸을 버렸으니, 마치 꽃이 이슬에 젖고 흡사 달이 구름을 헤친 듯합니다. 외로이 살아가는 원망을 조금은 풀었 겠지만서도, 이 모든 것은 이 늙은이의 죄입니다. 일이 이미 이 지경에 이르렀으니 뉘우친들 장차 어찌하겠습니까?

다만 초벽楚璧67)이 이미 깨졌으나, 진란秦鸞은 아직 연주하지 못해68) 이별의 한이 고질병 되어 남은 목숨이 마치 실낱같습니다. 난새가 잠겨 봉황도 사라졌으니,69) 아마도 부부의 정이 막힌다면 땅이 늙고 하늘도

---

64) 잠영 : 높은 벼슬아치가 쓰는 쓰개의 꾸밈이라는 뜻으로, 높은 지위(地位)를 이르던 말이다.

65) 청현 : 청환(淸宦)과 현직(顯職). 청환은 학식과 문벌이 높은 사람에게 시키는 벼슬로 규장각·홍문관·선전관청 등의 벼슬로서 지위와 봉록은 높지 않으나 뒷날에 높이 될 자리이고 현직은 높고 중요한 벼슬이다.

66) 경상 : 육경(六卿)과 삼상(三相)을 아울러 이르는 말. 재상(宰相)이다.

67) 초벽 : '초나라 구슬'로 변화(卞和)가 초왕(楚王)에게 바쳤다는 보배로운 구슬을 가리킨 다. 여기서는 소 낭자의 정조를 비유한 표현이다. 따라서 "초벽이 이미 깨졌으니"는 소 낭자가 정조를 잃은 것을 말한다.

68) 진란은 아직 연주하지 못해 : 진 목공(秦穆公)의 딸 농옥(弄玉)이 피리의 명인 소사(蕭 史)에게 시집을 가서 열심히 배운 결과 봉명곡(鳳鳴曲)을 지어 부르게 되자, 목공이 그들을 위해 봉대(鳳臺)를 지어 주고 거하게 하였는데, 뒤에 부부가 신선이 되어 하늘로 올라갔다는 고사가 전해 온다. 『후한서(後漢書)』「교진전(矯愼傳)」'주(注)'에 보인다. 이 글의 '진란(秦鸞)은 아직 연주하지 못해'는 두 사람의 결합이 이루어지지 않았다는 뜻이다.

황폐해진 오랜 뒤까지도, 어찌 이 부모의 마음을 헤아리겠습니까?

서둘러 좋은 날을 택하여 고안지례_{羔鴈之禮}70)를 행하기를 원합니다.

다만 귀댁에서 저희집을 돌아보시지 않으실까봐 걱정입니다.

보기를 마치자 심부름꾼이 두 번 절하고 죽 이야기하였다.

"우리집 낭자께서는 귀댁 도련님과 이별하신 뒤로 늘 뒷동산에 가 기다리셨습지요. 며칠 뒤, 한 아이에게 강가에 가 물어보라고 했굽쇼. 그랬더니 마을 사람이 '저 번에 두 소년이 건강부_{建康府}71)에서 와 배를 호산_{湖山} 가에다 정박시켜 놓고는 진탕 놀다가 돌아갔는데, 그 뒤는 어떻게 되었는지 알지 못하는구나.'라고 했다는구면입쇼. 이 말을 돌아 와 낭자에게 전했습고, 마침내 낭자께서는 몸져누워 일어나지 못하고 있습지요.

대상공께서는 낭자의 마음을 알지 못하셨다가 하루는 낭자가 잠든 틈을 타 들어가서는 비단상자를 열고 상사_{想思} 글 몇 편을 찾으셨습지요. 그래 이것을 가지고 캐물으셨고, 곧 낭자도 꺼려 숨기지 못하여 모두 남김없이 실토를 하셨습지요. 상공께서는 즉시 이 노복을 시켜 부리나케 가 혼인을 통보하라는 명을 내리셨고, 이러한 까닭으로 감히 이곳까지 오게 된 것이구면입쇼."

그리고 파란 주머니를 열어서 시편을 찾아서는 상 위에 올려놓으며 말했다.

"이것은 낭자께서 읊조리던 것입니다."

위생의 아버지가 그 시를 펼쳐 보니 이러했다.

---

69) 난새가 잠겨 봉황도 사라졌으니 : 난새와 봉황은 '화목한 부부'를 비유하는 말로 쓰인다.
70) 고안지례 : '고안'은 경대부(卿大夫)들이 상견(相見)할 때 쓰는 예물(禮物)이다. 『의례 사상견례(儀禮 士相見禮)』에 "하대부(下大夫)는 기러기로 상견하고, 상대부(上大夫)는 새끼양으로 상견한다." 하였다.
71) 건강부 : 지금의 난징(南京). 중국 동부의 중앙에 있는 장쑤성[江蘇省]의 성도(省都)로 '남쪽의 수도'라는 의미를 가진 난징은 양쯔강[揚子江]에 연해 있는 항구이다.

楊柳依依水滿池,　　　수양버들 하늘하늘 연못엔 그득한 물,
百花深處囀黃鸝.　　　온갖 꽃 깊은 곳엔 꾀꼬리 재잘재잘.
愁來却奏琵琶曲,　　　근심이 와 도리어 비파곡을 연주하니,
曲苦琵琶又斷絲.　　　괴로운 곡조에 비파 줄도 끊어졌어요.

梨花風動玉樓寒,　　　배꽃은 바람에 흔들 옥루는 차갑기만,
金鴨香消曉漏殘.　　　금압향로 식고 새벽을 알리는 종소리.
灯下淚痕人不識,　　　등불 아래 눈물자국 사람들은 모르니,
暗均紅臉獨憑欄.　　　붉은 뺨만 쓸고서는 홀로 난간 기대네.

燕掠珠簾花亂飛,　　　제비 붉은발 스치고 꽃은 어지러이 나니,
東風吹夢入羅幃.　　　봄바람 불어 비단 장막 안으로 들어가네.
一年芳草江南恨,　　　한해살이 꽃다운 풀은 강남을 한하건만,
千里王孫去不歸.　　　천 리라 왕손은 가서 오지 않으시는군요.

寶鴨香盡水沉煙,　　　향기 다한 보압향로 연기는 물에 잠기고,
鸚鵡金籠夢幾圓.　　　금초롱속 앵무새 꿈은 몇 번이나 점쳤나.
吹斷玉簫人不見,　　　옥피리 불다 그쳤어도 사람은 뵈지 않고,
碧桃花影曲欄前.　　　복사꽃 그림자만 굽은 난간 앞에 비쳐요.

小院池塘荷葉香,　　　조그만 동산 연못가엔 연꽃잎 향 나고,
春波欲暖舞鴛鴦.　　　봄 물결은 따뜻하니 원앙이 춤 추네요.
碧窓深鎖朦朧裡,　　　푸른 창 깊이깊이 잠겼으니 몽롱함 속,
何處啼鴬又斷腸.　　　어디서 앵무새 울어 애간장을 끊는군요.

위생의 아버지가 손뼉을 치면서 탄식하였다.

"허참, 기이한 재주가 소야란蘇惹蘭72)보다 위일세."

위생이 그 시를 보고 비록 생각이 더하였으나 혼인날이 멀지 않았기 때문에 마음을 편케 먹었다. 이러하니 병도 점점 나아져 온 집안이 몹시 기뻐하였다.

사자는 이날 위생의 집에서 하룻밤을 묵고 새벽녘에 일찍이 두세 번이나 인사를 하고 길을 나서려 했다. 위생의 아버지는 심부름꾼인 사자에게 후하게 대접하여 성대하게 차린 음식을 먹였다. 술이 얼큰해지자 자리를 옮겨 상국 앞으로 글을 보내었다.

그 글은 이렇다.

엎드려 생각합니다.

저는 본래 무인으로 젊어서부터 배움을 잃고 활쏘기만을 부지런히 닦아 경사經史73)가 꽉 막혔습니다. 집안 형편은 영락하여 외롭고 의지할 곳이 없답니다. 그래 맑고 깨끗이 살아가기 위하여 애쓰고 고생하지만, 고향의 이웃들도 눈을 흘기고 노복들도 도망하였답니다.

그래 자식 놈에게는 일찍이 이름난 곳에 나아가 고인의 글을 읽고 현인의 뜻을 사모케 하여 성기게나마 문자를 통하게 하였답니다. 그래 차츰 사람 사는 이치를 깨달아 집안에서는 부모에게 효도하고 형제에게 우애 있으며 벗에게는 신의가 있어 조금도 어긋나는 뜻이 없었는데 어

---

72) 소야란 : 소약란(蘇若蘭)이라고도 한다. 소약란은 전진(前秦) 사람으로 이름은 혜(蕙)이다. 부풍(扶風) 두도(竇滔)의 처인데, 첩 조양대(趙陽臺)를 둠으로 질투하여 사이가 나쁜데다가 전임(轉任)하면서 첩만 데리고 가고 소식이 없자 회한(悔恨)한 나머지 시 2백여 수를 지어 보내니, 도가 그 절묘함에 감복하여 예를 갖추어 맞아갔다. 그 시를 <선기도(璇璣圖)>라 한다. 뛰어난 재주를 지닌 여인으로 <주생전>, <구운몽> 등 고소설에 그 이름이 자주 보이며, '소약란(蘇若蘭)의 재주라도 하는 수 없다.'라는 우리나라 속담도 있다. <주생전> 주 50) 참조.

73) 경사 : 중국 고전인 경서(經書)와 사기(史記)를 말한다.

찌 이런 광포한 행동을 하였단 말입니까?

다만 남녀가 서로 마음을 주고받는 것이야 예로부터 지금까지 사람이라면 누구나 가지는 인정입니다만, 여인의 방에서 이미 이별을 나누었으니 뉘우치고 책망한들 무슨 도움이 되겠습니까? 감히 은혜로운 명을 받들어 현명한 처사를 우러러 구하옵니다.

다만 집안이 존귀하고 천함은 서열이 있어 문벌이 다르기에, 엎드려 부끄러움을 머금고 종이를 대하니 할 말이 없습니다.

심부름꾼이 일러준 말대로 물러나 돌아와서는 상국에게 보고하니, 그 집에서도 심히 다행으로 여겼다.

소 낭자도 이 기이한 사연을 듣고는 약을 쓰지 않고도 병이 홀연 나아 기뻐하였다.

이로부터 두 집안은 서로 왕래하고 방문하는 것이 끊어지지 않았다.

마침내 길일을 택하여 곧 동뢰지례同牢之禮74)를 치루었다.

두 사람의 즐거움은 장석張碩이 두란향杜蘭香과 혼인한 것75)이나 배 항裵航과 여영女英의 만남76)이라도 더하지는 못하였다. 부부가 평소 사랑으

---

74) 동뢰지례 : 신랑. 신부가 천지신명 앞에서 음식을 함께 나누는 예이다. 혼인식을 말한다.
75) 장석이 두란향과 혼인한 것 : 장석(張碩)과 고대 전설상의 선녀인 두란향(杜蘭香)의 연애를 말한다. 『수신기(搜神記)』권 1 '두란향(杜蘭香)' 조에 실려 있다.
76) 배 항과 여영의 만남 : 여영은 운영(雲英)이다. 이 고사는 배 항(裵 航)과 운영(雲英)의 만남을 말한다. 옛날 당 나라 때 배 항(裵航)이란 사람이 운교(雲翹) 부인을 만났더니, "한 번 구슬물을 마시고 나면 온갖 느낌이 일어날 것이오. 검은 서리(玄霜)라는 신선약을 찧어 주고야 운영(雲英)이를 만날 것이오."라는 시 한 수를 주는 것이었다. 뒤에 배 항이 남교(藍橋)역을 지나다가 어떤 늙은 할미에게 마실 것을 청했더니 그 할미가 운영을 시켜 마실 것을 가져다 주는데, 배 항이 그것을 받아 마셔보니 바로 진짜 '구슬물'이 었다. 그리고 또 운영을 보니 어떻게나 어여쁜지 할미에게 운영과 짝 맺어 주기를 청하자, 할미의 말이 "간밤에 신선이 영약 한 숟가락을 주었는데, 다만 이것은 옥 공이를 가지고 절구에 찧어야만 되는 것이니, 그대가 그것을 찧어주고 나서야 운영이와 결혼할 수 있을 것일세." 하므로, 배 항은 백 일 동안이나 그 신선약을 찧어 주고서 운영에게 장가들어 그 길로 같이 신선이 되어 갔다는 것이다. 『태평광기(太平廣記)』에 보인다.

로 살아가고 공경하니 원근의 친척들도 '예의가 있다'고 하지 않는 이가
없었다.

이 해   8월이었다.

왜노倭奴[77]가 조선을 침략하여 국왕이 도성을 떠나 먼 용만龍灣[78]으로
피난하니, 높은 벼슬아치들의 수레가 연이어 중원에 가서 구원을 청하였다.

황제가 우격羽檄[79]으로 군사를 징발하고는 위생의 아버지로 하여금 정
토군사征討諸軍事를 삼아 군사 삼 만을 거느리고 멀리 요양遼陽[80]에 부임케
하였다. 그러나 전쟁이란 죽을 곳이라, 멀리 동쪽 귀퉁이로 들어가니 개선
하여 돌아올 기약이 없었다. 더욱이 청당青幢에는 격필檄筆할 마땅한 자를
구하기 어려웠다.[81] 그러므로 장군은 즉시 글을 써서 급히 생을 불러서
곧 계문薊門[82]으로 가려고 하였다.

생은 아버지의 글을 보고 눈물을 흘리고 음식을 폐하며 마음을 잡지
못하였다.

소 낭자가 갑작스레 슬픔을 억누르고는 깨우치는 말을 하였다.

"저는 '사내로 세상에 나 붉은 활과 흰 살을 잡아 조금이나마 마혁지지
馬革之志[83]를 두고, 철기아장騎兵牙璋[84]으로 끝내는 연함鳶頷[85]의 제후에

---

77) 왜노 : 일본 사람을 낮잡는 뜻으로 이르던 말이다.

78) 용만 : 평안북도 의주(義州)이다.

79) 우격 : 격문(檄文)은 군사상 공문을 말함인데 그 격문에 새의 깃을 꽂으면 급한 공문이
    라는 표시가 되었으므로 우격(羽檄)이란 말이 생겼다.

80) 요양 : 지금의 랴오양[遼陽]이다.

81) 청당에는 격필할 마땅한 자를 구하기 어려웠다 : 청당(青幢)은 고관(高官)들의 의장(儀
    仗)에 쓰이는 푸른 깃대 또는 푸른 거개(車蓋) 등을 가리킨다. 격필(檄筆)은 격문을 지
    어 발송하는 일이다. 그러므로 '청당(青幢)에는 격필(檄筆)할 마땅한 자를 구하기 어렵
    다'는 서기 임무를 맡을 자가 없다는 뜻이다.

82) 계문 : 시금의 베이징[北京]으로 위생의 고향인 난징[南京]에서 요동으로 가자면 계문을
    거쳐야 한다.

83) 마혁지지 : '마혁(馬革)의 뜻'으로 남아가 뛰어난 충용(忠勇)으로 전장에서 장렬하게
    전사하는 것을 말한다. 이 말은 후한(後漢)의 명장 복파장군(伏波將軍) 마원(馬援)의

봉해져야한다'고 들었습니다. 하물며 지금 사해에 강한 병사를 진군시켜 저 한 귀퉁이의 오랑캐를 모두 죽이려하니 산을 누르는 형국이에요, 흙이 무너지듯 위태로운 사태는 없을 겁니다. 기이한 공을 세우려고 하면 참으로 지금이 그때잖아요! 어찌 세상물정 어두운 선비로 끝내 방 안에 앉아 자리를 지키려 하시지요? 하물며 아버님께서 새외塞外86)에서 멀리 채미采薇87)를 하는 수고로움을 떠안고 있는데 자식이 되어 하늘가에 어찌 척호陟岵의 슬픔88)을 견디려하세요?

어서 돌아갈 길을 여쭈어 아버님 뜻을 지체하지 마세요. 저는 명이 기구하여 세상일과 어그러져 뜻대로 되지 않다가, 아름다운 인연을 겨우 맺자마자 슬픈 이별이 또 이르렀군요. 인생살이가 얼마나 되겠는지요? 남녀의 즐거움은 일정한 때가 없군요. 그때 가서 뜰에는 오동잎이 떨어지고 바다기러기 소리 슬프며, 달이 옥으로 만든 계단에 이른들, 봉황의 소리를 누가 듣겠는지요?

벌레가 분바른 바람벽에서 울고 또 원앙금침의 꿈은 차디차져, 다시 님

고사에서 유래하였다. 마원은 "남아는 의당 변방에서 죽어 말 가죽에다 시체를 싸서 반장하면 그만이지, 어찌 와상에 누워 아녀자의 수중에서 죽을 수 있겠는가.[男兒要當死於邊野 以馬革裹屍還葬耳 何能臥牀上在兒女子手中耶]"라고 했던 데서 온 말이다. 『후한서(後漢書)』 권24 「마원열전(馬援列傳)」 권24에 보인다.

84) 철기 : 용맹(勇猛)한 기병(騎兵) 혹은 철갑을 입은 기병(騎兵)이고 '아장'은 상아로 만든 병부(兵符)로 군사를 출동시키는 데 쓰는 병부이다.

85) 연함 : 범의 머리에 제비턱과 같은 모양으로 귀인의 골상(骨相)인 '호두 연함(虎頭燕頷)'에서 나온 말이다. 말한다. 후한(後漢)의 반초(班超)가 서생(書生)으로 있을 적에 관상쟁이에게 가서 물었더니, 관상쟁이가 "생(生)은 제비턱에 범의 머리와 같은 모양으로 날아서 고기를 먹으니, 이는 먼 나라에 봉후(封侯)될 인상(人相)이다." 하였다. 『후한서(後漢書)』 권47 「반초열전(班超列傳)」 권47·『십팔사략 동한(十八史略 東漢)』에 보인다.

86) 새외 : 북방의 만리장성 바깥으로 중국의 국경을 말한다.

87) 채미 : 『시경(詩經)』 '소아(小雅)'에 보이는 말로 변방에 오래 있다가 귀향한 병사의 심경을 읊은 시이다.

88) 척호의 슬픔 : 고향 떠난 아들이 어버이를 그리워하는 것이다. 『시경(詩經)』 「위풍(魏風)」 '척호(陟岵)'에 "초목 우거진 저 산에 올라 고향땅 바라보며 아버님 생각하네 …… 초목도 없는 저 산에 올라 고향땅 바라보며 어머님 생각하네."라 하였다.

을 잃고 애간장이 끊어진 사람이니 응당 망부석望夫石이 될 거에요! 다만 낭군께 바랄 것은 빨리 돌아오기만을 재촉할 뿐이에요."

말을 마치고는 술을 가져다가 중당中堂에서 이별주를 나누었다.

소 낭자가 노래를 부르라고 하자 아이들 여러 명이 채련곡采蓮曲을 불렀다. 그 노래는 이랬다.

玉露凄凄江月斜,	옥이슬 차고 쓸쓸한데 강달은 비끼고,
蘭橈停處藕花多.	목란 삿대 멈춘 곳에 연꽃도 많아라.
何人結伴橫塘口,	누가 물목에서 만나자고 약속했나요,
腸斷西風一曲歌.	애가 끊어지는 서풍에 한 곡조 노래만.
月色波光滿小塘,	달빛이 물결에 부서져 작은 못가 채우고,
羅裙玉佩倚蘭檣.	비단치마에 패옥차고 목란 삿대 기대어.
西風昨夜紅衣落,	어젯밤 분 서풍에 붉은 꽃잎은 떨어졌고,
初減鴛鴦夢裏香.	원앙꿈 막 깨니 꿈 속에 향기만 남아라.
水上佳人金縷衣,	물 위의 아름다운 여인 비단 옷 입고,
芙蓉花裏小船歸.	연꽃 속으로 작은 배가 돌아 오는구나.
西風一夜滿江思,	서풍 부는 하룻밤 강에 생각은 꽉찼고,
千里玉關音信稀.	천 리인 옥관玉關89)에선 소식 없어라.

노래를 마치자 소 낭자가 금하엽배金荷葉杯90)에 술을 따라 위생 앞에 받들어 올렸다. 그리고는 스스로 <임강선臨江仙> 한 사를 지어 주었으니

---
89) 옥관 : 중국과 서역(西域)의 국경이다.
90) 금하엽배 : 금으로 만든 연잎 모양의 술잔. 금 아닌 다른 금속으로 만든 것도 같은 명칭으로 부른다.

이랬다.

吳釣錦帶青絲馬,	오구검 비단띠에 비껴 차고 청사마를 타셨으니,
龍沙千里迷歸.	머나먼 변방[龍沙]91)에서 돌아 올 길 잃어,
薊門煙樹遠依稀,	계문薊門의 안개 낀 나무 멀어 어렴풋하기만 하군요.
心隨邊月歸,	마음은 변방 달님 따라서 돌아오고,
夢逐塞鴻飛,	꿈은 변방 기러기 좇아 날아가건만.
蟬思碧草秋風晚,	귀뚜라미 푸른 풀 생각인데 가을바람만 가득하고,
君去隻影誰依,	그대 가니 외로운 그림자는 누구를 기대나요,
滿堂黃葉掩紫扉.	뜰 가득 떨어진 누런 잎사귀 사립을 가렸어요.
鶴關音信斷,	학관 소식은 아주 끊어져 버렸으니,
何處寄寒衣.	어느 곳에다 겨울 옷 부쳐야 하나요.

노래를 마치자 좌중이 모두 눈물을 흘렸다.

위생은 술동이에 빠져 흠뻑 취하여, 곁에서 부축해 말에 올라타자 가버렸다.

소 낭자가 집 밖으로 쫓아 나가 통곡하니 울음소리가 끊어졌다가는 한참을 지나서야 다시 깨어났다. 보는 사람들이 모두 가련히 여기지 않는 자가 없었다.

위생이 말을 달려 군영에 도착하니, 장군이 막 북을 울려 군대를 출발시키려고 하였다.

생은 겨우 그 부대의 뒤를 따랐다.

생은 마음이 텅 빈 것이 극에 달하고 모진 풍상을 거친데다, 잠자고 먹는

---

91) 변방 : 중국 북쪽 새외(塞外)의 황량한 사막을 가리키는 말이다.

것이 달갑지 않더니 옛 병이 재발하였다. 역루驛樓나 여관旅舘으로 돌아가려는 마음이 끊이지 않았다. 눈 가는 데마다 서글픈 탄식이 일고 사람을 만나도 말이 없으니 장군이 크게 민망해 하였다.

하루는 저녁나절에 강흥부江興府에 이르렀는데, 위생의 병이 우럭우럭 심해졌다. 상에 기대서는 잠도 이루지 못하다가 마침내 바람벽 위에다가 절구 한 수를 적었다.

그 시는 이렇다.

霜滿孤城駐漢軍,　　서리 가득한 외로운 성에 한나라 군사를 머물고,
角吹殘月動轅門.　　호각 소리 지는 새벽 달 원문轅門92)만 움직이네.
燈前苦憶江南夜,　　호롱불 앞에서 괴로이 강남 밤을 그리워하나니,
鴈帶歸心入楚雲.　　기러기 띠고 가고픈 마음 초나라 구름에 들어가네.

그때 군막에는 김생이란 자가 있었는데, 그 자 역시 사한詞翰93)으로 글을 잘 지었다.

생의 병 때문에 침상 곁을 뜨지 않고는 너그러이 눌러 참는 것을 보고는 거짓으로 조롱하더니 마침내는 황금 난새 그림이 그려진 부채를 빼앗아서 그 위에다 시 한 수를 이렇게 썼다.

白馬驕嘶跨玉鞍,　　흰 말이 교만히 울고 옥 안장을 뻐겨대니,
龍刀何日斬樓蘭?　　용칼로 어느 날 누란樓蘭94)을 벨 것인가?

---

92) 원문 : 군영(軍營)이나 영문(營門)을 이르던 말이다.
93) 사한 : 사한객(詞翰客)의 준말로 뛰어난 문사(文士)를 뜻한다.
94) 누란 : 서역(西域)의 나라 이름이다. 한 무제(漢武帝)가 대완국(大宛國)과 통하려 하는
데, 누란국이 가로막아 한(漢) 나라 사절(使節)을 공격히였다 소제(昭帝) 때에 부개자
(傳介子)를 보내어 누란왕을 쳐 죽였다.

秋風萬里關山外,   가을 바람은 만 리 변방 밖에서 불어대고,
吹笛江南片月寒.   피리를 불어대니 강남의 조각달만 차도다.

위생이 웃고 말했다.

"그대의 시는 작은 일에 매임이 없이 호방하고 내 읊은 글은 슬프고 괴롭네. 이러한 까닭은 생각하는 것이 같지 않아서일세."

갑자기 두어 날이 지나자 생의 기맥氣脈이 실 같아졌다.

이 세상을 마감하는 날, 종자가 급히 장군에게 알렸다. 장군은 적을 치는 전략을 세우다 이를 물리치고, 엎어지고 넘어지며 부랴부랴 와 손으로 생의 머리를 짚으며 말했다.

"나는 지금 황제의 영을 받아 천 리 동쪽으로 왔구나. 아비와 자식 간에 은혜는 한량없이 무거운 것이라, 생사를 구하여 네가 내 병든 몸을 부축하여 함께 돌아가야 하거늘, 이 아비가 덕이 없어 네가 먼저 깊은 병이 들었구나. 한 자루 칼을 차고 하늘 끝에 서 있으니 내 장차 누구를 의지하겠느냐? 전쟁일이 급하여 약을 먹일 겨를조차 없었으니, 망극한 내 속을 네가 먼저 알 것이다. 고향 땅은 비록 돌아가더라도 길이 막히지는, 않았으니 돛단배로 하루만 가면 강남에 도착할 것이다. 너는 마음을 아주 편히 먹어 조금도 병을 근심치 말아라."

생이 이 말을 듣고 머리를 들어 슬픈 눈물을 흘리다가는, 드디어 장군의 손을 잡고 오열하며 말했다.

"소자의 남은 목숨은 재앙을 피할 수 없을 것입니다. 전쟁터 수자리 막사에서 제 병이 더욱 더하여 편작扁鵲95)이라 하여도 목숨을 구할 방도는 없을 것이니 어찌하겠습니까? 다만 염려되는 것은 아버님께서 홀로 변방에 들어가셔서 전쟁의 기세를 교환하기도 전에 우정郵亭에서 자식을 잃었

---

95) 편작 : 중국 전국 시대의 명의(名醫)이다.

으니 차마 마음을 지탱하시겠습니까?

  나이 어려서는 재주가 박하여 부모님을 영예롭게 봉양하지도 못하고, 자라서는 먼저 죽어 부모님을 끝까지 모시지 못 하였으니, 이승에서나 저승에서나 저의 죄는 용납받기가 어렵습니다. 저승에 가서도 원통함이 있을 것이니 어찌 감히 눈을 감겠습니까? 타향 땅 황량한 산에 버려진 외로운 혼백으로 의탁할 곳이 없으니, 남은 뼈를 급히 거두시어 고향의 옛 동산에 묻어 주세요."

  말을 마치자 갑자기 세상을 떴다.

  장군이 부르짖으며 통곡하고는 재촉하여 상여에 운구하여 곧 고국으로 보내어 선영의 곁에 영폄永窆96)하게 하였다.

  관을 운반하던 날 밤에 생이 장군의 꿈에 나타나 말했다.

  "소씨 댁 낭자와 옛 인연이 아직 다하지 않았습니다. 살아서 함께 살지 못하였으니 죽어서나마 함께 묻히고 싶습니다."

  그리고는 홀연 보이지 않았다.

  장군이 놀라서는 곧 꿈이었음을 깨달았다. 지는 달은 원문轅門에 걸렸고 노랫소리 북소리만 슬프게 울어댈 뿐이었다.

  장군이 급히 종자를 불러 말하였다.

  "죽은 애가 지금 내 꿈에 와서는 소씨 문전에 묻히기를 원하니 그 깊은 정이 슬프구나. 더욱이 길도 회해淮海97)로 통하여, 가는 배도 아주 편안할 터이니 곧장 악양岳陽으로 가도록 해라."

  종자가 명을 받들어 갔다.

  불과 열흘 만에 과연 동정호 가에 들어섰다. 바람과 안개는 예전 그대로인데 사람의 일은 이미 변하였다.

---

96) 영폄 : 완전하게 장사(葬事)를 지내는 것을 이른다.
97) 회해 : 서주를 중심으로 한 회하강 이북과 해주 일대 지역이다.

한 조각의 붉은 명정銘旌98)을 펄렁펄렁 나부끼며 강어귀로 내려오니 지나가는 길손과 장사꾼들이 다투어 배를 가리키며 물었다.

"어느 집 없는 나그네 관인데, 멀리 어느 산으로 가는 게요?"

행렬이 나룻가에 도착하여 소상국의 집을 물으니, 곧 어떤 빨강 치마 입은 여자 아이가 놀라 와서는 옴니암니 캐물었다.

자세하게 사연을 이야기하자, 그 아이가 몹시 당황해 황망히 안으로 들어 가 알리니 온 집이 부르짖으며 우는 소리가 하늘에 사무쳤다.

소 낭자는 생게망게 이 기구한 이야기를 듣고 즉시 수건으로 목을 매어 목숨을 거두었다. 상국이 애통해 하고 함께 구의산九疑山99) 아래 묻으니 동서 두 무덤이 길가에 완연하였다.

초나라 사람들이 이 이야기를 듣고는 많이 기록하였다고 한다.

---

98) 명정 : 죽은 사람의 관직과 성씨 따위를 적은 기. 일정한 크기의 긴 천에 보통 다홍 바탕에 흰 글씨로 쓰며, 장사 지낼 때 상여 앞에서 들고 간 뒤에 널 위에 펴 묻는다.

99) 구의산 : 지금의 호남성 영원현(寧遠縣) 남쪽에 있는 주명(朱明)·석성(石城)·석루(石樓)·아황(娥皇)·순원(舜源)·여영(女英)·소소(蕭韶)·계림(桂林)·자림(梓林) 등 아홉 봉우리의 산으로 모두가 모양이 같이 생겨서 보는 사람이 누구나 어느 봉이 어느 봉인지 어리둥절하여 의심을 내게 되므로 구의(九疑)라 이름했다 한다.

Ⅳ. 〈주생전〉·〈위생전〉
원문(영인)

Ⅳ. 〈주생전〉·〈위생전〉
원문(영인)

원본영인 / 한문본
간호윤본

周生傳

周生名檜字直鄉號梅川世居錢塘父為蜀州別駕因家于蜀生少時聰銳能詩年十八充大學生為儕輩所推仰生自負不淺在大學數歲連舉不第乃喟然嘆曰人生如輕塵棲弱草耳胡乃為名韁所繫泊塵土中以送吾生乎自是遂絶意科舉之業倒篋中有錢百千以其半買舟束裝江胡間以其半

市雜貨特取贏以自給朝出暮歸惟意所適一日繫舟岳陽城外步入城中訪所善羅生亦俊逸士也見生甚喜買酒相歡不覺沉醉比及還舟則日已昏黑俄而月上放舟中流倚棹困眠舟自為風浪所送其迅如箭及覺則鐘鳴烟寺月在西岑矣但見碧樹蔥蘢曉色蒼茫花樹陰中時有紗籠銀燭隱映於朱欄翠箔之間問之乃錢塘也遂口占一絕曰〇岳陽城外倚闌干一夜風吹入醉鄉杜宇數聲花色曉忽驚身已在錢塘〇及朝登岸訪古里親舊半已凋喪生吟哺眾徘徊不忍去也有妓緋桃者生少時所與同戲者以才名柿步於錢塘人呼之為緋娘也豐生歸家相對甚歡生贈付詩曰〇天涯芳草萋沾衣萬里故人事事非依舊杜秋聲價在小樓珠箔捲斜暉緋桃大驚曰即君有才如此非久屈於人者

一何泛梗飄蓬若此哉因問娶未生曰未也梅笑曰即君不如必

還舟只可寓在姜家姜當為君求得一佳耦蓋梅意屬生也生

亦見桃姿妍態艷心中甚醉笑而謝之曰不敢望也團欒之中

日已晚気桃令小丫鬟引生就別室安歇生入室見壁間有

絶句一首詞意甚新問於丫鬟之曰●娘所作也其一詞曰●琵

琶莫羨相思曲之到高時更斷魂花影滿簾人寂之春末鎖

却幾黄昏生既愧甚色又見此詩情迷意惑萬念俱灰心欲

次韻以試桃意凝思苦吟竟莫能成而夜又深之月色滿地其

花影扶疎徘徊間忽聞門外人語馬嘶良久乃止生頗疑之

未覺甚由梅所在室不甚遠紗窗裡絳燭熒煌生潛入窺

之見桃獨坐舒彩雲箋草蝶戀花詞只就前疊猶未就後疊

生忽啓窗曰主人之詞客可乏手桃佯怒曰狂客乃至興作住

曰：客本非狂，只是主人使客狂耳。桃微笑，乃令生足成其詞。詞曰：

○小閣深深，春意閙。月在花枝，寶鴨青烟裊。○愁欲老，搖搖短梦迷芳草。○誤入蓬瀛十二島，誰識樊川，却尋芳早。○眠起忽聞枝上鳥，綠簾無影，朱欄曉。

桃自起，以玉船酌瑞露酒勸生。意不在酒，固辭不飲。桃知生意悽然，自叙曰：妾乃先世豪族也。祖某，提舉泉州市船司，因有罪，及為廢人。自此貧困，不能振起。早失父母，兄見養於人，以至于今。雖欲守靜自潔，名已在於妓籍，不得己而強興，人為宴樂。每居閒廖，猶未嘗不着花掩泪對月銷魂。今見即君風儀秀朗，才思俊逸。妾雖陋質，顔薦枕席，永奉巾櫛。望即君立身早登要路，拔妾於妓籍之中，使不忝先人之囘，君則賤妾之願畢矣。俊雖弃妾，終身不見。

感恩不暇，其敢怨乎。言訖淚下如雨，生大感其言，乾抱其腰引

袖拭淚曰：此男子分內事耳，汝縱不言，我豈無情者乎。桃妝淚

改容曰：詩不云乎，女也不爽，士二其行。即君不見李益霍小

生即揮筆書之曰：青山老，綠水長存，子不我信，明月在天。

寫畢，桃心封緘藏之裙帶中。是夜賦高唐，二人相得之樂，雖

金生之柘翠之魏即之柘嫂，未之喻也。明日生詰夜未人語焉。

斷之故柩曰：此居里謝有朱門水面者，故承相盧其宅也，承相

已死，夫人猶存，只有一男一女，皆未婚嫁，曰以歌舞為事。昨夜

遣騎邀妾，以即君之故辭以疾也。自此生為柩所感，遂謝徙

人事，日與柩調琴瀝酒相與戲謔而已。日近于忽聞有人叩門

曰俳娘在否，柩令兒出應，乃承相家蒼頭也，遂發夫人之辭曰老

今欲設酌非娘無可與謀故敢送鞍馬勿以為勞也桃顧謂

再辱貴人之命其敢不承即粧梳衣而出嘱曰幸勿經夜

之出門言莫經夜者三四而桃上馬而玄之人如輕燕馬若飛龍

迷花映柳冉冉而玄生不能定情便隨趁玄由湯金門左轉而至

垂虹橋果見甲第連雲玄真所謂水面朱門也雕欄曲檻半隱

花綠楊紅杏之間鳳笙龍管之聲隱之然如在半空中時

樂此則笑語琅之然出諸外生彷徨橋上乃作古風一篇題于

柱上曰○柳外平湖上樓朱甍碧瓦照青春香風吹送笑語

聲簫備花不見樓中人却羨花間雙燕子任情飛入朱欄裡○

徨彷間漸見夕陽歛紅罷飄綵碧俄有女娘數隊自朱門騎

馬而出金鞍玉勒光彩照人生以為桃也即挼身於路左空店中

窺之閱畫十餘輦而桃不出生心中大疑還到橋頭則已不雜

牛馬笑乃直入朱門了不見二人又至樓下亦不見一人正納悶間

月色微明見樓北有蓮池之上雜花叢薄花間細路屈曲生緣

路潛行花盡處有堂由階而西折數十步遙見蒲蔔架下有

紅裙翠袖隱之然往未如在畫圖中生匿身而往屏息而窺

金屏彩褥集人眼精夫人衣紫羅衫倚白玉案而坐年近五

十而從容顧眄之際綽有餘妍有少女年可十四五而坐於夫人

之側雲鬟縮綠翠臉微紅明眸斜眄若流波之映秋日

巧笑生喝若春花之含曉露桃坐於其前不覺芳鴨鴄之

花鳳凰沙礫之於珠璣也生魂飛雲外心在空中龔欲狂叫

突入者數次酒數行桃欲辭歸夫人挑留甚固而桃請欵盞

恩夫人曰娘子平日不曾如此何邊邊之如是必有情人之約

邪斂袵而對曰夫人不問妾不敢平以實對之將與生結緣

七

辞細說一遍夫人未及言少女微笑流目視桃曰何不早言

幾語了一宵佳會也夫人亦大笑而許諾生趨出先至桃家擁衾

伴眠臭息如雷桃追至生卧眠即以手扶起曰即君做何夢

生應曰朗吟曰〇夢入瑤甚室彩雲裡九華帳下見企娥桃不曉

詰之曰所謂企娥是何物也生無言可答継吟曰〇覺末却喜

企娥在其奈滿堂華月何因撫桃背曰甫非吾企娥耶桃

笑曰然則郎君豈非妾企即君手自此相以盃即企娥呼之

生問其晚故之由桃曰仙宴罷後夫人令他妓皆故掃留妾別

於小女仙花之室更設小酌以此遲遲耳生細細引問則仙花字

芳郷年縷三五姿色雅麗殆塵世間人又工詞賦曲巧刺繡

非賤妾之類所敢望也咋日新製風入松詞自欲被之管

綺以妾知音律故留與慶曲耳生曰其詞可得聞乎桃朗吟

遍其詞曰○玉窗花暖日遲遲院靜簾垂沙頭彩鴨依舊釵

貼一雙對浴春池○柳外輕烟漠漠烟中細柳絲美人眠起

倚欄時翠斂愁眉燕雛解語鶯聲老恨韶華夢裡都却

裏把瑤琴輕奏曲中幽怨誰知○每誦一句生暗稱奇乃

咍梳曰此詞曲盡閨裡春愁雖織錦手未易到也

雖然不及吾仙娥雕花剗玉之才也生自見剗花之後向梳之情

已淺雖應酬之際勉為笑歡一心則唯剗花是念一日夫人呼

小子國英曰汝年已十二尚未就學他日成人何以自立聞徘

梳夫婿周生乃能文之士汝往請學可乎夫人家法嚴甚未敢

國英不敢違命即日挾冊就生心中暗喜曰吾事濟矣非

三謙讓而後教之一日候梳不在從容謂國英曰吾甫徒未受

學甚是勞苦甫家若有別舍移寓于吾家則甫無住未之

勞而吾之教專矣國英拜謝曰固所願也歸自于夫人即曰迎生桃自外歸大驚焉曰仙殆有私乎奈何矣妾歸他適耶出曰聞丞相家藏書三萬軸而夫人不欲以先公舊物妾自入吾欲往讀人間未見書耳摊曰即之勤業妾之福也謹寓丞相家晝則與國英同住夜則門闌甚密無一計可展轉涉旬忽自念曰始吾來此者本圖仙花今芳春已奇遇不成俟河之清人壽幾何不知昏夜唐突事成則鄉不成則童可也是夜無月生踰牆數重方到仙花之室廊曲檻簾幙重之良久諦視並無一人迹但見仙花明燈曲生伏在楹間視其所為仙花理曲罷後細吟稺子謄賀新即詞曰○簾外誰來推繡戶枉教人夢斷瑤臺琴曲却是風動竹生即於簾外微吟曰○莫言風動竹直箇玉人來仙花伴若

不聞即滅燭就耗生入同與寢仙花雛年弱質未堪心情事微

雲澁兩柳態花嬌芳啼嫩語淺笑輕頻生蜂貪蝶戀意迷

神融不覺近曉忽聞流鶯睍睆於檻外花梢生驚起出戶

則池館情然曙露矇矓美仙花送生出門而入曰此處勿得再

來機事一泄生死可念生烟塞脅中哽咽趨出而咎曰綟成好

會一何相待之薄耶仙花笑曰前言戲之耳將子無怒昏以為

期生諾連聲而出仝花還室作早夏聞曉鶯一絕題于曲

上曰○漠漠輕陰兩後天綠楊如畫草如烟春愁不其春眠

又逐曉鶯枕未邊○後夜又至忽聞墙低樹陰中裊裊有

曳復聲生恐為人所覺便欲還去曳復者却以青梅子擲

之正中生背生狼狽所無躬蹉接伏兼篁之中曳裊妝者低

聲語曰裊生無怒鶯鶯者此在生乃知仝花所謂乃起女

二

曰何欺人若此耶公花曰豈敢欺卿自期耳生曰偷香盍
烏得不劫便推門手入室見窗上絕句指甚尾曰佳人有甚患聞
愁而出言若是耶仙花悄然曰女子之身豈愁俱生未相見額
相見既相見恐相難女子一身安往而無愁矣況即君把折
檀之誼賤妾受行露之辱一朝不幸迹情敗露則不容於親
戚見賤於鄉黨雖欲與郎君偕老那可得也今之
事正如雲間月葉中花縱得一時好其奈不久何言訖下淚
珠恨玉怨殆不自堪生收淚慰之曰丈夫豈不能要一女子手我
當終修媒妁之信以禮迎子休煩惱仙花收淚謝曰必如郎言
則夫椎灼之縱之宜家之德未繁祈之庶盡奉箕之誠自出香
盒中小粧鏡分為二段一以自藏一以授生留得洞房花燭之
夜再合可也又以紈扇授生曰二物雖微足表心曲幸念秉驚

之女莫貽秋風之怨終失姮娥之影頓保明月之輝也自此昏
聚曉散無夕不然生一日念久不見緋桃恐桃見怯乃往宿不
皎仙花夜至生室潛發囊中得緋桃寄生詩數幅不勝恚心
妬取案上筆塗抹如稀自製眼兒眉一闋書於翠綃投
之囊中而去其一詞曰○窗外疎螢滅復飛流斜月在高樓一階
竹韻滿簾梧影夜靜人愁此時蕩子無消息何處作閒遊
也應不念惟難情脉脉坐數更籌○明日生還仙花了無妬
恨之色又不言發囊中之事盡欲令生自愧也生癡愁無
他念一日夫人設宴召緋桃稱周生之學行且謝教子之勤
令桃致意於生是夜生為杯酌所困睩不省人事桃獨坐無
寐偶發粧囊見其一詞為墨計所昏心頹毀之又得恨兒眉
詞知此花所為乃大怒取其詞納諸袖中又封結其粧囊如

故坐以待朝生醒桃徐問曰久寓於此而不畋何耶生曰國
英時未卒業故也桃曰然則教妻之弟不參不盡心耶生報
然面頸發赤曰是何言耶桃良久不言生惶之失措以血
掩地桃乃出其詞授之於生前曰踰墻相從鑽穴相窺豈男
子所可為我吾持入白于夫人便引身而起生荒怩拖持興案
告之且扣頭懇乞曰企娥曰我永結芳盟何忍置人於死地
桃意方四曰即君使可興妾同歸不然即既背約妾何字
盟生不得已而托以他故復敀桃家桃自覺企花之事不復
稱生為企即者心不平也生篤念仙花曰成消瘦托病不起者
涉旬俄而國英病死生具祭物奠于柩前企花亦因生致疾
起居頂人勿聞生至力疾強起淡粧素衣狮之於簾內生黃
罷遽見企花佪流目送情而出低四轉眄之間已杳然無所

観之後数月桃得疾不起將死枕生膝含淚而言曰妾以菲
菲之下体依松柏之餘蔭豈圖芳菲未歇鵾鵊先鳴今興
即君便永訣矣綺羅管絃從此畢矣凤昔之額已缺然矣
望妾死後即君婆山花為配埋我骨於即君往來之路側則
雖死日猶生之年也而言訖氣絶良久乃攬開眼視生曰周
即以珍重之連言数次而死生大慟乃葵于湖上大道傍従其
顙也祭之以文曰維年月日梅川居士以蕉黄荔丹之奠祭于僻
娘之靈惟靈○花情艷麗月態輕盈舞學章臺柳風歎
綠絲色奪齒谷之蘭露濕紅英四文則蘋蘩慈蘭詐容柿女艷
詞則賈雲華難可爭名雖編於樂籍志則存於齒貞葉也
蕩志風中之絮孤踪水上之蓬言柔姝鄉之唐賀不東門之楊
賜之以相好副之以不忘月出皎兮永結芳盟雲曲宛靜花

春深一梳瓊漿幾四竊笙壹期時移事徃樂榴袋未
翠之裘未暖鴛鴦之夢先雲雨消憊意兩散恩情屬目而
羅裙褰色接手而玉佩無聲一尺古箱尚有餘香朱絲綠
廬在銀床藍橋舊宅付之紅娘嗚呼佳人難得德意不
玉容花兒宛在目傍天長地久此恨茲之他鄉失侶誰賴誰
復理四棹再就未程湖海闊遠乾坤峥嵘孤帆萬里去之何
依他年一笑浩蕩難期山有皺雲水有囬潮娘之去矢一去寂寥
致祭者誰陳情者文陰風一奠庶格芳魂尚饗祭罷獨興三
丫鬟別曰汝等好守家舍我他日得志必未收汝丫鬟泣曰兒輩
仰主娘如毋主娘視兒輩如子兒輩薄命主娘早後所恃以慰
此心者唯有即君今又玄玄兒輩何依誰哭不已生毋三慰撫
泪登舟不忍發棹是夕宿于垂虹橋下望見盆花之院銀燭絳

燭明滅林表生念佳期之已過嗟後會之無因口占長相思一闋

曰○花滿烟柳滿烟暗信初憑春色傳綠簾深處好因緣惡

因緣曉院銀缺已惘然欹帆水雲邊○生連曉沉吟欲玄則興

仙花永滿欲留則徘娘國英皆死無可聊賴百甫所思未得

其二平明不得已而開企船花之院徘桃之家者漸遠山四水

轉忽已備气生毋族張老者湖州巨富也以睦族稱生試往

依為張館待生甚厚生身雖安逸念花之情久而弥篤展

轉之間又及春月宗萬曆壬辰年也張老見生容見日悴怆

而問之生不敢隱以實告之張老曰汝有心事何不早言老妻

與盧永相同姓累世通家老當為汝圖之明日老令妻修書

遣老蒼頭往錢塘議王謝之親企花自別後支難在床綠

惟紅悴夫人亦知為周生所祟欲成其志生已去矣無一可

何忽得盧氏書合家驚喜企花亦強起梳洗有若平昔乃遺

年九月為結縭之期生日往浦口悵望蒼頭之還不及一句蒼頭

己還傳其定婚之期又以企花私書授生、啟書視之粉香淚痕

裹怨可想書曰薄命妾企花沐髮清意上書千周即之下〇

妾本弱質養在深閨每念韶華之易邁掩鏡自惜終懷行

露之芳心對人生羞見陌上之柳則春情駘蕩聞枝上之鶯而

曉思朦朧一朝彩蝶傳情企禽引路東方之月姝子在閨于既

踰閒我敢愛檀玄霜鴆盡不上崎嶇之玉京明月中分空成

契闊之深盟那知好事難常佳期易阻心手愛矣躬自悼

美人玄春未奧沉鳳斷雨打梨花門掩黃昏千四萬轉進悴

因即錦帳空芳晝宅、銀缺減兮夜沉一日誤身百年含情

殘花宇思片月絮胖三規已散八翼莫飛早知如此不如無生

今則月老有信星期可待而單居悄〻疾病沉綿花顏減彩芸
鬢無一光即雖見之不復前度之恩情〻恒所恐者微忙未嘗〻
先朝露九重泉路私帳無〻寧朝見即君一訴衷衷則夕開齒
房無所怨矣雲山萬里信使難頻引頸延望骨折魂飛湖
卅地偏瘴氣侵人努力自愛千萬珍重〻情到不堪言處
分付鴻寄將去月日企花白生讀罷如夢初四似醉方醒
皿悲且喜屈指九月猶以為遠欲改定其期請花張老再遣蒼
頭而又私答山花之書且勞之簫下三生緣重千萬書未感暢
興悵能不依〻昔者投速玉院托身瓊林春心一叢兩意難慕
花間緣結月下成因猥蒙顧念信使琅〻自念此生難報深
思人間有事造物多猜郎不知一夜之別竟作經年之恨相
去頭絕山川阻脩匹馬天涯幾番悵帳烏斗吳雲條歸峰〻

當旅館孤眠殘燈情〟人非木石能悲不救嘆手芳鄉旅雜

傷恨子所知矢古人之一日不見如三歲以此推之則有便是

九十年矢若待高秋以定佳期則不如求我於荒山裏草之理也

情不可極言不可盡臨楮嗚咽知復何云〇書既具未傳會

朝鮮為倭寇所迫請兵於天朝甚恩〇帝以朝鮮至誠事大

大不可不救且朝鮮破則鴨綠以西亦不得安枕而卧矣況在

三繼絕王者之事也特命都督李汝松帥師討賊而行人司

薛藩四自朝鮮奏曰北方之人善於禦虜南方之人善於禦

倭今日之後非南兵不可於是湖浙諸郡縣發兵甚急將擊

將軍姓其素知生名列以為書記之任生辭不獲已至朝鮮安

州百祥樓作七言古詩失其全篇惟記結末四句曰〇愁未栖

登江上樓之外青山多幾許也能遮斷我望〇眼不肯攔斷

愁未路〇明年癸巳春天兵倭賊追至慶尚道生念花不置
遂成沉痼不能從軍南於留在松京余適以事徃松京遇生
於驛館中語音不同以書通情生以余解文待之頗厚余
詢其致疾之由愀然不答是日即兩因興生張燈夜話生
作踏沙行一闋以示余其詞曰〇隻影無憑悲恨誰生改魂
暗逐連江水旅曲殘燈已驚心可憐更聽黃昏兩閣花雲迷
瀛洲海阻玉樓朱閣今何許孤踪依水上萍一夜流向吳
江玄余異其詞意悶問不已生乃自叙其首尾如此又自囊
中出見一卷書名曰花間集生興山花緋桃相和詩百餘首
齊輩詠其事者又十餘篇生為興連泪求余文甚切余效
元稹會其詩作十三韻律題于篇末以贈之又慰之曰
大所憂者功名未就耳天下豈無美婦人乎況三韓已安

師將還東風已與周即便矢莫且愛喬氏之鎖於他人之院也

似不是應矢早明楫別生再三稱謝且曰可矢事不必傳也生

時年二十七眉宇烔然望之如畫 云癸巳仲夏無一言予傳

韋生傳

大明萬曆間有韋生者名岳字擎天金陵人也古唐賢韋

應物之後性質聰明才華秀羨年至十五而成文章詩韻效

蘋卅清逸過之檀名當世人無倚迹壬辰與友張拱偶過于長

沙之北時丁暮春景物芳華張生忽起彈冠曰蹯青佳辰三春

一日吾濟今在逆旅中已無及蘭亭之會而佳麗江南地勝人

人和青帘紅杏萬家春風枝頭金錢可買此日之惟況名山

向天假良晨今不見岳州形勝可手韋生者即顧笑曰知我者

子也即與張生直抵岳陽城下日已昏矢是夕借宿於渙公舍

翌日早朝急叩江村賒酒債舫遊於洞庭之南是目也風暄景明
波紋不動水碧青天上下一色江邊畫屋遠近參差綠沙笙歌皆
如鶴上仙也韋生出岸巾登舟長吟兩絶其詩曰○桂棹蘭槳泝
碧流岳陽城北始回頭香風十里桃花裡多少珠簾上玉鉤○草
綠蘋香江水多蘭舟搖下洞庭波春風無恨蕭湘意收合新
篇入棹歌○花枝柳影共春城江上流人捲玉簾欲待夜深歌舞
罷月高三峽聽猿聲○玉樓飛閣入江天誰捲珠簾共綠絲日
暮洲人更遠陰風腸斷木蘭舟○吟罷江煙半歛峽月初斜
千峯散亂萬象星羅二人豪逸之氣將欲羽化而登仙也酒行
數籌朱顏半酡韋生謂竑長嘆曰憶楚國悲涼之地蒼梧
斷竹老湘南此非二妃之寃疾也離騷吟罷汨羅波鳴此非三
閭之忠魂耶悲余多情長歌竹枝夜過窓聞未竟不沾襟裳生

皺眉良久曰僕本平生懷慨人也目及遺篇尚且隕淚令未此
地可憐余懷欲酌瓊漿招古人之英魂也遂吟三絕曰〇竹枝歌云
暮烟低春盡黃陵古庙西香晚白蘋湘水綠楚山猶有鷓鴣
啼〇楚客維舟聽暮猿十年芳草憶王孫多情一片瀟湘月
曾照江魚腹裡魂〇韋生遽曰君詩吟調悽若益增悲抱如
此鷓花佳郡但當醉懷而已不須吊古傷心空費半日之憔耳
遂酌綠蟻一卮酬于張生扣絃歌曰〇巴陵兮東岳陽北楚山高兮
湘水碧竹枝歌兮哀怨多蕩蘭兮江上波春風起兮渚蘋香悵
古人兮不能忘擊玉兮盡唱金縷醉眼揵兮乾坤暮〇吳歌怨
兮楊柳青遠送目兮佇春情寒杜若兮江之邊採蘩兮香滿船
日欲暮兮湘江波痕美人兮渼何如望綺楼兮天一涯春愁起兮
奈甫何〇歌竟酒爛盡醉窮憔相與挑簫手舟中韋生悅

然先遺搔首起坐，湘天瞑，少焉鳥飛盡，岸上橫橋，遊人漸稀，生以手扶張生而趄，香醲浹骨，醉魔方酣，搖之不動，喚之無鼾，生還攬繡縷裘解綿纜，下舡四顧，長程閒無人蹤，但聽前隣有歌吹聲，尋溪而往，則雕甍紫閣，徐出雲霄，燈燭清熒，搖映於綠楊之裡，生屏息門側，遊目內進，則以青琉璃等作九級層塔，百卉芬芳，蜂鳥爭咽，下有一小池，綠波如鏡，荷葉初生，彩鴨一群，來往其間，中又有沉香木假山峯巒，草樹皆錦繡繪之所飾也，製作極其工巧，歷至一門，則曲欄浮空，飛梯百尺，一桁瓊簾半捲，於花影之中，時夜已闌矣，賓徒初散，衆樂未退，佳人數十隊，蘭麝薰衣，珠翠滿身，嬌聲半酡，百戲俱張，舞若驚鴻，輕如飛燕，笑語喧不絕，俄而有綠幘武夫排戶而出，顧斷重門，收銀輪惝入雀嬰歌

兒輩立宿內廂群娥一時應聲連袂而入雲鬟霧閣如僊子
裏更無一可俟生隱於門墻之內無異入籠之禽蹰蹢彷徨
憂懼宗深然而事已諧矣無可奈何步上樓梯周覽既畢
方欲假寐簾枢之側而坐待開門挺身趨出一念俄歇臥不
能眠披衣而起散步近除遲聞後園中人語琅琅引頸竦
之紫薇花下懸一紅蓮燈下坐一美人年可十七八綽約仙姿
非世上人也手折一枝紅蕚倚楼支頤而吟曰○影子長怜月
身輕不如花適風香萬點飛去落誰家○吟未訖見丫鬟
拋簾而下報其茶鑪已溫美人忽忽提燈而入中外寂聞了
無聲音即欲冒死縱情而忽念踰垣折檀虎尾春氷不戒
鑽穴之誨忘身之禍仲可懷也人言可畏欲進還退舉
逞末技如是者數度狂心火起六馬同奔終莫能制遂信

步而行及至房外暗窺窻鏬則是乃女之寢室也捲流蘇
帳圍翡翠屏床上綠鴨御水沉香一炷香烟裊裊如縷女
卧於其間羅衾半推玉腕微露綠雲欹枕香汗凝肌春眠
惱重絳綃不動生搴衣而入女忽驚愕曰誰家蕩子狂暴至
此非之甚甫生倉黃無計撰將還退而身四鎖閨之內此出
無路若逢門戶之厚則其死一也方欲賀奪其志女見生
之辭氣溫雅定非倡樓俠少之流似有起憐之色生低
絆細語曲陳所由則女稍似小薄而拒之亦不如初也生雖
押之羞眉懶攬眠波依迷弱質輕揚如不能堪生春雲之陽
漾濃興未停極畫繾綣而罷整衾而卧鴛鴦枕上花影
婆娑女忽欠伸撫即背而長嘆曰人間懽樂不到深閨
此生於世始見今日仍問姓名族系女斂容徐徐曰

妾姓蘋名淑芳古宋學士蘇子瞻後裔也妾父名東皋

建窟歷抵甚臺閣寶成名立今已退休矣門戶亦不甚薄

有秉朱輪者十人妾父殘嶺始得一女鐘愛甚重未嘗一日

難於膝下故別起小樓於北園中使妾僑伴手此耳妾生長

閨門未諳情事然而摽梅素濤詩人有誚飛挠歲月

不貸紅顏風春楊柳之院秋而梧桐之夜孤眠恨負芳年

今年何夕見此良人邂逅相逢適我顏兮白首同惟與子

成誓只恐賤妾少妾生咎曰生秣陵人也世居南京粗通書

史攜壺結伴遍遊溪山日昨偶軍一支後舟洞達路近陽臺

獲逢山女巫山一枕是知前緣況許身駕勞頹奉巾櫛誡

通金石意感神融只以房帷事密暮夜無一知他日親庭

倘有譴責則千載瑤池永絕穆王之夢七夕銀河長感牛

女之會而巳女忽改容曰妾非娼類素是良族不慕漆澆傒巷
之風唯思琴瑟鍾鼓之樂天照微衷錫余良匹事速雖微情義
無間倘涸暗昧之蹤而終備伉儷之情矢死靡他更卜他生之約
生遇佳耦偕老盟甘雖以藍橋之奇遇不過是也生遽曰良宵
苦短曉鷄催號芳情未洽別意無窮奈如之何女推枕而起手
挑金屏而掩紗愵曰非東方即明月出之光取架上碧玉簫
吹秦樓鳳笙曲響激雲霄生即拂衣而起開戶視之砧鳴遠
村角殘孤城女見生之趄則挽其手而掩面低聲曰三生好緣
一宵絹繆將子無歸昏以為期生噓唏下增數步顧眄之則
殘粧倚門黯然銷魂生悽惶出走中門已開外門猶開生
藏身扵兼竹之間頃之有一蒼鬟絳衣者自內而出洞門末
扉净掃中庭談玄聲嗄還入東廂生左右歘視恰人於巷

出不覺冠履墜地驟汗如漿及至江岸張猶掩蓬窗方
以其餘僕從亦皆酩酊不起生仍卧張生之側開眼思覺神
魂飛越耿不成寐跳起張生之邊送迷覺頗謂韋生由洞庭
之遊樂乎韋生咨曰昨夕中酒沉寒通宵昏倦不覺朝日已
晡歇中真味只在此張生微哂曰烟波短棹敢思悠然可進
一舸使續餘懼韋生曰諾即命綠衣童子酌羅浮一航以
偕張生盡枚前夜之事細陳無隱則生風流徒也素有清
應之習故張生與其辭姑末之信尊傾日斜更理敞橋則帝
生眼齋東濟落莫無語張生頗惺之始問甚一由而備悉之
遂整襟危坐責之曰子之奇才江左無雙射策金門橋文玉
署立身楊名濟世安民是乃平生之志也今君偷窺相呟之
門妾犯私通之律迷魂不悟從意忌身桑中醜說終始難掩

則非但辱及於君抑亦近高门可不戒哉凡人一念之差萬事謬
縱雖有後悔噬臍無及惟子勉之常生不答翹首南天雲山鬱
紆烟樹蒼茫襪娘粉壁映紅杏之間不惜雜思窺淚滿眶張
生知其沉惑已深不可以言語解之遂力勸韋生更閬酬酢韋
生先倒于舟中張生令篙童掛帆東下倏如流星之疾也曲泊
錢塘古山片天欲曙矣鶴鳴吳岫鷺轉蘋堤驚鴛趂視之已非岳
陽城外韋生大加傷感遂成一疾纏綿半月日沉漸痼體漿不
入於口自分含慎而終遂成一律題于白玉案上其詩曰○花枝
影動玉桐香鴛引春愁轉夕陽床上誰憐心悄々枕邊遙憶語、
琅々黃河不斷深盟在青烏無傳別路長魂入九原應有慾記
生何慮更相忘○一夕生之父母親詣床前抱持垂泣曰古之聖人
云父母惟其疾之憂觀甫之嬰疾綿過數旬日增危[illegible]

救故雙親後慮將欲繼嗣甫有荷心匿而不吐曲畫

後悔生聞言即驚潸涕泗交頤而暫俟心定細語出喉中曰死母生

之鞠育劬勞欲報其德昊天罔極小子不肖少無曾參之養竟貽

子夏之慟不孝莫大罪積齒明頤陳所思俾無一遺感往者與友

人張其栗節曰載酒南遊誤入蘇相國家有輕薄之行窺垣之罪

死當萬矢但紅樓一別江樹萬里山長路阻信使無憑一念縈腸

轉生狂疾死而後安竟無他意父母以袖抵淚開眼曰早知如此何

使汝至於斯也急喚老蒼頭送于蘇相國家先通媒妁之命以

定花燭之期蒼頭未及出門跟蹌事入而喜報曰相國之使已先

到矣韋生之父急出外軒招入使者朱冠鐵帶八尺長矣者并

拜中連袖出相國書跪而進珊瑚函裏鮫綃數幅有劇溪戚對

即其書也其書曰○伏以某家世簪纓士宦清顯位極卿揖身

縈屆貴乞得殘年退休私舍跡訪湖山盡深魚鳥肴花芙竹

以助清趣引客開舸仍消暇日曩者與卽逐景偶過鄰第丞

多情捐微軀如花之澠露似月披雲小溪孤居之慼都是老

夫之罪事已至此悔將何及但梦壁已斷秦鸞未秦別恨成

固殘命如縷鸞沉鳳渏倚阻夫婦之情地老天荒何量父母之

心早卜時日之良頷傳羞鷹之禮只恐貴宅不顧寒門〇

覽畢使者敘曰拜娘子自別阿郞之後每待於芳園中數

日令小兒訪問於江村則居人答曰往日二少年自建康府泊舟

湖山極歡西皎其後了無形迹以此言皎報則娘子逐卽不起大

相公莫曉其意一日秉娘子之入昆括其錦箱得相思字數篇

因此而詰問之則娘子亦不諱秘悉陳無一餘相公卽令老僕馳

通婚娶之命故取某于此耳于聞青曹畫標出詩偏進于令徐

三三

此娘子之所詠也吾韋生之父投見之甚其詩曰○楊柳依依蒲池
花深處囀黃鸝愁未卻奏琵琶曲苦琵琶又斷絃○梨花
風動玉樓寒金鴨香殘闌魂漏殘灯下淚痕人不識暗均紅臉稀
憑欄○燕掠珠簾花亂飛東風吹夢入羅幃一年芳草江南帳
千里王孫去不敢○室鴨香盡水沈烟鸚鵡金籠夢自吹斷
王簫人不見碧桃花影曲欄前○小院池塘荷葉香春波欲暖
舞鴛鴦碧愁深鎖朦朧裡何處啼鶯又斷腸○生之父撫
掌嘆息曰奇才出於慈蘭之右韋生見其詩雖增思慮結
禍之日不遠以此寬其悵況疾稍蘇渾舍喜騰使者是日
宿於韋生之家侵晨早發至三驛退韋生之父叢接使者贖
以盛饌酒酣離席致書于相國前其辭曰○伏以僕本武人
自少失學功勤弧矢口杜經史家世零丁契闊清寒鄉隣眇

覩奴僕逃逋欲令小子早就名程讀大人書慕前賢志粗通
文字暫曉人理於家孝悌於友信義必無橫越之志寧有狂暴
之行但男女相感古今常情閨幃已離悔責何益救永思
命仰求賢婦只以尊卑有序門戶不同伏地悵慚臨紙無
言〇使者遵教而退敢報相國其家亦幸悲女聞其寄病忽勿
藥而喜自此兩家通問不絕遂差穀旦乃行同牢之禮二人相
得之樂雖張碩之嫁蘭香乘航之遇女英未足喻也夫婦平居
愛而敬之遠近親戚莫不禮之是年八月倭奴入掠朝鮮國王
播越遠將龍灣冠蓋相連乞救中原皇帝以羽檄徵兵天子拜
韋生之父為征討諸軍重領兵三萬遠起遼陽而兵死地也遠
入東隅凱還無期況書憧檄筆難得其人故將軍即以書
招生甚急而仍作□蘭汀之行生見其父書歸造悲食覺□

其心女忽卿衰……翁之曰妾男子生於世形弓……

有馬草之志鈇騎不殫終封燕頷之侯列今發四海之劲

兵殲一瀰之亮徒有出壓之男無主崩之底欲圖奇動正當……

時宣作迄儒終守書腸況嚴親塵外遠抱來薇之愁小子

天涯何耐陝岵之悲遍啓程無一稻親旨妾命途崎嶇世

事蹉跎芳緣繾綣續哀別又至人生幾何歡合無時于連時

梧葉落海鴈羣悲月到搖階誰聞鳳凰之音虫吟粉壁又

冷鴦衾之夢重為斷腸之人應作望夫之石只頷即君早

侶四程言說置酒酌別於中堂蘇娘命歌兒教人唱柔蓬

曲其詩曰○玉露凄々江月斜蘭橈停棹使蜀花多々竹人絲絆

横塘口腸斷西風一曲歌○月色波光滿塘小羅裙玉佩荷

蘭槳泝西風昨夜紅衣落初減元鴛鴦夢裏香○水上佳人

金縷衣芙蓉花裡小船敏西風一夜滿江思千里玉關音信
稀○吟罷蘇娘手酌金荷葉杯奉進韋生前自製衰陷江岑
一闋侑之曰○吳鈎錦帶青絲馬龍沙千里迷敏劉門烟樹
遠依俙心隨邊月敏夢逐塞鴻飛鶯思碧草秋風曉君
去隻影誰依蘭堂黃葉掩柴扉鶴開音信斷何處寄
寒衣○歌竟坐中皆毛淚韋生強醉深尊扶擁上馬雲
蘇娘追出院外痛哭絕蘚良久復甦觀者莫不憐之韋
生馳到其家將軍欲鳴鼓發竹生佳能隨其後生處心
之極跋涉風霜眠食不甘舊疾還發騋樓旅舘敏思轉
切觸物興吁對人無語將軍大有悶焉一夕行到庄興府
性疾尤劇倚床無眠遂書一絕于璧上其詩曰○霸滿孤城
駐漢軍角吹戍月○韓門燈前苦憶江南夜鴈滿孤城

入林之雲〇幕中又有金生者亦工於詞翰者也以生之病

辭床側戲嘲寬抑遂集金驚扇題一絕于其面曰〇白馬驟

斷跨玉鞍龍刁何日斬樓蘭秋風萬里關山外吹笛江南

片雲寒〇韋生笑曰君詩豪逸我吟悲苦是由所思之不

同也奄延數日則生氣脈如綿命盡之日後者急告于

將軍〇退籌排戰顏倒而未以手點其額曰余今承帝

命千里東未父子思重死生可救及甫同敗扶我病骨

老父無德甫先沉痼尺釣天涯余將何依干戈事急餌

藥無眠閣極余懷甫先知之鄉開錐遠敗路不迎風帆

一旦可到江南甫安其心無閡小蟻耳生聞言摧盲哀涼

沈瀾遂握將軍之手哽咽而告曰吾子殘命末遺殃禍兵

塵戎幕賤疾彌篤扁俞無術命也如何只念孤親入

塞戰鋒未交哭子郅亭忍支心力丁年才薄未致榮養壯而先摧不終侍奉人間地下兒罪莫容重泉有寃豈敢瞑目異土荒山孤魂無托急取殘骸啟葵故山言訖奄然而逝將軍呼痛促致喪車仍送故國永窆先塋之側送殯之夜生現於將軍之夢曰蘇家娘子奮緣未盡生不同居死願同穴因忽不見將軍驚悟乃一夢也落月轅門歌鼓悲喧而已將軍急呼從者曰云兒今入我夢願埋蘇氏門前其情可哀況路通淮海行舟甚便直抵岳陽可也後者永命而往不過十日果入洞庭湖上風烟未久事已變一片丹旐飄下海門過客行商爭指敬舟曰無其家旅櫬遠向何山行柩到津頭問蘇相國家則有一蓋裙兒女愕然未聞且以迷歇由此兒奔惶入告舉家疏辨痛群宣天蘇限聞瞠奇卿即見

中縊其頸而死相國聞痛之同

路左楚之人聞之多為堂記云

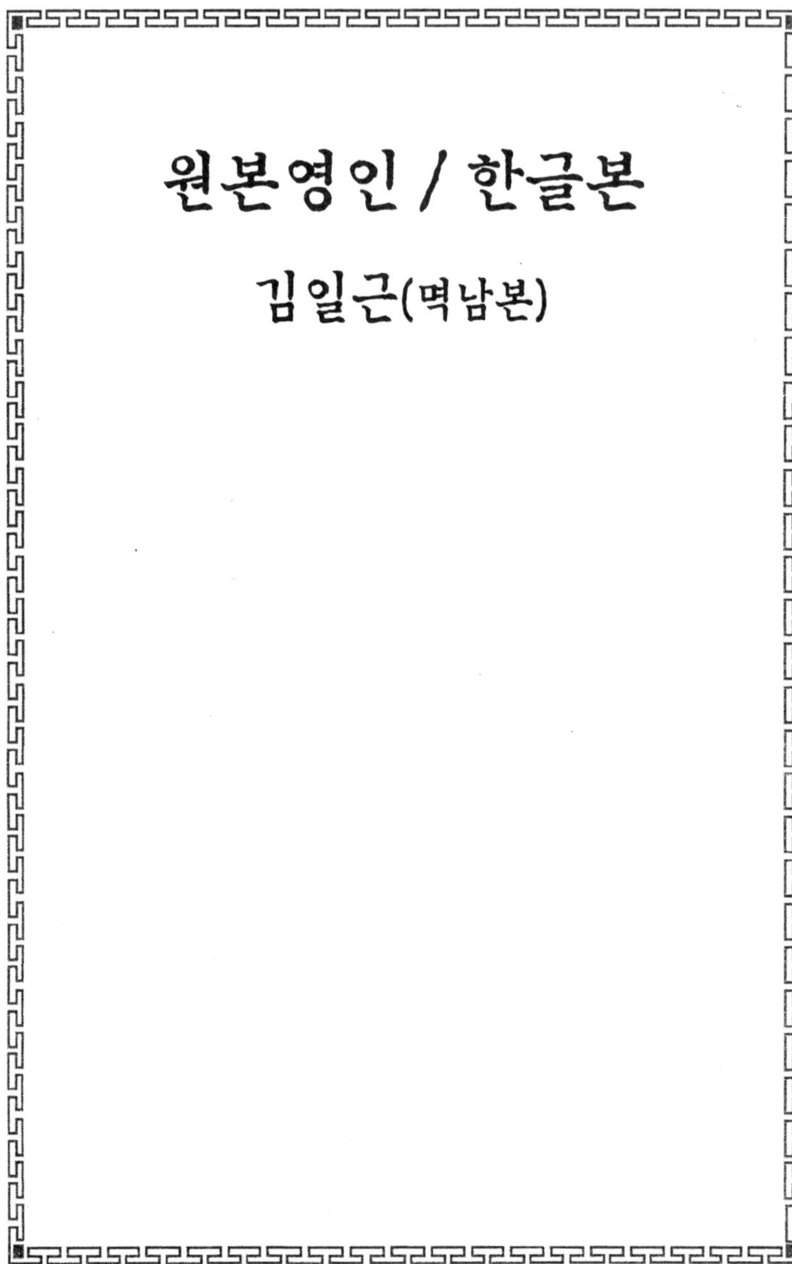

원본영인 / 한글본

김일근(멱남본)

쥬셩의 병은 동졍 디겨이 별후오르미쳐 거셔라ᄒᆞ니
라셰졍ᄒᆡᄉᆞᆫ이 셩의 아비 혹 졍별가르ᄒᆞ야인ᄒᆞ
야ᄒᆞ념 며셔얼굴이영오ᄒᆞ고 고길이총혜
ᄒᆞ혜 구조ᄒᆞ러ᄂᆞ니 히셤좌읜의 피ᄒᆞ션비되니쎄
비틀의 죵죵혼인배되야셩도조부ᄒᆞ더라면ᄒᆞ야ᄃᆞ히들
과거르더고위연한왼인셩이셰간의이기가비야온듯ᄀᆞᆫ
의지혹ᄉᆞᆫ니잇더고공명의ᄠᅳᆺ이배ᄆᆞ아다도ᄃᆞᆼ의쎄뎌인
셩을ᄆᆞᄎᆞ리오일로부ᄐᆞᆷ더거볼ᄲᅮᆫ토ᄎᆡ치고챵조ᄅᆞᆷ뗘ᄂᆞ
돈비ᄀᆡ쳔이잇거ᄂᆞᆯ반오란ᄇᆡᄉᆡ 쎔비蓋獄롤ᄉᆞᄒᆞᆫ

강호의 와으되 ᄒ며오 초ᄉ이여 뭇대로 노뎌나 ᄒ는며만으 아ᄉ

양셩 바ᄉ쳐 민고 거러 셩등의 드러가 벼 아던 버ᄉ나 셩과이란 손

을 ᄌᄉ니 나셩도 또 ᄒ즐 일ᄒ 션비라 셩으을 보고 셥ᄒ기셩

슐사 쎨ᄅ 권ᄒ며 즐펴 ᄒ더 나셩이 픠 劍 ᄒ 믈 신드ᄉ더 믓ᄒ

아비 쎼 도라오매 날이이 엇어 두밤 뎌 나 이우고 드러이 동녀 ᄒ인 오

ᄅ 거는 크ᄋ이 ᄇ틀ᄅ 노 하등 누 ᄒ 고 파운이 곤ᄒ야 죠오더니 비

ㅁ르ㅁ 쳐 가기르 살ᄉ셔 ᄒ거 ᄂᄅ 죠 오 로ᄆᄋᄅ 잠 안식 니 북

소리 니 이 뗠의 셔 율고 드르 은 셧덕 ᄒ 엇더라 다만 두 뎌 렷

더의 려쉬 충농 ᄒ 아쎄 밧지 아ᄃ ᄒ 다 나 보 크 흘의이 약ᄅ

셩사 효 농이며 효 블이 ᄇ틀 근난가 과 크 틀 발ᄉᄋ며 어려ᄅ

즈시비치여스거는 임으로 졀구를 으래쥐그르오디

악양셩외의라 쟝일야 쯩 치임치향 두우셩 츨

월 호 홀경신이 저젼당

악양셩밧쎄비르지 혀스더니 바달이 부러치향

이니로 도다두젼의두어소리에 보드라새배 믄듯 몽이 올마

젼당의 잇는 줄을 놀라 놋다

아츤의인스 갸비르르 비려 두던의 오르라 볘스 몯 으히가 친구를

츳 니반나 마엽슨 다라 셩이 조 람흐고 머 믓 거려 나 아 가 다 몯

흐더니 더기 비되라 흐리아시니 셩이 젼 뎌셔스 흐 회동흐 더 배

라 얼굴나 겨쩌 젼당의 독보흐 므로 므 으르 사름 이 미 랑이라

ᄒᆞ더라 셩을 보고 졔집의 도라가셔ᄅᆞ 뎌졈ᄒᆞ며 신혼ᄒᆞ거ᄒᆞ

뎌라셩이 굴을지으되

뎐애방초거름의 만리거리ᄉᆞ비의 구두쥬셩가져 초루쥬

박젼샤 휘

ᄒᆞᄂᆞᆯᄀᆞ의 곳과 온 플이 몃번이 나오ᄉᆞᆯ 찍신고 만리의 도랑ᄒᆞ

니일ᄋᆞ 마다 달라ᄉᆞ 도다의 구호두 쥬소리와 갑시이셔 내자ᄂᆞᆫ

누의ᄋᆞ ᄉᆞᆯ바ᄃᆞ이 쩟기ᄒᆞ여 거러ᄉᆞ도다

비되대경ᄒᆞ야ᄂᆞᆯ오 뎌낭군의 계쩌이러ᄃᆞᆺᄒᆞ니오래사ᄃᆞᆺ의

굴을배아니 ᄲᅥᆻ경초봉ᄒᆞ기ᄂᆞᆯ이러ᄃᆞ시ᄒᆞᄂᆞ초인ᄒᆞ야

쳐ᄒᆞ여시며야뎌시플무거ᄂᆞᆯ셩이답ᄒᆞ더취쳐ᄅᆞ아뎟노라

호더되잔안 우스고늘 오되 원컨대 낭군은 비예 도라가되 말고 버짐

이비록 더러오나 주인호야 이시라 맛당이 그되늘 위호야 아틈다

온 비졀을 구호리라 꺼되의 뜨디 셩의게 만히 두미러 셩도

쏘 호비노의고은 티도 와 비나얼굴을 보고 칙호되 스호야사 와틴간

힘비라더 못호노라 호더라 그란호르 스이여 날이 브터 쪄 브럿

더라 져든 차환을 명호야 셩을 뫼셔 썰샤의 가 쉬라 호야놀

셩이 그 집의 가니 도벽스이 여글 호나 히여거놀 보니 말슷

이며 뜨디 가장 놉거놀 차환 드려 무르니 부모호되 주인낭

의 지은 글이라 호더라 그 글의 호여쏘되

죄좌마주샹스곡곡도고시기만 혼화영만더민인졀

춘향쇼가구화혼

젹좌의샹수궁을ᄯᅳ디말라고도놉쳐갈졔다시곰넉셔곳

쳐디놋다곳그릿재밧의그듯ᄒ고사ᄅᆞᆫ이리오ᄒ야심ᄃᆡ

봇이오니며ᇰ황혼이나즌젼ᄂᆞᆫ고ᄒ여ᄃᆡ라

셩이익의ᄒᆞᄀ호엿ᄂᆞᄃᆡ도이글을보고졍신이ᄋᆞᄯᆨᄒ야일

만ᄂᆡ에다스러디고글을ᄎ운ᄒ야도의ᄯᆞ들시ᄒ엿고쳐ᄒ

디못즘내일우디못ᄒ엿더니밤이믈셔깁즌디라ᄂᆞᆯ빗

치쳐히그득ᄒ고곳그릿재밧의어ᄅᆞᆫᄒ엿거ᄂᆞᆯ묘ᇰ이으을

둥더어버셔비회ᄒᆞᄂᆞᆫ수이여문ᄃᆞ뭇밧쎠사ᄅᆞᆫ와말라므로쵹리

들리더니오라게야엄거ᄂᆞᆫᄆᆞᄋᆞ의ᄀᆞ장의ᄭᅵᆺᄒ야구연고ᄅᆞᆯ

아ᄆ못ᄒ야 ᄒ더니도의 방이며 다아닌다라 사챵소귀 홍츙

을 놉ᄑᄒ고 되혀 혼자 안자셔 쳥운젼을 펴노고 볌ᄆ면 해란가

슈를 지으되 젼렴은 이오고 후렴은 못 밋쥐지 엇거늘 셩

이 ᄆ뜻ᄃ 챵을 열티며 웃고 닐오되 쥬인의 지ᄂ글을 손이 가

히니을ᄇ가 ᄒ거늘 되 거즛노ᄒ야 글오 더 미친손이 엇디 여왓

ᄂ노셩와르 손이 본되 미친줄이 아니라 쥬인이 손으로 ᄒ여곰

미치게 호미라 되 웃고 지으라 ᄒ니도의 글의ᄂ ᄒ여시되

죠외힘ᄉᄎ를의로 윌져 화지 보압 향연 죠챵ᄋ

인슈옥노오ᄲᄆ 몽미방쵸레

져근집의 봄ᄠ디어 즈러오ᄂᄂ 곳 가지예 잇고 보압이

향ᄂᆞ흔드기ᄂᆞ도다 챵안히 옥ᄀᆞᆺ튼 사ᄅᆞ뜨여시ᄅᆞᄃᆞᆼ야ᄂᆞ릭고

쪄흔니흔드기논 옷이 곳다온 즈ᄅᆞ의 에여ᄃᆞᆨ다

셩이니어지으되

오이ㅁ봉녀셤이도 슈시ㄱ번쳔ㄱ 드ᄉᆞᆷ방 조슈ᄭᅡᆼ호ᄅᆞ믄지

샹도 ᄂᆞᆨ엿ᄂᆞ 화영쥬란호ᄅᆡ

글ㅅ봉녀셤이 셤의 ᄃᆞ러오니 ᄇᆡᆫ쳔의 곳다온 즈ᄅᆞ 츳ᄉᆞ

ᄅᆞᄅᆞ일쥭이ᄒᆞᆯ쥬ᄅᆞ을 ᄋᆞᆯ리오됴오롯을 ᄭᅵ야가지우휘ᄉᆡ

노릭ᄃᆞᆯ늘니죠ᄅᆞ는 발의그리고 ᄲ여ᄇᆡ고 블근ᄂᆞᆫ ᄭᅡᆫ이ᄉᆡ야오

글지기로좌흔후의 되슈로약 옥ㄱ션이란 ᄭᅡᆫ으로ᄻᅦᄒᆞᆨ

노다

란 술을 부어셩을 권ᄒᆞ니셩이 ᄯᅥ디 술의어븐디라 쟝
슈양ᄒᆞ고 먹디아니ᄒᆞ거ᄂᆞᆯ 되셩의 ᄆᆞᄋᆞᆷ을 알고 인ᄒᆞ야 한
식ᄒᆞ고 고려안 ᄌᆞᄂᆞᆯ오디 쳡의션 셰노냥반 외사ᄅᆞ이라 한
아비쳔혼싸시 방녕이란며 술을 ᄒᆞ엿더니 ᄶᅥ어더뎌ᄒᆞ아
샹인으로 민ᄃᆞ니일로 인ᄒᆞ야 빙곤ᄒᆞ야 능히 진긔피못ᄒᆞ
엿더니 쳡이블 ᄒᆡᆼᄒᆞ야 일쥭부피주그니ᄂᆞᆫ의게가 길러
니이쪄니ᄅᆞ러ᄂᆞᆫ스ᄉ로 긔오ᄒᆞ 더ᄅᆞ디ᄀᆞ히여 봄을 도히ᄒᆞ고
쪄ᄒᆞ나 일ᄅᆞᄒᆞᆷ이 블셔 긔쳥의 미여셔 나 강잉ᄒᆞ야 사ᄅᆞᆷᄋᆞ
로 더브러 죠ᄋᆞ며즐겨ᄒᆞ나 미양 한가히 이신 제 고졸
보고눈믈을 ᄯᅵ며 ᄂᆞ는으로 보고 ᄯᅥᄉᆞ을오디아ᄂᆞᆯ젹이엽더

니 이제 낭군을 보니 즁져와 거동이 쌔여나고져 죠와의 셔즁
일흐고 호매호니 쳠이 비록 미쳔호나 원컨대 칩셔ㅇ을
ㄱ오ㅅ 알며 슈건과 비슬 밧들리니 원컨대 낭군이 일즉 금
뎌호야 쳠의 일홈을 기젹ㅇ 업시호야 죠상 일홈을
더러이 아니게 호시면 이는 쳠의 보라던 원이 ㅁ뜻ㅊ라니 비
록 쳠을 바리셔도 목ㅁ이 ㅁ스록ㄱ은 혜ㄹㄹ 깃동호리라 말
을 ㅁ츠며 눈믈이 비오ㅅ호거ㄴㄹ 셩이ㅇ 말을 드ㅅ고 크게
여ㅁ너겨 나아가 그 허리를 안고 ㅅ매로 눈믈을 스ㅅ며 위로
야 니ㄹ오뒤 이ㄴ진신로 ㅂ뜻ㅈ의호ㅇ 오ㄹ매라 그ㄷ니ㄷㄷ 아야다
엇디 믈ㄷ리오뒤 눈믈을 숫고샤 왈ㅁ시예 니러셔 뒤 겨잡ㅇ

사오나온거시아니라ㅅ나히힝실을여러가지로호나낭

군이디익과ㄱ쵸옥의일을보디아엿노다낭군이내을리

아니려호거든밍셰를쓰라호고인호야웃나라김호쟈를

내여셩을주어노셩이바다즉시쓰되

쳥산블로 의 녹슈당존라에 ㅈ블아신 대 명월 젼 인 라

즈른밀히늘디여니호고즈른믈이미양잇노니라그디와

을미다아니랄던대브터군들이하놀혀잇노니라호여더라

되모엿의스로봉호야치마인히뎌고이마랄밤의두

즐겨호미ㄲ셩의쵝ㅅ와위량의밍ㅅ이라도혹히ㅁ

못호러라이든날셩이방의모ㄹ이뼈사롬의소릐로무

른대되와르뼈셔일리나ᄆ죽ᄒᆞ더블근문이믈다히로삿ᄂᆞ

비노승샹쳡이라승샹이믈셔죽고부인이홀로겨셔나ᄂᆞᆯ

맛다즁ᄒᆞᄂᆞ고잔쳐ᄒᆞ기로일삿ᄂᆞ니어제밧의노마ᄅᆞ보내

여오라ᄒᆞ되쳡이낭군이와시므로칭병ᄒᆞ고아니가와ᄂᆞᆫ

라일로붓쳐셩이도의게혹ᄒᆞ인이ᄈᆡ되야인ᄉᆞᄅᆞᆯ졔ᄒᆞ골

마따도더브러죽ᄒᆞ고줄겨ᄒᆞ더라ᄒᆞᄅᆞᆫ샹ᄅᆞᆯ이와문

을두드뢰고비랑이잇ᄂᆞ냐ᄒᆞ여노ᄎᆞ차환으로보라ᄒᆞ니이

승샹짓사ᄅᆞᆷ이라부인의말을뎐ᄒᆞ야니ᄅᆞ오ᄃᆡ고곳아

면가히더브러줄겨노리엽ᄉᆞ셔ᄭ지히노마ᄅᆞ모뼈노니숫

로이더기더말고모로미오라ᄒᆞ여뇌셩을도라보와닐

되귀호사룸이여러번비르니잡반가도뎌오리라호고죽시머리

미고딴장호고나가거놀셩이닐오딘히호여밤들이갓디말

라호고도문의내가쒸여다호여밤들이이다말라호기를져신당

부호더라되믈을뜨고가니사룸은는쪄비즈고무른호놀는

동것더라곳과머들스이로딘이야가거놀셩이졍을뎡믹못

호야죽시뜰외밤랄만가니옹곳뜰을나좌뎌크로슈홍즈

의다드니라과연궁은누까이구로딘호야시나진신믜로믄

블근대문돈집이러러라블근난간이며즈른창이녹양홍형

스이여비인얏고픙뉴소리은히반공의셔나오며이샤닷즛플

눈곳굿치면웃고말는호는소리밧쳐들리더라셩이노디우헌

셔두루거르며고즁ᄒ젼을지어는리기동의쓰되

눈외졍호호샹누쥬망벽과초졍츌향쫄츼숑어

쇼셩격화블견누둥인갸션화간샹연ᄌ이녕비

임쥬렷니

버들밧뗘젼ᄒ믈이오믈우ᄒ다락이로다블근ᄇ공과

즈르디애졍츌의비쳐니향거로온ᄇ드리이웃고말ᄒ

논소리로브러보ᄯ되곳쳐ᄀ려누둥의사룸을보디못ᄒ

리로다ᄆ두ᄃ곳ㅅ이예쪄비ᄡᅡᆼ으로ᄂ라ᄆᄋᄋᄆ으로쥬렷ᄉ

의가논줄을불위ᄒ노라

이리찌고두로거ᄅᄅ소이예졈ᄉ셕양이거스고나ᄶᅥᄯᅡᆫ개소이뎌

니이욱고녀랑두어무리블근문으로셔나와믈을트고가니굼으

로ᄒᆡ니라마와오으로ᄒ구레사라ᄃᆞ의게비쵀더라셩이비뵈가

ᄒ야길ᄃᆞ편잡의드러셔여어보니열나마ᄂᆞ되도ᄂᆞᄂᆞ오ᄃᆞ

아니ᄒ녀셩이모옛의의심ᄒ야도로드리베니ᄃᆞ러ᄂᆞᆫᄯᄃᆡ엇

의져므러우마ᄅᆞᆯ분편티못ᄒᄒᆞ러라이에블근문으로드러

되ᄒᆞ사ᄅᆞᆷ도보디못ᄒ고보야ᄒ로민망ᄒᆞ야ᄒ더니들이졋

샌믈러거늘보다라븍녀혜년모셔잇고못우혜온갓곳

며거이ᄒ프ᄅᆡ이ᄌ옥ᄒ고가온ᄃᆡᄀᄂᆞᆫ길ᄅᆞ혀잇거ᄂᆞ셩일

ᄒᆞᆯᄌ자드러가니곳속의지뷔이잇고셔뎌ᄀ화피로셔스ᄆᆞ

거ᄅᆞ운ᄀᆞ벌리셥라보니죠ᄃᆞ亽아래잔ᄂᆞᆫᄲᆡᆯ일이여

되국히굽고사챵을만만열고화죵을노日되혀시니죵

영하의블근치마와쯔른오시오라가왕ᄒᆞ는양이마치그릿

쇽의잇는듯ᄒᆞ더라셩이몯을수겨여어보니규뼝듕라비

딴오히살더의눈의비ᄒᆞ더라부인이ᄉ라ᄉᆞ을넘고비ᄀᆞ옥

셔안의비겨셔니ᄒᆞ계우오시며여ᄂᆞ고죵히도른보며웃

고말ᄒᆞ눈양이고은퇴그져이더라쳐믄ᄯᅳ리이나히이짤은

ᄒᆞ니부인겻ᄒᆞ안자시니구룸ᄀᆞᄃᆞᆫ머리와곳ᄀᆞᄃᆞᆫ양ᄌᆞ의쟝

샨쳬ᄒᆞ야셔믈ᄀᆞᆫ눈ᄲᅵ로비수기보눈양이ᄉᆞᄋᆞᆯ믈겨ᄂᆞ의믈

ᄃᆞᄃᆞᆯ이비최눈듯ᄒᆞ고공교로이웃눈양은붓고지새배ᄋᆞᆯ

을머구믄듯ᄒᆞ더라되그겨ᄉᆞᄐᆡ안자시니쵸록이붕황의게

가고 모래예 진주를 써 근ᄃ스ᄒ더라 셩이 더거시 구로ᄆ 밧ᅄ 뜨곰
옷이 공둥의 이셔ᄒ마 소리고 고드리ᄃ르르드스 시분쯰일두
어면이러라 되술ᄒ숼비며 ᄒ우의 ᄒ닥고 ᄂ거지라 ᄒ대부
인이 머므로 기르ᄃ쟝굿게 ᄒ거ᄂᆯ ᄑ과시곳ᅇᅡᄆᆯ쳥으ᄅ
셔부인왈 비랑이 젼의ᄂ 이러타 아니ᄒ더ᄂ 엇디 수이 가ᄆᆯ
이리뵈야 ᄂᆞ노아니 졍인라언야ᅌᅵ잇ᄂ나 ᅗ옷기슬며 ᄆ고
고뎌안자ᄂᆯ오뎌 부인이 무르시니 엇디실로 고타아니랑엇
가ᄒ고 드뎌여 주셩으로 ᄭᅳᆯ연ᄒ 셜을 ᄌ셔히니ᄂ부
인이 못밋쳐 답ᄒ야셔 져믄뜰이 웃고 도르는 주어ᄂ르
오디그러면 엇디른 셔앗니로도 ᄒ마면ᄒ으르、뻣아으믄다

온 거약을 희지을 펴 한도다 한대 부인이 대초한고 갈아

한더라 셩이 분쳐라 와도의 집의 와 니블의 맛이여 거즛자

눈 티한고 고고을 소릐우레 스러라 되믯 바와 셩의 자눈

줄을 보고 셩을 자바니라 혀늘 오더 낭군은 므슨 뜻을 의

김쳐 뜨 눈다 셩이 주시 굴을 헤쳐 그오며

몽이 며오 더쳐 운리 구 화당니 견션아

쑵속의 구슬로 한 더에 오셕구룻 속의 그러가니 구화당

속의 신션의 겨집을 보도다

되 기거 야 니오 더션애 란거 스 기어던거 고셩이 디답한

말이 업서 또 음 쳐 그오더

고리가 희션아져내 ᄎ만당명월하

문득셔도르니 신션의 겨집이 잇는 주를 끼거ᄒ노니 이러

듯ᄇ르군ᄂᆞᆯ 이 졈의 ᄀᆞᄇᆞᄉᆞ야셔 니엇ᄆᆞ리오ᄒ엿더라

인ᄒ야도 의ᄒ리ᄅᆞᆯ 안고 니ᄅᆞ오ᄃ 니엇더 션애 아니리오ᄃ

죠와 그러면 낭군이 엇더ᄆᆞ션 랑이 아니리오고ᄃᆞᆯ로 븟

러셔 션랑션아로 브르더라셩이 밧ᄃᆞᆯ게야 온연고 ᄅᆞᆯ

무거ᄂᆞᆯ되답ᄒᆞᄃ부인이잔쳐좌ᄒᆞᆫ후의다른녀기ᄂᆞᆯ란

다보내고 쳡을 머믈위가별이쵸녀션화의집의가다시

잔쳐를ᄒᆞ니일로더디니라셩이인ᄒ야ᄌ셔히혀힐

위무로니피닐오더션화의ᄌᄂᆞᆫ망졍이나ᄒᆞᆫ심오셰오

고은 틱도와 빗난 얼구리 진실로 딘 셰간 사람이 아니라도
슈질이며 그제잇 쟝 공교로와 쳔쳡이 가히 모 할ᄡᆡ
아니라 어찌ᅢ로 즈ᇰ임옹이란 갓를 지어거든 고의 맛됴
고쳐ᄒ야 쳡을 웃눌을 안다 ᄒ야며 믈위 곡도르ᄅ 맛
됴더니라 셩왼 ᄀᆞᄅ을 가히 어더 들르ᄀ가 되ᄆᆯ리게 ᅄ쯔니
ᄒ야시되
옥창화관일ᄃ 원졍녀잇슈 패사 두 쳐얍야 됴의
일ᄊᆡᆼ디옥줄디라 누외경연 막ᄌ오 연듕 셰류ᄉᆞ래
미인슈긔의라시오 츄렷슈미라 연 초회여 영셩 노ᄂᆞᆼ
ᄒᆞᄒᆞ하몽니도 쉬라 가좌오 근 경곡ᄂᆞᆼ 곡듕 우원 슈

디오

옥으로 혼 챵과 그림 그린 난간의 헤텨디고 더디니 집이
펴오ᄒᆞ고 마을을 거덧도 다시 두 켜 얌은 샤죠의 거ᄒᆞ엿
고ᄒᆞ짱이 되ᄒᆞ야 보셕 보옥ᄒᆞᄂᆞᆫ 도다 ᄯᅡᄂᆞᆫ ᄢᅢ ᄭᅢ미
야 온ᄂᆞᆫ애 독ᄒᆞ고 너가 온 ᄯᅢᄀᆞᆫ 퍼들은 실 ᄀᆞ스도 다야
ᄅᆞᆷᄯᅡ 온 ᄭᅢᄯᆞ이 조오로ᇝ을 셔야 난간의 비겨시ᄅᆞ며 ᄒᆞᄂᆞᆫ
눈섭을 거두어 소다져 비처 으ᇝ으로 회롱의 말을을 ᄒᆞ
고 ᄭᅭ리ᄂᆞ 그니 욤 속의 쇼ᄒᆡ 쇠ᄒᆞ엿ᄂᆞᆫ 줄을 ᄒᆞ
노라 듯거믄 골ᄅᆞ 자바ᄢᅢ야 온 곡도ᄅᆞᆯ 회롱ᄒᆞ며
곡도가 온 대ᄒᆞ을 뛰ᅀᅥᆯ리오

되외 오기르르다ᄒᆞ니 셩이 안ᄆᆞ음으로 긔ᄃᆞᆨ이더기나거ᄐᆞᆯ
오늘이 글이 주둥의 봉회조르르 그긔진이ᄒᆞ야 셩이 소야ᄯᆞᆫ
의미ᄯᆞᆫ 맛ᄂᆞᆫ 삐옷아니면 잘ᄅᆞᄒᆞ디 못ᄒᆞ려니와 그러
리션아의 욱ᄀᆞᆺ둔져 조의 ᄂᆞ미 ᄉᆞ디 못ᄒᆞ리로다 ᄒᆞ더
션화본 후ᄂᆞᆫ 비도 향ᄒᆞ 졍이 ᄂᆞᆯ로 여러 강잉ᄒᆞ야 울고
말ᄒᆞᄂᆞ례 ᄒᆞ나 ᄒᆞᄆᆞ음은 미양 션화르르 셩낙ᄀᆞᄒᆞᄯᆞᆯ
론부인이요 ᄌᆞ구명을 블러 니르오ᄐᆞ 비나 ᄒᆞ인의
히로ᄐᆞ지 곤르을 몰나 타일의 ᄌᆞ라ᄂᆞ든 엇지 ᄯᆞᆫᄆᆞ의 뉴
의나셔라 오ᄂᆞᆯᄂᆞ 비도 의ᄂᆞᆫ연 쥬셩은 글 잘ᄒᆞᄂᆞᆫ 비라
ᄒᆞ니 네게 아민 호ᄆᆞᆯ 쳥ᄒᆞ라 부인ᄭᅢ ᄇᆞ이셔 ᄒᆡ엿ᄂᆞ니

국병이갑히명을어그릇디못ᄒᆞ야즉시쳐ᄋ을ᄲᅵ고셩의
게가글비호믈쳥ᄒᆞ대셩이ᄀᆞ장ᄭᅵᄭᅥ버일이일리ᄒᆞ와
ᄒᆞ고거즛두어번ᄉᆞ양ᄒᆞ다ᄀᆞᄅᆞ취더니일ᄅᆞᄂᆞᆫ비도엄
ᄉᆞᄲᅵᄅᆞ기ᄃᆞ려쵸ᄋᆢ히구ᄋ이ᄃᆞ려닐오ᄃᆡ왕ᄂᆞ야
굴비호기수고롭고나도ᄀᆞᄅᆞ취기젼일을ᄐᆞ여ᄒᆞ니힝혀
비졉의멸실이잇거든오ᄅᆞ마ᄀᆞ면그ᄃᆡ왕ᄂᆞ야ᄂᆞᆫ것ᄲᅮᆫ도
엄고나도ᄀᆞᄅᆞ쳐기젼을ᄒᆞ리라구ᄋ이ᄭᅥᆯᄒᆞ고쌰려호
디진실로윈ᄒᆞᄂᆞᆫ배로소이다ᄒᆞ고도라가부인ᄭᅥᆷ고
즉시셩을ᄃᆞ려가더니비되밧쑈로셔ᄃᆞ려오ᄂᆞᆫ가셩의ᄂᆞ
믈보고놀라ᄃᆞ오ᄃᆡ션랑이무ᄉᆞᆷᄉᆞᄯᅳ미잇관ᄃᆡᄇᆞ졉을

비리고다론틱가ᄂᆞ 셩이얍왈 승샹ᄌᆝᆸ의 쳑이 샹면 젼이 나이셔ᄃᆡ다 승샹의 보던거셔라 ᄒᆞ야 안 때로 츌입ᄃᆞ얀 노다 ᄒᆞ니 ᄡᅥ 인간의 못보던 굴을 ᄂᆡ거 보고 쳐ᄒᆞ 놀라 퇴왈 낭군의 굴볼 쥬헌이오믄 나의 복이라 ᄒᆞ더라 그 날로셔 승지ᄇᆞ의 올ᄆᆞ가다 셩이 승샹ᄌᆝᆸ의 간ᄃᆡ 열ᄒᆞ나ᄒᆞ오ᄃᆡ 나지ᄇᆞ 국영이와 혼 뒤 잇고 ᄇᆞᆨ이면 문이 김즈니 제 주르르 버ᄃᆡ 뭇야 ᄯᅥ뒤혜 오ᄃᆡ 버여거 오믄 본디 션화로도 모고 쳐ᄒᆞ 오미러 이제 굿다 온 봄이다ᄃᆡ나되 아르다 다 온 거 야어이얍스니 황하슈 물리기르리도리 누화ᄒᆞ면 샹들의 목슈ᄃᆞ이언 머리 오어두ᄋᆞ ᄇᆞᆷ의 당돌히 드러가 일곳일오면 ᄇᆞᆼ경으로 보고 이디 못ᄒᆞ

면숨겨주금만 ᄀᆞ스디 못ᄒᆞ다 ᄒᆞ고 이ᄲᅡᆯ뫼드이 엄거ᄂᆞᆯ 셩이 ᄯᅩ 두어 ᄇᆞᆯ을 너머 션화 잇ᄂᆞ티 드러가니 ᄇᆞᆯ근 ᄯᅡᆫ이 며사챵이 둥ᄉᆞ렴 ᄇᆞᆺᄒᆞ더라 셩이 오래셔 ᄉᆞᄒᆞᄂᆞᆫ 양을 보니 션해 곡도와 ᄒᆞ후의 ᄀᆞ만이 소ᄌᆞ졋 도ᄅ고 ᄌᆞ흥ᄂᆞ 곡도ᄅᆞᆯ 다ᄉᆞ리거ᄂᆞᆯ 셩이 의 하션랑이란 글귀로 읆래쯔니 ᄒᆞ야셔되 변외 슈퇴리 슈오왕 고인 뭉ᄯᅡ 오디라 꺅셔 즁 말맛셔 뉴와셔 슈질ᄒᆞ 문을 미ᄂᆞ고 혹젼 엄 의옷을 놀래여 오디에 가 굿쳐디게 ᄒᆞ놋다 도믈른 이대 도믈운 즈기 놋다

ᄒᆞ거ᄂᆞᆯ셩이발맛셔셔니어ᄋᆞᆯ래ᄌᆞ되

만언즁동드ᇰ진개옥인니라

ᄅᆞᆷ이왓ᄂᆞ라

비록이대로ᄅᆞ웁ᄌᆞ긴다ᄂᆞᆯᄀᆞ말라진실로옥굿ᄃᆞᆫ사

셛해거ᄃᆞᆺ못드ᄅᆞᆫ톄ᄒᆞ고블쏘고드려ᄂᆞᆸ거ᄂᆞᆯ셩이ᄃᆞ려왇

션ᄒᆡ나히졋고질약ᄒᆞᆫ다라운우의졍을이긔디못ᄒᆞ야

여듭우유과가비야이ᄲᅢᆼ거ᄂᆞᆫ톄거ᄂᆞᆨ병언ᄒᆞ리못ᄒᆞ리라

셩이별의ᄒᆞᆷ신라나비ᄆᆞ유이과ᄲᅡᆮ듸어리고졍신이ᄆᆞᆯ로

가ᄂᆞᆯ이쉬빼되엿ᄂᆞᆫ줄을ᄭᆡᄃᆞᆺ디못ᄒᆞ더니ᄆᆞᄃᆞᆯᄃᆞ리ᄂᆞ니ᄭᆡ

ᄒᆞ리반ᄯᅥᆷ곳ᄉᆞ이ᄆᆡ셔울거ᄂᆞᆯ셩이놀라ᄲᅢᄃᆞ르ᄂᆞ니못우

히졈은새 고쳐ᄒᆞ고 새 배빗츤 희미ᄒᆞ엿더라 션ᄒᆡ나와 셩
을 보내며 문을 ᄯᅡ소고 닐오ᄃᆡ 이ᄒᆞ란 다시 오ᄃᆡ 말ᄅᆞ라 이러ᄅᆞᆯ
이ᄒᆞᆫ 재루ᄒᆞ면 ᄉᆞ셩의 간련ᄒᆞ미 화셩이 이 말을 듯고
가ᄉᆞᆷ의 뵈시이고 목이 몌여 오슬 듣고 ᄶᆞᆯ와 닐오ᄃᆡ ᄒᆞᆫ 인
면을 거의 이두시 되야셔 엇더 사ᄅᆞ믈을 이ᄃᆡ도록 막히며 졈
ᄒᆞᄂᆞᆫ 션ᄒᆡ 웃고 닐오ᄃᆡ 안자가 말은 희롱의 ᄉᆞ말이나 냥군
은 노ᄒᆞ야 말고 나ᄡᅬ 보기를 ᄭᅵ라야 ᄒᆞ노 화셩이 겨샀ᄃᆡ답
고 나오다 션ᄒᆡ ᄶᅡ리에 드러가 쳣더 ᄃᆞᄂᆞᆫ의 잇ᄶᅩ리 ᄃᆞᄅᆞ
지어 창우희 쓰니 ᄒᆞ야시되
막ᄀᆞ경은 우후련 ᄂᆞ냥ᄋᆖ여 화쵸여연 츤수블공츌

거저우듯ᄒ오잉니치ᄂ면

아득ᄒ아비야 온그늘비온후하ᄂᆞᆯ히뼈ᄃᆞᆯ은ᄑᆞᄅ

님굿도라봄시ᄃᆞᆯ이봄라ᄒ가지로도라가디아니ᄒ고새배

릿쏘리를ᄯᆞᆯ와뼈개ᄉ의오ᄂᆞ도다

셩이ᄯᅩ이ᄃᆞᆯ날밤의ᄃᆞ러가더니믄ᄃᆞᄯᆞ미나ᄭ바려셔신쏠을

소릭잇거ᄂᆞ셩이다ᄅᆞᆫ사ᄅᆞᆷ의게ᄃᆞᆯ린가ᄒ야도로ᄃᆞ라나고져

ᄒᆞ더니신쇼으뎐사ᄅᆞᆫ이조ᄅᆞᆫ미실을더뼈셩의ᄃᆞᆼ을맛쳐

대셩이암릐호ᄅ주ᄅ을몰라ᄯᆡ수ᄌᆞᆯ의수머더니신쇼

뎐사ᄅᆞᆫ이소릭ᄅᆞ난ᄌᆞ기ᄒ야ᄂᆞᆯ오ᄃᆞᆼ셩은쥐허말ᄅ

잉ᄉ이여거잇노라셩이고쪠야뎐홰ᄌᆞᆯ알고ᄂᆡ랜뼈ᄃᆞᆯ려가

허리를 안고 느리오되 사르 소기ㅅ드를 엇디 이러드, 새흥는 노션

해쵸 왈 엇디 깜히 낭군을 소기리오 낭군이 몬 쪄겸흥동아

셩화을 도젹흥며 면을 도젹둣흥니 엇디 겸이 엽

스리오 인흥야 손목 잡고 드러가 챵 우희 쏜 글을 보고 그르

쳐 닐오디 아르따온 사름이 이뫼 슈세르이 악ᄭᅡᆫ 더 말 버기를

이러드시 흥는 노션 해판 식흥고 그르 옥겨짐의 인셩이

세르과 흥가지로 밧는니 써르 보디 못흥야는 본고 쪄윈

흥고 인의셔르 만안 후는 니별흥가 저허흥니 겨짐의

인셩이 어디 시르드이 엽스리오 흥며 이쪄 낭군이 셜른 쪈

의거룩동을 범흥고 쳡은 힝노의 옥을 밧드니일도의

블힝ᄒ야졍젹이쌔루ᄒ면어버의게용납디못ᄒ고

향당의도쳔히더디기믈보거셔니비록샹군으로더브러ᄎ

을잡고ᄒ며눕고겨ᄒ여셔디어득디어ᄃᆞ리오오ᄂᆞᆯ날일은구

록쇽의ᄃᆞᆯ굿고급슈이에곳ᄉᆞᆮ니비록일ᄂᆞᆫ예ᄉᆞᆯ거올믈

어더셔나ᄀᆞ오라디못ᄒ리니엇디ᄒ리오말ᄋᆞᆷᄉᆞ며눈믈

이비굿타ᄒᆞ리니구슬ᄉᆞᆮᄒᆞ라옥ᄀᆞᆮ원을ᄉᆞ로이거

못ᄒ여라셩이쪼ᄒᄂᆞᆫ믈더고위로ᄒ야니오디ᄯᅡ샹뷔엇

디ᄒ여졈을ᄎᆔᄒᆞ디못ᄒ리오ᄲᅡ맛샹이둉미로ᄒ야곳ᄀᆞᆮ디

르라ᄌᆞ리니면거히셜위말라션ᄒᆡ눈믈을거두고샤렴

야ᄀᆞᆯ오디진실로샹군의ᄆᆞᆯᄀᆞᆮ면비록ᄌᆞ집다ᄉᆞ릴뎍이

업스나 노믈퀴기르스로ᄒ야 게의 졔 수지 비르르 즉진히ᄒ

리라ᄒ고 스로 향엿도ᇰ의거우로르 내 야ᄒ ᄣ으롼 졔가지

고ᄒ ᄣ으롼 셩을 주어ᄂᆯ오디두스ᄯ가동방 화흉야의맛

초와보미가ᄒ다ᄒ고 도김으로ᄇᆞᄅ부쳬를 셩을 주곤ᄂᆯ

숭반의ᄯᆞᆯ을 겨ᇰ야 북쪽의원을 기티다말며 ᄒ야의

그림재르르일ᄒ 나브르ᄂᆫ 밋추를에엿ᄲ더기라ᄅ일로붓터

어을ᄆ모다ᄉᆡ배흣더디기를야모ᄃᆞᆯᄲᆯ이어여�啊ᄅ ᄒᆞ리라

셩이비도르로 오래보디못ᄒ 야셩되리의히너기라가두려도

의집의가자고오디아니ᄒ나션 화셩의망의ᄭᅡᆨ구ᄆᆞ이형

쟝을 뒤여는 모츨 여러 보니 비되 셩지어 준 글 두어 ᄒᆞᆯ 어더 보고 노ᄒᆞ고 애들와 새 옷의 ᄆᆞᆷ을 츕디 못ᄒᆞ야 쪄 안 우희 찔 믁을 가져다가 못 보게 ᄒᆞ리오고 스스로 즈른 김의 안이미란 글ᄒᆞ 젼을 지어 쎠 ᄂᆞᆷ겨며 ᄒᆞ니고 글의 ᄀᆞᆯ오ᄃᆡ 챵외 소형 멸복 ᄂᆞᆫ햐야 월져 고ᄅᆡ 일게 독운과 만 렴 오영의 야 졍인 수레 츠시 챵 즈무쇼식 하쳐 짝한 우 오야 응블러 ᄂᆞᆫ니 졍 민ᄌ 좌수경 라이 챵 밧픠 셩긴 반 되 쎠 다라 다시 ᄒᆞ르니 비인 들이 놈들 누 의 잇도다 ᄒᆞᆫ 화뎨 대과 밧의 ᄃᆞᆫᄉᆞᆼ 머귀 그림 쌔예 밧은 리오 ᄒᆞ고 사르는 은 시르는 ᄒᆞᆺ다의 뼈여 사르는의 방ᄫᆞᆼᄒᆞ쇼

식이 업스니 언고디 한가히 노는고 버서 이니 별ᄒᆞᆫ 정이 믹

믹ᄒᆞ줄란 낫고 안자셔 경녓 소리ᄅᆞᆯ 혜노라 ᄒᆞ엿더라

이 든날의 셩이 드러오니 주머니 여러본 말도 아니ᄒᆞ고 됴새 옷

ᄒᆞ는 셕도 업스니 셩으로 ᄒᆞ야 곳 제 보고 붓그리게 ᄒᆞ미러

라 셩이 아니ᄒᆞ야 녀나믄의 셩이 업더니 ᄒᆞᆯᄂᆞᆫ 부인이 관져

ᄒᆞᆯ 셔미도ᄅᆞᆯ 블러 쥬셩의 글 잘ᄒᆞᄆᆞᆯ 일ᄀᆞ스고 국영이

글 힘뻐ᄃᆞᆯ 치ᄆᆞᆯ 샤례ᄒᆞ야 비도로 ᄒᆞ야 곳 셩의게 이 ᄠᅳᆮ들

피샤ᄒᆞ라 ᄒᆞ더니 나ᄂᆞᆫ 맘의 셩이 슬을 훼ᄒᆞ야 누엇거늘

되 혼자 나와 즁이 업고 맘이리오 ᄒᆞ거ᄂᆞᆯ 위연히 셩의ᄉ

모ᄎᆞᆯ 여러보니 제 글이 무의 ᄒᆞ리엿거ᄂᆞᆯ ᄆᆞᄋᆞᆷ의 의심ᄒᆞ

더니 또 안이미란 글을 보고 션화의 ᄒ일인 줄을 알고

크게 노ᄒ야 그 글을 ᄉ매예더고근、ᄆ、ᄉᄅ로로 봉ᄒ고 새ᄃ

록 안 자션ᄂᄅ새기ᄅᄅ기ᄃᄅ러더니 셩이 술이 ᅁ거ᄅ되 조용

히 무러ᄅ오댜 낭군이여거이셔 오래 도라오디 아니 문엇디용

이더 왈 구영이 글을 ᄒ매비 ᄒ디아녀시므로 가디 못ᄒ노라 되

왈 그러타 안해아올 구진이 아ᄃᄅ、치디 못ᄒ리라 셩이 그

게놀라 놋빗치 ᄒᄅᄉ태야 닐오디 이엇던 말고 되 오래 말

을 아니ᄒ니 셩이 더옥 민망ᄒ야 졍신이 어즐ᄒ고 염려

ᄒᄅ줄을 몰라ᄂ 술을 벗고 엽더였거늘 되 그 글을 ᄲ아셩

의 앞ᄋ 뎌디고 닐오디 맛ᄉᄅ、조ᄎ며굿ᄅ글을 ᄲᄅ러여어

보는거시엇디군ᄌᆞ의히올배리오내쟝ᄎᆞᄃᆞ려가부인벼슬
오리라ᄒᆞ고ᄂᆞ려나거ᄂᆞᆯ셩이급ᄑᆡ믓ᄃᆡ러올ᄒᆞᆫᄯᆡ로ᄂᆡ곤
졀ᄒᆡ비러ᄂᆞᆯ오ᄃᆡ션ᄋᆡ나ᄅᆞ로더브러곳ᄯᅡ온밍셰ᄅᆞᆯ밋자
시니엇디ᄎᆞ마사ᄅᆞᆫ을주글ᄯᅡ히두렷ᄂᆞ다ᄃᆡᄆᆞᄋᆞᆷ을잡
ᄲᅢᄯᅳ러ᄂᆞᆯ오ᄃᆡᄭᅡᆼ군이이쎄ᄂᆞ라ᄒᆞ가지로가야만졍ᄀᆞ려아
ᄂᆡ면샹군이ᄇᆞᆯ셔ᄂᆞ을쩌브려시니벼어ᄃᆡ혼자밍셰ᄅᆞᆯ
딕ᄒᆡ여서리오셩이ᄇᆞ티이ᄒᆞ야승샹집의ᄂᆞᆫ다ᄃᆞᆫ일로ᄯᅡᆯ
ᄒᆞ고죽세도의게가ᄉᆞᆷ러니되션화의일안후붓터ᄂᆞᆫ셩을
셔랑이라ᄇᆞᆯᄃᆡᄋᆞᄒᆞ나ᄆᆞᄋᆞᆷ의ᄇᆞᆯ졍ᄒᆞᄠᅵᄃᆞ려라셩
이ᄉᆞ혀어려위면되여가ᄭᅵ나션화셩ᄭᅡᆼ기ᄅᆞᆯ더옥김ᄭᅵ

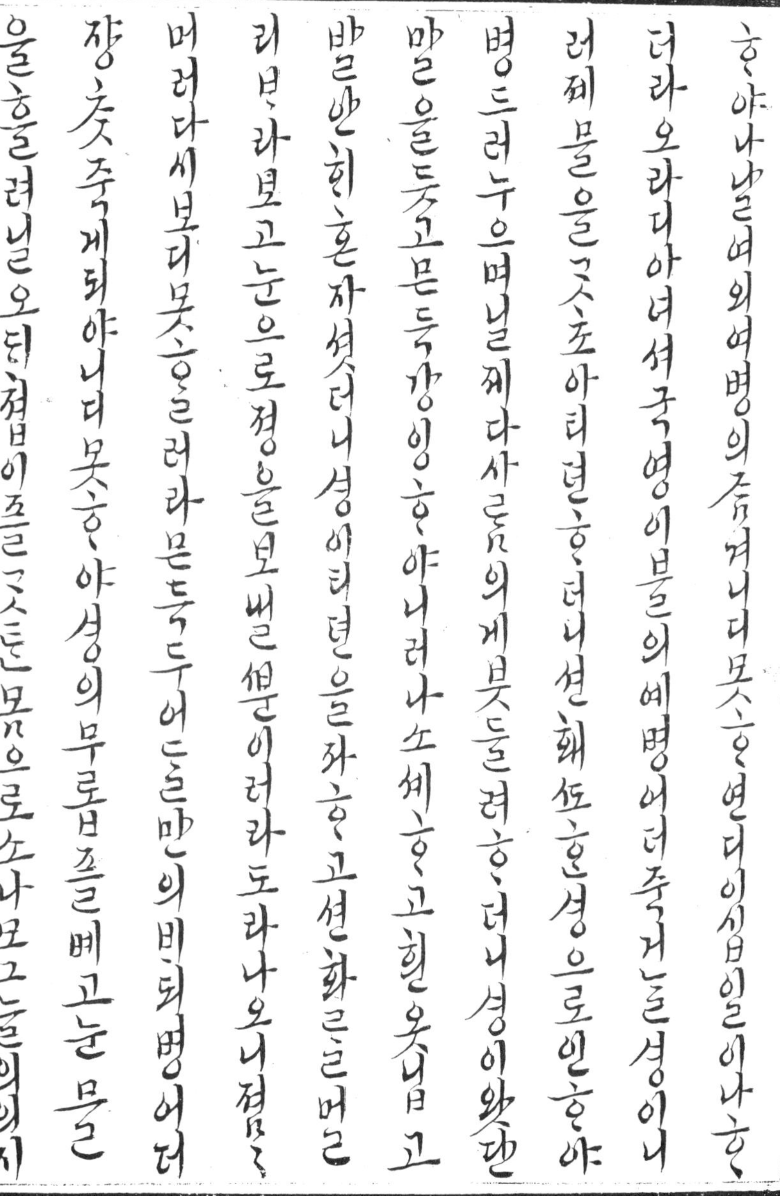

ᄒᆞ야 나ᄂᆞᆯ며 외여 병의 ᄎᆔ겨니 다못ᄉᆞᆼ여디 이샤일ᄋᆞ나ᄒᆞ

더라 오라다 아여셔 국영이 블의 여병어더 죽거ᄂᆞᆯ 셩이

러졔 블을 ᄭᆞᆺ초아 티뎐ᄒᆞ더니 션화도 ᄒᆞ더니 셩으로 빈ᄒᆞ

병ᄃ러 누으며 ᄂᆞᆯ쪠 다사ᄅᆞᆫ의게 빗들려 ᄒᆞ더니 셩이 왓ᄯᆞ

말을 듯고 믄득 강잉ᄒᆞ야 니러나 소쪠ᄒᆞ고 희옷 ᄂᆞᆸ고

ᄲᆞᆯᄲᆞᆫ히 혼자 셧더니 셩이 ᄐᆡ뎐을 좌ᄒᆞ고 션화ᄅᆞᆯ 머

리ᄆᆞ라 보고 눈으로 졍을 보빌 ᄲᆞᆫ이러라 도라나오니 졈

머러 다시 보더 못ᄒᆞᆯ러라 믄득 두어ᄃᆞ른만의 비뫼 병어

쟝ᄎᆞᆺ 죽게 되야 니디 못ᄒᆞ야 셩의 무롭흘 쎄고 눈믈

을 흘려 닐오ᄃᆡ 졈이 끌ᄭᆞᆺᄃᆞᆫ 뫼ᄆᆞ로 소나모 그ᄂᆞᆯ의 의지

호엿더니 굿다온 밍셰가 디 아니호야셔 떠 걸이 몬 졔울 줄

을 엇다 앗리오 이졔 낭군으로 더브러 영결호니 미안 옷과

노던 즈음 늿일로 븟터 무ᄎ러로다 며 라던 바ᄂᆞ 인의 졀

연이 되야시니 다만 쳡이 쥬스후의 낭군이 션화ᄅᆞᆯ 어더

비쪌을을 싸오고 뻐ᄅᆞ 낭군의 왕언 호ᄂᆞ 길 엇의 무드며

비록 쥬ᄫᅡᆯ이 나사ᄂᆞᆫ 힝ᄌᆞᆮᄅᆞ라 말을 므ᄎ 떠 ᄀᆞ졀호

엿다가 ᄀᆞ장 오라게 야 눈을 떠 셩을 보며 ᄂᆞ오더 쥬랑

은 딘ᄃᆞᆼ ᄒᆞ라셔ᄂᆞ면 ᄒᆞ야ᄂᆞ르고 쥬고니 셩이 크게 졀

위통 ᄀᆞᆼᄒᆞ고 호샹 큰기ᄀᆞ의 무드니라 졔문 지어 졔호

그 졔문의 호야시되

우연 윌을의 미쳐거ᄉ는이호황녀관지뎐로ᄂ졔우

비랑지령 ᄒᆞ유령의 화졍엿더 ᄠᅢᄒᆞ윌ᄃᆡ경영라이 무

혹쟝뎍지뉴 ᄠᅢᄒᆞ즁연ᄂᆞ션이셕ᄐᆞᆯ우곡지란의노습

홍영라이 회문죽소야라거옹독보몌엿ᄉ즉가ᄒ

화난가경명라이 명슈뎐어악젹나이지즉존어유령

모야는챵지즁둥지셔오고죵슈샹지졍라이연쳐미챵

지당고ᄒ블부동문지양라이증지이샹호오부지이블

망라이 윌ᄅ츌동녕애결아방밍라이운챵야졍라이 화

츌졍의일완경쟝로ᄋ긔회난셩고긔ᄉ시이ᄉ왕ᄂᆞᄂ

국의리다로 비쳐지근미완의윈앙지몽셤회라운슈

환오외우산은쳥 다이로 즉목나군변셕 오이 졉이이오ᄍᆡ무

셩 다일로 일쳥노호샹우여향 오이 즁쳔녹군은 허져은상

이로 낫고구틱은부지흥낭 라이 오호라가인ᄯᆞ 득 오이역

은블망 라이 옥옹화모ᄂᆞᆫ왼져목방 오이 뎐당디구의 첫

호망 라이 ᄐᆞᆼ실뎌ᄂᆞᆫ슈뢰슈방고부리구즙 야ᄒᆞ 젹춰

니쳥 라이 호히ᅙᆞᆯ원 고ᄒᆞ 건곤졍영 라이 고범만리

하의오ᄐᆞ년일고은 오망난거 ᄃᆞ로 산유귀운 오예

도 ᄃᆞ로 낭지거의ᄂᆞ이ᄅᆞ거젹노 ᄃᆞ뢰 리폐쟈ᄂᆞ즁외빈졍쟈ᄂᆞᆫ

라이 낛즁ᄋᆞᆯ뎐의셔격방혼 라이 오호 라샹향ᄒᆞ라

모윈묘일의미쳔거ᄉᆞᄂᆞ초황과녀단의뎐믈로ᄡᅥ

비랑의 신령의 쎄ᄒᆞ노니 오직 신령이 곳곳시 긤고들

굿든릐되까믜야와 츙츄믄 쟝ᄃᆡ여 버들의 비ᄒᆞ매픨

실이 부치ᄂᆞᆫ 닷ᄒᆞ고 밋시치우곡의 ᄲᅡᆫ초와ᄂᆞ도와 이슬

이 블근 곳 봉오리예 쩌졋ᄂᆞᆫ 닷ᄒᆞᄃᆞ 화ᄒᆡ믄 ᄒᆞ믄 소아

란인들어 ᄃᆞ독보ᄒᆞ믈 옹납ᄒᆞ며 여ᄉᄒᆞ믄 가운

화ᄭᅪ 이르홈 닷ᄒᆞ기 어렵도다 일ᄒᆞ믄은 비로ᄀᆞ악졍

의미여셔나 ᄠᅳᆫ곳 우환ᄒᆞ야 녕졀ᄒᆞ매 잇더니라

나ᄂᆞᆫ ᄠᅵ더ᄒᆞ탕ᄒᆞ야 믈르ᄭᅡᆫ온 ᄯᅢ 머드ᄭᅢ야직고 외

로온 자쵀ᄂᆞ믈 우휘부졍ᄒᆞ초 ᄀᆞᆺ도라미 향의 ᄯᅡ을

킈믈ᄉ령ᄒᆞ고 동믄의 양을 쪄비리디ᅌᅡᆼᄒᆞ야ᄴᅥ

르도차호므로뻐거약호고니시마로모로허호도다들
이도다블가신제우리곳다온명셰르르미자롸구름긋
툰창의빗이니오호고곳긋는집의빗이믈가신제
호그릇차르르마시며난구윈녀르르떠변이나부도던고
시젼이오라고일이다나가니즐거오미구진퇴못호야
셔슬즈미오는도다비췌니블이덥더못호야혀윈양
의쏫이믄겨도라오니즐거던졍은비웃더덩긋들니
눈의뵈매김치마밧치면호고귀예들르매옥녹깃
리엽도나눗나라혼자김외눈오히려나믄향배잇고
블근시우리즈흐뉴와즈르거믄고는쇽졀업시은상

의잇돗다 낟고 의볏집은 홍샹의게 뵛돗다 슬프다
아ᄅᆞᆷ다온 사ᄅᆞᆷ을 다시 엇기 어렵고 더욱 을ᄀᆞᆺ기 어렵
돗다 옥ᄀᆞᆺᄃᆞᆫ 얼굴과 곳ᄀᆞᆺᄃᆞᆫ 양겨 왼연히 눈앒ᄌᆡ이
시니 하ᄂᆞᆯ히 ᄭᅳᆯ고 ᄯᅡ히 오라ᄃᆞ록 이 혼은 망ᄒᆞ리롭
눈의 ᄯᅡ히와 ᄯᅡᆼ을 일ᄒᆞ니 눌을 ᄒᆡᆺᄂᆞ며 눌을 미
ᄒᆞ리오 다시 비르다 수려 오던 길로 도라가려 ᄒᆞ니 ᄉᆞᆼ이며
바다히 멀고 너ᄂᆞ니 하ᄂᆞᆯ과 ᄯᅡ히 ᄀᆞ이 업도다 외로온 빗
돗그로 만리 나간 도ᄅᆞ어 되가의 제 ᄒᆞ리오 다ᄅᆞᆫ히 몌 곳뎌와
우ᄅᆞᆷ을 ᄒᆞ야 겨ᄎᆡᄅᆞ티 못ᄒᆞ리로다 산의 눈 도라
눈구ᄅᆞᆷ이 잇고 강의 ᄂᆞᆫ 도롸오ᄂᆞ믈 ᄭᅥᆯ이 잇거ᄂᆞᆯ 샹의

가기눈 ᄒᆞᆫ번가매리오ᄒᆞ도다 졔ᄒᆞ눈거쓴 소수리이오 졍뻐ㅈ

느거쓰글이라 브르믄을쓰끄ᄒᆞ야 ᄒᆞᆫ쩨ᄒᆞ노니 고슈라온

령혼이거의 갓격ᄒᆞ라 슬프다 앙ᄒᆞ라ᄒᆞ여더라

졔다 ᄒᆞᆫ후의 두ᄎᆞ환으로 더브러니별ᄒᆞ야 늘오ᄃᆡ너희눈

집딕ᄒᆞ여도 히이시라내ᄐᆞ일의 급뎌ᄒᆞ면 너희르르와ᄎ

ᄌᆞ리라 ᄎᆞ환둥이 우을고늘오 ᄃᆡ우리주랑을 어미ᄌᆞ킈ᄒᆞ

고슈랑도 우리를 ᄌᆞ싥ᄀᆞᆺ킈ᄒᆞ더니 브르힝ᄒᆞ야 낭겨일

주그니 다만 보라는바는 낭군이러니이 졔낭군이오 자가니우

리눌을 의탁ᄒᆞ랑 이ᄭᅡᄒᆞ고 브르지ᄀᆞ고 우르거늘셩이

두쎄면 위로ᄒᆞ고 눈믈을 ᄲᅳ리며 비ᄅᆞ르라 ᄎᆞ마가디못ᄒᆞ

야 이날 나뒤 슈홍죠 아래 가자더니 션화의 집을 브라보니

은등라 혹블이 수플ᄉ이예 수무락 비취락 ᄒ더라 셩이

혜오더 아ᄅᄯ다 온긔ᄲᆨ이 ᄇᄅ쳐나시니 후의 다시 만나연

연이 엄도다 ᄒ고 슬허 댱상ᄉᄒ곡도 ᄅᄒ 지어드ᄅᆼ

화만연 뉴만연 유신 초빙 줄 셔뎐 노녓신 쳐면

호인연 ᄲᆼ인뎌 ᄒ윈은 강망연 귀범운 수변 이라

고져 도ᄂᄃᄀᄒ고 버들의 도ᄂᄀᄃᄀᄒ니 유신을

으로 붓빗쳐뎐 ᄒ도다 즈른 받긴즌 고뒤셔 죠오ᄂ도

다 또 혼인연이 사오ᄂ 온인연이 되니 새배 집의 은등잔

이 아드이 도라가ᄂ 빗돗굴 구롯ᄀᆼ로 죠차 가놋다

이리지어날이새도록ㅇ꼬은ㅎ고가쟈ㅎ니난션화로더브
러영겅ㅜㅎ러거시오잇고겨ㅎ니비도국영이다주거시니의
ㅎ울되엄고비가지로셩가ㅎ되ㅎ께국도엇디못ㅎ야날
이비ㄹ고니브득이ㅎ야비ㄹ득고가니션화의집과도의묵던
이졈~머러물이곱돌고피히ㄱ리매믄득보디못ㅎ리라
셩의어미현쳔댱ㅎ되라ㅎ리호쥐ㅼ가으연사들이라
쳔댱을ㅅ랑ㅎ다일것더니셩이의탁ㅎㄹㄷ엄서게가
외지ㅎ되댱뇌셩되겸ㅎ믈ㄱ쟝ㅎ우히ㅎ더니셩이믄
이비로ㄱ현안ㅎ나션화셩가ㅎ노졍이가다록두러워
명안ꟙ이엄더라뎐~ㅎ노ㅅ이에보ㅁ이되니만뎐이업

년이 진이러라 셩의 얼굴이 ᄲᆞᆯ로 효훼호믈 보고 댱
졍셩으로 무르니 셩이 ᄭᅡᆽ히 긔이다 못ᄒᆞ야 실로 ᄲᅥ고
댱여 놀라닐오디 네 무음의 이러이시면 엇디 무르셔 아
더오 내안 해승샹부인으로 더브러 동셩이오 셰로 동
ᄒᆞ야 ᄒᆞ디ᄂᆞ라 만댱이 더르 위ᄒᆞ야도 모ᄒᆞ리라ᄒᆞ고 이든
ᄲᆞᆯ댱ᄒᆞ야 ᄒᆡ로ᄒᆞ여 고든 읽은ᄒᆞ야 죵을 보내여 ᄒᆞ인ᄒᆞ
긔르의 외손ᄒᆞ더니 젼혜 ᄯᅩᄒᆞ 주셩니 ᄠᅥᆯᄒᆞᆼᄒᆞ후의 뼝이들
ᄒᆞ야 방밧 ᄯᅵ나디 못ᄒᆞ고 옥곳ᄯᅳᆫ 얼굴이며 곳ᄯᅳᆫ 양ᄌᆞ
졈ᄯᆞ ᄲᅵᆺ치 엽ᄉᆞ니 부인도 주랑의 ᄲᅵᆯᄲᅵᆯ줄을 ᄭᅡᆯ고 ᄠᅳᆯ일
오고 셔ᄒᆞ야 셩이잇의 가시니 아믈디 갓ᄉᆞᆫ 주믈을 몰라ᄒᆞ엿

민망ᄒᆞᆯ ᄲᅮᆫ이러라 무듯노가의글윌을보고일ᄭᅢᄯᅡᄂᆞᆯ
라고깃거ᄒᆞ더라 션ᅒᅢ쇼강잉ᄒᆞ야니러대챵ᄒᆞ기를ᄶᅦ
ᄌᆞ키ᄒᆞ더라이히구월로혼인으로뎡ᄒᆞ야기야ᄀᆞᄂᆡ셩이
뵬마다물ᄀ의가ᄀᆞ사ᄅᆞᆫ도라오기ᄅᆞᆯ기ᄃᆞ리더니열ᄒᆞᆯ이
못ᄒᆞ야셔도라와혼인뎡ᄒᆞ ᄯᅳᆯ뎌ᄒᆞ고도션ᅒᅢ의ᄉᆞ
글윌을뎐ᄒᆞ여ᄂᆞᆯ쳐보니분향ᄒᆞᄆᆡ와눈믈을그ᄆᆞ
뎡을가히알리러라기셔의왈
ᄲᅡᆼ명쳡션화ᄂᆞᆫ목발쳥져야ᄒᆞ샹셔쥬랑죡하니
쳠본약질라이ᄋᆞ양겨신ᄌᆞ야ᄒᆞ민렴쇼화지이ᄆᆡ영
ᄌᆞ셔ᄋᆡ듕회형노지방신라이듸인셩슈ᄅᆡ뎐민ᄀᆞᆯ둑지

뉴즉춘졍이탕으에문지샹지잉즉구호소몽농라이일도의

쳐렵이뎐졍고호션굼이인로나호동방지윌의슈겨겨

달나이즈거우윈나호아외인만가현샹도진타호브르샹기

구지옥졍고호명윌등분의공셩결화지신밍라이나

도호소반샹야호가외이조아싣호인의라즁즈도의다로인

거츨리나호어림안만라이우타니화오문엇황혼라이쳔

회만뎐의효혜인황라이규땅공혜두젹즈오에은까오

혜야뎖즈라이일즈오신나호빅뎐하오졍다로이쟌화뎌소외

젼윌으모라샹혼이산고호쟐익막비나호됴디여즛들린

블여무셩다로에규즉윌르로유신나호셩긔가디라만거츠

질명틴면ᄂᆞᆫ 화안을 ᄭᅵ쳐 운빙무광이라 낭슈견지나

무복젼도지은 졍의와너 단공미회미도의 함셤도로면

구등쳔로의 ᄉ호무궁이라 됴연낭군ᄒ야 일소의졍즈격

쳬유방의 무소원의 ᄯᅡ로 운산만리여 신ᄉ년빈ᄒᆞᆫ 인령연

망의 골졀혼비라 오젹디션ᄒ야 쟝거치ᄭᅵᆫ인ᄒᆞᆫ 노력ᄉ

외 쳔만건둥ᄉ라 졍의불ᄭᅡᆫ언쳐를 분부귀홍

티장거의노 션화ᄂᆞᆫ만라ᄒ노

막명쳡션화ᄂᆞᆫ 목욕쳥겨ᄒ야 글월을 쥬랑족

하의게 올리노니 쳡이본딘ᄒᆞ야 질로싯구의셔 길러미

양봇빗치 수이 가믈ᄉ려ᄆᄒ야 거우로믈 보고 ᄉᄉ로 앗

겨ᄒᆞ고 미록 운우의 곳ᄯᅡ 옴ᄋᆞᇇ이 이시나 사ᄅᆞᆫ을 ᄯᅵᄒᆞ야 셔불ᄅᆞ려 ᄒᆞ고 언덕 우ᄒᆡ 떠들을 보면 봄ᄆᆞᄋᆞᇇ이 ᄒᆞ탕 ᄒᆞ고 가지 우ᄒᆡ 갓ᄭᅩ리 소리 ᄀᆞᆯᄀᆞᆯ ᄃᆞ리면 새 밧의셔 아ᄃᆞ ᄒᆞ더니 ᄒᆞᄅᆞ 아ᄎᆞᇝ의 쳐렵이 ᄠᅳᆯ뎐 ᄒᆞ고 신션의 새ᄀᆞᆯ ᄒᆞᆯ ᄀᆞᆯ쳐 동방 ᄇᆞᆯᄀᆞᆯ의 고은 사ᄅᆞᇝ이 문의 이시나 그ᄃᆡ ᄇᆞᆯ셔 ᄯᅡ을 넘거 거내엇 ᄃᆞ딴을 앗기리오 션아을 ᄯᅡ ᄒᆞ되 놉픈 옥경의 오ᄅᆞ디 못ᄒᆞ고 거우로 ᄯᆞᆯ 뼈려 ᄒᆞ나 가지로 곳 다온 밍셰ᄅᆞᆯ 일읏더니 ᄋᆞᆺ디 ᄎᆞᇂᄋᆞᆯ 이것ᄯᅳ디 못ᄒᆞ야 아ᄅᆞᇀ다온 거야 이 수이 맛길 주ᄅᆞᆯ ᄋᆞᆯᄭᅵ오 ᄆᆞᄋᆞᆷ ᄒᆞ온ᄃᆞ라 ᄯᅮᆷ소ᄉᆞ로 앗겨 ᄒᆞ노라 사ᄅᆞᇝ이 가고 보ᄆᆞ이 오매고

기드 위고 기러기 숫 취디니 비느니 화의 앤리고 문은 황호의

다닷도다 일쳔 편 도롸 보고 일만 편 셩각호야 도효

호기 는냥 군으로 이러호도다 구의 냥이 비여시나 지리오

호고 은등 짠이 쎠디니 밤이어두도다 호르 믓을 그르스

니 비련의 셜은 졍을 머구미 리로다 써짠호고 겨의 슬을

붓터니 호 조각들이 눈의 어리엿도다 산혼이 훗머디고

잘 익이 느디 못호니 일 죽이럴 줄 아던느리이 인셩이

나디 아닌만 굿디 못호도다 이 제 윈로의 신이 잇고 셩거

르리 기드 뤼게 되여셔나 효호 얼구의 질 병이로면 호

니 곳 숫든 앙겨 앗호고 구륾 굿든 머리 빗치 업스니

군이비록보아도볏은졍만ᄀ스디못ᄒ리로다마만원ᄒ
은죠고만회죠ᄅᄅ소랜디못ᄒ야셔믄듯아츤이슬ᄲ러
디둣ᄒ면구둥쳔로의스스혼이무궁ᄒᄅ가ᄒ노라아
츤의샹군을보와모옷숙의졍을니ᄅ면나쥐주거도
윈ᄒᄅ일이업스리로다운ᄮ만리의신셔ᄯᄀ기어려오나
목을ᄂ리혀멀리ᄇ라매佣거고더시ᄂ놋다ᄒ쥐
쳔면ᄀᄒ야쟝ᄀ거사ᄅᄃ을침노ᄒ니힛쎠몬을앗ᄀ
둥ᄯᄒ라ᄀ엡ᄉ졍을이거여니ᄅ디못ᄒ야ᄂᄂ
거게븟텨보내노라박명쳡션화ᄂᄇᄀᄒ노라ᄂ여
더라

셩이 보기로다ᄒᆞ고 쓰ᄆᆡ이쳐윰으로 쳘ᄃᆞᄉᆞ야 기ᄇᆞ며 슬ᄑᆞ

미ᄀ이엽더라 손고바구원을 기ᄃ리고 오히려 멀리 너겨ᅌᅡ

노의게 닐러 죵을 다시 보ᄇᆞ려 ᄉᆞᄉᆞ로이 션화의게 답ᄒᆞ셔 ᄒᆞ딕

방경츅하야 샹셩연 등ᄒᆞ야 쳘리셔리 ᄒᆞᆫ갑ᄇᆞᆯ회연

의ᄂᆞᆼ블의ᄉᆞ 아셕쟈 ᄋᆞᆯ두젹 옥원 고ᄒᆞ ᄈᆞᆨ신경

심일 밧야ᄒᆞ 우의 반규 라이 화간 결약의 월하셩연 ᄂᆞᆼ

외몽고렴의 신셰냥ᄉᆞ 라이 ᄌᆞ렴ᄎᆞ셩의 반보심은 ᄋᆡ러인

ᄭᅡᆫ호ᄉᆞ를 조믈 다시라 나ᄃᆡ일은 아지별이 경ᄶᅡᆨ경년지

호고ᄒᆞ샹 거경쳔의 산쳔조슈ᄂᆞᆼ 쥘마뎐애에 거변도

탕고 안교오운의 원혜초ᄉᆞ려 녀관 독면이 잔등ᄒᆞᄉᆞ

인비목셕이라 능블비져아 차호방경아 볘리비 회
는소ᄅᆡ라고인유운 일~블젼이여샹츅혜라이
츳츅지 일월이쳔시구십면라 약디고츅 이녕
가거즉블여구아어황산쎠초지리의라 졍블까극
언블가진 님뎨오열 부북하언가
방경족하야사셩연분이듕ᄒᆞ야 쳔리베글월이오
니이ᄅᆞᆯ보고 샬ᄅᆞᆫ을셩꽝ᄒᆞ매엇디슬ᄯᅳ디아니리옛
자최를옥동산의더디고폼으ᄅᆞ구슬수ᄅᆞᆯ의의지ᄒᆞ여
실쎄봄모음이ᄒᆞ번나니호탕ᄒᆞ뜨들굼위어려우
곳ᄉᆞ이예언야ᄋᆞᆯ밋고ᄅᆞ아ᄅᆡ인연을일읫더니도

라에 엿비 너기믈 니며 아르나가 온 밍졔르르 방ᄉ이 허ᄒ
니 써 스스로 이 셩의 김쥰은 혜르르 갑디 못ᄒ니라 혜나
인간의 조흔 일이 이셰 매 조물이 싀긔ᄒ니 엇디 ᄒ
니별ᄒᄂ 거시 무ᄎᆞ나 내혀다 나고ᄒ 이 될 줄을 알리오
셜 잇ᄂ되 물이 막혀시니 졀마르리고 아ᄋ라ᄒᄂ 하
늘ᄉᄉ의 몃 번이나 슬허ᄒ고 옷나라 구ᄅᄃ 속의 몃
지쳐리고 초ᄉ나라 벗봉의 셔견ᄇᆡᆸ이 우나나 그내지
외로이 조을 며 쇠잔혼 등잔을 도ᄃ니 사ᄅᄃ이 셕폭
아니라 엿더 슬프다 아니리오 슬프다 방졍 아니별의 셔

온졍은 그덕의 아ᄂ 배라 볏 사ᄅᄃ이 닐오믜ᄒᆞᆫ 보디 못

ᄒᆞ면ᄒᆞ들이맛다ᄒᆞ니일로밀위혜면ᄒᆞ는일이아

ᄒᆞ혜라만일을아ᄅᆞ다온긔야을ᄀᆞ을로졍ᄒᆞ면ᄡ

을거츤뫼잔ᄒᆞᄯᆞᆯ속의가ᄎᆞᄎᆞ라졍도고지엽곳말

도ᄌᆞ못ᄒᆞ니조히ᄅᆞᄅᆞ넘ᄒᆞ야목이ᄣᅥ나다시므슨말을

ᄒᆞ혜오모월모일의미쳔ᄃᆞ경은비ᄒᆞ뇌

이리써두고련티못ᄒᆞ야셔마조와도션이왜젹의ᄯᆞᆯ오

여련도의졍명ᄒᆞ기를금긔ᄒᆞ니황뎨도션이지셩으

로대국을셤기니앙구티못ᄒᆞᆯ거시오도션이좌ᄒᆞ면

앙目녹강셧녁히쳔안티못ᄒᆞᆯ거시라망ᄒᆞ는

게ᄒᆞ고굿쉬ᄃᆞ거ᄉᆞᆯ니유믄왕쟈의일이라ᄒᆞ시고도독며

여츙으로군ᄉᆞᆯ거ᄂᆞ려도젹을ᄏᆞ라ᄒᆞ시더니도션이주

문ᄒ되북방사ᄅᆞᆫ은오랑개막기ᄅᆞᆯ쟐ᄒ고남방사

ᄅᆞᆫ은예ᄅᆞᆯ쟐ᄂᆞ마그니오ᄂᆞᆫ밧ᄅᆞ일ᄂᆞᆫ이남방샹ᄅᆞᆫ곳ᄉ의면

가치앗다ᄒᆞ닝이다황졔죽시조셔ᄅᆞᆯᄂᆞ리와졀강근쳐

ᄅᆞᆫ은본되셩을아ᄂᆞ디라인ᄒᆞ야글쓰ᄂᆞᆫ소임을

의군ᄉᆞ伯기ᄅᆞᆯ셤히급지ᄒᆞ시니유격쟝군셕나가의싸

디못ᄒ야도션의나와앤쥐ᄇᆡ상누의올라쳘

을지으니그쳔젼은셩ᄭᆞ디못ᄒ고나죵거ᄅᆞ셩ᄭᆞ

러라

수리도ᄃᆞᆼᄭᆞᆼ샹누의쳥안디기허야ᄅᆞᆼ차아망향

안블ㄹㅇ격단수리노

시ㄹㄴ이 오매 홀로 강누의 오ㄹ니 누ㅂㅅ써ㅈ르ㄹ 되히언며

나ㅎㅈㅇ히 나의 고향ㅂ라 눈은 마그되시ㄹㄴ오ㄴ 길

흔 굿쳐ㄱ리오디 못ㅎ 놋ㅎ 엿더라

이ㄷㄴ 히계ㅅ년 봄ㅅ의 뎐병이 그게 왜 젹을 ㅃㄹ와경ㅇ도

로가 되셩은 션화로 ㅂㅇ드러디디 못ㅎ니ㄴㅎ죵군ㅎ야

가디 못ㅎ야 머ㅁ러 숑경의 잇거ㄴㄹ ㅃ마ㅈㄷㅎ 홀ㄹㅇ이 셧

다가 셩을 리ㄱ샤의 가만나니 마ㅣ이 ㄱㅅㄷ 못ㅎ오매 ㄱㄹ로써

셩을 ㄷㅇㅎ더니 셩이 나ㄴ을ㄹㅇ 안다ㅎ야ㅣ 졈ㅎ

극히ㅎ더라 ㅁㅇㄷ 연고ㄹㄹ ㅁ루르니 한숩디고ㄴㄷㅏㅇㅎ

더라 초와비와 흘러들 무구니셩과 ㅎ듕잔블을 혀공경

이갑샤 ㅎ잉이란 글을 지으니 ㅎ여시되

쳑영무빙내 나회난퇴 따로 귀혼 압년 강슈래여

창잔 츅이경심 갱깅셜 황혼우아냥원은

미영쥐노조루쥬뵉기하허오고 듕원쟝수샹졍야ㅎ

일야뉴향오강거라

외로온그림 졔비길더엽스니 너뼐ㅎ회조 르르너르기

어렵도다 가는너서아둑ㅎ야 강수플의 니엿도다

그ㅃㅆ잔 혼츅블의모음이 놀라나가 히견듸여황

혼비를늘라 구슬밭이연머나ㅎ노 회로온자회

원컨대믈우졍취되야ᄒᄂᆞ밤의누러오ᄭᅡ의가

고져ᄒᆞ노라

내이글ᄯᅳ들슈샹이너겨뭇기를ᄀᆞᆺ치디아니ᄒᆞ대셩이

웃고ᄯᅳ들ᄃᆞ니고ᄒᆞ젹을ᄲᅥ니화ᄭᅡᆫ짐이라ᄒᆞ여더

라셩이션화와비도로더브러지은글이비ᄀᆞ여슈ᄂᆞᆫᄒᆞ고졔

벗ᄂᆞᆫ치운ᄒᆞᆫ거셔열다여서려라셩이ᄂᆞᆯ을위ᄒᆞ야

눈믈디고글구ᄒᆞ기를신ᄒᆞ졀히ᄒᆞ거ᄂᆞᆯ내비를ᄯᅥᆨ닙

운을지어고겨겻ᄯᅬᆻ고위로ᄒᆞ야ᄂᆞᆯ오대당무의셔

ᄅᆞ리이공ᄲᅥᆼ이어디못ᄒᆞᆫ가ᄒᆞ뭐엇디고은겨짐이얻ᄉᆞ리

오이졔믈셔얻ᄋᆞᆫ이련안ᄒᆞ고ᄂᆞᆼ셔창ᄎᆞᆺ도라가니동

즉 이잇의 쥬랑으로더브러 흣쩌 가게되야시○ 곳시다믄

사룬의게가시믈손싯티말라 이듯나근니쩌근 ㅎㄹ셔셩이

웃고널오타가히우은일이니뎐티말라두써번당무ㅎ

더라셩의나히이셤칠이로라ㅎ고눈이믈가ㅂ라매그럿

그더라졔ᄉ듕하의무언ᄌᄂ뎐ㅎ노라

위셩뎐.

더명만력간의위셩이라ㅎ리이시니명은안이오ᄌᄂ껴뎐

이니군눙인이라변당젼위응믈의휘니셩질이총명ㅎ

고겨쩌써여나니나히셤오셰여니믈매문쟝을일ᄂ위소동쟐ᄂᆞᆯ

호츅ㅎ니ᄂᆯ흣이당셰예웃듯이라사룸의미ᄌᄒᆞᆯ엽더

라엇진셰예벗ᄯᅡᆼ셩으로더브러ᄒᆞ가지로ᄃᆞᆼ사북을ᄃᆡᄂᆞᆯ
셔서쳘리이샹월의라경믈이보야ᄒᆞ로빗ᄯᆞ디라ᄃᆞᆼ셩이ᄆᆞᆫ득
ᄂᆞ러ᄭᅪᆫ울ᄃᆞ두ᄃᆞ려ᄂᆞᆯ오ᄃᆡᆨ쳥ᄒᆞᄂᆞ아ᄂᆞ다온삽출ᄒᆞᄂᆞᆫᄂᆞᆯ
이라우리이졔손이되야셰니잇의안셩지회ᄅᆞᆯ미디못ᄒᆞ나가려
ᄒᆞᆼ강ᄲᅡᆫ의디승인화ᄒᆞ고쳥년홍힝은만가줄ᄒᆞᆼ이라ᄃᆞᆼ
두의규돈이가히이아ᄂᆞᆯ즐겁기ᄅᆞᆯ살디오ᄒᆞᄆᆞ르며명ᄽᅡᆫ이인흥
ᄒᆞ고ᄒᆞᄂᆞ히양션을빌리시니이졔악줘승디ᄅᆞᆯ보디아니ᄒᆞ미가
ᄒᆞ냐위셩이도라우어ᄅᆞ오ᄃᆡ디아쟈ᄂᆞ져로다ᄒᆞ고죽
로더브러밧ᄃᆞᆫ악양셩아래ᄂᆞ니나ᄂᆞᆯ이이ᄉᆞ의어두온ᄃᆡ가
쪄고기잡ᄂᆞ집의ᄃᆞ러자더니이ᄯᆞᆫ슈풍ᄎᆞᆫ의가ᄉᆞᆯᄋᆞᆯ사고비ᄅᆞᆯ

어더동명낭뜨ㄱ히가노니즁휜이경뎡ㅇ며좌문이ㅂ동ㅎ고

슈뻑뎐졍ㅎ야샹해일셕이오강편의화까은웟근의 流治

ㅎ엿고죠모ㅎ셩가ᄂᆞ하우히신션ㄱ스ᄃᆞ라위셩이관을쓰고

비예오ᄅᆞ라기리두졀구ᄅᆞᄅ으랜즈니

계도ᄂᆞᆫ쟝오뻑ㄴ뉴양영셩북시회두라향즁ㅇ시븐니도화리예

다쵸쥬렵샹옥구라쵸록빙향강슈다ᄂᆞᆫ쥬오하동뎡

좌라츌즁무ㅎ오쇼샹경을슈습신뎐임도가라

계슈로ㅎ둣페와못ᄂᆞᆫ으로유민비ᄅᆞ즈믄믈을ᄅ거ᄉᆞ려올

라가양셩북녀히가줘유으로머리ᄅ로ᄋ겨도다항믈

심니복셩화굿속의하며쟈ᄌᆞ구슬밭을옥갈골이예거

럿도다 즐이 즈르고 마람이 하ᄋ긔로온디 강믈이 만ᄒ니목

난비를 뛰어 동뎡 물결로 누리노도다 봄비른ᄒ엿손효

샹즁경을 거두어 새글을 어더 둣대 노래에 녀헛도다

댱셩이니어 읇ᄀ드되

화지뉴영 동츌경ᄂᄒ 강샹우인렴 옥셩라이 옥ᄀ디 야섬가무

쟈ᄂᄒ 월고샹 혐렴원셩라이 옥누 비갇입강뎐ᄂᄒ 슉권쥬

렴농쳐현 고일모샹강인 깅원ᄂᄒ 님즁쵸광목판쥬라

곳가지와 버들 그림쌔 봄경을 웃즈기니 강우혀셔 노ᄂ살를

이 옥으로 ᄒ성을 부노도다 백임기르기려 노래와 줌

울 좌ᄒ려ᄒ니 들이 샘혐의 놉고 졀ᄉ의 소리 르르드ᄃ라

리로다 옥으로 흔 다락과 날이 집이 강하 흐리드러

시니뷔라 셔구 슬밥을것고 빗난시우리을 희롱하고 날이

져믈고 샹강의 뜬 살이 퍼러시니 브른을 넘하야 목연측

의셔 토량하노도다

읇기를 긋치니 방비 만것고 뫼드리 취엄으로 비취니 일

쳔봉이 훗터뎌 일만 샹이 별버듯 하니 두 사의 하일흔

긔운이장슷지 출도려션 션이될듯 하더라 슐을 하야

두어슐의 죽안이 만타 하니 위셩이 위연히 당판 와 희홉

다 츄쿡은 슐피 우던 닷히 창오의 슐관 하매 대노 샹밧

녁흰 그 이어미의 원뷔 아니며 소의 우름기를 쟈 하매

나의믈결이우ᄅᆞ젹시니이ᄯᅢ녀의ᄐᆞᆼᄒᆞᆫ이아니ᄭᅡ초인이
만히ᄃᆞᆨ지가ᄅᆞᆯ믈ᄅᆞ니다나논손이뉘눈믈을옷기셔젹시
디아니리오ᄃᆞᆼ셩이츄연히낭구ᄒᆞ야글오ᄃᆡ복은본ᄃᆡ강
개ᄒᆞᆫ사ᄅᆞᆷ이라유졍을보와도오히려눈믈이나거든이제이
ᄯᅡ히와가히나ᄆᆞᆫ회조ᄅᆞᆯ이기랴경샹을ᄀᆞᆺ득므어ᄲᅧ곰네영
웅의넉ᄉᆞᆯ브ᄅᆞ고져ᄒᆞᆫ노라드듸여졀구둘흘읇흐니

ᄃᆞᆨ지가단모연ᄐᆡᄒᆞ니츌진황셩고묘셔라향만빅빈
샹슈록ᄒᆞ니초산유ᄌᆞ쟈고뎨라초릭계쥭뎡모원ᄒᆞ니
십년방초어왕손이라다졍일쳔샹강월이즁초강
어복나혼이라

듕지깨굿취타고쳐믄ᄃᄀᄃᄒᆞ여시니봄이것슨셩볏슈
당셩녀격틱진ᄒᆞ엿도다ᄒᆞ버혼ᄆᆞ람의ᄀᆞᄃᆞᄀᄒᆞ고샹
강물이즈르럿ᄂᆞ듸져셥의소ᄅᆡᄯᅳ듯ᄆᆡ셥연아ᄅᆞᆫ다
온줄의왕손을셩만돗다졍만ᄒᆞᆫᄒᆞ조ᄀᄉ샹ᄃᆞᆯ이
일즘곡기빗속의ᄃᆞᄀᆡ셔미취돗다
위셩이이여날오티그되시롤으램즈니쳐챵ᄒᆞ고더옥더룡
슬즈니이러돗형화아ᄅᆞᆫ다온ᄡᅢ에오직취ᄒᆞᆯᄯᄅᆞ이니
베ᄅᆞ도ᄒᆞ며ᄆᆞᄋᆞᆷ을슬즈게ᄒᆞ야만별줄거기ᄅᆞᆯ혐
틔못ᄒᆞ거시라ᄒᆞ고ᄃᆡ여즐른쟌의술을ᄇᆞ어당셩을
쟌ᄒᆞ고밋ᄯᅥ롤비쪄ᄒᆞ가스롤으램즈니

좌릉동혜악양북의초산고혜샹슈변라이듯지가혜이

윈다냥탕산쥬혜강지좌라슐즁긔혜졔민향냥회

고인혜블릉망라이녀옥호혜챵균구냥취안디혜걸고

모래

좌릉동녁라악양북녁히초산이놉고샹강물이즈르

럿도다둑지가르브매슐즈며윈ᄒᆞᄂ거시만ᄒᆞ니무

산으로ᄲᅥ민비르강물을결의여졋ᄂ도다봇ᄆᆞ믐이니

러ᄆᆡ믈ᄉᆞ마람이향거로오녀볏사름을셩가ᄒᆞ고ᄂᆞ

히엇디못ᄒᆞ리로다옥병을두드뢰고균우가ᄉᆞ르믈브릭

취ᄒᆞ눈을들ᄯᅢ하ᄂᆞ라셔혜ᄂᆞ혓도다

당셩이비로비겨호고초를블으니

옥가원혜양누쳥하 송원목혜샹츌졍이라 건두약혜

강지편하쳐조능혜향만션이라일옥목혜샹강좌하망

외누혜텬일애라 회미인혜누여하라 츌원거혜배이하

옷나라노래슬프고버들이프르러시니먼되눈을보버니붓

졍이잇브도다 두약이란즐을강엇의가것고블근마란

을리니향배비예ㄱ도ㅇ도다 날이샹강물결의쩌믈고

쳐호니누르믜미겨하ㄴ호ㄱ올보라ㄴ도다아르라다온사

릅을셩앙호매눈믈이믈ㅅ도다붓믜월호ㄴ의셔니

러나매ㄴ엇디호리오

놀래를 모ᄎ매 술이 취ᄒ고 극히 즐겨셔ᄂ 비가 온대 치챠
ᄒ엿더니 위셩이 개연히 믄쳐셔야 머리를ᄅ 그리고 니러 안ᄌ니
강젼이 임의 펴믈고 사회 비진ᄒ니 두던 우ᄒ 물지게ᄉᄂᄃ
리예 노ᄂ 사ᄅᄃ이 젹ᄉᄃ믈거ᄂᄅ 위셩이 양셩을ᄒ ᄃ니 향
거로 온 술이 썀의 비니ᄒ 두러 도시 다아니ᄒ고 불러 도 먑다
아니ᄒ거ᄂ 놀셩이 밋 주를 믿고 비예ᄂ 러머리를 두루 혀 복
벽히리오ᄒ고 인젹이 ᄎ취단되오 직 압므을 ᄒ셔 노래ᄉ
리 멀리 들리거ᄂ 시뻐ᄅᄅ ᄎ자 가니 그림 궐 기동과 싸인ᄲ
간이 구롬의 다핫고 블ᄉ촉이 즐ᄅ 버들 소의 비쵀여ᄆ런ᄅ
셩이 슛소리ᄅᄅᄂᄎ기ᄒ야 니령을 여어 보니 즈ᄅᄂ긔리로아

홈법츙계를무엇고빅가지곳과온즈ᄅ의향거로온ᄂ비며기

특호새돌히도도아울고아래쟈은모시이시니풀이

물은거우로ᄉ고변넙뫼취유으로너멋고쳐압호무리왕

너호고기등의ᄯ향으로호목가산이이시니뭉만풀임

남기ᄭ슈로판쳥호야ᄭ며셔니극히공ᄭ롭더라호문

을더나니곱ᄉ호ᄲ이공둥의ᄣ시며ᄂᄂ이일민혁

이나호덕구슬ᄇ울곳구립째속의ᄲ듸뢰왓더라이ᄣ

예ᄇᄋ이겁즈매빈긔이쳐엄으로ᄒᄉ려더고모듀즁뉘뭇

쳐좌호야셔가인열두어히향운을ᄯ여요안이ᄲ쳬호야

빅가지노래ᄒᄂ쎄ᄇᄅ호니평흥ᄀᄉᄃ즘이ᄭ미야오ᄖ

ᄀᆞᆺ더라 우유과 말소리 고 훤ᄒᆞ야 ᄀᆞᆺ디 아니ᄒᆞ더니 ᄠᅳᆫ들프ᄂᆞᆫ

옷니믄 무쪠 믈으로 븟그러와 듕문을 조믈고 은늘을 거두며

가 으ᄅᆞᆯ 져 축ᄒᆞ야 니ᄒᆞᆼ의 ᄀᆞ득 슉ᄒᆞ라 ᄒᆞ니 모ᄃᆞ 겨집이

소리ᄀᆞᆮᄅᆞ 응ᄒᆞ야 ᄉ매ᄅᆞᆯ면 ᄒᆞ야 니러나니 무ᄭᅡᄀ이며 운창이

쳔리 ᄀᆞᆺ티 막 히니 다시 기도 릴릴이 엽ᄉ니 셩이 묻ᄃᆞᆫ 안

희 수 머셔매 농의 든 새나 다르 디어 비디라 방황ᄒᆞ야 은심 라

두려오미 실로 깁즈니 일이 이에 이디 못ᄒᆞᆯ디라 무가내 하

라거러 누ᄃᆞ 리예 올라 두로 보고 ᄆᆞᆯ그립 쟤아래 안자 잣ᄲᅢᆫ

조우와 문 여러도도 라 나려ᄒᆞ더니 이ᄅᆞ며 ᄋᆞᆼᄒᆞ야 ᄒᆞ히 쟈

디 못ᄒᆞ야 니러나 ᄠᅡᆯ 히셔 두로 건너더니 믄득ᄒᆞ 후원의 셔샤

르는의말소리샹~히나거놀고개르르기리혀보니스미화

아래두홍년등을드랏고둥아래호미인이나히피우이잘

은흐고쟈야흐호션틱셰샹사름이아니러라손의면곳을것

거쥐고누르그비겨안자셔글을읇더니못스디못흐야셔차환

이말을듯고늘오뎌달히느쟤더읫다흔때미인이믄득

등을잡고드러가니둥외젹연흐야아못소릭도업스니

~로혜오뎌주군을무릅써졍을폐프고져흐나밧을너

머향을읏것그미볏어릇이며빵의쇼릭르르드끽긋든다라

못춘배망신의홰니인언이가히두려온다와온가지로혜

아리니이러러구르여러편의광신이그게니러러나못춘배능히

졔어티 못ᄒᆞ야 드틔여 ᄀᆞ만이 망앗ᄭᅥ가 여어 보니 이 곳 녀의 쳐실이라 뉴소냥을 드리윗고 비쵯병 즁을 둘럿ᄂᆞ디 샹의 빗ᄂᆞᆫ 올히ᄅᆞᆫ 민ᄃᆞ와 향을며 구머시니 향연이 죠ᄒᆞ야 실ᄭᅥ라 비기등의 누어시나 ᄀᆞᆼ을 만ᄯᅢ 버써 세매 ᄋᆞᄀᆞᆺ들 슬히 잡ᄭᅡᆫ 드러낫고 ᄲᅳᆯ든 구롬이며 ᄭᅦ여어리엿ᄂᆞᄒᆞ고 쥐험의 향한이 미쳣더라 붓쳔이다 등ᄒᆞ야 우ᄆᆞᆺ디 아니ᄒᆞ거ᄂᆞᆯ 셩이 오슬 것고 드러가니 ᄆᆡ 홀연 놀라ᄂᆞᆯ옥 뉴졔탕져이럿 ᄉᆞ미치노ᄒᆞ고 병으리왓기ᄅᆞᆯ 심〻히 ᄒᆞᄂᆞ이 황망ᄒᆞ야 계쳐엄서 쟝ᄎᆞ나오고 쪄ᄒᆞ나 ᄇᆞᆯ쪄문을 죵앗ᄂᆞᆫ디라 ᄭᅳ길 히엄ᄉᆞ니 문의가 옥을 볼ᄭᅡᆼ이면 그

쥐호가지라ᄒᆞ고보야ᄒᆞ로그ᄠᅳᆯ겹ᄒᆞᆯ ᄒᆞ니ᄇᆡᆨ셩의말ᄉᆞᆷ

과거동이온화호믈보고챵ᄒᆞ늬혐긔의뉘아니믈알고

쟌ᄊᆞᆫ의야호빗쳐잇거ᄂᆞᆯ셩이소ᄅᆡᄅᆞᆯᄂᆞᆺ가ᄒᆞ야소유ᄅᆞᆯ

국진히ᄒᆞ느니ᄇᆡ쳐업ᄀᆞᆺᄐᆞᆯ병으로왓다아니ᄒᆞ거ᄂᆞᆯ셩이

드ᄐᆡ여강압ᄒᆞ니ᄑᆞ른눈썹의ᄂᆞᆫ붓구러오믈ᄯᅥ엿고츅화

외ᄂᆞᆯ아ᄯᆞᆷᄒᆞ빗츨머믈워야ᄒᆞ져질이경양ᄒᆞ야

셩을이뤼디못ᄒᆞᆯ듯ᄒᆞ야츌운이탕양ᄒᆞ며농ᄒ

굿치디못ᄒᆞ야원앙쳐라구수니믈의견편ᄒᆞ미국ᄒ

라곳구룸ᄁᆡ쾌차ᄒᆞ거ᄂᆞᆯ볘믈ᄃᆞ구ᄒᆞ신ᄒᆞ야셩의듕을

룸ᄆᆞᆫ쪄당ᄐᆞ왼인간의환ᄮᆞ이신ᄆᆞᄒᆡ니믈디못ᄒᆞ엿

더니 이셩의 비로소 오ᄂᆞ뇌을 보와라 셩이 인ᄒ야 셩명와

즉졔를 무른대 뎨 얼굴을 숨렷ᄒ고 ᄀᆞ을 회여늘 오디졉

의셩은 소오명은 슝방이ᄂᆞ내 송ᄒᆞ소즈쳡의 후예라

부명은 아미니 일펴스ᄂᆞ야 되ᄂᆞ니 러위 놉ᄀᆞ매 이졔

믈러와시니 가문이 ᄯᅩᄒᆞ 쳐티 아녀 짐의 쥬를을 ᄯᅩ재열

사ᄅᆞᆷ이라 쳠의 엄뷔 나히 만거야 ᄒᆞ ᄯᅳᆯ을 어ᄃᆞ니 ᄉᆞ랑ᄒ

믈드으히 ᄒ야 일즉 ᄒᆞ도 슬하의 ᄲᅡᆫ젼이 엄더니 잔

떨이 소ᄅᆞ르 북원의 졔위 쳠을 잇게 ᄒᆞ니 쳠이 싯ᄯᅩ츄

의셔 ᄌᆞ라 졍ᄉᆞ를 ᄒᆞ디 못ᄒᆞ나 연이나 ᄯᅩ 미샹ᄲᅡᆨ을 모시

의욕즁이니 비ᄉᆞ체 위의이 홍안을 위ᄒᆞ야 머므디 아니ᄒᆞ니

쵸ᄌᆼ양뉴의원라ᄎ우오동야의외로이조ᄋᆞ라곳ᄯᅡ온
나흘쎠ᄇᆞ림을ᄒᆞᄒᆞ더니 굑셕은 하셔ᄋᆡᆼ왕된낭인을
언약디아녀셔만나니 진실로나의원이아니라그므로더ᄇᆞ
러ᄒᆞ가ᄌᆞ로늘그믈밍셰ᄒᆞ리니 옷치ᄃᆞ리건대 일도의쳡
을쳐ᄇᆞ림ᄀᆞᄒᆞ노롸셩이답왈셩은마ᄅᆞᆼ능사ᄅᆞᆫ이라
셰ᄌᆞ로반졍의셔셔ᄉᆞᄅᆞᆯ조동ᄒᆞ며 ᄀᆞᄒᆞ결반ᄒᆞ야산
슈ᄅᆞ도롸모와ᄲᆞᆯ로노론노뇌ᄅᆞᆯ일사마ᄒᆞ며들조차ᄆᆡ
ᄅᆞᆯ동녕의ᄣᅢ오니길히무산이ᄭᅡᄼᅡ와션랑ᄋᆞ로더ᄇᆞ러
뼈ᄭᅥᄅᆞᆯᄒᆞ가지로ᄒᆞ나이젼셩인변인주ᄅᆞᆯ을왈라라ᄒᆞ
ᄆᆞᄆᆞ며모ᄋᆞᆯ을허ᄒᆞ야건슐을을ᄈᆞᆺᄃᆞ려잇ᄇᆞ믈ᄒᆞᄌᆞᆨᄒᆞ려

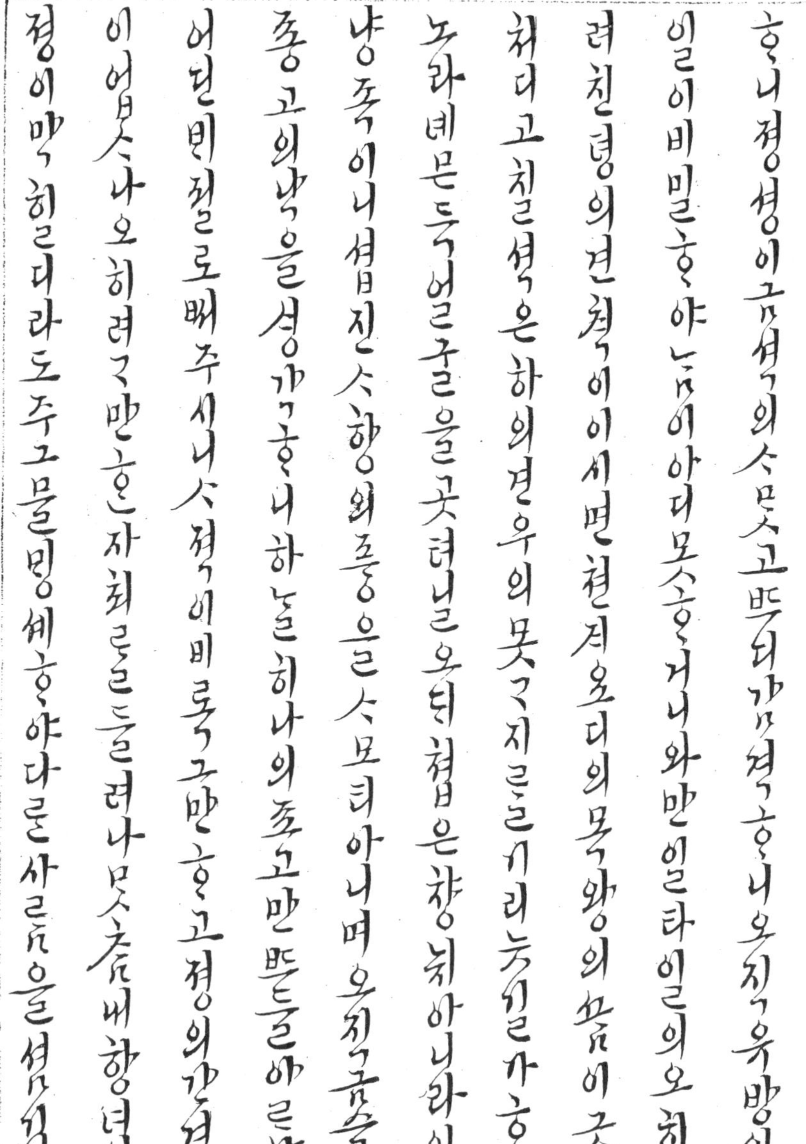

ᄒᆞ니 졍셩이 ᄀᆞ셕의 ᄉᆞᆺ고 ᄣᅵᆨ격ᄒᆞ니 오직 우방의
일이 비밀ᄒᆞ야 ᄂᆞᆷ이 아디 못ᄒᆞ거니와 만일 타일의 오
려 친령의 견젹이 이셔면 텬지오디의 목왕의 ᄯᅳᆺ이 굿
쉬디 고 칠셕은 하의 경우의 못지ᄂᆞᆫ 기리ᄂᆞᆫ질가 ᄒᆞ
노라 ᄇᆡ문득 ᄂᆞᆯ굴을 곳ᄯᅥ니로 오뒤 쳡은 챵뒤아니라 이
낭즉이니 쳡진 ᄉᆞ향의 즁으로 ᄉᆞ모ᄏᆡ아니며 오직 곳을
즁고의박을 셩ᄭᅡᄒᆞ니 하ᄂᆞᆯ히나의 죵고만 ᄯᅳᆮ들의 ᄯᅡ
어린 민졀로 ᄣᅥ 주시니 ᄉᆞ젹이 비록 그만ᄒᆞ고 졍의
이 엿ᄉᆞ나오 히려 ᄀᆞ만ᄒᆞ자 ᄎᆔᄅᆞᆯ ᄯᅥ나 못ᄎᆞᆫᄲᅢ 향녀의
졍이 막 힐ᄃᆞ라도 주고 믈밍셰ᄒᆞ야 다ᄅᆞ 사ᄅᆞᆷ을 셤겸

아니리니 사라셔야 ᄅᆞ난다 온 ᄯᅡᆼ우로더 비러 ᄆᆞᆼ셰ᄅᆞ ᄭᅵᆷ쩌ᄒ
호 리라 셩왕도 혼 밤이리로이야 니들의 소리 새ᄲᅢᄅᆞᆯ
보야ᄂᆞᆫ다라 곳다온 졍이 흠족디 못ᄒᆞ야셔 니ᄲᅥᆯᄒ
디무즁호 ᄲᅢ엇디ᄒᆞ리오 비며 ᄭᅢᄃᆞᄅᆞᆯ 믈리티고 그ᄆᆞᆼ
바ᄉᆞ챵을 그리오며 ᄂᆞᆯ오되 동방이 션 줄이 아니라 ᄂᆞᆫ 빗
치로다ᄒᆞ고 샹우희며 옥등쵸ᄅᆞᆯ 아ᄉᆞ 봉셩곡을 자
니솔희 구룸 우희 ᄉᆞ못더라 셩이 쥭셔 니러나 문을 여ᄆᆞᆫ
뎔의셔 새배 북소릐 나고 외로온 셩의 곳ᄭᅡᆼ이 ᄡᅵ쟌ᄒᆞ더라
뎨셩의 손을 잡ᄭᅩ ᄂᆞ츨 ᄀᆞ리오고 소릐ᄅᆞᆯ 놋기ᄒᆞ야ᄂᆞᆯ

옥텬샹뎨호인연이일야외도로호니궁틱의신임

거든다시쟝츳어을므로뻐거야ᄒ노라셩이깃거허랴

호고졔예ᄂ려두어거늘을것고도라보니뙤짠호단쟝

으로문의지혀셔야드여엿슬솔와ᄇ리더라셩이쳐황

호야도라나오니듕문이잇의열렷고밧분이도호나타

다아엿거늘몸을어즈러온대수플ᄉ이예곰초와시니호

창뒤안호로셔나와즁비들녀을고가온대ᄠ을호ᄲ러동

녁힝낭으로즈로가더니셩이좌우를도라보고주글ᄲ

살뻔드라나오니괄라신이ᄯ히ᄂ려디ᄂ줄을모를

들이몸외ᄀ득호더라민예오니당셩이몸들벗들으

도리고보야ᄒ으로취ᄒ조오룸을싀디못ᄒ엿거늘셩이

국의누어셔셩까ᄀᄒ오매졍신이ᄂ늣ᄉᄒ고경으ᄒ야자

다못ᄒ야댱셩을싀오니셩이도싀야위셩을도라보와

닐오ᄃ동뎡의뇌ᄅ가히줄거오야위셩이답왈어ᄶ술

이야독ᄒ야아츤이눗ᄂ줄을싀듯디못ᄒ니머던맛서

옥지이에잇도라댱셩이ᄂ날회여ᄃᄅ오ᄃ너싀인믈결의

다ᄅ밋ᄯᄃ도라갈ᄯᄋᄅ이우ᄂᄒ니가히ᄒ혼술을나와

나문ᄒ응을니을거싀라위셩왈도ᄐ죽싀녹의동ᄌᄅ

블러짠을ᄇ어댱셩을주고맛읫말을다니ᄂ댱셩

은즁누의ᄊᄅ이라쳥허ᄒᄂᄃ이만ᄒ모로그말을의

션ᄒᆞ야 밋디아녀 셩의 도라가고쳐ᄒᆞᄂᆞᆫ ᄠᅳ들 보고 드듸여면
입ᄒᆞ고 단졍히 안자 쳑근ᄒᆞ야 닐오ᄃᆡ 구ᄒᆡ 디득ᄒᆞ져조
논강좌의 ᄣᅡ이 엄ᄉᆞ니샤 쳑근문으로 납신양명ᄒᆞ야 졔
셰앙민 호미이 굿졍셩의 ᄠᅳ디어 놀이졔 휵샹국의 운
을여어보와 망녕되이ᄉᆞ동ᄒᆞ야 법을 범ᄒᆞ고 혼 미
ᄒᆞ야 ᄯᅦ 듯디 못ᄒᆞ니 만일을 도의 쩨로ᄒᆞ면 옥이그의
몸ᄱᅳᆫ아니라 가문의 붓그러오미 되리니가 히 경계티아녀면
즉ᄒᆞ야 믈읏 사름이 일엇이 그면 옥이 그의 노연ᄒᆞ
야ᄒᆞᄂᆞ니 비록 후의 뉘우ᄎᆞ나 밋디 못ᄒᆞ리니 그 되ᄂᆞᆫ 셩
각ᄒᆞ라 위셩이 되 답디아니ᄒᆞ고 머리ᄅᆞᆯ두루 혀니납련

의 구룸과 피히 우ᄂᄒ고 너시 인믈 겨믜 이 창망ᄒ니소

랑의 분별이 ᄲᆞ리 ᄒ여 화희 동산의 비취엿ᄂ디라 니

떨 호 ᄯ들이 외디 못ᄒ야 눈믈이 어리여 아독ᄒ니 랑셩

이그 혹호 미김즉 줄을 알고 마ᄅᆞ로 ᄢ졸기 어려온디라

들여 힘ᄡ러 젼ᄒ야 다시 슐을 머거 위셩이 몬져 비여거시

구러거놀 랑셩이 사공으로 ᄒ여곰 빗ᄃ굴 도라 동녁

크로 녀가니 ᄲᆞᆯ로기호로ᄂ ᄲᆞᆺ더라 젼당 엿두던의

다가다 히니 하놀히 새 곳쳐 ᄒ려라 ᄒᆞᆼ은 웃다히 울고

깃곳 위노소뎨예셔 울거놀 놀라 니러 보나 양야

기라 위셩이 도라가 ᄃᆞ드여 명이 되야 반 월이이나 ᄒ매읆

을례호고스로호 읍머구머 죽기를 조분호야호늘

서르지어 밍옥셔안의 쓰니기시메 그르오미

화지누병동줄향ᄂ 잉인 츌수뎐 셕양이 샹샹

우소 셩ᄒᄋ치ᄆ편 오샹어낭ᄋᆡ 황하비단심ᄒ

겨늬 쳥도무편ᄅ로 당ᄅᆡ 혼임구 윈응조윈ᄂᆡ 츳

셩하쳐깅 샹망가

곳가지와 퍼들 그림째 봄 향거로 오믈 웅 주기니깃 쑥

봄시름을 혀 셕양의셔 우ᄂ도다 샹우희셔 오히령

ᄭᅡ호 매ᄆᆢᆷ이 호ᄒ고 펴ᄯᅥᆺ의셔 아아라 히랑ᄋᆞ호
말이

거슬숫치 눗다 황하 쉬굿쳐ᄃᆞ아니매 김쯘 밍셰ᄋᆞ

티즈를 새뎐타 아니하니 별하길히 기도좌복시 구원

의두려 도웅당히 원을 주물 거시니 이사라시 매어고

디가다시 서르니즈리오

이러써더니 하르 셩의 부뫼상야을 죄와 안자운며 닐오며

녜셩인이 니르샤더 부모는 그 병을 시르혼다하니 베명을

보니 계유이 셥여일의 더옥 위퇴하야 쟝츳 구티 못하게

되엿는다라 쌍전이엿며 하거늘 베뭇 뜻드들 두어셔 닐

다아는 노다 국진이 닐러 뉘웃게 말라 셩이 놀라 눈물을

흘리며 계유 목안히셔 닐오퇴 부뫼 나하샤 잇日계셔

매 그덕을 갑고져 하매 하뎐망국하거놀 옥겨어나 못

호야즁슈의효양을못호고못츤내조하의셜램기를
기티니브호의쬐이에더호미엄도소이다원컨대소유를
알외오리니뎌즈유쇄당셩으로더브러비타노다가녑겨ᄀ
로오ᄯ히드러가소샹국짐의가형실을졍막히호야
담을너머여어본쬐이시니맛당히만번쥬거즁ᄒ나냥
누르ᄅᄒ번니뼐ᄅ호매샹쉬만리라ᄯᅵ히길고길히막혀
신셔엽ᄉ매ᄒ념ᄃᆀ미친뼝이되니쥬슨후야젼ᄯ호
드름이니다른일읍ᄂ닝이다부픠냥슈로눈
고ᄅ오ᄐ일즙하던ᄯᄅ엇디더르ᄅ이러케ᄒ라오
는죵을블러샹국짐의보ᄲᅦ여미쟉의펑을

구호호니창뒤문외나가다못호야셔급히뢰닐오뒤샹국의

샤재문쳐왓다호뒤셩외아비샏리현의나가온살느을므

르니드러와져비호고샤재샤매로셔샹국의젼지를내야드리

니그글월의호여시뒤

복이묘가는위죽경샹오이신영부귀야호가셰좀영로오샤

환졍도래젹방고산의밍신어도라걸득잔명의뒤

휴샤샤는별기기샹야인오깨일고호이초졍샹의간

화롱윌비려현랑득영야호우과비샤는낭자여화지

읍노고여윌지뙤운라이쵸녜다졍의홀연미공나호샤이

지쳐라회쟝하읍가쵸셜고거지원이됴시부모지뙤라

별ᄒᆞ셩질에잔명여루ᄂᆞᆫ단초벽이란ᄐᆞᄒᆞ진만미주

ᄂᆞᄒᆞ련황디로의하랑부모지신며이반ᄏᆞᆺ봉쵸의효조부

부지졍ᄒᆞ조북시일지길야ᄒᆞ윈뎐고안지녜타로지공귀

틱ㄱ이브린한문 라ᄒᆞ노

업데여셩악ᄒᆞ니아모의집은벼슬이경샹의극ᄒᆞ엿

고몸의부귀영화ᄒᆞ야집이덧즘영으로모ᄅᆞᄂᆞᆫ도뎡

외벼슬을ᄒᆞ더니자최고안의가노혀오매밍셰공기와새

예깁쥰다라ᄽᅩ잔ᄒᆞ셩명을비러물러와ᄉᆞᆺ집의와

쉬셔숀을니별ᄒᆞ며잔쳐러여러인ᄒᆞ야한가ᄒᆞ니ᄇᆞᆯ

을슬와ᄇᆞ리고뼈ᄆᆞ리게귀경ᄒᆞᄂᆞ거슬도와고졸보며

들을 회롱ᄒᆞᄃᆡ니 어딘 낭군이 그림재르르 ᄯᅡᆯ와 외연히 더러온 짐을 ᄃᆡᄂᆞ니 뎌즈유쎠 고지이 슬을 뭇ᄏᆞᆫᄃᆞᆺᄒᆞ고 들이 구름을 혜틴ᄃᆞᆺᄒᆞ더라 쪄믄 ᄯᅳᆯ이 졍이 만하 무득 묽을 ᄅᆞ러 일이 인의 에 니러서 매뷔 우 츤ᄃᆞᆯ장 ᄎᆞᆺ엇더미 ᄎᆞ리오 죠 고매외로 이사ᄂᆞ원을 누셜케 호미 다 이 부모외 쒸라니 ᄯᅢᆯ호ᄒᆡ 명이 되야 쒸잔호 목 슯이 실ㄱᄉᆞᄂᆞ야 죠되 다만 초ᄉᆞ라 구슬이 ᄎᆞ처디고 진ᄂᆞ라 반되 추티 못ᄒᆞ니 ᄒᆞᄂᆞᆯ 히 ᄭᅥᆺᄎᆞᆯ 고 ᄯᅡᄒᆡ ᄂᆞᆯ 그니 엇디 부모 외 졍과 모음을 혜아리ᄂᆞ 오ᄂᆞᆫ이 주ᇰ기고 봉이 ᄉᆞ러디 맨잠 ᄲᅡᆫ부ᄌᆞ외 졍이 만혀 셔니 일 즙길 일으 졉복ᄒᆞ야

윈건대 염쇼와 기러기 며르일 오고 겨ᄒᆞ노니 두려ᄒᆞ건

더라

때쥐ᄒᆞ짐의셔 츤가문을 던얍디 아닐ᄭᅡ ᄒᆞ노라 ᄒᆞ엿

봉겨를 ᄆᆞᆺ ᄌᆞ매ᄉ 쟤ᄉ비ᄒᆞ고 닐오ᄃᆡ 낭겨아랑ᄋ

ᄒᆞᄆᆞ로 민양 뒷동산의 ᄭᅡ기 ᄃᆞ리더니 두어날 만의

ᄅᆞᆯ 명ᄒᆞ야 강ᄀᆞ의 ᄭᅡᄆᆞ을 사ᄅᆞᄯ려 무ᄅᆞ니 ᄯᅥ즈

년이건강ᄋᆞ로 븟터와 비르ᄒᆞ샹의 미고 쥭히 노ᄃᆞ ᄭᅡᄃᆞ롸

니바디 못게라 ᄒᆞ나 낭겨드ᄃᆡ여 눕고 니디 아니ᄒᆞ니 대샹공

이 그 ᄠᅳᆮ들어디 못ᄒᆞ야 민망ᄒᆞ야 ᄒᆞ시더니 일ᄉ은 낭ᄌᆞ의

글ᄉ셔샹ᄉᆞ 두어 뎐을 어더 힐졍ᄒᆞ야 무ᄅᆞ시니 낭겨과

이디못ᄒᆞ야ᄌᆞ시니ᄅᆞ매샹공이ᄡᆞᆯ을ᄇᆞ리셔혼인을뎡ᄒᆞ
려ᄒᆞ시더이다ᄒᆞ고주머니로셔시ᄅᆞᆨ내여이ᄂᆞᆼᄌᆞ외ᄋᆞᆯ런
거시라ᄒᆞ대셩의압보고ᄭᆞ완거ᄃᆞᆨᄒᆞ겨죄약반의우
히라ᄒᆞ더라위셩이그시ᄅᆞᆨ보고비록셩ᄭᆞ기ᄅᆞ더
인ᄉᆞᆯ이머디아니ᄒᆞ니일로ᄢᅡᆫ회ᄒᆞ야병이졈ᄯᆞᆺ됴ᄒᆞ니
일ᄭᆡ대회ᄒᆞ야ᄒᆞ더라ᄉᆞ쟤이날셩의집의셔자고ᄉᆡᆼ배도
라ᄀᆞᆯ셔셩의ᄋᆞᆫ비죵찬으로ᄣᅥᄃᆡ졉ᄒᆞ고ᄀᆞᆯ월을
샹국집의보ᄱᅥ니ᄀᆞᆯ월의ᄒᆞ여쓰티
엄데여셩ᄭᅡ구ᄒᆞ나ᄂᆞᆫ본듸무인으로ᄧᅧ머셔붓더ᄀᆞᆯ
을누하집이ᄣᅥ러디고고ᄯᅡᆫᄒᆞ야ᄡᆞᆯ일이녕ᄲᅡᆨᄒᆞᄃᆡ

라홍이도망ᄒᆞ매볏사ᄃᆞᆺ의글만ᄂᆡ고어린아ᄒᆡ로ᄒᆞ
여곰화살ᄃᆞ소리기ᄅᆞᆯ붓츠련이ᄒᆞ라다ᄒᆞ더니ᄆᆞ으
이방탕ᄒᆞ나봄흥을이거디못ᄒᆞ야ᄒᆞ명이집ᄒᆞ
니부모의회우ᄒᆞ미보야ᄒᆞ로깁더니이제뜻ᄒᆞ다아여
셔야롯다온명을니운다라한미ᄒᆞ자쥐놉즌가ᄆᆞᆫ
의의ᄐᆞᆨᄒᆞ미거악이이서니깜겨ᄒᆞ믈이거디못ᄒᆞ여
라ᄒᆞ엿더라

서도와가보ᄒᆞ니긥이쏘늘그ᄭᅦ기거ᄒᆞ더라ᄇᆡ별
을ᄃᆞᆺ고야ᄀᆞ을아여셔병이겸도ᄒᆞ니일로ᄡᅳᆯ신이긋
다아ᄃᆡ드ᄃᆡ여셩ᄇᆡᄒᆞ니두사ᄅᆞᆷ이상득ᄒᆞ야섭이비록

댱셕의 혼인이며 산향의 비향이만법이라도 이에 밋디 못
ᄒᆞ르러라 부뷔서르의 경ᄒᆞ니 윈근친쳑이야 니일 ...
엄더라 이히 쫠월의 왜뇌도 션을 노롸ᄒᆞ니 국왕이 농
만의 ᄭᅵ호매 관께샹년ᄒᆞ디라 둥윈의 구ᄒᆞ기르 졍ᄒᆞ
대황뎨 유격으로 뻐 텬하의 명을 블리시고 위셩의
졍토졔 군소를 ᄒᆞ이여 샹만명을 뎡ᄒᆞ야 도영으로 나가
니 명이 스디로 둥오의 드러가니 도라오기를 거밧디 못ᄒᆞ야
격셔의 오임이 엽손디라 쟝군이 죽서굴월로 뻐 셩을
블러 인ᄒᆞ야 계운 힝을 지이니 셩이야 비굴월
고 눈믈을 흘려 유수을 졔ᄒᆞ니 베또ᄒᆞ 슐을 허ᄒᆞ며 기

우ᄒᆞ야ᄂᆞᆯ오ᄃᆡ쳡은돌ᄂᆞ나ᄆᆞ져셰샹의쳐ᄒᆞᄆᆡ궁시

ᄅᆞᆯ일사마ᄆᆞᆯ을ᄃᆞ려졈ᄅᆞ거아쟝으로ᄡᅥᄆᆞᆺ찬ᄯᅢ연ᄒᆞᆫ

의후ᄅᆞ롱ᄒᆞ니이졔ᄒᆞᄆᆞᆯ며ᄉᆞᄒᆡ옹명을ᄲᅦ졈산얍

의쎄잇고ᄒᆞ힘믄ᄒᆞ디노위티ᄒᆞ미엄ᄉᆞ니거득ᄒᆞ공을

셰오고져ᄒᆞ믄진실로이ᄯᅢ에졍히당ᄒᆞ디라엇디오홛

ᄒᆞ션비로ᄡᅥ져ᄅᆞᆯ다ᇰ힘여셰리오ᄒᆞᄆᆞᆯ며엄칭이셔외

에나가시ᄂᆞᆼ셕이되야엇디못ᄃᆞ아ᄂᆞ리오쳡은명이거구ᄒᆞ

고셰셔차타ᄒᆞ야곳다온인연을졔유일오ᄆᆞ슬졷ᄂᆞ별이

ᄯᅩᄂᆞᆯ나인셩이언메오홧함이ᄯᅢ엄돗다기시예ᄯᅳᆯ힌오

동넙져뼈러디고바다기러거소릭슬즈며ᄃᆞᆯ이옥계에ᄂᆞᆯᄆᆡ

뉴봉셩소리를 드르며 실소리이 믜며의 셔울 매양군의 옆이 차다셔 애긋는 살든이 되야 먹으이 망부셕이 되리로다 오직 원컨때 일르 죽이 도라오라 말을 긋치매 술을 가졀라 동당의셔 니별흐며 쇼랑이가 으르 명흐야 쳐련곡을 블러 화 호매 쇼랑이 굿화 염비에 술을 브어 셩을 주고 스스로 낭낭션흐곡 도르믜르니 좌등이 다 눈물을 쓰리더 화셩이 취호를 강잉흐야 붓드러 믈을 타나가니 쇼랑이 밧쩨 뜰와 가동곡흐며 거졀흐기르 낭구흐야 셕니보는 쟤앙니에 엿 비너기리 엄더 화셩이 느르려드르니 쟝군이 북을 뎌 발흐니 셩이 허졌흐야죠 차가나를

딘의 말삼ᄒ야면 셰싱이ᄃ다아며 볏병이 다 발ᄒ야 각관

의 도라가고쳐 무언이뎐ᄒ니 잔불 것을 보매 슬프지미ᄂᄅ

고샹ᄅᄂ을 뒤ᄒ야 발ᄂ을 아니ᄒ니 장군이 민망ᄒ야 ᄒ더

라 강홍부의 니러ᄂ 위셩의 병이 더욱 극ᄒ야 샹의 ᄂ

어둭여 절ᄂ구두ᄅ ᄒᄅ 박샹의 ᄭᄅ을 ᄃᆡ

샹만고셩두 한 군갓 최잔 윌동윈문 등젼 고억강

남룡응뒤 져신 임초운

셔리외로 온셩의 ᄭᄃ기ᄒ엿ᄂ뒤 한 바라군ᄉᄅᄅ머믈

위셔니ᄭ을 쒀잔ᄒᄃᄅ의 쳐불ᄅᆡ 윈문이 웁ᄌ기ᄂ

둑돠등잔얼 줴셔괴로이 갸ᄇᄂ 요ᄂ을 셩ᄭᄀᄒ니 벽ᄂ이

도라가ᄂ 모ᄋᆫ을 ᄯᅥ여 츳ᄲᅡ라 구ᄃᆞᆫ의 드럿ᄃᆞ다

막하의 깅졍어란 ᄶᅢ이시니 ᄯᅩ 호글을 ᄍᆞᆫ호ᄂᆞ다

의명으로ᄡᅥ 상ᄀᆡ의 ᄠᅥ나디 아녀서ᄂᆞ 희롱호야 위로호디

니드티여 ᄲᅡᆫ구월부 칙ᄅᆞᆯ 아사호 졀구ᄅᆞᆯ 쓰ᄂᆡ호여시되

박마ᄶᅩ식과 옥안 농도 하일 참누란 츌죽 쳥리ᄭᅪᆫ

산외 쥐뎍 강변 뎐월ᄅᆞ 한

힌ᄆᆞᆯ이 ᄭᅩ만히 울고 옥으로 호기ᄅᆞ 마ᄅᆞᆯ 쟈랑호니

쇼갈로 어ᄂᆞ리의 누란을 퍼혈고 ᄀᆞ옫 ᄆᆞᄅᆞᆫ 쳔리

ᄭᅪᆫ산 밧ᄭᅦ셔 뎌ᄅᆞᆯ 불매 ᄭᅡᆼ낫호 죽ᄂᆞᆫ이 츳도다

위셩이 웃고 닐오되 ᄃᆡ의 글은 회이우고 ᄲᅥ글은 솔고

니이셩갓ᄒᆞ오미 다른 배라 ᄒᆞ더니 두어날ᄒᆞ후의 셩의

거민이 실ᄭᆞᆺᄂᆞᆫ 매명진ᄒᆞᄂᆞᆫ의 종째 급되 쟝군ᄯᅢ보

ᄒᆞ니 쟝군이 샹을 물리티고 ᄭᅢᄭᅢᄅᆞᆯ 혜려던도 ᄒᆡ와 손

으로 ᄣᅥ 그 머리ᄅᆞᆯ 딥허 무러ᄅᆞᆯ 오디 ᄲᅥ 뎌명을 맛ᄉᆞ와 동녁

크로 쳔리ᄅᆞᆯ 오매 부ᄌᆞ의 은둥ᄒᆞ니 가히 ᄉᆞ성을 구ᄒᆞᆯ

거시라 노뮈 무덕ᄒᆞ야 ᄃᆡ병이 몯쳐 ᄀᆡᆷᄂᆞᆫᄒᆞ니 쳔검으로

텬애예 와셔 내쟝 ᄎᆞᆺ어던의 ᄯᆞᆨᄒᆞ리오 ᄭᅡᆫ괘 ᄲᅢ로 굽ᄒᆞ니

약ᄒᆞᆯ 결을이 엽손디라 망국ᄒᆞ나의 회ᄌᆞᄅᆞᆯ 버 몯쳐

알디라 향란이 우원ᄒᆞ나 돗ᄯᅡ 갇ᄀᆞᆯ 히막디 아녀시니 즁

멍이 가히 ᄒᆞᄅᆞ 아츈의 ᄀᆞᆼᄥᅩ의 ᄯᅵᆯ로ᄅᆞᆯ 니데 ᄆᆞᄋᆞᆼ을 젼히며

거명을근심티말라셩이이말을드것고머리를두드려슐
쥰눈물이환란ᄒ야ᄃᆞ더여쟝군의손을잡고오열ᄒ
야닐오ᄃᆡᄋᆞᆺ의쟌명이양화를면키못ᄒ야명뎐뎔
맏의쟌질이더옥국ᄒ니비록현쟉이라도그슐이엿
리니명이라엿디ᄒ링이고오지고칭이겨외에겨샤셔ᄒ
샤ᄒ는날이못디못ᄒ야셔ᄌ식으로둥곡게되시니그ᄌ
마시엿지디못ᄒ물셩ᄭᆞᄒ오니뎡년의고득ᄒ야병
야을닐외디못ᄒ고쟝ᄒ매본쳐주거ᄆᆡ와ᄒ양을
못ᄒ니인뎐디하의ᄌ식의죄를옹납기어려오나향
쳔의덕셔이셜딘대엇디깐히눈을ᄀᆞ무리오ᅡ향거

춘피히 외로온 녀시의 ᄐᆞᆨᄒᆞᄃᆡ 업스나 급히 쩌잔ᄒᆞ며

르거두어 볏피히 무드오셔 말이 민ᄎᆞ며 주고니 쟝군이

블ᄅ지져 우기를 굿치디 아니ᄒᆞ야 샹군을 져 쥭ᄒᆞ야

ᄉ려보내여 션영ᄎᆞ의 뭇게ᄒᆞ라 ᄒᆞ더라 샹빙ᄒᆞᄂᆞᆫ

의 쟝군의 쭉의 뫼야ᄂᆞᆯ 오디 ᄉᆞ가 낭겨ᄇᆡ인연이 굿디아녀

사라셔 ᄒᆞ디 ᄉᆞ디 못ᄒᆞ나 주거나 ᄒᆞ디드를 믈윈ᄒᆞᄂᆞ라ᄒᆞ

골믄득 보디 못ᄒᆞᆯ러라 쟝군이 놀라신ᄃᆞᆨ ᄂᆡ이에ᄒᆞ

이와디 ᄂᆞ들이 윈문의 빗겻고 북라 쥬라 소ᄅᆡ 슬져드를

더라 죵쟈ᄅᆞᆯ 급피 블러ᄀᆞ오디 망인이 제ᄂᆡ ᄯᅩᆺ의 와소

의믄 말ᄅᆡ 죄와 믓디 믈윈ᄒᆞ니 그졍이 가히 슬ᄑᆞᆫ지

며빗길ᄒᆞ셥히 젼안ᄒᆞ니 바ᄅ악쥐로가미가타ᄒᆞᄃᆡ

통쟤명을 바다열ᄒᆞ을이 못ᄒᆞ야셔 동뎡의 니ᄅᆞ니 즁

경은 네굿타여셔 되인셔 브ᄅ셔면 ᄒᆞ 엿더라ᄒᆞ 죠ᄭ블

ᄅ뎡이 히운 의 니ᄅᆞ니다ᄂᆞᆫ 손이다도 아ᄀᆞᆯ 쳐ᄂᆞᆯ

오텸집엽슨 나그ᄯᅢ관이 멀리어 되ᄒᆞ로 니ᄅᆞᄂᆞ ᄒᆞ

더화샹 국집의 ᄂᆞ니ᄒᆞ아 히놀라와 뭇거ᄂᆞᆯ 즈시닐ᄅ

대셸리 드러가고 ᄒᆞᆯ셔 온집이 크ᄭᅦ 우니소리ᄒᆞᄂᆞᆫ 힛

뭇더화 소황이 듯고김슈건으로 목미야 주그나샹 국이

더옥셜ᆯ위ᄒᆞ더화구의안아ᄯᅢᄒᆞ더무드니 동뎌의 두ᄲᅳᆯ

뫼완연히ᄭᅳᆯᄀ의 어ᄂᆞ초인이ᄃᆡ둣고슬혀드도와거록